献给丽娜·尼科尔斯卡娅——
一个高空走钢丝演员

达·芬奇的笔迹
Почерк Леонардо

〔以色列〕吉娜·鲁宾娜 —— 著
Дина Рубина

余翔 —— 译

山东文艺出版社

图书在版编目（CIP）数据

达·芬奇的笔迹/（以）吉娜·鲁宾娜著；余翔译.—济南：山东文艺出版社，2022.1
ISBN 978-7-5329-6417-8

Ⅰ.①达… Ⅱ.①吉… ②余… Ⅲ.①长篇小说—以色列—现代 Ⅳ.①I382.45

中国版本图书馆CIP数据核字（2021）第147813号

© Dina Rubina

The simplified Chinese translation rights arranged through Rightol Media（本书中文简体版权经由锐拓传媒取得 Email: copyright@rightol.com）and Banke, Goumen & Smirnova Literary Agency（www.bgs-agency.com）.

图字：15-2019-4

达·芬奇的笔迹
DA FENQI DE BIJI

〔以色列〕吉娜·鲁宾娜 著 余 翔 译

主管单位	山东出版传媒股份有限公司
出版发行	山东文艺出版社
社　　址	山东省济南市英雄山路189号
邮　　编	250002
网　　址	www.sdwypress.com

读者服务	0531-82098776（总编室）
	0531-82098775（市场营销部）
电子邮箱	sdwy@sdpress.com.cn

印　　刷	山东新华印务有限公司
开　　本	890毫米×1240毫米 1/32
印　　张	12.75
字　　数	340千
版　　次	2022年1月第1版
印　　次	2022年1月第1次印刷
书　　号	ISBN 978-7-5329-6417-8
定　　价	59.00元

版权专有，侵权必究。如有图书质量问题，请与出版社联系调换。

吉娜·鲁宾娜的多元世界(代序)

弗·阿格诺索夫　李英男

多年来,吉娜·鲁宾娜在世界文坛上名声飞扬,获奖累累。其新作层出不穷,已被翻译成多种文字在俄罗斯、以色列及欧洲许多国家出版,并备受读者和文艺评论家的赞赏。她居住在以色列,用俄语写作,作为境外俄语作家,有非同一般的生活经历。

吉娜·鲁宾娜于1953年9月19日出生在苏联塔什干(今乌兹别克斯坦共和国首都)一个犹太家庭。二战时期的人口大疏散使她的祖辈从乌克兰迁徙到大后方乌兹别克斯坦。鲁宾娜的少年时代,苦涩、艰辛的生活环境与浓郁的艺术芳香并存,为她后来的文学创作提供了许多原始素材。鲁宾娜回忆说,她步入文坛是因为看到了"命运的微笑"。16岁时,她发现一个中学生的处女作居然出现在青年人最爱读的《青春》杂志上,于是励志向上的她不甘落后,把自己的短篇小说《不安分的个性》也寄到编辑部,被接受了。此后鲁宾娜经常在《青春》杂志上刊登短篇小说,1977年发表中篇小说《雪,什么时候会飘下来?》(又译为《何时飘雪》),吸引了许多读者,24岁的她成为乌兹别克斯坦作家协会最年轻的会员。

1984年,鲁宾娜结识了她的第二任丈夫——画家鲍里斯·卡拉菲洛夫，婚后从塔什干搬到莫斯科。此时，除了小说之外，她还写了几部电影剧本，随后被拍摄成《上马斯洛夫卡大街》《柳勃卡》等受人欢迎的故事片。通过剧本创作，鲁宾娜熟练掌握了多层次叙事技巧，将电影思维与文学思维融为一体，把转化镜头的构思方法用于小说文本，进一步铸就了自己的文学特色。

鲁宾娜一步步走向成功，前半生的道路看起来相当平坦，然而，在这一段路程中，她也有过受挫、婚变等不幸经历。尤其是苏联解体前夕，社会剧烈动荡，道德风气败落，她被迫放弃在莫斯科的温馨住宅和固定收入，同丈夫和两个孩子移民以色列。他们在那里白手起家，开始筑造新的生活。起初，她在有钱人的别墅里擦地板、干杂活糊口，后来，用她自己的话来说，"曾担任过一些公职，但更多的是写作、讲演，在'占领区'度日，在弹雨中穿行，得了几项文学奖，出了一本又一本的书"。对于自己的抉择，鲁宾娜从不后悔，她说："置身这个国度（即以色列），我发现了一生中最大的巧合……也就是这个国家的生活风尚与我的写作风格之间的契合。这么说吧，我最偏爱的体裁是悲喜剧，悲剧的主调时时掺杂着讽刺和幽默，既有较粗俗的调侃，也有高雅的风趣……"

鲁宾娜所指出的这些特色在其长篇小说《救世主降临！》中均有所体现。书中的主人公是俄裔犹太人，他们过着一种"很不体面、闹剧般的，又极尽悲哀的生活"。他们喋喋不休地斥责以色列的社会现实，但又把这片土地视为心灵的家园；他们埋怨耶路撒冷房租太高，却决然不肯离开这座城市。书中精心描绘的这些"笑话般的现实"，随着情节的展开，逐渐表露出越来越多的悲剧特质。"冲锋枪的射击声"常常刺穿以色列人的睡梦。连原本寻常的烟花爆炸声都会让女人们发出"恐惧的尖叫"，因为"我们这个特别地区的特别之处就在于这里的人随时随地都会挨炸升空，落地时，已是缺胳膊断腿的样子"。小说的结局是"一场意外发生的愚蠢的误杀"，更加突出了悲剧色彩，引发读者对罪恶、牺牲和救赎的哲理性思考。

在鲁宾娜的艺术世界中，塔什干这座城市占据着特殊的地位，2006年问世的长篇小说《在街道阳面》对塔什干做了尤为细腻的书写。小说中，形形色色的人物沿着"过去"和"现在"两个时间维度行走在塔什干阳光灿烂的街道上，他们的生活环境体现了这座绚丽多彩的城市所具有的文化多元性。每个人物都有自己的辛酸故事，恩恩怨怨，爱恨交织，但最终得以彼此宽恕，走向和谐。历史有其残酷的一面，有善与恶之间的较量，畸形人格会把人推向黑暗，尽管如此，作者还是通过小说的主调和一句歌词——"在街道阳面／生活有多么甜蜜"，把阳光和希望送给读者。这部作品体现了鲁宾娜塑造人物群像的技巧和图像化的叙事能力，这是她最为鲜明的创作特色。此外还有经常出现的插笔，以第一人称的口吻讲述作者自己的故事，抒发对童年记忆中塔什干的情感。小说末尾描述作者故地重游，寻找过去的踪迹，发现昔日的塔什干如同消逝的童年，已一去不复返……

此后，鲁宾娜连续写出三部长篇小说《达·芬奇的笔迹》《科尔多瓦的白鸽》和《木偶综合征》，将其作为完整的系列，取名"缥缈人生三部曲"。在早期创作中，鲁宾娜就已经表现出对系列短篇的偏爱，之后，她的长篇小说也同样走向系列化。"缥缈人生三部曲"的主人公们都属于特殊的人物类型，他们都有卓尔不群的精神品质，反复思索着人生一些根本性命题，在矛盾重重的现实世界里努力探寻着与众不同的道路，并在这条路上备受煎熬。

三部曲的第一部《达·芬奇的笔迹》围绕小女孩安娜的成长过程展开。安娜是20世纪欧洲著名的传奇人物、特异功能大师沃尔夫·梅辛的后代，天生具有预知未来的非凡能力。她和达·芬奇一样用左手书写，这种书写法被称作"镜像体"或"达·芬奇笔体"。然而，拥有先知之明的她经常遭到误解，身边的俗人或把她错当作天使，或把她看成女巫。痛苦难耐的安娜一心想破解自己的天赋之谜，而鲁宾娜在小说中所关注的则是天才在庸人世界中的命运。

《科尔多瓦的白鸽》的主人公扎哈尔·科尔多文具有复杂的双重人格：他既是一个天才画家，又是一个技艺高超的艺术品伪造者。在这部作品中，鲁宾娜成功地描绘出一幅典型的20世纪人物肖像。一方面，科尔多文聪慧多才，有自己的道德准则，坚信在拜金主义的时代，唯有艺术、友谊和爱情才配有存在的权利；另一方面，他又玩世不恭，喜爱弄虚作假，伪造名画并以天价卖给暴发户，他卓尔不凡的绘画天赋全部浪费在这些见不得人的丑事上，未给后世留下任何真正的精品。然而，科尔多文不是无可救药的。他逐渐发现，逃避现实的态度经不起时间的检验，寻根之旅使得他对爱获得了更为深层的理解。故事末尾，他奋不顾身，拯救了被暴徒追击的亲人，最终以胜利者的姿态离开了人世。

三部曲的最后一部《木偶综合征》融合了哲理性与心理性小说的特点，在家庭故事中增添了神秘主义色彩。故事中心是天才的木偶剧艺术家彼佳与丽萨的狂热爱情和两个人崎岖复杂的情感之路。小说题目中的"偶"是贯穿全篇的关键词，引出若干值得深思的问题：一个人能否摆脱命运的安排，或者只能充当其手中的玩偶？男人对女人的狂恋会不会剥夺女人的灵魂，使其成为百依百顺的木偶？完美无缺的人偶是否能替代活生生的人？小说情节曲折动人，场景描绘丰富多彩，人物性格刻画深刻，体现了作者不同凡响的写作水平。皆大欢喜的结局表达了鲁宾娜对人及其才华的信念，奏响了乐观主义终曲。

二十多年来，鲁宾娜的艺术眼界在不断拓展。苏联时期创作的中短篇小说中，主人公所生活的世界具有鲜明的地域特征，而后期作品绝不局限于某个具体地域，也不受时间地点的约束。在作者看来，现代人并不会只停留于故乡，而是会放眼整个世界，何况我们生活在小小的地球村里，摆在人们面前的命题已超出地域所限，拥有了共同的特质。

鲁宾娜新近创作的长篇巨著"俄罗斯金丝雀三部曲"（2014年在俄罗斯出版）是一部家族史诗。第一部《热尔图辛》书写了贯穿整个20世纪的两个家族故事。小说中登场的第一个家族来自哈萨克斯坦，以驯养金丝雀为爱好。他们驯养的鸟儿中有一只拥有异乎寻常的歌喉，堪与人声媲美，得名"热尔图辛"。另一个是来自敖德萨的艾丁格尔犹太家族，他们几代人激情澎湃，才华横溢，拥有精彩的生活经历。这两条故事线索分别展开，直到最后才出现交叉，为三部曲的第二部做了铺垫。第二部《声音》中，两位主人公在泰国相遇：一个是音乐家兼谍报员列昂，他因美妙的嗓音而获得"俄罗斯金丝雀"的绰号；另一个是热尔图辛家族最后的成员，性格乖戾、双耳失聪的女摄影师艾雅。第三部《浪子》与《科尔多瓦的白鸽》有些相似之处，既有哲理性小说的特征，也可以称为奇遇记或冒险小说。书中的人物周游世界，从俄罗斯的萨哈林岛到非洲的撒哈拉沙漠，从乌克兰西部的利沃夫到欧洲各国的首都。小说也呈现了典型的鲁宾娜式结局，充满戏剧性，却没有陷入彻底的悲观。

对于"俄罗斯金丝雀三部曲"，俄罗斯评论家众说纷纭，意见不一。有人批评小说情节过于繁杂，次要人物太多；还有人认为鲁宾娜创作了艺术水平极高的冒险小说，与充斥图书市场的低劣产品形成鲜明对比。读者们则不谋而合，明确表达了对该作的青睐，尽管三本小说都是大部头，定价颇高，但在俄罗斯各地书店总是销售一空。

2017年发表的长篇小说《娘子风》与鲁宾娜前期的作品有较大差别，描写的不是才华出众的"异类"，而是一位普普通通的女理发师。一般来说，鲁宾娜谈及"女性文学"时，口吻常不无讽刺调侃，认为文学只有好坏之分，绝不能以性别来划界归类。如今她笔下居然产生了酷似"女性小说"的作品，日后的创作是否将融入更多的"女性小说"元素，只能拭目以待。

无论如何，鲁宾娜坚持不懈的文学探索和用之不尽的创造力是不容否定的，令人惊叹。她的创作风格有机融合了现实主义与现代主义的特点，呈现出多种多样的艺术形式。高超的写作技巧，生动丰富的语汇，充满悬念的情节，这一切为她赢得了各地读者的普遍喜爱。正如中国学者陈方所讲的，"一位真正的作家，无论身居何处，无论其小说空间设置在哪个国家,他探讨的问题总是具有普世价值的,是对人类永恒问题的思索,在这个意义上我们可以说,鲁宾娜不仅属于俄语文学,不仅属于以色列文学,也属于当今的世界文学"。

近些年来,鲁宾娜的中短篇小说已陆续译介至中国。例如,人民文学出版社于2015年出版的女性作家小说集《她们笔下的她们》收录其短篇小说《失眠的人》;《世界文学》杂志2017年第4期推出吉娜·鲁宾娜创作小辑,刊登了其中篇小说《威尼斯人的高潮》和短篇小说《凶手》《手鼓大师》。现在,山东文艺出版社引进《木偶综合征》《达·芬奇的笔迹》《科尔多瓦的白鸽》长篇小说三部曲,首次向中国读者展示鲁宾娜的"重量级"作品,这是值得庆贺的文学大事。

我们真诚希望读者通过该书能感受到鲁宾娜的创作魅力和精神气质,并为之折服,也期待着她更多的优秀作品进入中国翻译家、出版界和读书人的视野。

> 只剩下雅各一人。有一个人
> 来和他摔跤,直到黎明。
>
> 《圣经·创世纪》32:24

> 那么,出乎所有人意料的是,
> 我们要讲一讲有关天使的故事。
>
> 斯宾诺莎
>
> 《论人的灵魂》

目 录

吉娜·鲁宾娜的多元世界(代序)
——弗·阿格诺索夫　李英男　　　　　／1

第一章 ／1

① ／ 1

② ／ 12

③ ／ 20

④ ／ 31

⑤ ／ 42

⑥ ／ 52

第二章 ／ 69

⑦ ／ 69

⑧ ／ 86

⑨ ／ 126

△10 / 144

△11 / 152

第三章 / 159

△12 / 159

△13 / 189

△14 / 204

△15 / 215

△16 / 229

△17 / 249

第四章 / 265

△18 / 265

△19 / 305

△20 / 313

△21 / 319

△22 / 331

第五章 / 339

△23 / 339

△24 / 367

△25 / 371

△26 / 377

△27 / 381

第一章

> 左撇子是一种返祖和退化的特征,
> 它经常出现在疯子、罪犯,以及最紧要的,
> 天才身上。
>
> 切萨雷·隆布罗索

又吵又长的铃声顽固地响着,就像蒸汽机车的汽笛——是个长途电话。

电话就在门厅的大椭圆镜子下面,每当丈夫家里的亲戚打电话过来,玛莎都觉得镜子在颤抖,仿佛驶过一列火车,镜子就要被震落在地了。

电话里是接线员冷冰冰的声音:"请稍等,正在接收来自马里乌波尔的长途信号。"这些人被招去电话局工作,是不是全凭他们这副嗓子?

电话是丈夫的堂姐塔玛拉打来的。

通常她打电话来是为了拜年或者告知某个姑妈的死讯——阿纳托利

这些马里乌波尔的老不死亲戚,多得都能围起来跳圈舞了。

玛莎一心想着把话筒直接塞给丈夫,不料塔玛拉却说:

"等一下,玛莎,我找的就是你……"

她有些不自然,慌乱地告诉玛莎,由于阑尾炎手术失败,住在叶伊斯克的莉达姑妈的侄女死了。打电话来就为此事。

"哪个莉达姑妈?"

"你见过她,她侄女你也在我的婚礼上遇到过。已故的莉达姑妈也说不上是我们的直系亲戚,只能算旁系……"

唉,她叽里呱啦说了一堆,总之是另一头的亲戚,不是马里乌波尔的,而是叶伊斯克的。

这么多年来,玛莎早就放弃了试图把丈夫家这一大群亲属之间的关系全都记清楚的念头。

"……不过,听我说,这个侄女虽然死了,可还留下了一个三岁的女娃。"

"那又怎么样?"

塔玛拉显得忧心忡忡,焦急地说,他们的亲戚没人愿意领养她,哪怕是其中过得还算殷实的:死者的堂姐好歹是个牙科技师,赚得盆满钵满的……

这个家族里无论活着的还是死掉的,都能步调一致,手挽着手,世代团结,欢快地叫嚷打闹,斗斗嘴,唱唱歌,喝杯酒,什么矛盾都没有。

可奇怪的是,亲戚当中无论如何也没人愿领养这个孩子。

玛莎紧咬着牙。她克制地对自己说,没人想要故意羞辱你,你的痛处也不关任何人的事。

2

"托姆卡①……"最后她平静地说,"你为什么告诉我这些?"

电话那边迟疑了起来。听筒里传来一阵其他人冷漠而嘈杂的声音,玛莎突然明白过来,为了这番对话,塔玛拉去了电报局,排了长队在电话亭里讲呢。

"唉,你们考虑考虑吧,玛莎……"电话那头仿佛带有愧意地开口了,"反正你们也没孩子,也许,这是个机会?不管怎么说,你也已经……三十六了吧?"

"三十四。"玛莎打断她,"但我可没放弃希望,我会治好的。"

"唉,随你……"塔玛拉一下子低落起来,对谈话失去了兴致,"那你要记一下电话吗,那个牙医的?万一改变想法了呢?"

玛莎为了不再扫塔玛拉的兴,就记了下来——还想做好事,真是个傻婆娘。

她们把一切都想得很容易,这群挂着丰满乳房的马里乌波尔奶牛……

玛莎放下听筒,抬起头。在镶着黑色饰边的椭圆镜子里,一个年轻的女人也正仔细打量着她,女人脸上布满了俏皮而多得令人惊讶的雀斑。在她身后,透过敞开的卧室房门能看到值完班正在休息的丈夫,他的光脚板像钟摆一样晃荡着,像是在为某种无声的话语或小曲打着拍子。他的脸被打开的书本封皮遮挡着,书名和作者在镜子里反了过来,没法辨认。

镜子里反射出窗外远方的景致,基辅栗子树的树冠上开满了小蜡烛一样的白花,在风中不安地摇曳着。镜子的深远处升起蓝色空灵的天空,它的镜中映像同它本身一样无象无形,沉入一片虚无当中……

---

① 托姆卡:"塔玛拉"的昵称。

突然她被吓到了。

怎么了？——她问着自己，为何会被这股莫名而又异常尖锐的恐惧感所控制。我怎么了？这如临深渊一般的恐惧是从何而来——为什么家中这面普通镜子的映像会令人产生这样的感觉？

玛莎彻夜未眠，两次起身给自己滴了些缬草酊剂。托利亚虽然没出声，但她还是听见他翻来覆去的响动，直到天亮。

差不多一年前，在经过多年的药物折磨后，她为他产下了一个硕大而漂亮的死婴。

同马里乌波尔的亲戚通话后的次日早晨，玛莎待丈夫砰地关上大门离开后，立刻拨通了那个奇怪女人的号码——不知她是没能力还是不情愿收留这个孤儿侄女。

一切都很顺当：电话很快接通了，接线员正好当班，声音也无与伦比地清晰。通话进行得很快，一会儿就结束了，就像命运着急地将一页无关紧要的文字翻了过去。

听完玛莎的开场白后，电话那头说：

"您不能把这个女孩带走，她都瘦得脱相了。"

"什么意思？"玛莎问道，"她得病了？"

"我都跟您说了，您就别要这个孩子了。您会被吓一跳的。"

"但是……她现在在哪儿？谁在照看她？"

"有个好心的邻居，和死去的丽塔很要好。由她张罗着，说是要把孩子……寄养在单位里。"

"地址呢？"玛莎喘着粗气问道。

电话那头报出了地址。

玛莎一声不吭地挂上了电话。

下午托利亚从医院打来电话，说是有两张莱金①演出的票子。

"去吗？"

"不怎么想去……"

整个晚上她都心不在焉，不知为什么坐下来翻起了以往的文件。她静静地坐在那儿，若有所思地发着呆，像玩占卜牌那样，把中学毕业证、学位证、结婚证一一摆开，还有那些托利亚在军事医学院上学时写给她的信。

睡觉前他从浴室出来，看见妻子怕冷似的缩着身子，伏在花花绿绿的硬纸壳文件上，穿着软拖鞋的双脚在椅子下蜷了起来。玛莎抬起头，有些不好意思地笑着。

他叹了口气说：

"好吧，去吧，接过来吧……但你得负责教她。"

玛莎坐火车很快就抵达了叶伊斯克，中途只换乘了一次。但是当她沿着舍塞伊大街找到那个地址时却发现，女孩已经跟着保育院一起搬到夏季的避暑别墅去了。

那个要把孩子安顿下来的热心肠邻居舒拉，年复一年地在婴幼保育院夏令营的别墅区负责操作面包切割机的活。想想看，这岂不是很划得来：伙食吃的是公家的，海边有湿润的空气，收入全都能省下来。所有这些信息都是两个在单元楼门口摆了一辈子小摊、爱说闲话的居民老大

---

① 莱金：阿尔卡季·莱金（1911—1987），苏联著名戏剧演员。

妈花了十分钟时间告诉玛莎的。

"舒拉她整个人都快累死了,吃了太多的苦:她没有孩子——你用力敲一下门,好像她把门锁起来了。是不是带着孩子走了?否则她怎么都不会一声不吭就消失的……"

"那孩子的爸爸呢,"玛莎问,"他总有安身的地方吧?"

"他啊……"大妈机灵地话锋一转,"他在板子上安身,不错的去处,还是免费的卧铺呢。"

第二个大妈对这个玩笑数落了一番,上气不接下气地笑着,用手擦干净嘴巴重复道:

"这话没错,那块板子就是他安身的地儿,这话没错!"

玛莎来到长途汽车站,买了票,按照那两个老大妈说的,去多尔让斯卡亚。

保育院的避暑别墅是一片四层楼的建筑区,这里曾经不知是哪个冶金厂或纺织厂的疗养基地吧。这块地四年前就已移交给了卫生部,装修之后就把婴幼儿疗养院搬到了这里,因此许多患有大脑疾病的孩子都被送了过来,而且,据说治疗效果不错。其中一幢楼就交给保育院用作宿舍了。

一个穿着条纹睡衣、外表体面的老伯向玛莎提供了这些信息,她还不得不认真地听他捎带着讲述自己那些峥嵘往事——在拖拉机厂总装车间里的斗争岁月。

趁着她正在散步打发无聊的当儿,他就自然地凑了上去——更准确地说,她当时正沿着岸边的石栏走走停停,旁边的人不停地挤来推去,完全觉察不到她沉重的忧虑。

一开始她怎么也找不到舒拉这个热心肠邻居——那个擅自把孩子带

到别墅来的家伙。人们告诉玛莎该去这一层该去那一层，每个人都说"刚刚看到过"舒拉，或者"我看见她带着食材出去了"。其中一个分餐女工在空荡荡的食堂里饶有兴味地从头到脚研究着玛莎，问道：

"舒拉，是您的……"

"她到底在哪儿？"

"这个……她请假了，拔牙去了。"

除此之外，唯一能够告诉她孩子情况的女院长也在上午去了叶伊斯克，回来应该将近四点了。

玛莎出了门，走在洒满六月阳光的海岸上。

海滨宜人的白沙滩上满是穿着五颜六色泳衣的度假疗养者。湿润的、尚未被太阳炙烤的空气中飞溅起大声的呼叫和排球运动员击球的声音：一群孩子隔着一张破了洞且松弛下垂的球网在玩耍。其中一个孩子铆足了力气，重重地将排球朝水面削去，一个穿着蓝色泳衣、晒得黝黑的姑娘兴奋地尖叫着，追着球跑了过去……那一瞬间足够漫长，皮球悬于空中，在涟漪般起起伏伏的云朵之间快速地旋转，然后不断向沙子逼近。姑娘向它跑去……它一点一点地坠落，触地，撞击在离海水一步之遥的潮湿的沙滩上，无力地上下蹦跶几下后，仿佛死了一般不动了。

距离玛莎不远处围着一群大老爷们儿和小青年，他们正扎堆看着什么东西。有个人坐在装啤酒瓶的大木箱子上，一块板子放在另一个同样的箱子上，他的手在板子上快速地移动着。要不是他们之中散发出一种紧张而亢奋的诡异气氛，从远处看很容易把他们当成一群集邮爱好者。

有那么两三秒钟，他们的头上笼罩着一种剑拔弩张的寂静，全是由令人不爽的嘲笑、威胁以及挑衅引起的。突然间人群略微散开，坐着的那家伙脑袋上竖起来的褐色头发和一双灵活敏捷、仿佛时刻准备仓皇逃脱的手显露了出来。随即人群又一次喧哗着围在他上方。

这是什么游戏？玛莎想，大概是赌博吧。而赌博就意味着作弊、输钱、绝望和报复。

耀眼夺目的太阳闪着火花炙烤着群青色半透明的大海以及两块亮红色打着补丁的充气床垫，灰蒙蒙的天空落在地平线上，像柔和的蛋白色透镜。天空和大海两个平面如同两块巨大的镜子，互相在对方身上映照出各自难以言表的深邃。

为什么，为什么这些向海岸平缓奔去的浪涛，这些花花绿绿的垫子上慵懒的身体，以及水彩画般明净的海平面会生出如此痛苦绝望的情绪笼罩着她，让她感觉无处可逃？会不会是陷入了某个圈套中呢？要知道她可是没受任何人强迫，自愿到这儿来的……

"……而我当时就径直去了人民监督委员会，"老伯反复唠叨着，情绪被自己的故事所点燃，"我说，同志们，你们在车间里都干了些什么好事！"

"对不起！"玛莎含糊地说，"我……我该走了。"

她转过身离开了。

身后传来刺耳的尖叫和狂暴的辱骂声，还有把木板翻过来敲击背面的声音——而那个褐色头发已经超到了玛莎前面，飞快地沿着海岸跑向远处，蓝色的仿缎短裤迎风扑腾着。

两个小伙子跟在他后面，吹着口哨叫喊着什么追了上去……

"您想看看她？当然，没问题的……"高个子宽肩膀的女院长说（她简直就像个当兵的！——这件白大褂得费多少布料呀！），"那就看一眼——请吧。"

对话发生在类似走廊一样狭长的穿堂里,两边是紧闭的玻璃门。这里不知是计量室还是接待室——当中居然摆着一张按摩床。

"请不要把我们当作虐待狂,只不过她暂时还不归我们管,我们不知道她应该跟着谁。坐这里吧。您可以拿本书随便看看,但一会儿请不要有过激反应。我的意思是——不要表露出情绪……总之,别大呼小叫,控制住自己。"

玛莎在圈椅上坐了二十分钟,把脸埋在打开的书本里,徒劳地想让自己颤抖不止的心脏平静下来——有人塞给她一本用于治疗脑瘫的保健操教科书。

旁边那个拿着拖把动作麻利的大妈正在拖地——就像挥着球杆在桌子和沙发下驱赶冰球一样,而她自己仿佛一个大号的冰球——圆鼓鼓、风风火火的,刚刚把拖布拧干,转身就跑去和护士热火朝天地聊开了。

护士操着一口地道的波罗的海口音说:

"……我不记得他们长什么样,不记得了!但凭手脚我却能认得出他们。他们每年都会到我这儿来做脑电图,只要一看到那条腿和膝盖上的伤疤,我就能一下子认出来——这是伊戈列克!你好,伊戈列克,你都长这么高了!所以用不着跟我讲他长什么样,只要说说他的内裤是什么颜色就行……?"

玻璃门不断地打开又合上,玛莎每次都心里一紧。有两次,几个身穿新潮的迷你白大褂的小姑娘偷偷溜进了门里。

门再一次被打开了。

玛莎抬起头看了一眼,差点没惊呼出来,心脏一下子提了上来,又立刻被抽空一般,留下一股灼烧感。

那是一具穿着短裤的骷髅。玛莎曾经在电影院正片开始前的纪录片中看见过这样骨瘦如柴的人,他们出现在集中营带刺的铁丝网后面。还记得当时她吓得闭上了眼，把头埋在了托利亚的肩上。

难以置信，这个孩子脊梁骨关节上的凸起透过皮肤清晰可见，她是怎么依靠两腿支撑起自己站起来走动的！站在体型硕大的女院长身边的小女孩看上去就像只蚊子，一口气就能把她吹走。

玛莎整个内心已经瘫软，她用书把头挡了起来。但是眼前浮现的不是书页，而是那个骷髅的绿色大眼睛和一堆栗色的鬈发。

"来来，"女院长用男中音一样的语调说着，"走吧走吧，阿尼亚-纽塔，一步一步走……"她领着女孩从玛莎面前经过，"跟阿姨问好。"

玛莎没抬头，她没有力气微笑和动弹，只听见了一声干巴巴的低语："你好……"

当门在她们身后关上，玛莎站了起来，书从膝盖上滑落。她用尽全力开口问道：

"发生了什么？怎么可以把孩子折磨到这种地步！她有多重？这是营养不良，你们知道吗?!"

"您这是跟谁说话呢？"波罗的海护士慌慌张张地问，"我们吗？这个小女孩在我们这里五天了……您跟她是什么关系？"

玛莎一下子从接待室冲了出去。

第二天早上她站在疗养院食堂的玻璃门后面，打算仔细找一找那一头栗色鬈发——尽管这里很多人都有这样的发色。她什么也没看见，眼睛里浑浊一片。（由于是疗养旺季，前一天玛莎没能订到旅馆，她在火车站的候车大厅过了一夜。）她设想着一切可怕的事，比如，女孩因为过度虚弱而在昨晚死去了。

随后她下到一楼，朝关着门的院长办公室走去。当最终等到那士兵般魁梧的身形出现在走廊尽头时，她堵住了院长的去路，用无比坚决的口吻说：

"我要把这孩子带走，告诉我怎么办理手续吧。"

之后的一个半小时，她们坐在办公室里，玛莎根据院长的口述记下了每一个要点，以便能在最短时间内将所有手续办完——这对她来说就像下了九层地狱。

可她怎么也记不明白，于是便扭捏着想塞点钱给院长，把钞票留在桌子上，塞到院长过于肥大的白大褂口袋里，或是夹在硬壳的账本里。她又抓起这个女人如工人般厚重的手，含含糊糊地低声哀求道：

"就找个人陪陪她吧，喂她点吃的，求你了，哪怕是几勺都行，但是多喂她几次吧，求你了！"女院长严厉地斥责了她的这种行为，随后两个人都哭了起来，不知为了什么互相感谢着。

玛莎没能找到的那个热心肠邻居舒拉，在此期间一直就在院长办公室虚掩的门后面，傻站着，偷听着。

当舒拉开始明白事情已经得到了解决，而这个算不上很年轻的女人已经穿过走廊从大门出去了之后，她紧紧闭上了双眼，又用力睁开，凝视着远处走廊尽头蓝色方块一样的窗户，突然激动起来，草草地画了个十字。不过她立刻意识到自己弄反了方向，于是冷静下来：不是这样，是这样的！她朝左肩外吐了三口唾沫，又规规矩矩地抬起手在宽厚的胸前正确地画了一遍十字。

她害怕木地板发出吱呀的响声，害怕咳嗽。她害怕事情搞砸了而最后女孩没能被带走。

可最让她害怕的——甚至胜过自己的生死，竟是这个女孩。

……我亲爱的，小可爱，想不想让我给你讲一个被玷污的悲伤爱情故事？

别笑，这是个真实的爱情故事，发生在克拉克森太太——也就是我这里的女房东，和一只某天落在她家草坪上的野天鹅之间。

这次我准备洋洋洒洒地写上好多页，因为我十分激动：故事精彩的结尾像戏剧最后一幕那样历历在目，仿佛就在昨天。更准确地说，我就坐在自己的小棚屋里——他们冠冕地管它叫厢房，还向我收取了一大笔租金，于是我就把那儿想象成排演贝多芬《第四交响曲》终章的华美舞台。其中巴松管应该快速短促地吹奏，并在单簧管息音之后再停下。而最复杂、诱人和刺激的，是第二部分的八分之一拍足尖舞。它完全违背了我的老师尼古拉·库兹米奇那句令人难以忘怀的话："小子，巴松管，是一种气质忧郁的乐器……"

不过舍赫拉查德该继续她那令人沉醉的故事了。

也就是在三年前，一只雪白美丽的天鹅落在后院草坪上，那里归置着主人的拖拉机、割草机、园艺工具和其他杂物。

克拉克森一家时不时地会利用这块场地来举办例行的"车库拍卖"活动——我有没有跟你说过，去年我只用一美元就买到了一只上上个世纪的塞夫勒瓷茶杯？杯子的手柄磕坏了，用难看的黏土潦草地粘在杯身上。我用水蒸气把它们软化分开，再用最软的胶水重新黏合，呵气吹干，把表面抹光滑……现在它就放在我的书架上，金色的箍边在深蓝的底子上发出几乎未被磨损的光亮……可一旦想到我跟你还得寄人篱下，对古玩的这些热情看上去就太愚蠢了。

现在我突然意识到,我对精美的瓷器真品难以割舍的嗜好都要归功于外公。在他的橱窗玻璃后头曾经躺着一只打猎归来露出疲态的巧克力色瓷器狗,是战前生产的。知道怎么看出来的吗?因为那个印记——在它肚子下面刻有著名的罗蒙诺索夫陶瓷厂的印记——是绿色的,而战后出厂的就是紫色的了。还有一只白色的盘子,盘沿上有两个少先队员,一个男孩一个女孩:男孩吹着铜号,女孩头发向后梳着,戴着红领巾和袖标。外公自以为那是二十年代的东西。我问他,难道二十年代就有少先队员了?他于是改口说:"那就是三十年代的……"

哎呀,原谅我多嘴多舌吧!我自己也是少先队员,以前是,所以还记得这些。

回到这只天鹅:他掉队了,疲乏劳累……后来才知道,他的翅膀受了伤。克拉克森太太把他从邻居家的公狗嘴里救了出来,带回家细心护理。整个夏天他都跟在她后面,像条小狗一样跑来跑去。她把照片发给所有朋友,就连当地的小报上都出现了带着照片的新闻:"克拉克森太太和她的跟班"。

秋天,他顺利地以禽类的身份启程飞走了。

来年春天,他带着自己的伴侣一道飞了回来。

这对天鹅在院子里踱步,就像回到自己家一样,看得出来,他很骄傲地向女友展示着自己的领地。这跟我第一次开车带你游览路德斯海姆的情景一模一样。

你还记得我们在路德斯海姆城堡的房间吗?地窖里的"冰葡萄酒"?大声唱着民间小曲、醉醺醺的当地足球队球迷?还有索道缆车上,云雾之中突然迎面飘出一个头戴红棕色蒂罗尔帽子、眼球凸出、样子滑稽的白化病人——这个人还把你吓了一大跳?

再说天鹅们:次年的夏天飞来了一整群。他们占领了整个院子,不许任何人过去,并发出嘶嘶的声音驱赶着踏过边界的入侵者——他们把这儿当成了自己的地盘,弄得周围满是肮脏的粪便。克拉克森太太那上大学的女儿带着男朋友飞回来过假期,却被一只母天鹅咬伤,次日下午他们就坐飞机走了。她的儿子则干脆不打算回来了。受尽折磨的克拉克森太太勉强挨到了秋天,想必她肯定为此去当地教堂做了感恩祷告,赞颂仁慈的主赐给她季节性的轮休。(她是个很虔诚的人,客厅里挂着曾祖父的肖像,下边框上写着这样一行激励人心的话:"行得端,走得正。")

今年春天,她已经不指望上苍了,她得靠自己,所以在候鸟飞回的浪漫时刻来临之前她就已经做好了准备。她在隔壁农场的养殖园里租了两条猎犬,他们盯着那白色巨幕一样落向院子的天鹅群,像出膛的鱼雷一样蹿出去,兴奋地狂吠着,驱赶着这群大白鸟,直到天黑也没让他们落地。

天鹅们在草坪上空盘旋徘徊,就像一阵骤起的白色冰雪风暴,悬在空中嘶叫着,呼啸着……你真该看看那个场面!空气都因为这叫声而颤抖——天鹅们沮丧而怨怒的鸣叫,还有猎狗喘着粗气刺耳的狂吠!

而克拉克森太太从厨房的窗内望着这场战役,默默咽着眼泪。

在她安逸、有条不紊的世界里似乎出现了不和谐的音符,有什么东西被摧毁了。

甚至连我都有些难过,不仅仅是因为这些叫声把周遭空气震得发抖,害我不能练习巴松管。这个悲伤的故事不知为何也勾起了我的回忆——猜猜看,它让我想起了什么人和事?

我们的想象是件奇妙的东西,而比它更奇妙的,是我们的记忆。

为什么美国偏远地区的人们经常让我忆起自己在古里耶夫的邻居呢?为什么?也许是因为,这里的每一个小细节都洋溢着幸福与舒适,而那里——在我童年的故乡,到处是沙尘暴,沉重浑浊的乌拉尔河,四周是一片接一片的荒野,还有肥腻的烂泥、榆树、沙枣树、窗下的白篱笆。河边还有人们曾经种植土豆的菜园子(所以总有人说:"一起去菜园子吧！"）——也有龙葵在那里疯狂茂盛地生长，我们管那叫"野伞子"。

你知道"野伞子"是什么样子吗？就是一种结着黑色甜味浆果的小束野草。妈妈说，它们通常是用来喂猪的，体面人不会吃这些野果。不过父亲死后一下子成了流浪儿的我，就常常跑到邻居索洛多夫家吃心爱的野伞子馅饼。（他们舍不得用葵花籽油，就用棉花籽油煎。）索洛多夫家很可怜我，因此也没向我透露父亲被杀害的缘由。他是古里耶夫石油加工厂的首席工程师，此事在邻里间流传多年仍未平息，这对孤苦伶仃的我造成了灰暗压抑的影响。

只有索洛多夫家总是尽情款待我吃野伞子馅饼。

这是一个滑稽的家庭，家人们总是兴冲冲的，喜欢一惊一乍，成分复杂，嗓门很大，还挺好斗——每个人都有着鲜明的个性，连最小的孩子也不例外。我和中等个头的亨卡是好朋友，他就是个骗子、强盗和混蛋，如今却在瓦拉阿姆修道院做僧人，总是标榜自己那些清规戒律，在我看来倒也没什么可以反驳的地方。

他们的爸爸，瓦夏舅舅，出生于摩尔多瓦某个村庄。这个男人有头脑又诚实，但总是喝得烂醉。一到这时候他就能把整个家都闹翻了。他对妻子大喊："廖丽卡，你真是蠢得没救了！"还会像海盗席尔瓦①一样把拐杖丢向孩子们，自己却总是因此摔倒。只有一条腿的他就像着了魔似的决定在房子周围改造出一个真正的果园来，因此每天都带着罕见的固执朝自己的人生梦想不断前进：他把铲子、凳子搬到院子里，坐在那儿，靠仅有的一条腿挖出一个个种果树的坑。他足足种了四十七棵果树！对你这个生长在乌克兰肥沃土壤上的孩子来说，是无法理解这项壮举的。

而瓦夏舅舅将它完成了。

他和"人民公敌"的女儿廖丽亚结了婚。这等行为，上帝呀，你同

---

① 海盗席尔瓦：英国小说家史蒂文森的《金银岛》中的角色。

样是无法理解和评价的，当然你也不需要理解。

年轻时候的廖丽亚舅妈也是个大美人，那条金色的辫子和一对惹人的蓝眼睛让瓦夏舅舅这个先进工人党员完全把我们那个时代的理智和名声抛到了脑后，一股脑把她和她的弟弟妹妹们都接了过去。当然还有她的老母亲，对她我们可得单独且谨慎地谈一谈了：她叫卡皮托利娜·季莫费耶夫娜，是个带一点贵族血统的干瘪倔强的老太婆，这是一方面；另一方面，她的子孙都认定她是个目不识丁的文盲。我们小时候并不觉得这种人身上的强烈反差有什么奇怪的，我们根本不会去想。但是现在我确信，卡皮托利娜·季莫费耶夫娜突然间成了文盲的情况是发生在孩子的父亲被枪决后——她那三个已经成年的孩子通过报纸与其断绝了关系，而她只能与较小的三个孩子流落街头。这是出于她对印刷出版物的厌恶，抑或只是出于忌惮恐惧，如今谁又能回答明白呢？

她很严厉，如果有什么事不如她意，她就会一声不响地揪住你的头发拖着走遍整个屋子，以示惩罚。这个狂热的劳动者就是这样打点着整个家庭。她什么都会——做裤子，做大衣，甚至是织一些带有普希金画像的戈比林布毯（织得很像，只是在色彩上过于华丽。深绿色水藻一样的络腮胡——是用丝质的彩绣线织出的——沿着极其瘦削的可可色脖子垂下来）。

所以啊，你可以想象，瓦夏舅舅没有半点畏缩地将这危险的一家人扛在了自己肩上。他也因此跟这个严苛的丈母娘斗争了一辈子，却在她死的时候痛不欲生地掉下真挚的眼泪，借酒浇愁，用头撞墙。像她这样的好人，他说，再找不到第二个了。

有时候在他们那里玩得都快睁不开眼睛了，我就在大房间的沙发上过一夜——尽管完全可以跑回自己家去。母亲在父亲死后一直没有回过神来，她的负担让她陷入古怪而绵长的沉思中，蒙蔽了理智。下班一回到家她便倒在沙发上，一躺是几个小时，萎靡不振地啃着每年外公从日梅林卡运来的苹果。她就这么无精打采地看着窗外，几乎不跟我说话。现在这种情况被叫作重度抑郁，得接受三个月的治疗，而那时候所有邻居都觉得她生活懈怠，是个不称职的母亲。

所以我就时不时地留在索洛多夫家过夜了。

我记得那些伴随着广播里传出的苏联国歌醒来的早晨……

我在半梦半醒之中眯缝着眼睛，看见披散着头发的廖丽亚舅妈。就像一场无声的献祭，绵软的喉咙等待着锋利的刀刃，她——身形粗壮，穿着浅紫色绒布袍子，带着早起的倦意坐在椅子上，低垂着头，像羔羊等待着自己的金羊毛被剃下。在她身后站着瘦小的老太婆卡皮托利娜·季莫费耶夫娜，正大力挥摆着手臂，把参孙一样浓密得难以置信的头发扒开。一开始她用手揉搓着它们，显出头皮的浅沟来，再顺着纹路捋出发束。然后她就像划水一样，十指自然地将发束分开，分散着摆开在两边。最后，她将发束编织、缠绕，辫子就这样编好了。雕塑一样的辫子。这些烦琐的工作完成后，她就把辫子夸张地一挥，像是把一条泛着金色光泽的蟒蛇插在了女儿肩头。

我半睁着眼睛，屏住呼吸盯着这场仪式。不知为何，对于还是小男孩的我来说，它富有一种神奇而隐秘的特质。

多年之后，直到我从某个女人身边醒来时才断定：女人身上一切同毛发相关联的东西，必定充满难以言喻的神秘情调。

不过我又扯远了。

我不敢相信这封信能最终落在你的面前，当然更不敢奢望你会回信。事实上，比起你那天书一样反写的信来说，我宁愿你保持沉默，因为那些镜像的文字总将我笼罩在暴风雪般低吼的恐怖中。

我们什么时候能再见面？

在得梅因与乐队的合同十月份到期。我想从这儿出发去远一点的地方,可我已经习惯了这个远离城市的梦幻小镇,你只能在该州地图上才能找到它。椴树在这里长势惊人,我也懒得搬家了。我可以开车去参加排演,或者,如果想在路上睡一觉,那就在去堪萨斯城的站台上车,坐两个小时。

而这里,我的宝贝,在中西部,生活着最落后的人们。极其落后与贫穷。告诉你一件昨天发生的事:一个黑黢黢的流浪汉,长着野马一样的眼睛,厚重的男中音很润泽,又有些嘶哑,口音难辨的笑声里露出一圈又白又大的牙齿。他穿着邋遢——破洞的牛仔裤,褪色的格子衬衫外套着沾有油渍的七十年代线衫,以及一双栗色的旅游鞋。

整整两个小时他都没停歇,不停地讲着他们那些——你懂的——那些无法理解的黑话。他显得很热情、很友好,就像在和一个看不见的乘客对话一样朝空座位念叨着。其他在座的人都扭头望着窗外,用播放器的耳塞堵住了耳朵。

经停小站的时候,他坐得太久,于是起来活动一下,和着谁都没听过的音乐陶醉地跳起舞来,一手拿着装咖啡的纸杯,另一只手上是点燃的香烟。他的脑袋就像安在了关节上,肩膀、手臂、大腿和膝盖同时绕圈旋转,仿佛徒劳地想要抱住、抓住某个看不见的人……

而我何时能把你拥抱,请告诉我吧!

我已经受够了同当地乐队那些无关紧要的争吵,十月份后我不会再续签合同,我会搬到你附近去。米亚特里茨基教授劝我去找他,搬到波士顿去。你能想象吗,他在年满九十岁的时候竟安排出接下来大概十年的巡讲和专家授课计划。"西蒙,别犯傻,"他说(教授总是把我的名字念成这样,但我很喜欢它,感觉"西蒙"这个名字透着某种贵族气质,不像粗俗的"谢尼亚"那样,傻兮兮的音调将伴随你一辈子。),"西蒙,在你们贫瘠的欧洲,也会把蜂蜜涂抹在面包上吗?"

"涂，还是上好的蜂蜜呢！"我如此回答他。总之，我很快就动身去找你——请你露一面吧，给我一些信息。

我的镜子姑娘，你现在何处？在法兰克福？蒙特利尔？柏林？你还在表演那些徘徊在生死边缘的魔术杂技吗，像"穿越火环"那样？还有大变活人的箱子？装着人脑会飞的玻璃球？

有谁闯进你内心的明镜里了吗，我亲爱的，有谁让你动心了吗？

真希望你的回答是否定的。我想知道，你还为我保留着忠贞吧？让身体的忠贞见鬼去吧！

只要你能时常回来就好。

只要你回来，看在上帝的分上……

老音乐家谢尼亚,就是那个爱她爱得痴迷的家伙。而她似乎也爱着他……即便不爱,也对他有所依恋。他给她写了一堆"留局待取"信件——显然他身上还保留着那种老派的迂腐礼数。他从来不知道信有没有寄到,而她也不回信,或者只用令人费解的文字写几句话当便条,对方打开看的时候,就会像个白痴一样愣在那儿,把纸条这样那样转来转去,头尾颠倒过来,但无论如何也看不懂写的是什么。就像间谍的某种暗码似的!多可恶、多糟心的图案!一看见就恨不得把它从本子上撕下来,就像把蜘蛛网从镜子上扯下一样!你们国际刑警组织里或许有能对这种笔迹进行解码的专家吧。

但是谢尼亚完全不受影响。他没有感到任何不安或刺激。

举个例子,她开车的时候速度总是让人心惊肉跳,更别提骑摩托车了,任何一条陌生的道路她都这么开!对此没人能忍受得了,除了谢尼亚。他总是把方向盘让给她,坐到一边带着若有若无的笑容,像个傻乎乎的痴呆病人,又仿佛是坐着敞篷马车沿着布隆森林出游,微微抬起礼帽,同熟识的男爵夫人打招呼。

不过他一点也不嫉妒她。她的风流韵事他从不插手,他们之间完全没有任何羁绊。没有,千真万确!他们……唉,怎么说呢……就像守在自己的情感里作茧自缚。他一刻不停地望向她,如同望向镜子里面,尽管他总是生活在离她很远的地方,并且比她年长太多太多。多么奇怪的关系……

顺便提一句,过了这么多年,我还是一下子认出了您的声音。太神奇了！就像当初在听筒里听见的："弗拉基米尔吗？"一个严厉的声音传了过来，"我是国际刑警，科勒探员。"

能提个问题吗，科勒先生？怎么又重新提起这个案子了？我以为它已经结案了。这么多年过去了，谢尼亚和他忧郁的巴松管也早就不在了……

不介意我抽根烟吧？感谢上帝，在蒙特利尔至少还有这样的地方，至少能在露台上抽上一口。要是在欧洲，他们简直能把人逼疯……总之您同意在室外问话，我还是很感激的……开玩笑，开玩笑！不过来点啤酒和香烟总能让谈话显得轻松幽默些。尽管关于她……喏，您也知道，关于她的事我总是很难开口，更何况，在接受最初的审问时，我已经把什么都说了。

没错，她不是很漂亮。长相平平：鼻子就是鼻子，额头也就是额头……眼睛很明亮，是的，不过眼神异常警觉，飘忽不定，似乎总在警惕着什么。她衣着轻便，在各地飞来飞去的……但是我们这一行长得好看不算什么。我们在拍摄中的任务是让观众看到特技，不负责长相好看。镜头里要是出现替身的脸，那就是把特技给毁了。

为了不让观众看出破绽，你就得模仿演员。在这方面她简直就是天才！她的身体拥有难以置信的天赋，而且反应也出奇地敏锐——即使两手都拿着东西，她也能接住掉下的杯子并摆回原处。我有一个生理学家朋友说，这些人是训练有素的左撇子，他们两个脑半球的功能分布与常人不同。这种人有科学定义：双撇子。不久前澳大利亚的研究者声称，无论在体育运动还是日常生活中，这些人能更快地判断情况并做出决定。您笑什么？以为我在胡扯，对不？对这种鬼话我也是一头雾水，只是把听到的都说出来罢了。不过我算是亲眼看见过这些的人。

我只想向您解释清楚——她的身体条件可能是根据某种特殊程序定

制而成的。对于跳跃、空翻、拉伸和其他特技而言,她就是最理想的人选。不管她做什么动作,你都想一直盯着看。她吸引了所有人的目光,并为他们呈上一系列眼花缭乱的技艺。她身材骄人……跟那些挂着肿胀的乳房、光溜溜的色情影星可不一样。恰恰相反,她个子不高,非常……健美,也很匀称,你能想象吗,身体上每个部位都同其他部位完美无瑕地结合在一起。她的一举一动都像是在回应某种无声的感召,仿佛总是有所警惕,甚至在尽兴投入地聊天时也是如此。这场景就仿佛:一个你很要好的客人已经把行李收拾妥当,穿上鞋子、外套,就等出租车来了。你们依旧兴致盎然地聊着,欢声笑语……可在这期间,他又竖着耳朵时刻留意着——单元门口有车喇叭响,是出租车来了吗?你内心像是被狠狠揪了一下!因为……你关注的是还能不能再见面!

见鬼,最后一根烟了……谢谢,我只抽"德·穆里埃"……他们这儿应该有。

Месье, силь ву пле, ан паке дё Дю Мурье э дё Фан дю Монд!...①

知道吗,这里很不错。我觉得,同性恋在这儿就像过节一样。不是吗?同性恋也好,不是同性恋也罢,我反正无所谓。他们也是人……就拿热内维耶娃说吧,我很尊敬她。您大概已经审问过她了,对吧?您看到她了。是的,她是真的能喝,但我说的是另一方面——这个人,她改变了自己的命运,从她出生就已经板上钉钉的命运。喏,您想想看,一个来自布列塔尼沿海地区的小姑娘。那偏远的村落有狂风,有暴雨……

---

① 先生,请帮忙拿一包"德·穆里埃"和一包"范·德·蒙德"。(法语)

她父亲是个渔夫，收入微薄，在海上一待就是好几天；母亲在一个酒吧卖酒精饮料给那些渔夫们；家里有五个兄弟姐妹。她对天主教义如此笃信不移，宁愿把自己糊进教堂墙壁里，也决不让一丝一毫的人性之光照射进来。可后来呢？热内维耶娃明白过来，自己被另一种东西……被其他东西所召唤着……她，是个异类。于是她同家人断绝了关系，出走去了加拿大，几经漂泊，穷困潦倒……但最后她胜利了。无法想象没有她的话，太阳马戏团会是什么样子。她有上帝的构造，是上帝的映像，随心所欲地活着——这就是我想说的。你知道吗，要做到这点也需要勇气，很大的勇气……

唉，我又扯多了，对不起。

至于我们这个行业——当然了，我们一般只为一家公司进行电影拍摄……不过俄罗斯的特效替身在西方也深受喜爱，甚至超过他们自己的：我们这些人有求必应，无所顾忌，你提什么要求，我们就照着做。如果需要把头撞进水泥里，我就撞进去。这就是出了名的俄式一击，更准确地说，是俄式玩儿命。所以毫无疑问，我们经常被邀请到国外，参与各种场景的电影拍摄……

什么是"出色的替身"？她就是最出色的！最出色，明白吗？她——能让摩托车前轮着地，车身直立！全欧洲唯一一个能完成该动作的女特技演员！要做到这一点，需要摩托车笔直地前冲，然后前轮突然刹车。最重要的是路面干燥，这样摩托车才不会打滑。刹车的时候借助惯性冲力，把车后部向上抬起，同时要保持住平衡，将车倾斜一定的角度，以防车手越过把手翻着跟斗飞出去把脖子摔折了，那就倒霉了。女人的身体很难承受得住，因为手上没有这样的筋骨和力气，明白吗？而这个姑娘居然做得到！

上帝啊，您也知道她是怎么丢掉这个饭碗的吧？我和你们已经谈论过了……还记得吗,有一个美国心理学家,马尔文·舒科尔曼,他认为这类人由于肾上腺素分泌过多,身体器官需要经常性的刺激。如果每天不能保证至少有一次刺激,他们便活不下去。他们习惯了因恐惧而产生的放电效果,这是一种麻醉性的依赖。这么跟您说吧,替身演员就是这样的一群人。仔细想想就知道,正常人会冒着生命危险完成那些大场面的特技片段,却甘愿让一个打扮得花枝招展的主演代替自己出现在镜头里,以显示他有多厉害吗?

才不是呢,你要知道,这些人……他们需要有强悍的神经系统。跳跃的特技,汽车的、摩托车的和骑马的特技,舞刀弄枪、跑来跑去的,都要依赖于自己的反应、训练和身体做保障。还有火烧、水淹……这些都不是闹着玩的……

对,她当时拒绝了火烧,这是事实。于是那场戏就取消了。您知道怎么拍被火烧的镜头吗?替身要穿上特制的衣服。以前衣服是用石棉做的,后来它被证实有害,于是大家就开始用一种涂料——据说是种防火的复合型材料,不会变形。在石棉和涂料制服下要穿一层薄毛毡做的里子。就是这样,戏服外面套上特制服装,涂上固体汽油……真的是固体汽油吗?不是,而是溶解在汽油里的骨粉,类似于凝胶。一般涂抹在背部,人向前跑,火焰就朝后蹿出去,场面效果很好。不过……也有全身着火的,这时候替身就要戴上防火材料做的面具,上面留着小孔用来观察和呼吸。人着火的样子您总见过吧……

Экскюзэ - муа, месье, пурье - ву бесэ сет мюзик дё мерд?...①

---

① 抱歉,先生,不能把这该死的音乐关小一点吗?(法语)

话说，当一个人浑身着火的时候，就会惊慌失措。比如，风不往指定方向吹的话，人就会被烧伤。因此你得跑，没错，跑起来，沉着地让自己烧着……那就拍摄成功了！然后立刻肚子朝下趴好，他们会给你盖上一块帆布或者被子，但是不能浇水，否则会被蒸汽烫伤。他们会用灭火器灭火，片场还会有一对安保人员在场。但是那次，为让娜·德阿尔克拍特技那次，只到了一个安保人员，一个！他还把她的面具戴歪了，整个面具，你敢相信吗？我的天，你仔细琢磨琢磨就知道，这意味着什么！

哎，我说到哪儿了？……没错！火苗蹿了上去，她喘不过气来，就摘掉了面具……从此沿着她左脸的颧骨留下了一道细细的粉红色伤疤。她想擦些粉盖住它，但无济于事……

但是，她不是在那个时候失去这份工作的，而是在三年后。

拍摄那几个镜头的时候我也在场。

我们在一个摄影棚里工作，两个特效需要同时完成。我已经不记得那部电影在俄罗斯上映时叫什么了。由一个意大利导演执导，名字我也忘了……是部动作片，有追逐戏……拍的就是一坨屎。打死我也不会去念那些白痴一样的台词。我们被邀请去演两场打戏和一场翻车戏，到了片场，只打几下，车也翻了，就能收工领报酬，然后拜拜！总之，她当时要做的是从悬崖上跳下去，落到他们那个愚蠢的那不勒斯海湾上，在一个危险的位置着陆，不能失误，并要钻进两面悬崖之间狭窄的缝隙中。

喏，摩托车、摄像机、一切就位，每一分钟都无比宝贵……她跑到悬崖边，却停了下来。她纹丝不动地站着，然后突然转身自顾自地离开了。

我不知道发生了什么！我不相信她是被吓到了……您要知道，通常来说替身在完成特技的时候，都是近乎歇斯底里的状态。我跟您说吧，我不知道是什么让她停了下来，仿佛她心里的操纵杆突然被扳了回来，在那一瞬间她决定结束这项事业并与之一拍两散永不回来。她那张脸就在我的眼前：是那种……获得解放的样子，明白吗？也许，法庭上被宣告无罪释放的被告脸上也是这种表情……她走了，那双绿眼睛——啊呀是蓝色的，如同这海湾里的水。导演在吼叫，制片人着了慌，演员们凶得像恶狗，拍摄取消了……而她自由了，像风……不对，像大海！

从那时起，她靠策划灯光表演秀赚钱生活：在台上布置好照明设备，想出各式各样镜面反光的效果……比如她给柏林布赖特施德广场上最著名的娱乐场"欧洲中心"就设计了一颗球，并把它叫作"隐身球"。球形表面是复眼似的网状结构，材料用的是塑胶和喷涂镀膜。而内部……您是不会相信的。这颗巨大的球挂在舞台当中，在远处的操作台控制下，侧面的一个矩形块会向一边移开，而球体内部是完全黑暗的，伸手不见五指，给人以静谧柔和的感觉。如果把手伸进去，就会消失不见——简直就是宇宙"黑洞"效应。她解释的原理我基本不懂。唉，没办法，我在科学方面从来都是一窍不通的，只记得这个想法来源于镜子的自我锁闭系统。

您知道吗，她可不是一般的抢手，还在法兰克福著名的"老虎宫"里干了不少活，其他的不说，她在那儿可是首席灯光顾问。舞台上的所有设备、聚光灯光源、扫描射灯、双色过滤器和其他特效技术，她都能像上帝般妥当地安排好。

她赚得不少，只是不知道钱都飞去了哪里。要是钱真的如她所言，被塞进牛仔裤和外套的口袋里，而后"飞"走了，那我也就用不着这么大惊小怪了。可是我记得，她每个月还要把一大笔钱寄给某些人，比如宁卡，她以前一起表演的搭档——我指的是我们自己编排的节目。她觉得自己有愧于宁卡——据说宁卡因为她而丢了工作，并被排挤在圈外。

我对她说:"你怎么了,糊涂了吗?给自己找了个退休工人养活!宁卡是个四肢健全的婆娘,早就找到另一档节目,大红大紫了。"可她不听!还是寄呀寄呀——要寄一辈子。还有那个……痴呆的老家伙,小时候她就能用自己的镜子把他耍得晕头转向。她给他把钱寄到印第安纳波利斯,尽管他在那儿喝着美式浓汤,活得很不错……总之,她唾弃那些被称作物质财富的东西。她只是干很多的活,这是真的。

她总是将自己的人生规划到三年以后。我从来都不知道,此时她正住在什么地方,她开着摩托车要跑去哪里。她完全按照自己的方式生活——一会儿到这儿,一会儿到那儿;一会儿出现,一会儿又完全没影了。她在世界各地租用摩托车,如果需要跑高速,她会租大马力的竞赛摩托,如果是在城市里,就租轻便的旅行摩托车。她从不带行李箱,只带一个小背包,里面装两件内衣,还有永远带在身边记录开支的便笺本……存放衣服的问题很容易解决:就近去一趟商店,买一件普通的绿色或蓝色毛衣,背心则视天气而定。然后把它们留在该留的地方——旅馆房间,热内维耶娃的"小窝",或者丢在公园长椅上——送给流浪汉……她是我所知道的对自己最无所谓的人了。她只关心机车服饰,就连这个也是不得已而为之。因为您要知道,骑摩托车是件马虎不得的事情——我们会把速度提到两百以上,那就意味着,只要有一只甲虫迎面撞到你脸上,就能把你掀翻在地。因此皮夹克、牢固的靴子、手套、头盔甚至是安全帽——这些毫无疑问都是必需的。

最近一次我们近距离地坐下来聊天是在"费加罗",大概是在……那件事情发生两个月前。她当时心情很好,告诉我说自己明年将被邀请去本地的德·蒙特利尔赌场筹备礼炮节期间的几场灯光镜子秀,她专门为他们设计了一场盛大的特效表演,会与礼炮交相辉映。"瓦洛季卡,想象一下那个场面,"她说,"那是两面天然的巨型镜子:漆黑的天空之镜与晦暗的海港之镜……"

对，对，她试着向我解释聚焦的原理，借助安装在窗户和屋顶上的多个凹面镜，能将礼炮的光辉与大厅里的景象反射出来，并以这种方式发送到天空，从而制造出巨大的幻象：礼炮的轰鸣喧嚣伴随着令人难以置信的天外来客般的宏大虚景。

我得承认，我从没有被她那些有关镜子的奇怪念头所吸引。我完全不记得她具体说了什么，只是看着她舀了一勺冰淇淋放到橘红色的舌头上，并搞笑地吮着勺子头，像个孩子……

天哪，科勒……见鬼，您叫什么名字？罗伯特？我可是清楚地记得她五岁时候的样子，罗伯特！您知道，我跟她都是基辅人，从七年级开始就在一个学校上学了……更早些时候我妈妈在他们家干过一阵子活儿。有一次还带着我一起去，因为爸爸那天又喝醉了，而幼儿园又因为例行检验要被关闭。

妈妈对我说："听着，瓦洛杰奇卡，你咧在人前要闭上嘴巴，不说话显得有教养咧，就像哑巴那样。"

我们家当时过得太穷了……回忆起来简直可怕！爸爸对家里的开支毫无概念，有一个冬天他把我的羊剪绒帽子拿去换了酒。而她的爸爸是个军医，上校，在佩切尔斯克的医院工作，不光如此，还是传染科的主任。他是个高大有力的男人，仪表堂堂。她妈妈，玛尔基里洛夫娜，在音乐学校指挥歌剧交响乐……

他们住在以前的日里扬大街，一幢建于革命前、阳台上装着黑铁栏杆的房子里。屋子很大，过道里有电话，还摆着一面神秘的镜子。对我而言这简直就像……就像是彼岸世界！我还记得，我们一进门，正对面，稍稍靠边一些——镜子就挂在墙上，里面照出走廊的样子。要是有人从走廊过来，首先会出现在镜子里，一回头对方已迎面而来了。当时她这个淘气鬼就从这面大镜子里冲我们跑出来：满口的白牙齿，眼睛冒着光，哈哈大笑着。她在走廊上跑来跑去，鞋子啪嗒啪嗒地响，仿佛在极力表现自己有多么不正经。

而我那会儿是个听话的男孩。我和爸爸之间的交流也很干脆：闭嘴坐好，废物，最好到柜子后面去。因此面对这样大吵大闹的孩子我感到很是惊讶。可她并没有挨打。我妈妈对她说："小宝贝，小祖宗，往哪儿跑咧？你会湿得像只鹅一样咧！"

而她大笑着："不是我想跑，是快乐逼着我跑的！"

她就那样出现在我眼前，自由，野性……而且另类！也许，我的整个人生也因此被底朝天地翻掘起来；也许，是我过于急切地想摆脱怯懦的童年阴影，将它彻底铲除，就像捏死一条蚯蚓那样……

是啊，有点可笑，而当您打电话来提出见面的时候，我确实有些兴奋过头。我想：会不会是发现了什么，突然……有了新消息？尽管一切都已经那样——过去四年了，还能发现什么呢？但是我……该死的，我不明白，不，明，白！！！就算身体消失了，那摩托车呢，摩托车总不会像条鱼一样跳到海里面找不到吧，啊？！妈的，它可是铁做的啊！难不成还能被鱼吃了？！还能被海豚借去骑走了不成？！

请原谅，我没事。先生……别紧张！一切正常……一切正常……我有点……失控了……

我如此期待着能从您这儿听到些新进展，可啤酒呢，是个容易坏事的玩意儿，科勒先生……罗伯特·科勒先生，您能用俄语交流，这简直太棒了。我只是不知道，除此之外还能怎么办……像狼一样哀号吗……唉，啤酒……喝的时候就像是水，可过后它就把你的心绪都揪出来，还不如直接来点烈的呢。

我清醒着呢，今天借着这点啤酒是怎么也睡不着了。我就那么躺着吧，像个呆子一样盯着黑暗，只要闭上眼睛，就会看到五岁的她，在走

廊里啪嗒啪嗒跑着,从镜子里径直朝我跑了出来,额头上汗涔涔的,露出满嘴的牙,哈哈笑着使劲大喊:

"不是我,不是我!是快乐逼着我跑起来的!"

这是两个玩具的特写。

第一个——拇指姑娘。一个被关在铁制花朵里的神秘女俘房。为了把她纤细的身体从监牢里解放出来,就要不停地推动金属针筒一样的活塞柄,按呀按呀,直到大拇指发麻。发条便开始转动,上面的花瓣发出吃力的嗡嗡声,转着圈张开来,随后越转越快,形成一圈忽明忽暗的帘幕。透过它能看见里面坐着那个安徒生童话中的小姑娘,尽管结局幸福,此时却难掩悲伤……

她等待着,冻僵的双腿微微蜷曲着藏在红色裙子底下。只有当你停止上发条的时候,花朵才会再次将这个女俘房掩藏起来。快点,快把她营救出来!让这些铁制的、呆板地闭合在一起的花瓣舒展开来!

但是透过折断的花瓣只看到一个上色粗糙的塑料小玩偶。你多么希望能在里面看到拇指姑娘真正的样子,于是把爸爸买来的玩具一个接一个地拆散,可结果都是一场空:尽是便宜货。

第二个玩具——一个单杠运动员。他就像波琳娜的缝纫机一样,靠转动侧面的小手柄进行活动。运动员身穿蓝色外衣,赛璐珞的脸上带着傻乎乎却无所畏惧的笑容。这个坏小子全身舒展着面向每一个人,只要你的手不觉得疲惫,他就可以从早上一直转到晚上。小手柄不知疲倦地发出吱呀的尖叫,运动员伸直手臂升起来,翻个跟头就已经落到了单杠下面,准备着再次刷新纪录了。

"纽塔——啊——啊,你的大嗓门喊得稍稍轻一点咧!"

这是新来的保姆赫里斯季娜,看院子的马尔科夫娜的侄女。她从皮尔诺沃①来,全靠马尔科夫娜养活。而纽塔对此的理解是:从车里一出来,赫里斯季娜便猛地向上一蹿,骑到马尔科夫娜脖子上,肥胖的双脚垂在她的胸前,赶着她走来走去。②

把赫里斯季娜叫来是爸爸的主意,为了让她顶替"我们亲爱的波琳娜",因为她当时在医院被剖开了肚子,并从里面取出了几块石头。

赫里斯季娜下身肥大,而脑袋又蠢又小,仿佛是她的身体迫不及待地想让麻利的双手和抻开的双腿赶紧生长,急着储备一个硕大笨重的屁股……她照看着这一切纷繁琐碎的家务,肩头上扛着圆白菜,脑袋后面尖尖的布帽扎得很紧,嘴巴一刻也闭不上。就是从这张嘴里蹦出的带着口音、连说带唱的蠢话,玛莎管它叫"杂交语"。

"玛尔基里尔娜,为啥她老拿左手干活?她的右手啊,我瞅见了,一点用场都派不上咧。"

有趣的是,波琳娜能快速地阅读那些纽塔暂时还看不懂的书。那么请问:像她这般聪明的老家伙,怎么会蠢到把那些石头吞下去呢?

"纽塔是左撇子,这没办法,赫里斯季娜,孩子天生就这样。我请您不要在这件事上过分在意。"

玛莎把赫里斯季娜请到厨房里,好像在交代什么家务活。事实上她是要教育一下赫里斯季娜该如何同孩子相处。孩子是复杂的,不服管教,无法集中注意力。说明白些,就是不可能一下子把注意力集中到五门功课上来的。而此时纽塔正一边不停地转动发出刺耳声响的单杠玩具手柄,一边用左脚踢着破破烂烂的阿尔列金,他那欢快的瓷脑袋上涂着鲜艳的釉彩。

阿尔列金是很久以前在中央百货商场挨着赫雷夏蒂克街与列宁街转

---

① 皮尔诺沃:乌克兰基辅的一个小村庄,所以赫里斯季娜说话带有浓重的口音。
② 俄语中"骑在某人脖子上"是一句俗语,意为"全靠某人养活,故纽塔有此理解"。

角的玩具商店买到的。爸爸这么评价他的着装："衣服是'威尼斯风格'的，由两部分组成：一边是深蓝色的缎子，另一边是黄色丝绒。"

而这引起了小女孩异常的兴奋。

"不对！"她冲玛莎说，"要买颜色相反的！蓝色要在另一边！"

"你们这里有衣服缝反的吗？"玛莎问像洋娃娃一样胖乎乎的、满脸红晕的售货员，"也不知道为什么，我女儿想要蓝色在左边的。"

"这有什么区别？"红扑扑的"洋娃娃"不高兴地说，"就拿这个吧，你看，多漂亮的小伙子呀！"

可纽塔却把手从玛莎身上抽出来，跺着脚，气愤而难过地反复道："不对，不对！"

"现在溺爱孩子，将来自己得哭一辈子。"售货员批评道。

总之阿尔列金还是买回来了。为什么？！他就是个衣服里外反穿的骗子，两面派！买回家还得继续追究一番——是什么人出于什么目的把他派到了这里。只要他不招供，就不停地打他！

"纽塔奇卡，我要上班去了！"玛莎在走廊里喊着，自己已经穿好了外套，戴上了帽子。

"去吧……"女孩没有理会，把阿尔列金在沙发边踢来踢去。

她从没有叫过玛莎一声"妈妈"，尽管被带回来的第一天她就轻松愉快地对阿纳托利叫了一声："爸爸！"偶尔也有这样的情况，她会管玛莎叫"Ma"——就像所有孩子叫自己的母亲那样。但玛莎却不会被此迷惑，她知道这不过是自己名字的第一个音而已。

门啪地撞上了，赫里斯季娜认真而规矩地把它关好，转了两圈钥匙，挂上门链后又仔细地查看了严肃刻板的门面，生怕把某个锁孔、门闩或插销漏掉了。一分钟后她出现在孩子的房门边。

"真是的,"她抱怨着,"这里到底是姑娘家在住,还是彼特留拉的乐队在演出?"

没人吱声,她又盯着正在玩耍的孩子看了一分钟。

"我说,您可别把自己弄伤了,安娜·阿纳托利耶夫娜……"随即她换了种嗓音说,"到这儿来,小混蛋!"

哦,这就有趣多了!赫里斯季娜突然操起一种不同于平时的、"乳制品厂司机们"交谈时使用的迷人口音说话。赫里斯季娜是这么说的:"快点——从——窗户边——走开——不准——听这个——混蛋——瞎说!"

每天清晨,当保安把乳制品厂沉重而肮脏的灰色大铁门拉开后,几十辆侧面画有红色标志的黄色槽罐车从院子里慢慢驶到街上,拥挤地堵在一起,像奶牛一样,兴奋地拖长嗓门哞哞叫着。这个时候,在扎达诺夫斯基革命战士大街周围——也就是原来的日里扬大街,到处都能听到司机们爆发出礼炮炸响般喧闹的对话,听不懂什么内容,但是态度很强硬。

"过来!"赫里斯季娜重复道,"我得给你治一治,帮你调理调理,改头换面咧……你自己说,纽塔,你是聪明还是笨?"

"聪明。"女孩确定地回应。

赫里斯季娜把手掌卷成筒状,靠在自己母鸡一样圆不溜丢的眼睛前,假装举着望远镜张望。

"没看出来哟。如果聪明就该用右手拿东西,可你用左手……再说了我都没对你动手呢,你咋知道……来玩一玩嘛!"她突然叫起来,"这游戏很好玩!等着,别动啊!你很快就会变成半个残废!"

她屁股抖来抖去地跑向厨房,拖出几块厨房用的格子毛巾,并从足足有三匹马那么宽的大围裙下摆里扯出几个回形针来。

"别过来,你这头奶牛!"

不过，跟赫里斯季娜在一起可比跟波琳娜待着有趣多了。波琳娜只会带着纽塔去日里扬幼儿园遛弯儿，规规矩矩地坐在铁制秋千的座椅上慢慢地摇来晃去，绝不会把她荡到半空中去。她们还会在椴树林里散步，就在瓦图京公园里——那里确实长着不少高大的椴树，香气扑鼻，春天来时枝头还会挂满小小的绿色"螺旋桨"，末端还很黏，可以把它们掰开来粘在鼻子上。

波琳娜总是用自己那愚蠢的口音来朗读识字卡片，就像荡秋千一样，拉长了音调慢慢悠悠地读着："布——皮，粮四——产物，锈——鞋子……"——真是桩蠢事，既然全家人除了俄语不说其他的语言，波琳娜自己也讲俄语，还要看这些识字卡片有什么用？

除此之外，她还拿一种名叫"德语"的滑稽而神秘的符文来折磨纽塔。这完全因为波琳娜是个过时的福禄贝尔主义者。纽塔一开始甚至觉得这有点歇斯底里——每当她大吵大闹的时候，波琳娜便会气愤地吐出一堆德语词汇。不过感觉上，那个德国教授福禄贝尔好像是几百万年前的人了（他是个瘦削的老头，像条鲱鱼干，脸颊凹陷处还有稀疏的几丛苔藓般的胡子），他向少女们传授教育学——就是如何让孩子不淘气，不讲卡车司机那样的脏话。于是，这些少女福禄贝尔主义者（她们一水儿地都将整个胸部用束胸裹紧，头戴镶有小樱桃和从天堂落入凡间的小苹果的礼帽）招收一群孩子，大概七八个人，把他们领到公园散步，教育他们，让他们学习语言。语言！有什么可学的！把舌头伸出来，伸出来……再伸出来一点……都快舔到鼻子了……真棒！但不管怎么样它也只是一条舌头，仅此而已，不管你怎么折腾！

纽塔很轻松地就掌握了这些愚蠢的"айн—цвай—драй—фи—ир，ин ди шуле геен ви—ир"①，波琳娜因此陷入无法言喻的陶醉当中。"玛

---

① 德语的拼音歌谣。

申卡！玛申卡！"散步回来刚踏进门槛，她就大呼小叫起来，"我有一点不明白，这个孩子一听到外语歌谣就能立马记住，可母语的词汇怎么就一个也读不出来呢？"

这该怎么解释呢——大脑中有这样一面小镜子，只要你使劲集中注意力，它就能反映出一切你想记住的东西。你只消用这面镜子获取所需的内容即可，或是词汇，或是比这有趣得多的东西，例如数字。一旦镜子捕获了所需的目标，便可将其视作**永久获得**了。难道不是所有人都这样吗？记字母卡片本该是件很轻松的事，只要它们被**正确地**书写出来，而不是像人们到处悬挂和刊印的文字那样被荒谬地、前后颠倒地排列着……

当然，波琳娜也有很多优点：散步结束后她总会给纽塔买些甜点。松软的黄色泡芙面包棍，上面淋着巧克力，而夹心是味道奇妙的发泡或炼制奶酪。或者浇玫瑰糖浆的杯型蛋糕，里面还点缀着深红色的小樱桃……

而且在室外，波琳娜是没有威胁的。她不会在大街上把纽塔厌恶至极的"抗坏血酸"拿出来。那是种特别恶心的又苦又酸的粉末，在家里她总是不断喂给小姑娘吃——把扁扁的透明纸做的小包装展开，舀一小勺，开口说："嘴——巴张——开！"然后把药粉抖落到纽塔那注定要被塞入的勺子摧残的舌头上。在街上恰恰相反，波琳娜完全屈服于纽塔的统治，她小心翼翼的，生怕纽塔一下子跑掉。这是有前车之鉴的，有次纽塔跑得飞快，都快赶上摩托车了。总之，只要赫里斯季娜不逼纽塔做那些蠢事，那么在这场保姆较量中她还是占优势的。

她要是能永远留下来该多好。

可是玛说了，赫里斯季娜只是照看她几天而已，波琳娜暂时住在医院里，开刀之后缝合得不错。爸爸有一次给纽塔解释人是如何做开刀手术并进行缝合的，说着便掏出几枚针来。

在爸爸一番引人入胜的讲解后，三个洋娃娃被纽塔剪破，并且开了膛破了肚。

没错……

但愿波琳娜不会从医院回来了。彻底回不来了，永远也不。也许，她是那么喜欢待在那里，所以又吞了一回石头，不得不再次把肥大的肚子伸到刀刃下？

赫里斯季娜快速地用毛巾紧紧裹住小女孩，把左手固定在她的身子上，只有右手可以自由活动。她轻轻扶着纽塔的肩，灵巧地用别针把毛巾夹好，缠绕好。

"哈！好一个洋娃娃！"

"我……是木乃伊吗？"

"那是啥？"

"我和爸爸有一次在图画上看见的……是古代一种被布缠起来的死人。"

"呸！你怎么会是死人？你是活生生的姑娘！去走廊上走走，去镜子那儿瞅瞅！"

纽塔试着走出几步，却差点摔倒。

"我……走不了……脚难受！"她害怕地说。

"你没事的！"赫里斯季娜大喊，"别瞎说，你可以的！两只脚都在你身上好好的呢！用右脚向前走！对，走起来！"

她们整整用了五分钟才一瘸一拐地挪到门厅。这里藏着一件奇妙、宝贵且神秘的东西……但这可不能告诉任何人。

每天下午，波琳娜都会被瞌睡虫缠上，只消耐心而安静地等待，直到陷在餐厅皮沙发中"翻报纸"的波琳娜发出刺耳的鼾声即可。当第一阵如拖拉机怒吼般的鼾声伴着报纸轻柔的震颤倏而响起之时，纽塔就飞奔起来,几乎是踮着脚悬在半空——她只能踩在五块不出声的木地板上。她溜到婴儿房里,在波琳娜的躺椅边有个小床头柜,上面立着她那面珐琅饰物早已被划损了的古董高脚圆镜。搪瓷的底面还画着伊凡王子骑在瘸腿的母马上,抢走已经陷入昏睡的巧手玛利亚的场景。

如果小心翼翼地把这面镜子放在门厅的鞋柜上,精确地对准门口另一面将军般威武的、镶着雕花黑框的镜子,然后慢慢步入两面镜子中间像紧绷的琴弦一样共振着的深邃空间里,就能看到两端似乎没有尽头的镜中走廊……

纽塔聪明地将这个游戏隐瞒起来,因为玛莎对这些镜子很不友好,不愿朝里面看一看,甚至,她似乎担心照镜子的时候会显得很蠢。有一天,玛莎看见纽塔站在那两端喷射着奇妙纷乱的寒光的镜子通道中间,沉醉地缓缓起舞,她不知为何就受了惊吓,一把夺走波琳娜的镜子,无助地喊着:"你在干什么?我真不明白,你这是在干什么蠢事?"

而此时半个身子被缠起来的纽塔就站在这面带着铜烛台、将军般高大威武的镜子前。

"这……是谁?"女孩望着镜子里一边被包起来的半身人,嘶哑地问道,把身子从右边转到左边,习惯性地用细致的目光打量着里面的影像。不知为何现在做这些动作都费劲了许多。

在镜子中认出自己——她一辈子都觉得这个瞬间仿佛漫长而折磨人的跳伞过程。她总是做不到与自己的影像即刻相融。最初的那个瞬间,是相会,是惶恐,是内心悸动:有个人竟穿着你的衣服。必须要让自己做出调整,而每一次都要重新花大力气学着朝里看去。

尽管她总是在扭曲的表面与自己相见:在水面上,在勺子上,在釉彩茶壶大腹便便的壶身上。

"哎呀……"赫里斯季娜满意地开口说着,"在我们皮尔诺沃,就是这么把左撇子掰正的。你呀,很快就会变得棒棒的咧!"

接下来两个钟头,赫里斯季娜帮助她学习用笨拙无力的右手拿勺子,抓球,把东西从地上捡起来再扔出去,梳头,甚至还拿着一张报纸练习在洗手间用右手"搞定"。

"赫里斯季娜,唉……够了!"女孩到最后已经在哀求了。她面色憔悴,眼神暗淡,嘴唇上方渗出了珠子大的汗水。这么长时间里她一次也没有啐口水,没有撒气地拿脚踢那无辜的玩具,没有突然尖叫:"松开我!受够了!"

赫里斯季娜红红的手指捏成一个拳头,拇指从食指和中指间钻出,一把捅到纽塔的鼻子跟前。

"你!"她说,"不能退缩!你爸爸五点从医院回来,那我就四点半给你松开。上帝喜欢能忍的人!可恶的左撇子,上帝是打心眼里不能接受的!你想跟那些畜生一样吗?"

纽塔用失望的眼神看看这个折磨人的保姆,但是她并不想像赫里斯季娜说的那样,变成叫不出名字、让人厌恶的畜生。相比之下,上帝是不是爱她,她并不在乎。当然,最好是爱的。

不过……假如这只没用的右手也变得和左手一样聪明灵巧,那就能像马戏团的杂技演员那样,厉害地一下抛起五个球来了!

女孩坐到小凳子上若有所思地……第一次……用右手挠了挠鼻子。

天哪,真该再一次沉入那片嘈杂而神奇的芳香中,真该好好地闻一闻:混合的粪便,马的汗臭味,新鲜的木屑,滚烫的灯火和烤热的帆布!乐队开始演奏,心脏剧烈地跳动——爆发出节庆般的欢腾,红色蓝色的聚光灯光束打到眼睛里,还有身穿亮闪闪的短风衣的王子,握着长长的杆子保持平衡,肩上扛着一个几乎衣不蔽体、小巧玲珑的姑娘——但她整个人都发着光,身上挂满熠熠生辉的金属片,像真的拇指姑娘一样!伴随着一阵可怕的鼓声,她突然向上蹿升,旋即双腿径直落在弹簧般起伏的钢丝绳上!

爸爸发了疯似的拍手叫好,又从售货阿姨那里买了第二个装在棕色盒子里的焦糖奶油布蕾,盒子上还画有火枪手。但纽塔不能吃。她的眼睛一刻也无法从跑马场上移开,嘴唇都干裂了。在她内心的那面镜子里,她看见自己正在这条稍稍高于视线的钢丝绳上迎面走来,握着向前倾斜的长杆子,就和这个拇指姑娘一样!但这个场景并不是发生在现在,而是很久之后。

"爸爸!"她伸手抓着父亲胶雨衣的袖口,情绪激动地开口说,"我也能这样!我也能做到……我以后、以后……很多很多天以后……我也能这样!"

父亲显得很不耐烦:

"你胡说什么蠢话呢,小傻瓜!"他边说边吃着焦糖奶油布蕾,之后跟她说话也是爱答不理的。

还有演出结束后的那个杂技演员……

由于纽塔不愿意离开,所以她和爸爸是最后出来的。那个杂技演员与其说是站在放着灭火器的黑暗角落里,不如说,他像弹簧一样摇摇晃晃地从一边扭到另一边。他在练习:把五个黄色小球不断抛出去再接回来。球时不时地会掉到地上,杂技演员抓住其他几个——一个接一个抓到长长的手掌上,再弯腰去捡掉下的那个。然后他又把球抛到头上空,画出一条黄色的弧线。

"再等等,爸爸……"她央求着,站到杂技演员边上,目不转睛地盯着。不知什么原因,她就是知道球何时会掉落——或者说,她已经发现了其中某一个比其他几个抛得低,也就是稍稍偏离了那条弧线。在错过了其中一个、又一个……之后,她突然闪电般地倒向左边,准确无误地一把接住正在下落的球并递给杂技演员。

"哎呀,厉害!"演员惊呼起来,接过被她的手握暖了的球,"左手?左手接的?!哎呀,厉害!"

回家的路上,纽塔又跑又跳的,快飞起来了,先把父亲远远甩在身后,再朝他跑回来,活像一条为主人叼回东西的幸福的小狗。

这时候爸爸笑着说:

"哎呀,厉害!左手?左手接的?哎呀,厉害!"

5

……我一下子就明白过来，其实很久很久以前我就认识她了：多年以前我在基辅一个陌生人家里见过这个喜欢哈哈大笑、上蹿下跳的小姑娘。当时我大为震惊，差点被吓一跳。

我们的乐团当时正在乌克兰各城市巡回演出，而音乐厅的副经理拜托我把一个又软又轻的包裹转交给他在基辅的亲戚（"谢涅奇卡，亲爱的，帮个忙吧！"），所以我也就当即同意了。现在我已经不敢再带着转交给别人的东西溜达了，尤其是受了伤还提着巴松管匣子的时候。

他告诉我，那个亲戚就住在扎达诺夫斯基大街上，也就是以前的日里扬大街。日里扬大街——在基辅人民的意识里这条街一直就叫这个名字。

那个时候我和外公经常会在夏天到这条街上来逗留片刻，串门做客。

我爱基辅，我对它很熟悉。小时候的每个夏天我都住在日梅林卡的外公家，我跟他一定会来基辅待上一礼拜。我们会去外公的好友，以前马戏团的一位体操女演员家里。她住在日里扬大街上的公共套房里，那是一幢住满人的二层老房子。

她叫潘娜·伊万诺夫娜，有一个亚美尼亚的姓氏……如果我没记错，她还做点投机倒把的小生意——赚点外快而已。她自己还吹嘘说，人生的第一桶金就这么到手了。她把士兵的腰带改做成女式凉鞋拿到市面上去卖——据说是因为她当时缺钱缺得厉害，正跟马戏团一个漂亮的服务生陷在疯狂的爱情旋涡里呢。

她还是个狂热的瘾君子，一根接着一根地抽烟。但她很讨厌烟蒂，管它们叫"死尸"。只要在厨房看见烟灰缸里有烟蒂，她就会厉声呵斥：

"把这些死尸收拾掉!"

公共套房里住着特征鲜明的各色人物,似乎与房子早年间的用途也有所呼应——外公说,那里曾是基辅一家颇具盛名的妓院。

令人惊讶的是,这一群风格迥异的家伙竟出人意料地没有什么纠纷地共同生活,而且还有那种滑稽可笑的无用之徒混杂其中!比方说,有一个奇怪的艺术家,兴许他真的天赋异禀,但绝对是百无一用的废人。他身上穿着一件花花绿绿的破烂衣裳,很像是给女人做的,也许是捡来的,也许是从晾衣绳上偷来的,也许是善良的卫生机构分发给他的。这位艺术大师一定要我和外公朝他摆几个造型,当然,画成的肖像也没有给我们。甚至直到现在,我都会偶尔带着些许忧伤地回忆,当初应该毫不犹豫地把外公的肖像买下来,哪怕价格不菲……(可话说回来,在我无休止的搬家史中它的安身之处又在哪里呢?该把它挂在哪一枚十足抽象的钉子上呢?)

我记得这条工业气息浓重的大街,不过,这里有着零星几幢往日富贵人家的房子——带着图案花纹和雕塑饰品,甚至还有女神像柱子!这里与战时被炸得面目全非的赫雷夏蒂克大街不一样,这片区域,包括日里扬大街、萨克萨冈斯基大街、塔拉索夫大街、老火车站大街、契卡洛夫大街——就是原来那条斯托雷平大街,都保存了下来,形形色色的人蜂拥而至,道路堵得水泄不通,电车轰隆隆颤抖着往来,人们的喉咙在中央体育场里如烧红冒烟般嘶吼。著名的叶甫巴斯的马戏团里,滚烫的生活在沸腾蒸发。

我还记得一个地面未经铺设、晾满内衣的大院子,院里有一个小板房,几个放柴火的棚子,还有木板隔出的茅房和抽水泵旁边巨大的水坑。

在外公的日程表上,去音乐厅是保留节目,不可撤销。我和他一道乘着电车行进在夏日的城市中,长长的路途中留下了我们大声的尖叫。

沿路他还会给自己采购一些钟表配件。

那时候我就爱上了汽车,大城市的气息在我内心掀起无法平复的波浪:这里复杂地混合着过往车辆的柴油、滚烫的机油和新鲜汽油的味道,还有街头小摊的烙饼味和橡皮管子里喷出的水柱洒过街面的味道。我依然记得园丁们手里拿着橡皮水管的模样,记得微风里的巨大花坛,玫瑰、康乃馨和丁香花开得异常鲜艳。

我疯狂迷恋留着胡子的基辅有轨电车(这源自外公的一句口头禅:"有轨电车多跑一天,我们就多活一天!")。那些年它们被涂成了这样的:下面一半是深蓝色或者亮红色的,上面是馅饼那样的淡奶黄色。在它们平整、呆若木鸡的前脸中央,有一颗向四周伸展开去的五角星。

整个基辅声效最好的音乐厅是一个被外公叫作"商人议会"的地方,楼后面的少先队花园也被他叫作"商会"。音乐会结束后他带我穿过电车轨道时,总是激情洋溢,难以平静——外公是个少有的音乐迷,酷爱管乐器,也总会含含糊糊地哼唱一些过时的曲子。

"谢尼奇斯,单簧管啊,"外公说,"几乎所有的,所有的音键都很美妙。低音阴沉而庄严——就像柴可夫斯基《第五交响曲》的开头那样——你记得吗,上次我们听过的?那一个半到两个的八度音阶,如此平滑,出色,扣人心弦!它能穿透任何一次乐队的合奏,哪怕只有那么三五个强音!其中有痛哭、欢笑,有爱情里的诉说——所有情感都由单簧管支配着,他的一切都太美妙了……时而是瞬间的爆发,时而是精致的断奏!……不过谢尼奇斯,单簧管是表达明确开放情绪的乐器,即使是在吹奏色调阴沉的曲子时也是如此!它的声音里没有潜台词,没有第二层意思。而巴松管不一样,谢尼奇斯,它完全是另外一回事了。我的朋友告诉我——他正好在音乐厅交响乐团演奏巴松管——就是拉赫林,纳坦·格里高利耶维奇·拉赫林,那个伟大的指挥家。有一次排练《悲壮交响曲》时他说:'乐队,注意跟着巴松管!它领你们转折!'"外公在即将转进一连串穿堂院前停下脚步，我像匹听话的马驹，也在一边停下来，"当巴松管独奏结束，主旋律转向弦乐的时候，拉赫林用自己肥得像小香肠一样的手指指挥着每一个十六分音符！'跟着巴松管！跟着巴松管！'谢尼奇斯，上帝保佑，你以后会明白的：这简直是天才的见解！"

基辅的穿堂院子多得能串起半个城市——石头台阶，门洞，沉降，长着青苔的阶梯小径将你从一条街引向另一条。到处都有成堆的杨絮散发着腐烂的味道，而上方的空气则是沁人心脾的椴树气味；还有一种浅紫色天鹅绒状的花朵，它在夜间散发出的芳香好似英国管悠远的乐音那般难以言喻而精致含蓄，它有一个歌剧似的名字：紫罗兰。

但最重要的却是一种面包的香气——阿尔纳乌白面包。及至现在我依然觉得，撇去对弦乐器和管乐器的热爱，外公每次来基辅就是冲着它——阿尔纳乌面包那独一无二、沁人心脾、催你口水直流的气味。

如何描述这种气味呢？我有些词穷……那是与黑面包的酸味和普通白面包的微甜完全不同的味道。

外公醒得很早，他会走到气氛友好的公共厨房里，在那个锈迹斑斑的水槽上方拿着吓人的剃须刀刮胡子，随后穿上被杀的意大利士兵的靴子，出发前往隔壁即将开张的面包铺子，就像要跟女人约会似的。更何况，"阿尔纳乌"本就散发着女人身上的气息——那种永远新鲜诱惑的幸福滋味。

因此外公在公共套房里获得了"阿尔纳乌人"这个绰号。大家都这么问："潘娜·伊万娜，那个阿尔纳乌人什么时候再来找您？"

不久前在波士顿一个俄罗斯商店里，我看到了标牌上印着"阿尔纳乌白面包"的圆条面包。我当即就买了。

只不过，与小时候在基辅做客时感受到的那种天堂般的香味完全不同。

因此每次去基辅，我总是满怀着欣喜和隐秘的冲动，尽管六十年代末那里完全是另一副样子了。

幸运的是，那个正对着歌剧院，位于弗拉基米尔街与列宁街街角上的"剧院"酒店里，仍旧同以往一样摆着三个小烧锅，出售鲜美的酸奶鸡肉蘑菇汤，而且价格公道。

音乐会结束后的第二天，我终于打算去完成委托给我的任务。

需要转交东西的这家人表现得异常热情，这是一对善良的夫妇，他们居然也很喜爱音乐。而且女主人也去听了我们的音乐会——啊哈，要是她知道……总之，他们邀我坐下来喝茶，除了茶以外还有某种具有保健功效的酒——那时候我喝酒喝得很凶，但心脏还算康健，因此也没推辞。

我们非常真诚地聊着。我在古里耶夫长大，女主人玛莎在塞米巴拉金斯克长大，我们就像两个失散重逢的亲人那样，一见如故。而她的丈夫人高马大，话不多但很亲切地哈哈笑着——他好像是个军医，还有官职在身——其间不停地为我倒酒。

突然那个小女孩从自己昏暗的小屋里出来了。

一上来就用她威武洪亮的声音大喊："纽塔！纽塔！纽——"

这个五岁上下、脏兮兮的小孩仿佛是从土里冒出来的，树墩子一般高，戴着彩色帽子，穿着妈妈的长丝裙和领口大开的短上衣，胸前印出两个小凸点。

'你们想看看大——美——女吗?！'

嚯！一只鞋子飞了过来，后跟差点打到她父亲桌前的高脚杯。

嚯！另一只鞋子挂到了沉重的五角枝形吊灯上，在我们脑袋上方颤颤巍巍地晃动着。

跟在小女孩身后出来的是一个屁股大、脑袋小、巴掌厚的姑娘。她想抓住这个捣蛋鬼,把她赶回那个潘多拉魔盒,也就是她刚刚急匆匆跑出来的房间里。可惜没赶上,她根本奈何不了这股莽撞的小旋风。小女孩之后又穿着两套不同的衣服大喊着跑出来:

"你们想看看大——美——女吗?!"

而我根本不喜欢也不懂孩子。我不知道该怎么跟他们交流,只会一味地感到无聊、烦躁,并想着怎么才能摆脱他们。

可这孩子的弹跳力令人惊讶,还能在跳跃时完成转体动作,活像一只蚱蜢。

她第二次跑出来的时候注意到了我,一下子呆住了……随即抱着肚子,开始抑扬顿挫地滑稽地哈哈大笑起来,嘴巴咧到了耳朵边,露出了牙齿——"成年"牙齿里夹杂着几颗尖尖的小牙,上排的两颗门牙上生了两个洞。真是个可乐的家伙,快乐就像喷泉一样从她身上喷发出来!她充满能量,野性十足。她的眼睛美得不可方物,如海水一样绿中透蓝,看上去异常成熟,仿佛想知道:你从哪里来?你是谁?

"你怎么了?"我问她,"你在笑什么?"

"哎呀,太搞笑了!"她大呼小叫地说,"太——搞笑了!"

"有什么好笑的?"

"他像爸爸!"她叫嚷着跳起来,用手指着我,"他的生日和爸爸的一样!"

这时候出现了某种令人不解的场面:两个主人的神色暗淡下来,眼睛不由分说地低垂着。

"纽塔,你该睡觉了!"父亲严厉地说道。

"跟爸爸的一样!是同一天!"她止不住地笑着。

"那么爸爸是哪一天生日？"我问这个牙齿上有洞的小怪物。

她把腿举起来靠近耳朵，抓住脚踝贴到脸上，一字一顿地回答："九——月——十二号！"

我惊慌失措地嘿嘿一笑……她猜对了！而她还是不停地转着圈，把脚掰得像磨坊的风车臂一样。如今这样的孩子被称作多动症，可那时候根本没人听说过类似的诊断。人们只会说：真是个让人受不了的孩子。

"哦，太搞笑了！"

她确实有些让人受不了。

但更令我震惊的是当时她父母的脸色——他们带着歉意的微笑，眼神涣散，似乎一下子暴露了某种存在于家庭之中的恶性疾病。父亲起身——当着客人的面不方便呵斥与教训——把她送出去，伸开双臂，一路用自己庞大的身躯遮住女儿向走廊尽头走去，那里是她的房间。小女孩又从那里跑出来两次，天真莽撞而欢快地叫喊着，手脚摆出各种各样的姿势，我的眼睛也被这五花八门的动作弄晕了。父亲又两次为难地悄悄起身让她安稳下来。当他最后回到桌上时，我说：

"你们的女儿很有天赋……运动方面。或许，你们应该把她送去学体操。"

他俩感激地点起头来：

"是的是的，已经有人跟我们说了，所以九月份起我们会安排她到体育兴趣小组去……"

奇怪的是，不管是他，还是他的妻子，都没有对此流露出一点兴奋——那么，顺便问一下，您的生日到底是哪一天？最后我得知，他们知道她有狙击手般的洞察力；同时也得知，她从很小的时候起就成了他们的难题。

可惜的是，当时我已经彻底喝醉了，而对醉鬼来说一切都是无关紧要的，无论是聊到他的生日，还是死期……

我们当时喝得真凶啊，我的老天，喝得真凶！

众所周知，穆拉文斯基曾把著名的圆号手乌达尔佐夫反锁在自己办公室里。于是圆号手就把一张三卢布纸币拴在绳子上从窗户外放下去，楼下是他的儿子，拿到钱后风一样飞奔着去酒廊买酒，然后把酒瓶绑在那条绳子上，乌达尔佐夫再把"猎物"拉上来。喝过酒，借着酒劲，他就能天才般地演奏了！

吹单簧管的巴拉诺夫和吹双簧管的图比科夫无论在哪儿都是出双入对，因为他们一旦分开就只能瘫倒在地没人扶了。

基洛夫剧院那个吹巴松管的醉鬼一直被关在乐队排练室里，但是排练到第三幕结尾时他已经喝得酩酊大醉了。他究竟是怎么喝醉的？这些人简直是俄罗斯的奇才：巴松管下沿有一个银质的小杯罩，把连接管遮盖起来。这只老狐狸就在小杯罩上面焊了个稍大的，在里面倒满让人神清气爽的琼浆，排练的时候用小管子吸一口就能喝到了——真是暗地里藏着一张王牌啊。这个被压迫的可怜鬼，他就是这么蒙混过关的。那句在音乐家圈子里广为流传的座右铭，仿佛就是专门为他而写的："为了刺激身体，必须保证一周戒一天酒！"

所以那天夜里我就在这对友善的夫妇家喝多了，完全忘记了小女孩的事。直到次日早晨在酒店客房里醒来，用凉水朝浮肿的脸上拍打几下后，我才想起她来。我心头一惊！暗想，哎，怎么搞的！你呀你，这个蠢货，怎么不呵护一下、不巴结一下那个怪里怪气的小娃娃呢，说不定这个五岁的小先知还能帮你预言一下未来的日子呢……后来，时不时地，我还会想起这个不同寻常的家伙，不过随着时间流逝也就淡忘了。

这不，转眼已是一九八八年的秋天。当时我机缘巧合地来到了莫斯科七彩林荫路上的马戏团，同样喝得迷迷糊糊。前一天夜里刚刚从彼得堡飞来见一个朋友，很出色的巴松管演奏家米沙·吉亚特洛夫——现在已经过世了；他的妹妹是"明斯克"酒店的负责人，总是给我安排一个体面的客房。我和他畅快地喝了一顿，闲聊了一会儿，早上他就不省人事了，然后又是感冒，又是心脏不好，又是肾脏出了问题。他打电话到酒店，恳求我替他去马戏团顶一回班，晚上有场演出，为此需要参加早晨的排练——小事一桩，也就三个小时。

我嘛，当然得去拯救一下我的朋友米沙。何况年轻时我就在马戏团里消磨了很多时间，哪怕是外省这些虚张声势的唬人节目对我来说也并无二致，更不用说只需要照着谱子演奏杜纳耶夫斯基就可以了。

排练结束后我站起来，把乐器放入匣子里，并用耳朵捕捉着马戏团熟悉的嘈杂声——每个早晨，马戏团里都会传出自己的音乐声。猛兽的吼叫声、驯兽师的呵斥声和鞭子的抽打声划破了梦境般的寂静——跑马场的早晨一般是训练动物的时间。十点之后，"早起"的演员们开始聚集起来，有的在排练，有的只是在那儿闲聊罢了。

我没精打采地听着背后的对话。是两个女人的声音。听不清细节，不过其中一个大概提到了春季在亚美尼亚巡演的事。另一个对她说："才不会有什么巡演呢，别激动了。"

她说："你说什么呢，傻了吗？这可就在主管的通告板上写着呢。"

而另一个用男孩般低沉的嗓音突然唱了起来："不会——有的，不会——有的，不会——有的……"

我像是被猛地推了一把！

我转过身，在这两个人当中一下子就看见了她。她已然是个成熟的姑娘了，长得不显眼，穿着牛仔裤和蓝色毛衣——但我并不是依据这些认出她来的，而是面前这个让人受不了的特技演员哈哈的大笑声提醒了我。她就这么看着我，一脸迫切。我这才明白过来，身后传来的那句"想要看看大美女吗？"是她冲着我唱的。

她不高，很轻盈，感觉……有些瘦削，眼睛不停闪烁着——就像晴天太阳下湍急的溪水。

　　我的双手好像被灌了铅一样沉重,装着巴松管的匣子差点掉到地上。心中的一切都在翻腾,向某处剧烈地冲撞着……我脑中只有一个念头:但愿不会有,行行好吧,不会有什么春季巡演的,不会去亚美尼亚的。我本想问她一句,六十年代末的时候她是不是住在基辅,可她突然开口清晰地说:

　　"太搞笑咧!"

　　我直直地站着,看着她。她的下巴很窄,但圆鼓鼓的,很硬气;可嘴唇恰恰相反,像孩子一般纯真,还很柔软,甚至有点像……

玛莎在黑暗的卧室里无声地脱下衣服,用手摸索着圈椅上叠放的衣服,从靠垫底下拉出睡衣。

"我还没睡呢,"阿纳托利说,"把灯打开吧。"

"睡吧,睡吧……我已经好了。"

她钻进被子,伸了伸四肢就再也不动弹了。

今天是个令人备感折磨、阴云密布的日子。波琳娜下葬了——她是玛莎一家的老朋友,几乎同亲人一样——最初还差点成了父亲的未婚妻,而自打一九三六年父亲被捕的那天起,她就是母亲下半辈子的忠实伴侣了。

她还常去塞米巴拉金斯克找他们。玛莎在基辅音乐学校学习的那几年就住在波琳娜的房间里,那是波多尔区一间巨大的公共套房,玛莎每晚就在地上铺一块薄薄的床垫睡觉。

及至七十五岁那年波琳娜还是精力旺盛的,辛苦地照料着纽塔——事实上,是她把纽塔一点点带成个大姑娘的。要知道玛莎把纽塔接回来时几乎没什么重量——是从火车上抱着下来的。

从那时起波琳娜就索性搬到他们这儿住了。

摘除胆囊也只是照惯例走个程序,但似乎有了点特殊的效果,术后她已经能够起身了。正当托利亚认为她已经完全做好了出院准备的时候,她的心脏骤然停止了跳动。

玛莎转过头,看见窗外霓虹的反光在丈夫眼睛里一闪一闪地跳动。

"托利亚,"她悄声说,"说句话吧……这就像龙卷风一样,怎么也不可能预料到的……"

"的确不可能，不可能的。平静一下吧。这种事太突然了。"

"不然还能怎样呢……"

两个人沉默着，三天前在厨房里吃晚饭的场景历历在目。那时候赫里斯季娜正抱怨着自己姑妈，也就是园丁马尔科夫娜的怪癖。她租来了一台电视机，但只是偶尔将它打开，只给自己看。

"还当个宝了，笨老太婆。你以为不去用它就能保养得好咧！"

说话间赫里斯季娜努力用叉子把长长的通心粉卷起来，可还是掉了下去，最后她用肥硕的手指把它们抓起来，大声地吸进了嘴巴里。

吃完晚饭赫里斯季娜就走了，临走在早已精疲力竭的纽塔的双颊和鼻子响亮地亲了亲，玛莎讪笑着回想起这个新保姆滑稽的口音，突然意识到，这姑娘是如此善良、热心，但等到波琳娜从医院里回来，赫里斯季娜当然只能……

这一刻，纽塔把盯着《穆尔齐尔卡》①的脑袋抬了起来，她没有读文字，只是浏览着上面的图画，而且永远是从最后一页看起。她说：

"不要，让赫里斯季娜留下吧，她很搞笑。她会帮我改头……换……面的！"

"纽塔奇卡，赫里斯季娜会回来做客的，难道你不想让我们亲爱的波琳娜……"

"不要亲爱的！不要波琳娜！她不会回来的！"

"你在胡说什么！"父亲大吼一声。他们同女儿就像朋友一样，但托利亚会对她做一些玛莎永远也不允许自己做的事，甚至如果有必要，他还会啪啪地打她。

"后天波琳娜就要出院了，你要亲自拿着花去医院接她。"

---

① 《穆尔齐尔卡》：创刊于1924年的儿童文艺杂志。

小女孩不说话了，惊愕而有些无助地把目光从父亲那里移到了玛莎身上。她好像用尽全力也无法向他们解释清楚这个已经不需要证实的结果，在这一点上她完全是被冤枉了，而他们却不能也不愿意去真正了解这一事实。

"可是，爸——"她委屈地拖长了音，"可是波琳娜她真的回不来了！"

托利亚从被子里伸出手来，打开了夜灯。

"玛舒塔，"他说，"别想不开了，这是常有的……常有的事。敏感的孩子有时候就会这样……能预测一些事。你好好看看她，她多活泼呀……"

"托利亚，也许，还是得带她去看看精神医生？"

"什么？她完全是个正常的孩子，只是很好动而已。"

"你还是跟之前一样，认为不需要把她的左撇子矫正过来吗？但是她在学校里渐渐地……"

"胡说！她用哪只手吃饭、用哪只手写字，跟别人有什么关系？什么叫中世纪的说法？这是什么偏见……小声点！"

"没事，她睡了。"

"你要知道，"丈夫压低嗓门继续说，"被矫正过来的左撇子可能会变成结巴，变得神经衰弱，上帝知道会变成什么样！到时候你后悔都来不及。"

"那好啊，"玛莎责备地说，"到时候有你的苦头吃，你自己会知道的，到那时候……"

阿纳托利一开始确实不愿承认，能将任何故事一下子就牢记成诵的女儿，真的是怎么也学不会字母拼写。

"这是什么乱七八糟的！"他火了起来，"你可是我的小机灵鬼呀！

好吧，来，跟我重复一遍：бэ……у—у—у……拼起来是'б—у—у'……"

真正的争执集中在"面包圈"① 这个倒霉的词上。纽塔挣扎在困惑不解中，一番激烈的哭闹、顶嘴和含糊呜咽后父亲把她晾在了一边，五分钟后让她出去，可她固执地站在那里，甚至双腿都被泪水打湿了。

而托利亚呢，正如玛莎所说，依旧带着自己那股"乌克兰式的顽固"，决定这一次彻底把问题解决了。

"行了，别哭了，都快化成一摊水了。过来，不能这样下去，我们要战胜困难！"

的确，第一个音节一下子就拼出来了："буб！""буб！"但前进的脚步就此停止了。第二个音节"лик"无论如何也拼不出来。

"这个……意思是千克。"小女孩最后说道。

"什么千克？哪儿来的千克，什么乱七八糟的！"他瘫坐在椅子上……

他沉默了片刻，平静下来，又抓起一张写着又大又圆的字母的卡片。

"ЭЛ！И！КА！'Лик'，知道了吗？这有什么难的，你都已经把'буб'读出来了。Лик，лик！Эл—и—ка！ЛИК。"

他把卡片转过来，又挪到她眼前，低头看着……突然像被烫着一样猛坐起来。

"玛舒塔！"

玛莎惊异地飞奔了过来。

"看吧，"他焦躁地说，"她从右往左读，把'лик'读成了'кил'②。"

---

① 俄语为"бублик"。
② 俄语中"千克"为"килограмм"。

"纽塔,洗把手,喝口汤。把眼泪擦干了。"

"别这样,你不知道!她能把'буб'读出来只是因为从右到左和从左到右都是一样的。还说什么千克,千克的……我还纳闷呢,跟千克有什么关系,见鬼了?她就是把'лик'读成了'кил'!"

"让她静一静吧。"玛莎阴沉地说道。

此刻,在波琳娜入土之后,玛莎回想起了那个夜晚,她坐着火车把这个脆弱的小家伙带回了基辅。飞奔的月光拂动着卧铺车厢的窗帘,为它涂上一层洁白。小女孩睡着了,瘦削的身子缩成一团躺在邻床的阴影里。

她的小书包在挂钩上晃荡着——里面有两条短裤、袜子、灯笼袖的褶边有些撕破了的格子裙。"她……只有这些东西?"玛莎很惊讶地从保育院老师手里接过小书包。"就这些,"老师回答,"她来的时候就带了这些。"

夜间的列车以近乎极限的速度飞驰向前,在转弯处歪向一边,像一匹受惊的马。玛莎被某种奇怪而困惑的想法所纠缠着:她们好像并没有朝着基辅——朝着家里,朝着阿纳托利和焦急等待着孩子的波琳娜驶去,而是驶向某个无边无际的、令人不安的虚空中,那里永恒地维持着这一速度,还有这种惶恐和滑行着的月光……

最近几天一直在奔走中度过,一次次与公证员打交道,与官员们斗智斗勇,让她受尽了折磨;她害怕小女孩没有回家就凋零了,走了……玛莎也没能找到那个邻居舒拉,本可以向她询问一下有关孩子、有关她死去母亲的具体情况……这个消失的邻居好像故意躲了起来,避而不见。

唉,上帝保佑她吧,人终有一死,早晚又有什么区别呢?当务之急是:体检化验……维生素综合片,关爱,呵护,玩具……美味的饭菜。还好有无限忠诚的波琳娜陪着她,总是不知疲倦地准备为她把苹果和胡萝卜擦干净……

当然,也必须着手小女孩的教育培养了——眼下她明显比同龄人落后了很多。她怎么也不开口说话。不过谢天谢地,她不是哑巴,听力也正常——也就是说她总有张嘴的一天!

玛莎从一种很不舒服的感觉中醒来,仿佛有人正仔细地盯着她。她睁开眼睛,差点没跳起来。小女孩就坐在她的床铺上,靠得很近,快跟她挨在一起了——这个在车厢夜灯浅蓝色光线里轻得几乎没有重量的弱小精灵。

她静静地、目不转睛地盯着玛莎的脸。这种如成人般长久而仔细端详的目光着实把玛莎吓了一跳,就像从小到大没被吓过似的。(那些发生在少先队夏令营里的恐怖故事瞬间闪现在她的回忆里:在一个黑黢黢的房间里,坐着一个黑黢黢的……)

"也许,她得了……梦游症?"惊愕中的玛莎如是想着。

"阿妮亚,阿纽塔……"她轻声呼唤着女孩,渐渐起身。小女孩立刻还以异常警觉、锐利且忧郁的眼神。"你怎么不睡觉,孩子?"

可小女孩依旧闷声不响地盯着她。玛莎的嗓子都发干了。

"想不想躺到我这儿来?"她向后靠在床头柜上,并用手拍拍自己一侧,"躺下吧……睡到妈妈这儿来。"

小女孩微微一动,把双手放在膝盖上。

"你不是妈妈。"她用略带沙哑的嗓音说。玛莎从中听出了甚是成熟的悲伤,于是又直了直身子坐起来。

"纽塔,"她低声问道,"那……妈妈呢?"

小姑娘转过浅蓝色的小脸来,上面只看得见那对大大的眼睛。她停下来,叹口气说:

"妈妈到镜子里去了。"

"托利亚,你记不记得……"玛莎压低嗓门说,"还记不记得四月份她走进单元楼时说:'我们的门很快就会变成绿色了。'一天后门面翻新的告示就贴了出来,门被漆成了绿色!可你却说了一堆有关概率和巧合的理论……托利亚!我害怕……"

他静静地搂着她,三分钟后她躺了下来,依偎着把鼻子钻进他的臂弯。她在等着丈夫像往常一样,半开玩笑地向她讲述一些心理学领域的新发现,从而能解释为什么人有时候能够……但是丈夫沉默着。最后,直到玛莎开始打起盹来,阿纳托利却突然平静而含糊地说:

"玛舒塔,也许你……该去一趟那里。"

"哪里?"她被惊醒了。酒红色的卧室窗帘在夜灯的光亮里反射出模糊的幽光。

"你把她带走的那个地方。"

他沉默一会儿又补充说,

"该去问一问……之前没有问清楚的事情。"

两周后,玛莎请了几天假,动身前往叶伊斯克。

她并不清楚为什么要特地跑一趟,也不知道自己究竟希望从那个陌生女人口中确认些什么——能得到什么证实?关于什么的?而这些证实又能让他们的生活有什么样的改变呢?

列车车窗外空旷的草地上点缀着一小片一小片盛开的油菜花,树木繁密的幽暗森林中无数种绿色调变换闪烁。宽广的田野里长满了三叶草,向上隆起形成了山丘的脊部,在风的吹拂下形成了层层涟漪,如同搓衣板一样。

列车奔驰着,驶出了降雨带,潜入一片阳光下的雾气中;不一会儿大雨又在窗户上冲刷出了波痕,六月里繁盛的草木在骤至的大雨里满怀感激地畅快呼吸着……

沿途的马场里有人挥动着鞭子,绿色草坪上,一匹巧克力色的马驹在奔走,马儿四条腿飞快地蹬着,露出像枕头一样柔软的毛茸茸的肚子。

这两年玛莎看上去老了十岁。某种儿时模糊的恐慌突然在她内心掀起了波澜,还在塞米巴拉金斯克上学的时候她便怀揣这种想法了。每当放学回家,跳过柏油马路上的一道道裂痕时,她总是这么设想:如果一条裂缝都没被我踩到,那一切就会好起来,爸爸也会回来的——但结果总是会踩上去。这不过是尝试着向某种至高无上的力量进行讨好而已:即使不存在上帝,也毫无疑问有其他什么人在操纵着这个世界!那就该向它……或者他……总之,向这个至高无上的力量膜拜祈祷,讨好他或者最好是缩成一团,让他发现不了你。无法挽救——这是从小到大最可怕的事。

对自己女儿、对未来的担忧折磨着她,但最折磨人的是一种可耻的、深埋心底的念头:不仅是托利亚,她自己也不敢承认,她惧怕她自己那个小小的女儿……惧怕,并在内心第一次陌生地喊出了:安娜……

安娜,她能预知无法挽救的事,能感觉到它,并平静地向着它飘浮而去……似乎,她就属于那个神秘而至高无上的力量。每每想到这一点,玛莎都不禁瑟缩发抖。

坐上出租车后她才想起来,邻居舒拉这个时候完全有可能正在保育院的公寓里切面包。她随即懊丧起来,真的不想再追逐这些虚无缥缈的幻觉了。

玛莎按了门铃后,那扇门立刻打开了——就像当初那奇怪而可恶的电话铃初次响起——一切就这样发生了。舒拉打开门,看见了她——一张陌生面孔,于是脸霎时变白了,就连在昏暗过道里的玛莎都能看出来。玛莎哪里知道,舒拉如此频繁地惦念着她,这个轻而易举就落入命中注定的陷阱的女人,还有那个被舒拉亲自从死亡边缘拉回并带到了这里的小女孩。

"有……什么事?"面对不速之客,舒拉突然有些慌乱,开口就显得迟钝鲁莽。说完这句话后自己都感到窘迫,暗自羞愧着。

"您找谁?"

玛莎站在门外,谦和地打量着这个身材粗壮、脸上长麻子的半老女人。

"抱歉,您的父称是……"她说,"亚历山德拉?"

"沃洛吉米尔娜。"舒拉把门打开一点,收起肚子,"请进吧,站那儿干啥……"

随即,两人在门里停留了片刻,牵强而尴尬地寒暄了几句,舒拉立刻就明白,自己得到宽恕的机会来了。要知道这种渴望一直在她入睡前的脑海中不断徘徊。眼下她绝不会错过这次机会,于是便兴冲冲地打断这位不速之客生硬的开场白和试探,说道:

"要什么父称!你不就是玛莎吗,对不?没错。上这儿来,上厨房来。我刚刚在绞肉糜,这就把桌子擦干净,然后咱们一起喝点茶。"

玛莎坐下来,两人沉默了几分钟,却也各自都准备好了接下来的谈话。舒拉麻利地收起盛着肉末的碗,烧上一壶水,把一块商店里买来吃剩下的蛋糕切了开来。

"我这儿没啥可以配茶吃的点心了……"

"我这空着双手来的……"

两人不约而同地开口说道,于是气氛稍显轻松和缓了些。

舒拉摆上茶杯，自己坐在了玛莎对面。

"嗯……"她开口问，"日子咋样？怎么过来了？"

玛莎欲言又止。她不知道从何说起。如果一上来就直奔主题，多少有点冒失。

"您知道……我想要问您一些事情，舒拉……有关我孩子父母的事。您很了解他们吧？"

"父母——说得真好听！"舒拉讪笑着，"您说得太客气了。她只有一个母亲，叫丽塔，就这些了。那姑娘普普通通的，心很善，人是真好——愿她安息……玛莎，你想问什么？重点是啥？你就直说吧。"

可是玛莎就是说不出口。说不出口！

"您知道吗，"她犹犹豫豫地说，"那个小女孩能记住数百个电话号码……就像维克多·雨果那样——他能记住全巴黎的出租车号牌。"

"这种事的确有，"舒拉回应着，"我舅舅能用口哨吹出所有鸟叫声来。只要跟他说：'菲姆舅舅，来个鸫鸟的！'他就在那儿抑扬顿挫地啼叫起来。画眉鸟那学得也是真像啊！……"

听到这儿，玛莎已经不打算告诉她，只要看见陌生人，女儿就能报出他的电话号码和生日的事情了。

水壶沸腾着叫起来。舒拉起身，从茶包里抓出一撮茶叶放入茶壶中，倒上水，又擦干溢在桌上的水。两个人都没说话。

"那……她父亲呢？"

"哪有什么父亲。"

"我知道，"玛莎急忙开口，"我不是那个意思，我什么都明白，舒拉。只是……我想问，您真的对她父亲一无所知吗，哪怕是一丁点儿？"

"你为什么要知道？"舒拉显得很惊异，"他在所有人眼皮子底下逃跑了，那个红头发的阿尔卡什卡——茶泡好了，来，把杯子挪过来。你知道不，我这泡茶的方法，还是乌兹别克人教的呢。乌兹别克人来到这里已经很多年了,他们在市场上卖甜瓜,在我这里待过一阵子。都是些好人。他们一点点地教会我泡茶,从那时候起我就开始讨厌原来喝的那些了。这茶真是很合我心意,知道不,这茶啊,有它自己的脾性……"

正当玛莎觉得已经没必要再好声好气地附和她,且对她这种顾左右而言他的行为满心狐疑时,舒拉竟然自己不作迟疑地开口了:"好吧,他叫阿尔卡什卡·梅辛……算了,我就告诉你吧,但愿死去的丽塔在那边能宽恕我。他当时还只是个半大小子呢,知道不?不知道?这就是她父亲,就叫这个名字。阿纽塔出生的时候,他自己还是个孩子,十五岁左右,最多也就十六岁吧。多大的笑话,啊?想想看?不管去城里还是乡下,那些人都要捉弄她,搞得她浑身又臭又脏。你能想象出来吧……他们把她踩来踩去,也没人管她死活!没人把她的手脚擦擦干净!学校的图书管理员,怎么说也是有文化的吧,给小孩拿书是应该的吧,他倒好,把这小孩一把撞开……她走在街上后面跟着的人就差冲她扔石头了……我就想,要是换作我,碰到这种事早就上吊去死了。可她呢,丽塔她性格真是刚硬。她自己当时……唉,你知道她几岁不,我不骗你……三十六岁了,没错……她瘦成了那样,鼻梁高挺着,完全是个姑娘模样。这么说吧,光看人你是不知道她几岁的,得去身份证上看!最可气的是,那小伙子就是个混蛋废物,净干些偷鸡摸狗的事情,后来还跟朋友们去抢售货亭。现在啊,他应该坐在路边耍帽子戏法呢。"

"什么戏法?"玛莎不安地问。

"就是一种游戏,你不知道?他是个帽子戏法师。"

"不,不知道。"玛莎有些沮丧,冷冰冰地答道。她在思考一个问题:女儿身上,嗯……或多或少……该表现出点什么遗传特质来吧。

"就是那种挪杯子的小游戏!一个二流子坐在那里,人们把他围起来,然后他问,哪个杯子底下有球啊?然后两只手飞快地移动起来,把杯子推来推去。那些疗养院里的傻子，呆头呆脑地耷拉着脑袋，站在边上，把自己的零钱押到桌上。只要你看得清楚，就能轻轻松松把钱赚走了！阿尔卡什卡就是这样：从一开始还是小孩的时候，他就什么都知道，总能猜出球在哪个杯子下面，去了就能赢钱。本来闷着头不吭声就得了，可他偏偏是那种爱招摇的臭脾气，嘴巴太松了，说什么，我，叫梅辛，就是那个大名鼎鼎的梅——辛的儿子！这不，一上来直接被毒打了一顿，为的是吓唬吓唬他……"

"哪个梅辛？"玛莎不解地问。

"你怎么了，这都没听说过啊？有这么个演员，变戏法的，能读懂别人在想什么，还会施法催眠。梅辛……前不久我还在报纸上看到过他咧。好像现在还活着呢。名字嘛……唉，我给忘了，一个德国名字……福尔克还是什么……好像是福尔克·梅辛。"

"什么？"玛莎抬眼看着舒拉，"是沃尔夫·梅辛？！"她两手一拍哈哈大笑起来，"天哪，舒拉，你胡说什么！"

"我哪里胡说了？"舒拉很委屈，"他连着两年到我们这里演出呢，莫斯科音乐厅的演员。叫什么'心理学经验'。我那个死去的肖马甚至还挤上舞台去看，回来说都是真的，没有骗人。这个福尔克确实猜到了肖马会让他走到第三排，从米哈伊尔·斯捷潘内奇口袋里掏出'爪哇'牌香烟来。他是个头发蓬松花白的老头，整个人不停地哆嗦，紧绷着，就像……"

"可是，讲这些有什么用！我还是不明白……"

"那我就告诉你：琴卡那年夏天就在文化宫里做管理员。她是个年轻漂亮的姑娘，天生一头金发……可是落到了那个演员手里。我再告诉你吧，之后一段时间她的肚子就大起来了。她为什么要给自己的儿子登记这么一个外国名字呢？很明显，就是想在大家面前显摆一下，强调一下自己的特殊身份而已……"

"可……梅辛的妻子不是总在他身边做助手吗？这我可知道，我听说过……"

"嗐，妻子，妻子，"舒拉嘲笑着附和，"妻子什么时候阻止得了丈夫？这种事情，你是知道的，只要那漂亮姑娘乐意就行。他妻子可以整日整宿地拿枪指着丈夫……可也得花几个分钟解手吧，一眨眼工夫，他就换了个新的……助手。"

"等一下，"玛莎嘟囔着，"这么说来……我的纽塔……"

"你的纽塔啊，"舒拉心中悲悯地想着，"就是这两代人放荡后结下的坏果子。"

可她还是很谨慎地没把心里话讲出来，转而高声说：

"那什么，人们管这样的叫私生子女，他们天生都很漂亮，很聪明！"

玛莎蜷着身子坐在那里，内心大为震动。茶和蛋糕她一点都没碰。

此刻玛莎突然想起了自己的朋友，基辅歌剧团的歌手列娜奇卡·扎里亚德娜亚。她曾吹嘘说，自己有一次正在斯维尔德洛夫音乐厅进行练习，突然被喊去车站迎接那位前来巡回演出的、久负盛名的天才演员沃尔夫·梅辛。

她站在月台上，手里捧着的娇小的玫瑰花束在微微颤抖，等待着一位体态优雅、充满浪漫情调的魔术师出现……可从车厢里走出来的是一个又矮又瘦的人。当然，她没有表现出失望，依旧面露尊敬和喜悦。可他却笑了起来，说："唉，我就是个子矮，有什么办法呢？不过我的姑娘啊，您迟早会明白，幸福跟身高无关！"

现在怎么办？玛莎思考着，该怎么收拾这一切，这些天赋异禀的奇人……还有这让人恶心的遗传基因？

舒拉则相反，把蛋糕舔了个干净，就像是获得了解放。从她嘴里吐出的话也更急迫、更生动了：

"……我就想,这些都算哪门子亲戚,把一个孤儿随便丢在一边不管,还说什么这都是命!真是群倒霉亲戚!他们甚至连葬礼都不出席。就让他们见鬼去吧,我有时候就这么想。我们自己在丽塔的一居室里操办了丧宴——就在这附近,知道不,在院子那儿。一切都办得有板有眼的——我把镜子用布遮上,铺好桌布,冻上肉冻,烤了白菜馅饼。等葬礼结束后就跑到那里,和她的女伴们一边哭一边喝酒,再唱唱歌,好好聚了聚。之后呢——之后怎么办?等到这里那里的事儿都办妥当了,我就把小女孩接到了自己家。不然还能把她送哪儿去呢?把她安顿在我这儿,就这儿,睡在壁柜里。晚上我醒过来,感觉旁边空了!我仔细听声音——没有,厕所里很安静,厨房也是!老天爷,老天爷,孩子被拖到哪儿去了?我跑了出去,发现门是大开的,院子里亮着灯,他们家也是。我光着脚,项链咚咚地撞在心脏上——我走了过去,朝里面一看,差点吓疯了:她站在那里,小小的,在板凳上站着,面对镜子……我的心脏都快不跳了。黑色的外衣扔在地上,她仔细地盯着镜子,好像在窥探什么东西,又好像在听里面的什么人说话。哎哟,太邪乎了!她的脸上如此欢乐,如此明亮,一般孩子脸上可见不到……她的手指在镜子上划来划去,像是在画一个人,然后在上面抚摸,抚摸着那个人,而且用的都是左手。我就那么悄悄地、温和而小声地喊她,为了不吓着她,否则我又会犯结巴的:'阿妮亚……阿纽特卡……你在那里看见谁了?'而她连头也不回,平静地回答我:'妈妈。'这事哪怕现在说起来,我都觉得骨头凉飕飕的呢!"

这时玛莎清晰地回忆起,当初阿纳托利沿着高高的楼梯把这个轻得像片羽毛的小女孩抱上了三层楼。打开门,进到屋里,波琳娜一脸幸福地从屋子里跑出来,把经过的电灯开关都打开了,那个夜晚屋里所有的灯都亮着。在那面古旧的镜子里,捷克式的"雪花"吊灯照得门厅倍加明亮。

突然，孩子那张漠然的脸上哆嗦了一下，好像被激活了，好像看见了什么神奇的东西。小女孩着了迷一样低声细语：

"镜子……"

舒拉已经彻底说痛快了，这两年压在她心头的重负也消失了。她急着要把一切都说完，好放空自己的内心，她想让玛莎能够理解她……能够平静下来。

"所以，玛利亚，真是对不起你，那时候我就清楚地认定，不能再带着她了。"舒拉快速而热切地说着，"不能了！再这样下去，你知道的，那就是罪过了。她到底是谁，她在镜子里看见的是谁……我的奶奶以前是奥斯乔尔村算命的，很多人都去找她，甚至还有从切尔尼戈夫来的。她就告诉过我，如果你看见有人用左手吃饭和画十字，不要看他，掉头就跑。那不是上帝的造物，而是魔鬼的游戏。是他，左手的恶魔，在大肆扩张自己的孽党……"

她看了一眼失魂落魄的玛莎，结巴了，于是不再说话了。

过了很久她才又开口：

"那晚过后小姑娘就停止了进食，逐渐萎靡，消瘦……好像丽塔把她带走了似的。反正我几乎相信，她很快也会跟着去了。于是我把她安置在夏令营别墅那儿，好让她死在人多的地方，不然别人还以为是我把她怎么了……但是你看，一切都有了好转。她待在这儿的那阵子，看上去一切都要结束了，可你永远也猜不到去其他地方会发生什么，谁会离开，谁又会留下来，一直到老还在受罪……很显然，上帝把你派到了她身边。"

舒拉停下来，想了想——还能对这个可怜的女人说些什么掏心窝子的话呢。她就那么坐着，陷入沉重的思绪里，一动不动地盯着那块没营养的蛋糕——它被晾在一边,此时已经发干了。

这段情绪混乱的时间长得都可以煎好一块肉饼了。

终于,舒拉用围裙擦擦双手,叹口气,严肃而同情地补充说:"那么,现在,这个十字架就落在你身上了!"

第二章

> ……我收到了很多他的来信。
> 在镜子中阅读它们多么地有趣啊!
> 有一次在凡尔赛的画廊里我有幸将它们
> 展示给马里尼侯爵先生看。他不费力气
> 地快速扫了几行,说道:"这是用左手
> 写的,而且写得很漂亮。"
> "读起来也很漂亮。"——我回应道。
>
> 安德烈·杜申
> 《论双撇子学生》

我在欧洲和亚洲的中间地带长大。

古里耶夫城,我的孩子,位于乌拉尔河畔,因夏伯阳的牺牲而闻名——关于这个你暂时是不会明白的。这都是我从小时候用过的地理知识卡片上知道的。古里耶夫——哈萨克斯坦苏维埃社会主义共和国的首府,包括濒临里海的沿海低地,曼格斯拉克半岛,拥有石油、天然气和其他丰富的物产。所以在过去的古里耶夫——那个满是商人和哥萨克,捕鱼业发达的古里耶夫城中,有很多非本地的"特殊人员",比如我父亲。

战争一结束他就把我和妈妈从富饶幸福的日梅林卡带走了,为此,这个早就"神秘死亡"的人始终得不到我外公的原谅。

父亲带着胸部和肩侧的三处刺伤被渔夫们从乌拉尔河里捞了上来。我那时候才不到五岁,什么也不懂,只知道——"孩子们一边急匆匆地跑到小木屋里,一边呼唤父亲:'爹爹,爹爹,我们的渔网被拽破了。'"——我们善良仁慈的老师允许我不用背诵这句话。

后来妈妈也拒绝回乌克兰去,她说,不能"抛弃萨沙的坟墓",尽管她已经好几个月没有上坟了,而"萨沙的坟墓"也显出一派极为凄惨的景象——当然,其他的坟墓也是如此。

那里足够"黑暗",也满是"蟑螂"①,你绝对不会把它当作疗养院来看。那里曾是过去的诺盖汗国草原,到处是烂泥、石头、杂草……气候也不讨人喜欢,夏天能有五十度,而冬天则有零下四十度,就连下雪,也没有多少乐趣可言。无论冬夏,都是风卷沙石……

古里耶夫的建筑也同样不会让过路的异乡人眼前一亮:中央大街上毫无疑问,立着列宁像。随后在城市的郊区,那些令人费解的苏式建筑"赫鲁晓夫楼"就像雨后的蘑菇一样立了起来……只要一下大雨,每幢宿舍楼门口都会摆上用铁皮焊成的大水槽,里面接满了泥水。当中立起的木棍子上钉着茎秆编织成的粗席,能让公民同志们在进门前擦擦鞋子。因为进门前总要清理鞋子,所以所有地方都要提早前去,哪怕是看电影。

---

① 俄文中的"偏远的不毛之地"一词由"黑暗"和"蟑螂"两个词组合而成。

总之,哈萨克斯坦草原又腻又黏的烂泥会有好几个月都给我们的生活进行施肥。

不过我们当时住在日尔哥洛多克①——我的孩子,那里对所有的乡下人来说简直就是伦敦、巴黎、君士坦丁堡,还有其他说不出来的好地方。这片区域是由德国俘虏所建,房子都是两层楼高,砖头盖的,有凉台,带有彩色玻璃窗、门柱、雕花栏杆和其他巴洛克风格的建筑细节。房子都是白色的,连接着榆树林荫道……总之,就像巴格达。

我们的日尔哥洛多克就位于乌拉尔河畔,那里还有个很大的公园,也是那些德国人建的,且相当豪华——里面能举办盛大的舞会,有充足的娱乐设备,还有夏季梅花桩击剑巡回赛。

而我孩童时期最主要的娱乐活动就是数蚊子了,准确地说,是对蚊子发起猛烈的追捕行动。会有专门的汽车来灭蚊——就像运奶车那样,只不过本该装着牛奶的槽罐里喷出来的是一股黄色的有毒气雾;车子低速向前爬行,而我们就在车子后面追着跑——比赛谁能在这片令人作呕的水雾中坚持得更久。我和亨卡·索洛多夫,就是如今在瓦拉阿姆修道院做僧人的那个家伙,我们两个总是比别人坚持得久。

不过我特别想说说欧洲和亚洲。

你看见了吗,横跨乌拉尔河的桥一开始很简单,是浮桥式的——两台起重机费劲地向两边拉扯着。后来新的大桥建起来了。在大桥围栏的正当中钉着一块菱形的木头标志,中间用红色的直线分割开。一边写着"欧洲",并画着相应方向的箭头;另一边写着"亚洲",也画着箭头,方便粗心的学生们辨识,比方说我。孩子,不要走路去亚洲那一边。曾

---

① 日尔哥洛多克:当时城乡交汇处的高档住宅区。

经我每周都要两次坐公共汽车经过这座桥,从亚洲那边来到欧洲,然后再回到亚洲去。

因为音乐学校位于欧洲一侧,永远醉醺醺的尼古拉·库兹米奇在那里教会了我吹奏巴松管。

他自己喘气都费劲,可恶的烟草已经把他的肺部都熏黑了。每当从镶着象牙套的管口飞出一连串音符时,尼古拉·库兹米奇总是面带愠怒的笑容,叹口气说:"哎!吐气太早——就像石头飞出来一样!这样太生硬了……"

我怀疑,他从没过过那种有教养人家的富足生活——总而言之,尽管课程内容杂乱无章、老生常谈,但最初关于木管乐器的历史知识,确是他那双颤巍巍的手捏着书本教给我的。

课后我总会跟他坐上良久。课程表上他把我安排在最后一个,七点三十分上课,授课也是在教师办公室里进行的——学校永远都没有空教室开课——所以下课后陪他喝喝茶自然是不能违抗的旨意了。

"想象一下,小伙子们,想象一下你们毛茸茸的祖先,"尼古拉·库兹米奇说着,用单身汉熟练的手势卷起那磨破的衬衫袖子,"那些先民身居洞穴,却向往着更高级的生活!他们将树木削成管子,吹出声音来,很是诧异,于是在上面打出几个孔,又在木管上贴一层膜——就这样,双簧管的祖先诞生了……"

他小心翼翼地将热水器从火山口一样剧烈冒泡的水壶里拿出来,往放着焦黑茶叶的漏斗里加入两三块黄色的碎糖块,做了个邀请的手势,把茶杯推到我面前。杯子外铁制的杯套上印着几个花体字:"库尔斯克铁路"。

"巴松管……是从意大利语'эль－фаготто'来的,意思很简单,就是'一捆柴'——当然了,它稍微晚近一些,但总之也是最古老的木管乐器中的一员了,还有双簧管也是。木管乐队中的最低音,并不是低音大管,而是这一捆柴……"

他习惯性地用双手轻盈温柔地从打开的匣子里把乐器拿起来——仿佛是把婴儿从摇篮里托起来——然后像揭开襁褓一样,把一块宽大而磨损了的麂皮掀开,并且永远也不会忘记提醒一句:"这可是雅各布·德涅尔的复制品!"我聚精会神地看着那樱桃色的巴松管——尽管还没有被吹响,但已经因他双手的触碰而被激活了。

"每个乐队都有自己的基石,就像在生活中一样,要有所倚靠和承托的。铜管乐队里,是活塞式低音长号或者大号。你看见过军乐团行进的时候,在队伍末尾乐手拿的那个奇形怪状、闪闪发光的大家伙吗?那是海利空大号,行军号的一种。打击乐队中的低音,是定音鼓,就是种没有固定尺寸的大型鼓,其高度是不固定的。弦乐队由大提琴和小提琴共同打底,那么木管乐队中巴松管就承担这一职责。你会问,为什么不是单簧管呢?它的声音可比巴松管更能抓住人心!那么我就回答你:因为巴松管是低音乐器,它的音域是最低的……"

从那时起,不管过去多少年,我再也没见过比尼古拉·库兹米奇将嘴唇贴在自己的乐器上吹奏时更加敏感和温柔的唇部运动了。此时巴松管里便会溢出宏大的宣叙调来。在这种空灵而压抑的"天籁之音"中,隐含着一种难以捕捉的忧郁,其中带来的婉转柔媚的诱惑,会让你迅速迷失自我,沉浸在回忆中。

"两次断奏加两次连奏是巴松管最吸引人的吹法,听见了吗?断奏要清晰,而连奏要抒情、高雅……现在跟你讲一些离经叛道的话吧:只有浪漫主义者才能体悟巴松管的灵魂。在他们的音乐中,单簧管的作用是发问或强调,但是谁来呼应呢?呼应的总是巴松管。在到达第一个八度音的时候,注意听!传递出多么浑厚嘹亮的感染力,真是催人泪下……"他把嘴唇从吹嘴上移开,"小子,巴松管,是种忧郁的乐器……"

我是在一个春假偶然遇到他的。当时我在院落之间闲逛,为外公的事伤心着。他在一九五三年二月去世了。那时候你还没降生呢，孩子。

我当时只是个十三岁就被抛弃的小男孩，为外公哭泣着。

我已经告诉过你他是怎样一个人了吧？外公出生于一八九〇年，所以二十世纪所有恐怖的事件他都没能躲过去。总之他是文尼察州最好的钟表匠，一辈子都住在日梅林卡，尽管这并不能说明什么。他具有非常深刻而独到的智慧——这样的智慧就是天赋；他对人的态度很极端——或是明显的关爱，或是明显的反感，内心世界清晰分明，不是糨糊一团；他对任何事都能做一番辛辣的讽刺，对荒诞玩笑有敏锐的嗅觉，身上有一股子山野气息……

总之，那些民间故事、乌克兰的俗语土话就仿佛长在了他身上，比如"为了金酒杯上吊的犹太人"之类的。每当他厌烦了跟我争吵，就会简单地甩过来一句："要么砸钱，要么走人。"说到底，他最喜欢说的还是那句像标语一样的话："要么当上校，要么披麻戴孝。"

外公花一辈子时间攒起了一个令人称道的图书馆；但他就像一个狂热爱好者一样很极端，对古典音乐挑挑拣拣（比起弦乐来他更喜欢管乐），还能说一口没有瑕疵的标准俄语。这一切都在日梅林卡！可是你得知道，他连初级学校都没上完，就因为跟老师合不来，被迫离开了，老师还经常为某些问题上的分歧而对他大打出手。

后来，外公再也没被书本上那些要求死记硬背的所谓唯一真理折磨过。同时，他还得担起扶养自己妹妹的责任。总之，这是个只上过三年学的"高级知识分子"。他表现出如此强烈的内心自由，是我在之后的生活中再也没见到过的——除了你，我的孩子。

但是世事难料，外公还没来得及登上例行去古里耶夫的火车就突然去世了。他已经带着捆好的箱子来到了基辅，通常在那里换乘去哈萨克斯坦的列车。每个春天他都会来看我们和妈妈——"给我在哈萨克斯坦的小饿死鬼们喂点食"——他会把从养蜂人朋友那里要来的带着蜂巢的蜂蜜和正宗的乌克兰苹果带过来。

就是在那个老相识的公共套房里,他突然死在了这些行李边。当时他已经穿好了衣服,正要动身去坐火车——穿着羊皮袄和自己那双从死去的意大利士兵脚上扒下来的大靴子。有时间我会跟你讲讲这双靴子的故事,那需要动手演示一番。

就这样,我怀着悲痛的心情三个礼拜没去上学——这可是遵照古时候留下来的传统,最好的尽孝之道了——而且顺便还能和假期连在一起。

我冻得像条瑟瑟发抖的狗,偶然撞见了一间砖砌的棚屋,门没关,我便想进去暖和一下。黑暗的走廊里散发着潮气,而挂着"教师办公室"小牌子的门微微敞开,透过门缝看见黄色灯光下水壶正嗡嗡地沸腾,香烟雾气伴随着欲仙欲死的芳香飘荡出来。不管这辈子把我带到哪里、任何时候任何地点,我都不可能把那味道同其他气味混在一起。

对了,孩子,你喜欢"揩油"吗?不,我是想说,你会像我一样也喜欢"揩油"吗?'

也许你并不知道这是什么东西,我这就告诉你。每当你去亨卡·索洛多夫那里做客,他们会招待你点什么呢?没错,烤土豆。有时候还会加点洋葱、火腿、猪油。而你默不作声,自己从平底锅里一勺勺舀着,很快就全吃完了。锅底上还粘着嘎巴脆的锅巴、洋葱和最后一点猪肉油渣……就连这些你也全都抠下来吃了,只剩下一摊暗金色的锅底油。这时候你就得拿出燕麦饼来掰成小块,再弄碎,弄碎,用叉子或手指把它们使劲按在锅底,好让剩下的油渗入里面……我的孩子,这就叫作"揩油"。

我敲了敲门就进去了。我清楚地记得,桌子后头坐着一个没剃胡子的男人,锅里的烤土豆已经被吃光。小桌子上电炉的电热丝烧得发灰,有屑沫掉下来。他立马抬起头来,冲我点头说道:

"小子，过来吧！"

于是我的音乐生涯就这么开始了——从和他一起"揩油"开始。尼古拉·库兹米奇本来还想请我喝点伏特加，不过那个时候我还没有开始觉得它好喝。

随后他把头歪向一侧——在旁边的桌子上，一把像8字小圆面包一样扭曲着的大号发出微微的亮光。

"喜欢音乐吗？"

他自己已经醉得不成样子，但确实是在问，"你喜欢音乐吗？"

"不，老爷，我不喝酒。"

我回答，

"但音乐，喜欢。"

他问：

"小子，你是犹太人？"

"嗯，犹太人。"我回答。尽管我只有部分犹太血统，但是有一点永远不能回避——它来自外公。

然后他就说，学巴松管吧。

"为什么？"我问。

尼古拉·库兹米奇热切地解释说："拉小提琴和弹钢琴的犹太人多得眼睛都看花了，而巴松管目前尚无人问津。不管怎么说，至少在古里耶夫城的音乐学校是这样的。可惜啊，这个民族的胸腔里恰恰郁积着恢宏而深重的忧伤，足够用巴松管来从中提炼出真正的音乐了。因为真正的音乐——我告诉你，小子，便是真正的忧郁。而巴松管尤其擅长此事，它只用来吟诵那些无法挽回之事。现在我就给你演示一下。"

总而言之，一切看起来都水到渠成，更何况其余的乐器，那些正常的、我所认识的乐器，比如钢琴，都被禁用了——因为尚在假期，学校里唯一的乐器就是一支音键没有覆膜的老旧巴松管，尼古拉·库兹米奇刚刚将其修好。

不知是"揩油"赋予了他力量,还是伏特加在他的血脉中注入了活力,就在那一刻,当他拿起巴松管,把胡子拉碴的丰满嘴唇贴在吹嘴上,就在那一刻,当苦痛而绵长、密致而温暖的巴松管乐音在教师办公室里响起并飘荡开来,我一下子就被它俘获了,永远地俘获,无论现在或未来,我都是一个老朽的管乐家。

之后我就一直坐在小凳子上,在那被我们的饼屑清理干净的平底锅旁,听了第一节课:乐器的构造。

"记住了,小子,回头忘了我可得揍你:这里,相当于'靴子',这里是'膝盖';通气阀门三个在侧翼,两个在'靴子'上……这条绳子负责保持乐器平衡,要挂在脖子上,这样你的右手就解放了……是的,最重要的是这条弯曲的金属管,它叫'S'。它的内部是个分成两部分的簧片,是这样制作的:从管身上车出两个瓣片,定型,把内侧锉平,做出切面来,再把两片合在一起……然后用铜丝缠住,固定在塞口。而这个哨口——就是你一辈子都必须含在嘴里的东西……来看看这件老古董优雅的结构吧:这管口套着泛黄的象牙圈,和涂成樱桃色的管身多么相得益彰啊……巴松管很有贵族气,就像圣日尔曼伯爵一样。它用波斯尼亚高山枫木制成,本身是黄色的,但染成了樱桃色,还上了亮光漆。温度的波动与潮湿是我们永远的敌人,所以我们要给它漆上媒染剂,这是给木头调色的古老传统了。我们那个大文豪格里鲍耶多夫是怎么写的来着,'嘶哑的音调,吊死鬼,巴松管'?小子,就连大文豪也按捺不住激动。当然了,巴松管是不会割裂乐队整体性的,同样,双簧管和单簧管也不会。就像相伴多年的夫妻那样,它能与自己乐队中的其他乐器完美契合。拿柴可夫斯基的《黑桃皇后》来说,演奏序曲的时候,巴松和单簧管把故事引向低音区。多么美妙的音色组合!血液都在血管里凝固了!接下来敬请欣赏……"

巴松管温婉妩媚、愁云惨淡的黏稠乐声响了起来；窗外飘起了三月里不期而至的零星雪花，转瞬间，浓密的絮状雪团便倾泻而下。

办公室的半圆形壁炉里生着火，壁炉上有一个泛着银光的钢制顶篷，下边围起来的栅栏因为窗外的灯光而闪着匕首般的寒光。

巴松管让我在悲伤中隐约感觉到外公那亲切的声音，我找遍各处都寻觅不到，却在这里，在音乐学校的砖房里找到了。

闷热的空气中夹杂着激动和喜爱，让我直流汗，但我并不打算把毛衣脱了。因为我身上穿着外公的长裤，都已经提到胳肢窝了，我还用外公的老领带当腰带扎了起来。

唉，我又让你觉得啰唆了吧，上帝保佑我那不幸的童年。一切都太过遥远了。

而最近的，就在周遭目之所及的，是从窗户里就能望见的像潮湿的沥青路一样灰色的莱茵河。在它平静如一块黑板的水面上，一座小岛像狐狸尾巴一样伸了出来，岛上是郁郁葱葱的草木。那里是个酿制葡萄酒的小镇，我到那里去完全是出于偶然，不过现在我也想带你去那儿逛逛。

我好像之前已经提到过，十月份在法兰克福有个演出——同文茨巴赫男童合唱团一起，对吧？卡尔·贝伦格尔作为合唱团的领队，真是好样的，他把一切都安排得井井有条。我总是这样，只要能给我提供一个舒适和方便的住处，我都会报以热诚的感激之情——妈妈把这种脾性归为"古里耶夫的卑贱出身"。而在这里，除去其他一切事务外，卡尔还额外给了我两天自由时间！真是天堂般自由的两天，而我就像小狗一样，沉浸在对你忠贞不渝的思念和幻想中，将它们挥霍过去了。不过——我住嘴。我知道，合同就是合同，因为芝加哥的"礼堂剧院"不是那种可以随便应付的演出单位……我也习惯了那些可恶的镜子总是把你从我身边抢走。总之，我还是孤身一人。但不知为何，我突然想跟随自己的内心，想去哪儿就去哪儿了。

玛格丽特是合唱团的管理人员，她建议我去路德斯海姆看看，那里是莱茵河流域葡萄酒酿造业的故乡——离法兰克福也不远。我租了辆车就去了。

你知道德国的十月是什么样子吗？晴朗的日子里，蔚蓝的天穹高高悬在头顶，形态各异的饱满的云朵飘浮着，好像有人用巨大的颜料管在调色盘上挤上了一堆堆白颜料；在种满葡萄的高耸的两岸，皆是莱茵河温情而恬静的美丽风光，城堡里大小的塔楼矗立在透着紫红色的泛黄山坡上，在那屋顶高耸的黑石板上，在那教堂尖顶的公鸡上，阳光熠熠生辉。

我甚至在这片美景中迷失了自己。我一直开啊开啊，经过葡萄园，经过盛开着油菜花的金光闪闪的田野，它们一直向地平线延伸开去，田野当中有一个像机关枪一样的人工喷洒机，不停地转动着，喷射出雾气腾腾的水。通过一个转弯后，我掉头往回行驶，带着丝毫不减的兴致又开了二十分钟，沿着道路左侧欣赏同样的田野、葡萄园和人工喷洒机。

总之，我开了一段后，把车停在了小镇的停车场上，便毫不犹豫地扎进了镇上的小路，浏览着那些舒适的旅社和小酒店。我总是会尝试去买便宜的东西，但老实说，我还是喜欢贵一点的。哎呀，妈妈是对的，"古里耶夫的卑贱出身"总是能将理智所发出的声音盖过去。

妈妈是对的，所以她就躺在了古里耶夫的公墓里，那是个可怕到难以想象的地方。一片很大的地，阴沉而干燥，地上有黏土深深的裂缝，没有一棵树，没有一株灌木，甚至没有草丛。总之，就是片龟裂的荒原。

里面所有的围栏、十字架和金属尖顶都被涂成了银色，还有尘土粘在上面。我记得有个被洗劫一空的破败小礼拜堂，两扇门被拔出了一半，墙上有很多黑色的直角形痕迹——是以前挂圣像画留下的。

好了，抱怨够了，说点愉快的吧。

我徘徊在那个令人愉悦的半木结构丘陵山区小镇当中，寻找着便宜的旅馆，可我放荡的眼神总是斜向那古老的路德斯海姆城堡塔楼，那里一定贵得要死。

所以呢，我最后就在那里订了一间房，我也想在那里将你拥抱。接下来我就要详细地描绘一番。

（我们的）酒店是由城堡改造的，它属于布罗耶尔家族。当然，除了城堡，附近的葡萄园、酿酒厂和难以计数的酒肆，皆属他们名下。他们是真正沐浴在葡萄酒之中的家族，将自己的财富慷慨分散给周围所有人，就好像是自己经营着一个产量巨大的家庭手工作坊一样。我在奢华的大厅里等候，他们正在打扫房间，以便一会儿向我展示。一个身着民族服装的姑娘——家庭手工纺织的灰色裙子，胸部用花边胸衣紧紧束起来，袖口扎成灯笼状——端来了一高脚杯的雷司令葡萄酒，那酒劲一下子就冲到了我脑袋里。

我瞬间产生了幻觉，仿佛你正傲慢地坐在我的左膝上——如同油画上的伦勃朗和他那并不漂亮的爱人莎斯姬亚给出的放荡暗示；我的左手抚摸着你的臀部，仿佛正因为憋闷而轻声哼唱——我们则轮流从高脚杯里喝一小口。纯属一个孤苦伶仃的老头自娱自乐罢了。如果我们最近见不了面，那我可真要彻底消沉了。

柱子后面优雅地装点着一切你能想象得到的照明灯饰，一个晒黑了的德国女人坐在那里，她那几颗白色的大牙以及同样硕大饱满的珍珠项链一齐闪闪发光。哦，它们交相辉映，多么搭调！而对于我提出的问题——例如什么时候付房费，她却摆摆手说："什么时候有心情了再交！"

客户单上也没有用来填写护照号的格子。我指出了这个问题，德国女人却愉快地反问："我要你的护照有什么用？"

一切应有尽有：静谧的电梯，自动开启的照明灯沿着走廊一直伴随着你。房间很舒适，就像一副合适的手套。宽大的浴室里各式各样诱人的洗浴设备配套齐全,形如象棋棋盘般黑白相间的地板,同那些荷兰小画派的油画并无二致,窗帘也与画中色调一致,挂在深深凹陷的拱形窗前。各式镜子——有对着门高高大大的,也有摆在浴室里的圆形放大镜,里面映出惊异的大眼睛和头发蓬松如多须水母的脑袋——一切都与我"途经小镇,便停下休憩"的梦想相契合。

我迅速脱下衣服,往浴缸里放水,在浓密松软的泡沫里用双手抓着浴缸两侧的扶手,漂浮晃荡了足足四十分钟。当我起身爬出来时,已有些疲乏,皮肤被擦得发红,舒服得发出呼唤你的哼哼声,随后一头栽进了宽大的纯白色被子里——这是为我们预备的,为我们两个。我睡了将近三个小时,没有听见楼下餐厅传来的音乐、教堂的钟声,以及游客大声喊出的歌声……

总之,我度过了这孤单而奇妙的两天,对你的思念填满了我的内心。

有几次我回忆起你的口琴——琴盒两端的象牙色椭圆框内印着两个风骚的美人。一天夜里我从回忆清晰的梦中醒来:你瞪圆了眼睛,虚幻地,又很吃力地吹奏着那首蹩脚的《莉莉·玛莲》。之所以梦到这个,也许是因为此处总有个流浪乐师带着条白色的哈巴狗四处游荡,激情十足地摇动着自己那架声音嘶哑的风琴,摆出一副极端扭曲而沉醉的模样,弹奏着这首不朽的作品——《莉莉·玛莲》。

顺便提一句,外公也会在工作时经常哼唱起这首歌。我还记得他那个夹在眼睛上的小纸筒,钟表工具发出清脆的叮当响声,然后他轻声地咒骂着,语调特别纯正。外公不懂德语,但是自学了一点犹太语。恐怕他是按着自己的调子唱的这首歌吧。想来,德国佬也不会喜欢他演绎的这个版本。

整整半天时间都我跟在这个乐师后面闲逛。他自顾自地吟唱着,用的是俄语,我还记得歌词是布罗茨基翻译的,可惜,外公对布罗茨基也是一无所知。"在军营门口,在灯火照耀中,旋转着两片九月的落叶……

(天哪,他那条毛发蓬松的哈巴狗多惹人怜啊,就像是马路上奄拉下来的紫菀花,心肝都要为它而融化了!)啊哈,在这面墙下,我已站立了很久很久,我在等你,莉莉·玛莲……"

不过我也该向你描述一下我们的港湾了。

房间门前的走廊墙面上嵌着几个木头雕刻成的人头,他们的头顶是可以用来摆放酒瓶的架子。

每张脸都有象征意义——简单来说,它们代表人类情绪和性格的几个类型。其中四个甚至给出了提示语,在额头上方的支架侧面刻有小字:"乐观主义"——圆圆的脸颊,拉长的嘴唇表现出无声的欣喜,还有傻乎乎眯成一条缝的眼睛;"悲观主义"——忧郁地抬着眉毛,颓丧的嘴角挂着皱纹,木头鼻子向下低垂;接下来是"坚忍"——一张完全不为所动的呆板面孔;还有"易怒"——一张不幸的痔疮患者正在发病的脸:眼睛睁到额头上,嘴巴朝下巴一边歪斜着……这小伙看着真可怜。还有一个明显是女性的面部,带着笑容——也许,这是张多血质的脸。另有一张面孔咧着嘴,露出竖立的牙齿,有些显老,这是个疑病症患者?抑郁症患者?也可能是混入其中的某个已经被判处火刑的中世纪女巫?而我的房门上角有一张女人面孔,嘴角半露着淫荡的笑意。每当我转动房门钥匙时,都会对她抛个媚眼。

路德斯海姆城堡那座缠满常春藤的四角钟楼上,大钟和小钟的撞钟声并不像金属发出的,准确地说更像玻璃撞击的声音,清脆文雅。尤其是响午时分,小镇中央响起某种民间歌曲的调子,二者交织在空中,此起彼伏。

钟楼上有个风向标——一个酒桶,用金色涂料染过色。酒桶上是一支带着尾翼的箭,箭上方立着一只松鸦造型。

酒店的餐厅就连下午也在演奏音乐。中午,女服务生把通向葡萄丛生的内院的高大玻璃门打开，熟练地摆好桌椅，铺上桌布，将它们像翅膀一样轻轻一抖。无忧无虑的马祖尔卡和华尔兹舞曲从钢琴里涌流而出，晚上则会有长笛和小提琴加入演奏。

整个酒店里草率地挂满了照片——布罗耶尔家族的葡萄园一年四季的缩影。显然，对于主人来说，没有什么比这个更美丽了。照片上全是不同时令中不同样子的葡萄园：高耸的莱茵河岸，好像被巨型梳子梳理过一般，在五月里温和地泛着绿色，而在九月便通红地燃烧。还有裸露的葡萄藤黑色的剪影，以积雪覆盖的山坡为背景的寒冬枝条特写。

走着走着，我便步入了某个十五世纪的城堡之中——这是一个乐器和音乐器材博物馆，属于私人收藏，是一个狂热分子花了五十年才收集起来的（而且不难看出，他是个出手阔绰的收藏爱好者）。

巧的是，在我无聊地朝院子张望时，看见那里有一队俄罗斯游客和一位女翻译。对于这个意外我心生欢喜，小心翼翼地朝他们走过去。

城堡很完美，维持着最初的面貌，墙上没有过分的装修粉饰，地上的砖块也凹凸不平，地窖的拱顶非常低矮——参观就是从那里开始的。

整个游览体现着德国人的尽心和细致入微。领队的导游是一个面相单纯、有些浪漫气质的年轻小伙，长着一双明亮的蔚蓝色眼睛，脸上带着迷人的微笑，嘴唇和下巴留着浅棕色的胡须，看上去完全有可能是出于工作需要，为了同此处的藏品风格保持一致而故意蓄的。保持风格一致的还有他的穿着：礼服的肘部打了补丁，衬衫有些洗皱了，长裤的膝盖上沾着些油渍，脑袋上盖着流浪乐师那顶破旧的帽子。

他从一台自动钢琴走到另一台，从十八世纪的风琴边来到正在走时的落地大钟旁，从各种形状和尺寸的八音盒边走到彩绘游戏桌旁并把屁股靠在桌上，从机械钢琴边来到巨大的低音提琴边。当他带头朝这些精巧的陈列品望去时表现出的那份喜悦、那份惊讶，就好像不是带着旅行团来参观,而只是误打误撞,凑巧进入了这个充满人类庄严神圣的智慧、完美极致的听觉感受和机械天赋的宝库里。

我在那里拥有了一场柔情甜蜜的邂逅:我一眼就看到了那个八音盒,和日梅林卡弗里达舅妈家那个立在小圆桌上的、用针织桌布盖起来的八音盒一样。

红色的木盒子漆面暗沉,底座上带着小钥匙和手柄。掀起的盒顶内侧粘着一张小纸片,上面写着:"幸福。尤里·亨里希·茨梅尔曼。最好的八音盒。"下面还有一行较小的字:"音色响亮悦耳,装饰精美,结构耐久。"

而纸片的最下方还有不明显的字迹:"圣彼得堡,摩尔斯克大街,34号。"

小伙子最后把所有八音盒都启动了。于是乎,随着一阵叮当的响声,八音盒们发出压低了的典雅乐音,在古老的大厅里此起彼伏,你应我和,在发条耗尽动力前绝不停。瞧瞧这些持久的机械结构吧,我们是否也是如此呢,我的甜心?

这里有索道通向山顶。我这样一个对世上所有景点都兴致勃勃的旅行爱好者,自然买好了票,坐着铁皮缆车飘向山上,将下面一排排撑着支架的紫色葡萄藤留在了身后。

哦,瞧那些葡萄藤上结出的果实啊!

据我观察,醉醺醺的德国人非常实在、热心,喜欢像朋友那样开开玩笑:把小腿伸出去,照着朋友心爱球队的黄黑配色鸭舌帽上来一下。这个机智的种族尤爱诸如此类的把戏。

晚上,路德斯海姆到处洋溢着各式进行曲、颂歌和其他包罗万象的民间歌谣大合唱。人们用洪亮的嗓子尽情表演着,其间突然爆发出哈哈大笑声,夸张而吓人。

三周后巡演就会结束，不论你在哪儿，我都会飞去找你。简单写几句吧——随便你用什么语言写，最好写清地址上的数字，这样看着也不会发狂，好让我知道该去哪儿找你。天哪，我已经三个月没见你了！还有，孩子，你的手机究竟有没有坏？

"如果……如果……"啊，他又在附近游荡了，转起了他那架永动机，那老风琴的手柄，而哈巴狗则从他的脚下直接滚到游客们的脚边。"如果我没有因为恐惧而死于战壕……"这段令人难以承受的丧礼般的节拍被拉长了，像面条一样甜腻绵长地从音箱里飘荡出来，"如果我没有被狙击手射穿……如果我没有投降被俘，便会重新与你一起共沐爱河，莉莉·玛莲！"

与你一起，莉莉·玛莲！

我想念你的口琴。我不在时你会独自吹奏吗，我亲爱的？

8

卖瓜子的女商贩住在红军路和日里扬大街的交叉口,在中央体育场那片街区,平日里直接从半地下的小窗口往外卖瓜子。报纸卷起来的小纸袋子一个叠着一个放在地上。

这老太婆的嘴巴里一颗牙齿也没有,可她总是嚼着瓜子,瓜子壳从她耷拉的嘴巴里像泡沫一样吐出来,晃来晃去。这一点跟她丈夫很像,因为他的下巴上也总抹着泡沫,正要拿起剃刀刮掉,就有事情找他,于是便带着一脸泡沫出去了。

他家的瓜子炒得真不错,又黑又长,呈楔子状,坊间都管它们叫"马齿";甚至还能用手将它们掰开,这跟俄罗斯产的那些大肚子的油腻小瓜子不一样。况且价格也很亲民:十戈比一小包。

只要遇上有重要足球赛的日子,老太婆就会坐到街上。人们在她面前排成一队,卖到纸袋子都没了,男人们就把口袋伸过去。

纽塔和爸爸也会买上一袋"马齿",因为去看足球赛的话,就得万事俱备:要嚼着瓜子,要大叫大嚷,用两个手指吹口哨,喊着球员的姓名。而且不能忘了该怎么对待裁判——当然是要求换一个了。

否则不伦不类的,玩也玩不尽兴。

体育场入口处的人群扩散开来,越来越多,互相挤来推去,人潮席卷了整个广场,像海浪一样拍击着售票亭——这个水泥桶形状的建筑就像挖有枪眼的碉堡。

爸爸会把纽塔一下子抛到旋转闸门的里边。

可当天要是锦标赛、半决赛或者决赛,他就会把小女孩放到肩上,这叫作"骑马肩"。要是人乌泱泱的很多,群情激昂,空气中翻滚着充满汗味的危险的狂热浪潮，她就会自己要求："我要骑马肩！"

父亲把她高高举起，放在肩膀上。借着他高大的身板，纽塔能看见绿色的场地和球门，以及巨大照明灯下的看台。

会有阿姨前倾着身体在一排排座位间穿行："有谁要馅饼啊？"然后稍稍掀起那沾着油污的毛巾，露出华夫饼来，"挑一块吧，宝贝，挑一块看上的吧……"

总之，体育场里欢乐得令人疯狂。成百上千盏照明灯下，吼叫声随着比赛的进行沸腾着，起伏着，震荡着……纽塔也确实很"着迷"，尽管她总是知道最后会以什么比分结束，谁会马上进球，谁又会受到裁判的处罚。以前她还以为大家也都知道这一切，但是，并不是那样。不过对她来说这一切都很简单：就在脑袋里，闭上双眼，面前就会延伸出一条玻璃隧道，有点像爸爸用练习纸卷起来的纸舌头，鼓起劲儿一下子吹到纽塔的脸上。而在玻璃隧道的尽头，就像在万花筒里那样，会出现一个光圈，那里会显示跳动的数字、词语，或人形……有时候直接是一个无声的画面……

这时候女儿便会露出狡猾的目光，拉长音调说：

"比赛最后的比分是……是……要说吗？"爸爸显得很崩溃。他会露出一张苦瓜脸，好像肚子在抽搐，又仿佛是希望女儿一辈子都闭嘴。

"别，别说！"他制止了她，并转向一边。

"好吧……不说了……"

然而菲拉·阿维列夫娜就很好——对于纽塔的这些预言她都会完全平静地，甚至漠然地接受。或许因为她是个瞎眼老太婆的缘故？而且她也是个体育迷。

菲拉维尔娜是住在隔壁院里的吉尔肖维奇家的老太太，一家之主。纽塔从半年前就跑去他们那里玩了。他们家的成员有：若拉叔叔，交通信号灯厂的车间主任——声音高亮,像只易怒好斗的公鸡,总是穿着脏兮兮的运动裤;他的妻子罗莎阿姨是菲拉维尔娜的小女儿,在军医院做外科护士;他们的外甥女索尼娅,是被枪杀的姐姐布霞的女儿——愿她在天安息,愿所有凶手早下地狱;他们的长子鲍里亚是音乐学校的学生(主修大提琴);还有六岁的斜眼阿丽莎——纽塔常跑去找她玩。

顺便提一句,阿丽莎也是学音乐的,就在玛舒塔的学校里学钢琴。玛舒塔说,她的乐感太完美了!

最后,所有人都要像对待部落神明一样祈祷:瞎眼的菲拉维尔娜,愿她在世健康,活到一百二十岁……

一家人都住在一间——没错,一间大的、有好几个隔断的宿舍房间里。鲍里亚的大提琴被随手靠在公共走廊黑乎乎的隔间墙壁上。有时候甚至摘了保护套,露出漆成红色的臀部,闪着性感魅惑的幽光。

巴黎圣德内大街上也是如此,那些清晨里脱去外套、睡眼惺忪的妓女放肆地靠在墙边,光溜溜的大腿明晃晃地露出来。

除了吉尔肖维奇家,公寓里还住着其他有趣的人物。比如酒鬼少校别佳一家。他有个凶狠的妻子,叫柳波芙·卡兹米洛夫娜,通过种种迹象可以判断她患有斑秃:脑袋上总是戴着一顶贝雷帽,绒毛蓬松,像一个摆在床角的小枕头。(有一天纽塔在走廊撞见了她。柳波芙·卡兹米洛夫娜穿着一身绒袍子,能看见里面耷拉下来的睡衣罩衫。她急匆匆地飞奔进厕所,脑袋上戴着贝雷帽,把耳朵塞进了里面,活像顶着个小枕头。)每天早晨,柳波芙·卡兹米洛夫娜都会在八岁的女儿娜嘉的餐桌上准备好牛奶,因此每当这个时候他们的房间里就会传来洪亮而悲壮的叫喊声:"又来了?!又要喝半罐?!喝吧,喝吧,就当是在喝水!"

浴室旁四四方方的房间里住着古怪的老头法尤先科,他是个画家。

他甚至在夏天也会围条围巾，穿着女式毡毛低帮拉链靴，戴一顶好像是长在头上的女式羊羔皮帽子，那细碎鬈曲的头发就像是在模仿誊写花里胡哨的灰色草体字一样。

他穿着右边袖子被裁掉的旧袍子出现在厨房里。

若拉叔叔就会问他："这件只剩半边的衣服怎么回事，法尤先科同志？"

他回答说："有什么不好理解的吗，若里克？我的手在这个袖管里冷，而在这个干活的袖管里就太热了……"

就是靠这只干活的手，画家法尤先科创作出了奢华艳丽的油画。有时候他会走出屋子来，在浴室里清洗画笔，而从他屋子微微敞开的门边经过，一不留神就会有某个模特石蜡般洁白的背部映入你眼帘！他总是奔走在城市中寻找一个个这样的缪斯。

有一回他从房管处带来一个护照登记员，皮肤黝黑，脸色红润，在厨房喝茶的时候羞答答地小声告诉这位艺术大师："哎呀，我不上相，塞不到那画框里！"

法尤先科哈哈大笑着高声说："我能装进去，我帮你塞进去！肥肉多没关系！"

之后他没有食言。他画了一个鲁本斯风格的裸体系列，并在贝萨拉布卡广场上展示出售。整个房管处都来看这个展览，这些"真正的"油画爱好者纷纷围在裸体画周围。当然，那个护照登记员也因"作风不正"而立刻被开除了。

最后，在厨房后头那个又长又窄的房间里住着的是谜一样的潘娜·伊万娜。她是个奇丑无比的老太婆，身形瘦削，白得有些发蓝的脸上皮肤紧绷，而砖红色布满皱纹的脖子与之形成可怕的对比。她维持着厨房的整洁，要是有人留下了烟头，她就会大叫起来："快点把这'死尸'处理掉！"她就是这么喊的。

她还用诗歌的形式撰写了严格的规章制度，把它们抄在学校的信笺纸上，钉在套房的每个角落。煤气灶的上面还挂着一张她很久以前创作的严肃作品，已经被平底锅溅起的油污弄脏了："谁要是拿了我的火柴，我就朝他来一拳！"

这个充满欢乐的团体的大门永远敞开着。也就是说，理论上它虽然是关着的，但门锁能用普通的一戈比硬币撬开——这个大小的任何东西都能打开这扇门。吉尔肖维奇家的外甥女，那个被枪杀的姐姐布霞的女儿——愿她在天安息，愿所有凶手早下地狱——索尼娅就是用指甲刀开门，而纽塔与阿丽莎有一次机智地用雪糕棍完成了这项工作。

潘娜·伊万娜说，很久以前这间公寓里是有"房号"的。这是什么意思呢，阿丽莎和纽塔都不明白，但是每间屋子的门上确实都钉着老旧生锈的小牌子，上面有凸起的字母。

成员人数众多的吉尔肖维奇家就住在一间挂着用石灰刷白的、印着模糊的"舞厅"字样牌子的屋子里。他们房间里还有以前住户留下的双人小沙发，精美但已经掉皮的扶手做成了外翻卷的波浪造型。

在四十平方米的巨大厨房里，也能发现从前屋主人跳舞、接客的痕迹——一个巨大的雕花橱柜保留了下来，全部缠上了橡树叶。在它将碎未碎的玻璃门上，贴着潘娜·伊万娜诗体的警告："医院的病床在向你们招手！尽管曾是个妓院，可也不是泔水池！"

但是人们害怕的并不是她，而是瞎眼的菲拉维尔娜。人们害怕她也尊敬她。

每当酒鬼少校别佳喝得烂醉，没有力气爬到走廊尽头的厕所，只能撑到厨房的时候，他会掏出——如菲拉维尔娜说的——命根子，晃来晃去，像是在哄孩子睡觉一样，闭着眼睛陶醉地把地板浇湿。大家都见识过那场面，所以谁也不愿意去对付别佳，只有菲拉维尔娜出门朝那哼哼唧唧的声音走去，侧耳倾听，等他结束这套程序。由于别佳软弱的性格，她在背后管他叫抹布，认为他是个怕老婆的软蛋。

"你尿湿了，别佳？"她干巴巴地询问。

别佳微微睁开眼睛，看见了湿湿的一摊……他渐渐恢复了意识，羞愧起来。

"尿湿了，菲拉维尔娜。"他难过地说。

"那就拿着这块大抹布擦吧。"

这位少校就一边咒骂着伏特加，一边拿着抹布趴在厨房擦地。

菲拉维尔娜出生在一个叫叶米尔奇诺的小地方，就在捷克移民区旁边。作为家中的长女，她帮父亲打理裁缝生意——他会派她去移民区谈订单、做清单、测量腰围和胸围。在那里她学会了抽烟，了解了欧洲人的生活方式，从捷克人那里掌握了如何做饭以及保持异乎寻常的起居整洁，也是在那里她学会了一些捷克语和歌谣。当她心情好的时候，就会给小女孩们唱点什么：

> Голки выбигалы, вулей купувалы,
> панты намазалы, абы не верзалы
> двирки у кумуру…

有一天，安娜把这首歌唱给捷克的小提琴手，一个谢尼亚在波士顿给乐团教学时共事的朋友，他几乎全部听懂了，并且十分震惊。按照菲拉维尔娜说的，歌词翻译过来大意是这样的：

> 姑娘们跑出门，前去买黄油，

涂在铰链上，不让它嘎吱叫。

我的光明之门……

菲拉维尔娜还有点迷信，每周六什么也不会做，但要是碰上有足球赛，那么这一天就要破戒了。要是球队夺得了冠军，那就得像审判日一样，吃上两天斋饭。没错，烟还是得抽的。妇女节那天，老人们都会获赠一对麻纱的长筒袜套，而孩子们却会给菲拉维尔娜买一盒礼盒装的"三勇士"牌香烟。

她记得基辅"迪纳摩"所有球员的姓名，还有莫斯科中央陆军的、"斯巴达克"的、莫斯科"迪纳摩"的、"鱼雷"的主力球员名字。

每当比赛结束，人群从球场出来，沿着日里扬大街散去，她就会对阿丽莎和纽塔说：

"去窗户上望一眼，问一问，比分多少。"

她们就会去望一眼，问一问，并得到回答。

此时纽塔可以把知道的都说出来。每次她说完，而她预测的比分又同人行道上大呼小叫、咒骂推搡、唾沫星子横飞的观众表现出的情绪相一致时，菲拉维尔娜就会满意地开口：

"哦！还真是这样，真棒。她的脑子真好使，这个小东西。"

她在战争爆发前就瞎了——青光眼。因为害怕别人看见，她就在脸上包一块三角巾或者凸纹的花围巾。

经常有老乡来看望她。谈话都是用犹太语低声进行的，那时候阿丽莎和纽塔会在桌子底下玩人偶。她们的头顶上轻声骚动着某种不明语言，如鹤唳一般，悄悄诉说着。阿丽莎时不时地会哭喊起来："听不懂！"如果闹得非常烦人，菲拉维尔娜就会把脚伸到桌子底下安抚她。

可是好奇而倔强的阿丽莎还是不管不顾地哭闹着："翻译一下！"并

且忘记了应该告诉握在纽塔手上的小王子，磨坊主的年轻女儿是否答应嫁给他。

有一天纽塔对她说：

"别管他们了。他们在说闲话呢——孩子孙子的事，女婿是畜生；柳夏得到了一双波兰的靴子；医院里只招收非犹太教徒。"

桌子上一下子安静了。一个上了年纪的老女人惊讶地问：

"这小姑娘听得懂犹太语？她是怎么回事？"

而菲拉维尔娜平静如水，带着些许骄傲回答：

"她什么都知道！"

就像所罗门王一样，菲拉维尔娜这个老太婆常给人出出主意，品评亲人，预言大事，忍受非议。男人们离开时，都会亲吻她的手。直到过去很多年后，安娜才明白这是为什么——她的脸被三角巾遮掩了起来，只剩下手，如此高雅和精致。

那些送给她的礼物，菲拉维尔娜碰也不碰就直接给了孩子们。自从她失明之后，医疗过程中的细致认真让她变得特别有洁癖。菲拉维尔娜只信任自己的大女儿玛娜，她就住在附近，并且每天都会来给母亲送饭。至于住在一起的这个女儿，罗莎，她不是完全信任。在她眼里，上班的女人做什么都不牢靠，眼里没有准时的饭点儿。给菲拉维尔娜送来的汤里也不用放白菜，因为她知道白菜里有虫子，得把每一片都洗干净，而孩子们只会把它直接切成大块。她也从不吃别人做的肉饼和做成馅的鱼肉——所有需要用手揉搓和加工的她都不碰。她不相信别人的手是干净的。

隔壁的老太婆们因为嫉妒，就不分好歹地冲她说些没良心的话——有些人还挺能折腾的呀，女儿每天跑过来送饭，女婿给往外端尿盆，儿子每个月都寄钱来，只要某人知会一声就行！

"那请你们也尝尝眼瞎的滋味吧。"菲拉维尔娜面带微笑地提议。

这家人对纽塔很不错，不把她当外人，像对自己人一样不管不问的，她想来就来，想走就走……

更不用说阿丽莎和纽塔一天中大部分时间都要在院子里跑来跑去了。

巨大的院子中央有几个搭起来的棚屋，是流浪汉和废旧物的庇护所。有的住户直接在里面养起了鸡，一根柱子底下还住着疯狗里亚尔瓦，因为孤独和饥饿，它变得异常凶猛。

很快棚屋就被移除了，院子又成了大家共有的——包括五层高的居民楼、深处一层楼的平房和曾经连地下室、储藏间和浴室里都住满人的三层楼高的公共宿舍。

底下几层的住户在院子里养起花来：鲜红的大丽花、马郁兰、丝绒般的三色堇。一到晚上，角落里那一小株香水月季就散发出清新优雅的气息。树枝上普普通通的白色丁香花也会在五月吐露芬芳，整个院子都充满了浓郁的花香，让你禁不住想深吸一口气。

枝叶茂盛的野生葡萄把房子紧密地缠绕了起来。有一天鲍里亚丢了钥匙，就借着月色攀上葡萄藤，从厨房窗户爬了进去——尽管他可以用大提琴的消音器轻松地撬开大门。

院子里还种着一棵大栗子树，春天，奶白色的花朵如浪潮一样汹涌地盛开，就像无数盏圆锥形的小灯，结在茂盛的树冠上。随后枝丫上便冒出来带刺的果实，主人们把这些绿色果实弄干燥，放在袋子里，埋进面粉堆——防止甲虫和蛾子啃咬。

不到夏末，地面上就会铺满裂开的绿色果实，而栗子就会从裂缝中像闪着光亮的马眼一样向外张望。阿丽莎和纽塔会用绳子把栗子穿成项圈，挂在脖子上跑来跑去。

夏日的全部乐趣就在阳光下尘埃浮动的电线杆子之间，在扎起来绕成圆环的电线之间,在布满纹路的铝制茶壶间,在打碎的珐琅小象和唱片的碎片之间,在装着书籍的箱子间,在不成对的被踩坏的鞋子间,在弯曲的自行车辐条间——总之,夏日阁楼上的一切都异常诱人。

那里总能找到些奇妙的东西!比如这张"范霍滕可可"的宣传画:在两扇木窗打开的小窗口坐着一个浓眉大眼的胖叔叔,就像好兵帅克①一样特别实在地笑着。他身穿礼服,扎着蝴蝶结,秃顶的头上戴着土耳其式带穗的帽子。手上是一个印有"范霍滕可可"标志的茶杯,里面像蒸汽船那样不断地冒出翻滚的热气。"我从不会焦虑,"画面下写着这些字,"我的心态总是很好。自从我放弃那些刺激的咖啡和茶叶,改在早餐时饮用正宗的范霍滕可可,我的肌肉就变结实了,我的肠胃就变通畅了,而神经就像麻绳那么牢靠。一磅能冲一百杯。"

---

① 好兵帅克:捷克作家雅罗斯拉夫·哈谢克创作的讽刺人物。

这些年间在战争中致残的人开始大批去世，阁楼上不停地会有黄色、粉色的光滑假肢出现。纽塔有一次找到了一条右腿，几乎是一整条，上端在膝盖以上，脚上还穿着系好鞋带的旅游鞋。她把它穿回了家——尽管只有一只，也总比没有好吧？父亲哈哈大笑，纽塔哭着向玛舒塔辩解说，这是属于英雄的义肢，可她并不理会，还是嫌弃地拿出去洗了。最后她和阿丽莎一起将假肢和鞋子埋在了学校后面的空地里。

还有一次，阿丽莎在一堆烂布条里挖出了一只左手，随即就在阁楼那里为小朋友们做了一次完美的表演——用这只手假装弹奏钢琴。最后，在一大堆不知是谁拿来的废旧物中，她们挖出了一辆给"水壶"用的轮椅。"水壶"这个词是对那些只剩下上半身的残疾人的称呼，他们只能借助一块装着轴承轮的方木板才能移动，而轮椅就真是件奢侈的宝贝了。

纽塔和阿丽莎当即跑出去寻找又大又陡的斜坡，像插上翅膀那样从上面放开胆子滑下去。这让她们想起冬天在巴特耶夫山，坐在铜盆里滑雪的场景。盆边在阳光下闪着黄中带绿，又透着点红色的光芒，能坐在这些铜盆里也算特气派的一件事了。

纽塔胳肢窝下夹着轮椅，沿着托尔斯泰大街起伏扭曲的山路，往上跑到植物园，而胆怯的阿丽莎在她屁股后面拖拖拉拉、哭哭啼啼地重复着：

"纽特卡，你疯了！……纽特卡，我会告诉外婆的，纽特卡！"

可纽塔还是从上面滑了下来！她趴在轮椅上，命令阿丽莎狠狠踢她一下，然后——风在耳边呼啸，滚轮轰隆隆地响，速度越来越快；灰色条带一样的柏油马路在眼前旋转，这座五彩缤纷、到处行驶着有轨和无轨电车的城市在轮子下摩擦，发出金属的闷响，哭喊和尖叫声被甩在了身后……

渐渐地，轮椅慢了下来，滚轮也不再尖叫咆哮，眼前越来越快地恍惚着……脑袋里剧烈的眩晕也开始急刹车，一下子腾空而起，最终完全静止了……

纽塔朝四下望望,依旧像只小青蛙那样瘫在轮椅上。旁边有人大声地说话:"居然不是小伙子!是个女孩!快看,她疯了吧!"

两个看上去很成熟的男孩俯身望着她,其中一个用手指绕着太阳穴转圈,不知所措地盯着纽塔。第二个开口说:

"不对,她不是普通女孩!是——特技演员吧!"

纽塔之所以会有如此激情澎湃的生活,完全要归功于那个赫里斯季娜,她从玛莎和阿纳托利手中获得了对纽塔进行教育辅导的全权委托,而他们是后来才震惊地发现了这些情况……

不过有一件事却留下了独特的回忆。

"玛,我现在能敲琴了。"有一天纽塔吹牛说。

"是弹琴,纽塔奇卡。"玛莎不耐烦地纠正道。她正把桌子上的餐具摆整齐。托利亚已从医院回来,随时都会到家,而纽塔已经在自己的餐盘前坐好了。"最好说'弹钢琴',这样更确切。"

"快看!"女儿没有听完就打断了她,用手指在桌布上划来划去,向两个方向挥动着,时而把小手指翘起来,时而把两只手并在一起。

餐刀还不够,玛莎意识到这点,接着猛然间用余光看到了孩子那两只好动灵巧的小手,能完全同时地在桌布上做出弹奏美妙节拍的动作。

"我现在有两只手了!"女儿大声宣布,敲打出一连串只有她自己才听得见的音符。

玛莎的内心有什么东西突然崩塌,又立刻极速升腾起来。

她攥住纽塔那把柄上画着彩色搪瓷鹦鹉的叉子——她总是习惯性地把它放在女儿的"非惯用手"那一边——低垂着眼睛，不紧不慢地把刀叉调换了个位置。而纽塔继续说着闲话，不假思索地用右手拿起刀来，就像这个动作已经做了一辈子那样。

"有意思，"玛莎说，"太有意思了。宝贝，这是怎么做到的？"

"是赫里斯季娜教我的，"纽塔嘴巴里塞满东西，含糊地说，"她把我……捆住，包裹起来……就像木乃伊，还……改造了一下，就像改衣服！所以我现在什么都会了！我能在马戏团抛球了，一下子抛一百个……玛、玛舒塔？！"她惊讶地望着玛莎，鼓着腮帮子问，"你怎么哭了？"

后来她相当满意地将这称为当时仅有的七年人生中关键性的转折，她的人生也因此达到了新的高度，就好像从没被掀起的人生大幕在那一刻终于被发达的右手撩起来一样；又好像是有人在她体内向右打开了探照灯，照亮了远方、周围，照亮了灯光秀舞台晦暗的上空和深处。世界终于向左右两个方向伸展开去，获得了平衡，变得丰满、圆润和深邃。

而位于那个世界内部的身体也能灵巧柔和地活动了。

对镜子那种惧怕而不可抗拒的渴望，以及试图利用反射来填补她右半身不足的欲念也减轻直至消散了。

从那时起，她就能清晰地描述脑袋里的图像游戏是什么了。

当她的大脑受到刺激，像杯中的柠檬汽水那样升腾起泡泡时，便有某些东西开始骚动作响……不同颜色的数字跃入眼帘，汇聚在一起又散开，完全像活的一样。混乱的画面渐渐浮现，越来越大，并倒映在那里。在脑袋里，在满是镜子的走廊里，踏着小舞步，成双成对翩然而至的阿拉伯字母、各种神奇的图案整齐划一地排列起来，一个接一个地出现，又消失，最后还会发出美妙的万花筒般的光辉，以表示图像熄灭和再一次闪现。一切就如同多彩的戈比林毛毯，樱桃色、紫罗兰色、夜空中的深蓝色交织成搏动的背景……

但是当她坐下来思考时仍旧不明白——为什么这种情况总会出现……

事实上，纽塔是被赫里斯季娜强行拉到菲拉维尔娜家去的。赫里斯季娜在这间公寓里有自己的兴趣点：占卜牌。

神秘兮兮的潘娜·伊万娜，这个前马戏团杂技演员，会把占卜牌摆放妥当，然后猜牌面。为此，她甚至在这间又窄又深的屋子的窗户边摆了一张专门的牌桌，桌上铺着绿色的呢绒，是以前在萨克萨甘斯基大街和红军路岔口的古玩市场买的。桌子旁边是一张铁床和一个抛光的衣橱——她带着口音一本正经地管它叫"衣鬼"，还有一张靠在墙上的薄床垫，一般是为众多来客提供的。

"上那儿，上厨房待着去，"赫里斯季娜下命令，"半个钟头啊。我要算算我的命运咧。"

赫里斯季娜的命运，纽塔也能告诉她，如果她稍微感兴趣的话。但是很明显，牌，一副被脏手摸得油腻腻的真正的塔罗牌，是开启赫里斯季娜命运的必要条件。

于是纽塔就跑到巨大的厨房去了，在那里她看见桌子边坐着一个瘦老太婆，一半脸上绑着有凸纹花边的围巾。旁边的凳子上坐着一个正拿着叉子在盘里捣鼓东西的小女孩，头发卷卷的，很好看。只可惜，她的左眼总是朝鼻梁上撇,好像迫不及待地要绕鼻子视察一圈。

"有陌生的脚步声,很轻……"老太婆突然开口说,同时在椅子上直起身子,"啊,是罗莎吗……还是其他人?"

"不是,外婆,"卷毛斜着身子笑呵呵地说,"是自己人。"

这让纽塔的好感油然而生,她的整颗心都一下子与她俩贴近了!

她走上前,盯着盘子里几乎已经被卷毛抠完了的土豆煎饼。

"外婆,"卷毛问,"我能不能把自己的'糨糊饼'给这个小姑娘尝尝?她很饿。"

"那她是个好姑娘吗?"老太婆确认道,"如果笨手笨脚的就别给她。"

纽塔和卷毛互相看了一眼,两个人同时扑哧笑了出来。

就这样,一小时后,当满脸通红的赫里斯季娜从潘娜·伊万娜房间出来时,纽塔和阿丽莎已经成为知心小姐妹了,甚至约好明天同卓依卡一起去牛奶厂要饼干。

赫里斯季娜在回家路上将一个可怕的秘密透露给了纽塔,说她很快就要嫁人了——就在秋天。

"是冬天,"纽塔漠然地纠正,"到处都是雪。"

"但是未婚夫呀,"赫里斯季娜继续激动地说,"是个差点就成了鳏夫的人,而且不知为什么在一个地方待不住。潘娜·伊万娜是这么说的。"

"因为他总是坐火车来回跑呀。"纽塔迫不及待地解释说。赫里斯季娜哈哈大笑起来,边走边将纽塔的脑袋贴到自己又圆又结实的体侧,拍拍她的后脑勺说:

"真是油嘴滑舌!"

"猎取"饼干要朝牛奶厂进发,如果没有卓依卡那就是白折腾,什么也捞不到,只会自己饱受羞耻感的折磨。唯有卓依卡能够无愧于自己良心地爬到半地下室的窗口,可怜巴巴地哭诉:"阿姨,阿姨!我们真的想要!真的只想要一点点,我们好饿!"

卓依卡的身体像鱼饵一样小得出奇。他们家住在一楼最阴暗的角落里,就是以前的小仓库那儿。这个狗窝一样的家只有八平方米——墙皮都剥落了,地面是泥土夯实的。他们家一共有六个人一起生活——父母和四个女儿,卓依卡是最小的。

谁也不可能在其他地方见到比他们家更穷的了。卓依卡的父亲是货运列车司机,很少在家,一回家就是喝一个礼拜的酒,碰上谁就把谁痛打一顿,还去吸大麻。而卓依卡的母亲已经瘫痪在床三年了。

卓依卡单薄,弱不禁风,永远挨着饿——也许还有蛔虫折磨着她?她每一分钟都在想着能大吃一顿。邻居会力所能及地给她点吃的,如果不给她吃,她就自己拿,鼻子会为她带路。"哦,贝尔塔在烤馅饼!"贝尔塔住在院子最深处的三层楼房最高层,经常会烤馅饼,然后端着铁盆放到阳台上晾一会儿。

卓依卡便会爬到屋顶上,留下阿丽莎和纽塔放哨,自己用长长的树枝去钩馅饼。最多钩四个,三个给自己,一个掰成两半分给姑娘们。有时候,在院子里玩耍的小孩当中要是有谁带着黄油面包、苹果,或者让人眼睛发亮的巧克力,那他就得当心了!"列宁说过——要分享!"随即食物就被卓依卡抢了过去。

她也从来不用厕所,如果有需要,就随便蹲到一棵树下、一扇窗下解决。

赫里斯季娜很讨厌卓依卡,因为脏,因为偷窃,因为那只永远伸出来讨饭吃的手。她管她叫"毛格力"——有一天她带着纽塔去青年剧场看了一出戏,这是剧中的主角。

"要是谁踩着大便了,"赫里斯季娜说,"那想都不用想,准是卓依卡干的!"

有一天,卓依卡的姐姐来找她——那已经是八年级的事儿了,当时这个疯疯癫癫的卓依卡已经两天不见人影。她姐姐到处打听涅斯捷连科医生住在哪里,然后爬上三楼,找到纽塔家,胆小地叫了叫门。赫里斯季娜给她开了门。"有谁看见卓依卡了吗?"面对姑娘慌张失措的问题,赫里斯季娜挖苦地回答:

"大概啊,她又去哪个林子里拉屎了……"

扎达诺夫斯基大街,事实上原来是,也将永远是日里扬大街。这条街又长又热闹,上演着人生百态。

就在体育场旁边,六号楼老式的四层建筑——屋顶配有一个俏皮的圆形塔楼,那里住着音乐喜剧剧场的演员和乐师们。根据楼内石板上写的内容,这里甚至还是小歌剧《马林诺夫卡的婚礼》的作者,著名的亚历山大·里亚波夫的故居。街道像肠子一样细长,两辆车都挤不下;但是在那棵永远屹立的栗子树下却令人感觉阴凉而舒适。不过离体育场相对较远,离胜利广场,也就是叶甫巴斯倒是挺近(很多事物都会有两个名字,就像纽塔一样:她有一个显得生疏的对外名字"安娜",还有一个家人之间的、温暖而响亮的名字——纽塔!)。在前往巨大的叶甫巴斯的路上,还坐落着"乌克兰"百货商场和"天鹅"酒店。日里扬大街散发着自己仅有的那点魅力,无聊地呈现出一种工业化面貌,而火车站附近就全然是脏兮兮的一片了,所有靠近火车站的区域都是如此吧……可不管怎么说还是很有趣！这儿什么没有啊，还散落着一座座工厂呢：列宁炼钢厂、交通信号灯厂、带着冷却塔、活像埃及金字塔的三号热电厂、高尔基缝纫机厂、从前的聋哑人劳动生产队，还有铁路员工合作社。在巨大的场院里，在那些板房和放着电锯的工棚间，轻易就能收集到一大堆有趣玩意儿：老旧的螺丝螺钉，装在损坏的万花筒上的碎玻璃，被平整地锯开的厚木垫片……

话说回来，在牛奶厂诱人的呼唤面前，一切都显得索然无味。

牛奶厂的华夫杯车间位于半地下，窗户直接冲着街上。

要是风向正确，那么华夫醉人的香草味道就会令你神魂颠倒，驱使着你来到车间窗前。

孩子们趴在地上，仔细朝贴着浅蓝色瓷砖的半地下室深处望去。烘焙华夫杯的制作过程她们打算看上好几个小时——同任何一种变化过程一样，这其中也有神奇的魔力。

女工们身穿白大褂，头上绑着纱布头巾，把面糊淋在烘烤模具上，盖上又大又平的生铁板，用自己的体重将多余的面糊压榨出来，它们会一下子变成金黄色的薄脆。这些流出来的薄脆是制作华夫时的厨余垃圾，女工们把它们刮下来，用盛过面粉的大铲子扒拉在一起。

关键就在于不要错过这个时机。卓依卡开始模仿傻乎乎的流浪汉的声音：

"阿姨，给我们点！给点吧！真的想要！"

她双膝跪在窗口前，把脏兮兮的裙摆伸到里面去，会有某个心肠软的女工把一捧金灿灿的薄脆恩赐地倒在裙摆上面。

没有什么比这天赐的碎屑更美味了，纽塔时常惦记着这种父亲和玛舒塔从小拿来给她吃的"最美味的东西"，于是在她的一生中，每当喝茶喝咖啡选甜点时——无论是在任何国家、任何高档的餐厅——她都会用神秘的语调对服务生说:"两到三块华夫饼干,谢谢。什么,你们没有华夫?"

但最吊人胃口的是观摩烘焙华夫杯。每次把面糊倒入模具中,盖上盖子后,一定会有两三个杯子是不合格的,女工们会把它们扔到一旁的箱子里。而这时卓依卡就要上演真正的好戏了:她号啕大哭起来,激烈纠缠,抽泣哽咽,竭力表演着……那样子旁人看着都尴尬,可她确实很想咬一口华夫杯!

纽塔和阿丽莎静静地趴着,恭敬地看着歇斯底里的卓依卡——就好像是北方某些部落里的人,提心吊胆又按捺不住地在远处盯着正在施展巫术的萨满。

由于忍受不了这种歇斯底里的场面,女工们的其中一个定会走到窗前,通过窗栅栏把"不合格"的递出来。这时候卓依卡就第一个用小手紧紧抓住施舍物。成功了!

松鼠——美国和加拿大的松鼠,那些不要脸的要饭的——后来经常让她想起小小的卓依卡来。有一天,安娜来到佛蒙特州的明德大学拜访阿丽莎,在小路上看到了昔日女伴的小动物化身:一只棕色和浅白色相间的松鼠坐在掀开的垃圾桶上,前爪急速地翻找着,同时鬼鬼祟祟地环顾四周。

阿姨们责备卓依卡是强盗和窃贼,大喊:"喂,你,太多了,分给其他女孩一点!"

而有一天,当赫里斯季娜和纽塔从潘娜·伊万娜那里回来(这已经是赫里斯季娜算命算到"几乎要嫁给""几乎成了鳏夫"的人,也就是卓依卡的老爹瓦西里·费多罗维奇以后的事了。他还真是在一个地方待不长久,开着火车轰隆隆地从塔什干到伊尔库茨克,不过这就是另外一段故事了),经过华夫车间的时候,其中一个在窗边抽烟的女工招呼纽塔。小姑娘跑上前问好,于是阿姨就塞给了她一大堆吃的,有华夫杯,还有华夫碎饼。就因为这个,纽塔接下去两天都觉得自己是个能挣钱糊口的人了。她还酸溜溜地拿来款待家人:"玛,你为什么不尝尝华夫?"

七十年代初期,公共宿舍开始往外迁人了,卓依卡同她卧床的母亲和姐姐们首先分到了一间三居室的房子。

她们起初还不习惯有这么多房间的屋子,很长时间还是挤在一间里。

似乎就是在那段时间里,赫里斯季娜突然采取了历史性的行动,对"几乎成了鳏夫"的瓦西里·费多罗维奇家进行了唯一一次造访。一方面是良心受到了煎熬,觉得也许并不至于那么惨,另一方面是决定去看一眼,是不是应该为自己的"准鳏夫"把房子抢过来。

他瘫痪在床的妻子一如从前地瘫痪在床。赫里斯季娜坐在病人床前,开始说起话来,告诉她瓦夏现在有了大改观——吃得好了,身体棒了。要不然啊,这个可怜鬼就真的完了⋯⋯

"我看她气得都变红了,"回来后赫里斯季娜描述道,"活像一棵红菜那样。还对我说:'你个不要脸的婊子!'"说到这儿赫里斯季娜深呼一口气,用双手抚摸着裙子下面隆起的大肚子,最后说了句:"那又怎样咧,反正我已经偷偷地弄上了⋯⋯"

而卓依卡则被饥饿的童年赶去了烹饪技校。

多年以后,当安娜回来看望父亲时,在"基辅"餐厅约了卓依卡见面。这位穿戴奢侈的女士,从头到脚都缀满了金灿灿的挂件,老远就认出了安娜,猛地飞奔过整个大堂。她一边哭泣着,用手绢擦着珠光闪闪的眼皮,一边说:"纽特卡,你可真是一点没变,我的上帝呀!"

得知安娜跟以前一样"在钢丝上翻跟斗"后,她只是摇了摇头。

十五分钟后,一份盛在巨大托盘中的"主厨亲手菜"端到了桌上。

"谁的菜?"安娜好奇地问。

"就是卓雅·瓦西里耶夫娜亲手做的菜!"女服务员有些嫌弃地说。

回到家,父亲和赫里斯季娜聆听了纽塔关于"青蛙王子"的兴奋描述。

父亲说:"是啊,都成'基辅'餐厅的主厨了,再也不会给你偷贝尔塔的馅饼吃了。"

(他当时已经开始犯病了,但还是拒绝接受全面检查——大概早已猜到自己早上恶心和晚上疼痛的真正原因了。)

赫里斯季娜轻蔑地傻笑着说:"那你也没打听打听最要紧的那件事——现在她还随地大便不?"

第一学年即将开始之时,纽塔病了,很严重,脸色蜡黄,就连父亲这个传染病医师也两次把一位上了年纪的女士请到家里来给她看病。

那位女士是儿童疾病的救星,一位教授,但是表现得并不像教授,倒像个宅心仁厚的老奶奶。她管爸爸叫"托连卡",而且,相较病人来说,她好像更可怜他和被吓得半死的玛。在索菲亚·尼古拉耶夫娜教授硕大的额头上——就好像有谁使尽力气,像拽三角头巾一样把她的发际线拽到了后脑勺——一块圆圆的镜子轻快地射出光点来。烧得全身发红的小姑娘吓了一跳,舔了舔开裂的嘴唇说:"你也有这么一个露在外头的镜子,而我的在里头。"

"在哪儿?"索菲亚·尼古拉耶夫娜惊讶地问。

纽塔用手指捅了捅脑门中央。

"在这里面!"她热情地说。

玛莎心中一怔。

"宝贝啊,"她含糊地说,"用手这么指可不好。"

总之,当小姑娘开始好转时,已经过去半学期了,玛还是倾向于让虚弱的纽塔在家再待上一年。赫里斯季娜也这么觉得:"这种狗屁不通的地方俺们不去。"不过父亲坚决反对。"女人啊,"他就这么古怪地说着,"应当珍惜岁月。"

于是玛便领着纽塔去学校了。她们比正式上课提早了一个小时出现在教师办公室,来和女校长谈谈,两人都显得很腼腆。

"薇拉·彼得罗夫娜,"女校长对一个阴沉古板的瘦削女子说(看得出来,她小时候得过小儿麻痹症。玛舒塔回去后说:"她左手都活动不利索。"),"您看,薇拉·彼得罗夫娜,这是涅斯捷连科·阿尼娅。我跟您说过的——她生病了,得帮她补一补。"

薇拉·彼得罗夫娜把纽塔带到了一个空教室里。而惴惴不安的玛舒塔本想说明一下对女儿应当使用怎样的"特殊方法"("您知道吗,她在读和写上有点困难,因为……"),更重要的是,最初几天她希望能随堂旁听。可薇拉·彼得罗夫娜用命令的口吻让她放心地在走廊外等着。

老师指示纽塔坐在第一张课桌后,发给她铅笔和练习纸,然后开始在黑板上写圆圆的大写字母,并说道:

"没关系,一开始肯定有些不明白。你把黑板上的东西抄写下来,自然会弄清楚的。"

纽塔坐在那儿,紧张地把目光从黑板移到铅笔和格子练习纸上。她的心脏清晰响亮地撞击着肋骨,因为铅笔对她来说就不如刀叉那般驾轻就熟了——那些都是日常物品，它们的功能仅限于自身，使命愚蠢单一；可铅笔呢，它可是……从它尖端会流出一个词语的构成元素，它们每一个都像是幼芽，会绽放，会向上长成栗子树，会汇聚成枝繁叶茂的树冠……"用哪只手会受罚，哪只手会受到祝福啊？"它们是平等的，可左手……心脏的涌流在她指尖搏动，汗珠一个劲地渗出来，渗出来……

"怎么了？快抄吧！"

薇拉·彼得罗夫娜坐到纽塔对面，从书包里拿出化妆盒扑起粉来。那是个奇怪的化妆盒，有两面镜子，正反面都能照出来。她抓着纽塔的手，正想要提示点什么，指导一下……

"不行，不能光看，"小姑娘对自己说，"那上面全都不一样，我应该反着写，反着写！"

她坚定地抓起铅笔，在纸上抄下一串黑板上的字母。

"你怎么用左手写？"薇拉·彼得罗夫娜不高兴地问着，啪地敲了一下化妆盒，"你是左撇子？"然后她看了一眼练习纸。

纽塔立刻意识到，可怕的事情发生了——一团绯红的怒气已经涌到了老师的脖子上，并且还在向上爬升。很快，她的整张脸都会红得像是有人狠狠地把它猛拍在了桌面上。

"你——故意的？"她一字一顿恶狠狠地低声说，"再这样写一次，就把你送到育才学校去！"

这句话就像抡起胳膊打在小姑娘的脸上一样，她甚至把整个身子都压在了椅子背上。这种感觉好似一个异教犯被拉到活埋坑前，被人紧紧地从后面勒住脖子，逼迫着朝坑里望去……

整个晚上她和玛莎都在学着把字母反过来。纽塔眼前悬挂着学校的黑板——这与她的镜子完全相反，镜子拥有平静而透明的深邃，有敞开的意志，而黑板那密闭压抑的晦暗向外射出死亡的恐惧。

纽塔不让玛莎睡觉。

"玛，"她央求着，"再来一遍吧！"

"那，好吧……"玛莎的眼睛都快合上了。她明天还要去音乐学校给两个班级进行关于浪漫主义的测验呢。

她们用钢笔进行练习。钢笔，而不是铅笔。因为玛莎认为，这样更有"前瞻性"："你不可能一辈子都是一年级学生。要用右手，右手。你能做到的！对，真聪明！字母也写得那么圆滑。只要你不慌张就行……"最后，她深深叹了口气：

"好了，够了，宝贝。该睡了，已经三点了……"

"不，玛！"纽塔哀求着，"还有三个字母要反过来！"

从那时起直到毕业她都能用钢笔正确地书写，可要是手上拿的是粉笔或铅笔，她的意志就会被"麻痹"；到那时，倾斜着的、令人惊讶和眩晕的神秘字母就会从她手底下从右往左地飞出来，要想读明白只能借助镜子。

"我们屋子旁边就住着个马戏团的演员！"阿丽莎突然冒出这么一句。

她们挤在小卖部里，一大堆人排队来买馅饼。很快就会运来一批热腾腾的新鲜货，焦黄的馅饼会被摆成一列列，用大铁盘子盛着拿到小卖部。

四年级的时候，这对小姐妹被拆散到了不同的班里，纽塔在 A 班，阿丽莎在 B 班。除此之外，阿丽莎经常练习音乐，并在冬天参加了全国"少年才俊"比赛，并获得了"进步奖"。

而纽塔已经去牛奶厂附属俱乐部的体育兴趣小组上了半年课。

她们都非常想念对方，不管在哪儿见到，即使上课铃已经响了，都要急忙拥抱一下——在小卖部，在走廊或是学校操场上，只要天气允许。

阿丽莎有时候会问：

"我今天没扎辫子，怎么样，我好看吗？"

纽塔便热情地回应道：

"太丑了！"

"有一个小丑！真的！就住在潘娜·伊万娜那儿，睡在床垫上。是她的老相识了。他们想让他住酒店的，可他说：'不，你们这儿更舒服。'多么耿直、多么搞笑愚蠢的家伙啊！"

……又是个小丑。生活就是这么有趣，你不知道会发生什么。不久前她有了一个秘密。那是一个头发蓬松、戴着厚厚的眼镜、被削平了的受伤手指上贴着膏药的人，他有一个中世纪炼金术士般神秘的名字：埃里埃泽尔。

两个月前的一天，体操技巧课结束后，纽塔沿着牛奶厂俱乐部的走廊奔跑着。今天爸爸会比往常早一些从医院回来，并答应和纽塔一起去动物园。所有人都疯了似的跑去那里看两只小象，拉维和沙希——它们是一个叫扎……哈……拉尔拉尔·涅尔的人送给基辅动物园的，总之是个印度国王。但纽塔和爸爸是为了去看猴子，他们永远乐此不疲。猴子当中领头的，是一只驼背而强壮的狒狒。它一直转过身去把屁眼对着观众……可实际上这个字眼是不能随便说的，应该说"屁股"，而玛好像完全不知道有这个词语，并把屁股叫作"软软的地方"或者更为极端的

"小蛋糕"。不过纽塔和赫里斯季娜已然知晓了这些词汇的准确含义。当赫里斯季娜给纽塔洗完澡擦干身子（见鬼，正要把她赶出浴室的当间），就会充满激情地开口说："喏，懒蛋，你可别偷懒！屁眼和阴部啊要用浴球好好擦一擦，这是必须要注意的个人卫生！……"

狒狒就这样用自己鲜红的屁眼让观众感到尴尬不堪。

不过纽塔和爸爸在动物园里有着他们自己的牵挂——一只灵巧机智的猴子，调皮的小窃贼，他们要去看看它。

三年前就在那个笼子边，爸爸快速向女儿讲述了达·芬奇的理论。纽塔竖起耳朵听着，认真观察着那只"专属于他们"的猴子在狒狒旁边曲意逢迎的动作。她知道，只要狒狒一把身子转过去，这只小猴子就会把那几乎同人类一模一样的、带着皱纹的黑乎乎的手伸进蔬菜篮子里，将胡萝卜偷走。

"猴子就是这样变成人类的！"爸爸如是总结道。

女儿抬起头看着他，小声而真诚地问：

"那它对此不感到惊讶吗？"

纽塔沿着牛奶厂俱乐部的走廊跑着，同往常一样经过告示板时，就会停下来——她通常要花一些额外的时间，给自己一些压力，练习把一行字反转过来。可是此时的她愣住了。一张练习纸上整齐划一的红框里，出现了她以为正确但老师却明令禁止的书写方法。这一下子就跃入了她眼帘——上面写着："妙趣横生的镜子！"靠下一点是内容相同，但方向相反的黑色字迹：

"妙趣横生的镜子！"

欢迎您注册加入我们这个新的小组，在这里您能了解一切有关神秘的镜子,有关天文望远镜、望远镜和其他光学设备的奇妙之处。注册请到二层三号屋埃里埃泽尔处。

她啊哈一声,有点不敢相信自己的眼睛,马上转身回去,飞奔上二楼,如获至宝般地冲到那间屋子门口,差点一头撞在别人柔软的肚子上。站在她面前的是一个高大肥胖的家伙,长着一头黑中带蓝的浓密头发,想要把它们剃掉恐怕只能动用花匠的修枝剪了。在他的眼镜片后面,一双深邃的樱桃色眼睛放出戏谑的光芒。

"哎哟当心,骑士!"多毛男人说,"你往哪儿冲啊,去镜子里吗?"随即他打开门,做出邀请的姿态。

"啊我,"小姑娘喘着粗气含糊地说,"我是……我能……那个……"

说着纽塔扑到桌子跟前,那里摆放着提前从笔记本上撕下来的纸张,她抓起铅笔和钢笔快速地——就像阿丽莎用双手弹奏分散的音阶一样——朝不同方向写了起来,一只手按照自己的方式从右向左,另一只手相反——从左到右:

宽阔的第聂伯河岸线!!!

宽阔的第聂伯河岸线!!!①

"我的天哪!"他在她身后低声赞叹道,"孩子,你是天才啊!"

"我是涅斯捷连科。"她幸福地回答,"我叫纽塔!"

"原来如此,看来,纽塔·涅斯捷连科,我在这儿像个傻子一样等了三天,等的就是你呀!"

一个礼拜之后她的手指上就已经贴满了胶布块,因为他们在学习把

---

① 宽阔的第聂伯河岸线:乌克兰民间歌曲名。

铜板锉平，以此按照古埃及人的方法来制作镜子。按照设想，应该把圆盘做成太阳一样的碟状造型，成品很像玛舒塔蒙古样式的化妆匣子顶部的那个圆盘。纽塔闷声不响地把它从父母卧室里偷了出来，内心激动得不得了。

除了纽塔以外，通过"镜子小组"招新启事前来注册的人一个也没有，俱乐部管理会就将它"解散"了，所以他们每次聚会就不得不自己找地方。

埃里埃泽尔以优异的成绩从物理技术大学毕业，但是得了一种他自称为"无聊"的怪病，因此心智上有些残障（他会突然靠上来说："纽塔，我的天使，这可恶又挠人的无聊……你看，我得挥着凳子把它赶走。"）。他在波仁科家具工厂所属的制镜车间工作——他自己笑呵呵地说，就是"纯粹为了放松一下大脑"。

放学后纽塔时而会去他那儿坐坐，帮帮忙，全程盯着他那双胖乎乎的巧手将水银涂抹在玻璃上，并按照模型切割好，把垫圈安在背面，以防镜子打碎。

"普通的平面玻璃啊，我的天使纽塔，"埃里埃泽尔说，"会反射出一切东西的样子，不管是从左边，还是从右边，不管是向下还是向上……而剩下的任务就在于将你所看见的影像进行'翻译'，让它在我们构造奇特的大脑里成形。你要借着想象进入那里，将你所看见的影像同你自己做对比。到镜子里去……"

"难道……真能这样？"她屏住呼吸问，"能够……擅自闯进去？"

"我不知道你指的是什么，但是有些资深的学者认为，确实存在着镜子里的世界。要讲讲吗？"

"要！"她呼出一口气。

"好，听着……如果听腻了，你就使个眼色，我们就去吃雪糕……以前有这么个学者，你知道不，叫艾维瑞特，他设想存在着很多平行于我们的宇宙——没错,由某几种其他的物理参数构成的世界……你知道什么是中微子吗?啊,我们就从它开始说。喏,你看:中微子是构成物质最基本的微粒之一,对吧?物理学家发现,在一定的空间变化中——比如说旋转——基本粒子的性状是不变的,除了中微子!在镜子的倒影中,只有中微子的性状改变了……这么说你感觉如何?是不是打破了对整个粒子学说的认知平衡?"

"是不是?"小姑娘重复着,着了迷似的盯着他那肥硕的手指在空气中自由不定地摆动抚摸。它们在空中勾勒出某个仿佛正在修复"粒子学说的平衡的身影"。

"所以有必要认为,每一个中微子都有自己的镜像共生体。我,比方说就是中微子,而你就是我的镜像中微子……"

纽塔哈哈大笑起来,想象着镜子里取代这个胖子埃里埃泽尔而出现自己的影像。他们互相为对方长了这样一张镜像共生的脸——真是太搞笑了!

"以此出发,"等她安静下来,他继续温和地说,"以这一小步为契机可以做出如下推测:这样的镜像共生体也存在于其他的微粒中。如此一来……会怎么样呢?纽塔我的天使,各种粒子最终构成什么呀?"

"物质!""天使纽塔"急切地跳起来,甚至连她自己也不明白,同埃里埃泽尔说话时这些恰当的词汇是从哪里冒出来的,只是她能感觉到自己的思想就像钢丝演员在一条看不见的绳索上摸索前行,绳索从两端的镜子中延伸出来,一端的镜子藏在她额头中的脑部空间里,另一面镜子则藏在这个滑稽的胖子覆盖着带刺灌木丛的脑袋中。

"没错!这就意味着,镜中的粒子能够组成什么?"

"镜中的物质!"

"没错。那现在——吃雪糕去。"

他们走到小公园对面，退休老人们带来自己磨破了的象棋板，在公园长凳上激战正酣。

埃里埃泽尔总是给自己买两份奶油冰激凌，每一口都咬下一大块，狼吞虎咽地迅速吃完，好像有人在后面追着他们似的。然后他滑稽地舔一舔厚嘴唇上沾着奶油的胡子，古怪而煞有介事地说：

"趁他还没看见，快点吃！"

纽塔一开始会四下张望，以为埃里埃泽尔碰见了哪个关系不好的熟人，需要躲避一下。但是有一次，她在他背后看见一个苍白的家伙，另一个埃里埃泽尔，他浑身雪白，仿佛是吃饱了雪糕，冰霜覆盖了他的头发、眉毛、睫毛……她一阵哆嗦，眨眨眼睛说：

"你别这样……别吃得太起劲。不能再吃甜食了。"

现在，她每晚都要很久才能入睡，仔细地回想着白天与埃里埃泽尔讨论的一切。最后，直到眼皮合在了一起……而镜面被梦的涟漪所洗刷，如池塘中的浮萍轻轻地荡漾着……这种感觉就好似再等上一秒钟，镜面就会最终打开自己入口处那紧闭而轻盈的薄膜，它通向埃里埃泽尔所确信存在的，另一个平行的、正确的镜中世界，并将她纳入自己的——准确地说是液态的而非气态的——自然环境中：她徜徉其中，跳跃着滑行，劈开透明的人群……

在那里，生活以正确的样式存在着，人们正确地行动——在那里她一定会遇到真正正确的妈妈。

不知为何她认定，他就是她生命中的主角。他是最重要的老师，更是首要人物。她相信他说的每一个字，她摆好镜子，贪婪地在其中捕捉着一切他所讲述与传授的东西。她知道，他教给自己的都是最重要的知识。因为在那里，在她生命遥远的前方，有成百上千面特征非凡和结构超凡的镜子，它们在不同的国家和城市里反射着天空与大地，回廊与殿堂……

还有，他是那么平静，就像菲拉维尔娜，培养着小姑娘的观察能力。然而遗憾的是，他自己——这让她很惊讶，大为震动——却无论如何也做不到这一点。也就是说，他的所有镜子，他那数量繁多的镜子中没有一面是放置在心里的，全都置于身外。

他也从不对她提问，从不追问她什么，从不陷她于难堪的境地。只有唯一一次，当他要被强行带走，到很远很远的地方去时。

"我要被带到镜子中去了，"他肥厚的双唇颤抖着问她，"纽塔，我的天使……我们还会再见吗？"

而她望着他的眼睛，坚定地回答：

"会！"

她已经知道，铜和银的反射性很好，且不会被氧化膜覆盖，所以在上个世纪有毒的汞锡合金已经被银替代了，银安全得多；她也知道了很多有关镜子，或者按照埃里埃泽尔的说法叫"照脸"的历史。

大课间时，纽塔飞奔着冲到阿丽莎跟前，兴冲冲地向她转述中国士兵把镶镜面的护身符带上战场、中国的新婚夫妇在结婚当天要把镜子拿在胸口等故事，还有一些佛教寺庙直到现在还有镜子能净化浊水的说法……

很快她和埃里埃泽尔就打算尝试一下威尼斯吹制玻璃的方法。他的邻居格奥尔基在玻璃厂工作，就是啤酒厂旁边那幢斯大林式的建筑。这个格奥尔基是个阴沉寡言的人，有一次竟安排他们完整地参观了玻璃厂的所有车间，指着那些巨大的怪物，断断续续地介绍说："熔化槽，装料机，运货带……"

这个人打喷嚏的样子很可笑：直起身子，弯起膝盖，耷拉着双臂，像一匹警觉的马,竖起耳朵,随即发出短促的嘶鸣,双手猛地在膝盖上一抖,仿佛把一根不是很粗的树枝折断了……

随后埃里埃泽尔和格奥尔基在啤酒厂的摊位上买了啤酒,坐在小花园的长凳上。(不得不说,要是玛舒塔看见女儿跟这两个手拿啤酒杯、风格怪异的家伙在一起,她准会疯的。)

四面八方飘来的杨絮轻盈地汇聚成团,在地上滚动着。不远处几个小男孩把这些银色的云团点着了。扑哧!——透明的火光亮起,随即熄灭了。

而在前面——在他们前面摆放着一片镜子的海洋:平面的、凹面的、凸面的,还有球面的和圆柱面的,它们能用在魔术表演、信号灯、探照灯和其他仪器设备上——甚至是天文仪器!甚至是光谱仪器!

"最最古老的玻璃镜子,"纽塔在大课间时对阿丽莎说,"比罗马时期还要早,是在希顿制成的,那是个古老的腓尼基城市,位于地中海沿岸,有一个巨大的海港。来自世界各地的船只都将那里的玻璃镜子运回去,因为这些镜子能呈现出最最干净的影子……"

"干净?"阿丽莎皱皱眉头。

"没错,就是说,脸照得很清楚,没有模糊的线条和光晕。你一看就知道:啊,这就是我!"

二十五年以后,当安娜来到古代腓尼基的多尔港,坐在贝壳状的霍夫-多尔海角的山脊上——不远处就是海法,回忆起了那些同埃里埃泽尔一起不务正业的漫长无眠的夜晚,他那肚子周围都磨破了的黑色皮围裙,他在说"五"和"责任"两个词时滑稽地发出软音,以及这个头上长着像带刺的篱笆一样坚硬毛发的病态胖子,如何让她获得了一种想立刻弄清知识而不知疲倦、难以抑制且无法动摇的饥渴感。

海岸边,茂盛的、尖刺突起的棕榈树在海风中轻声哀叹。

棕榈树下的草地上散落着酒红色的海枣,朝下的一面毛茸茸的,有的已被海鸟啄食殆尽。这里的腓尼基人确是早已消失,安娜思考着,但是数千年前,腓尼基人一定踏上过这片草地,正如此时吃饱的海鸟、蚂蚁、甲虫和游客一样。

埃里埃泽尔跟哥哥住在一起,然而这个异乎寻常的哥哥——纽塔一下子就在心里将其视作埃里埃泽尔的一个对立面。

还记得两人第一次乘坐九号有轨电车从哈尔图林街去波多尔的埃里埃泽尔家时的场景。电车是典型的基辅火车头式"推拉"车厢,车头车尾是一样的前脸,望向不同方向,驶到弗拉基米尔大街的陡坡处还会尖叫一声。

埃里埃泽尔一边滑稽地用肥胖的手指梳理着头上那堆带刺的篱笆,一边对她说:

"你千万别吃惊:我有一个哥哥——我俩是正宗的双胞胎,他就像我在镜子里看到的虚幻映像一样。等我有时间一定要发明创造出这样一面镜子,照镜子的是个黑发人,镜子里显现的却是个金发人……"

有人用柔软的手指骨节轻声将门叩响,埃里埃泽尔从桌边站起来(他住在合住公寓里,这是的黎波里英雄大街上一幢歪斜的二层楼房,房间是丽莎祖母留下的),介绍说:"这是我哥哥阿布拉姆。你好,布马!"他边说边打开门……纽塔哑口无言地站着,也没有回应问好。此人就像是埃里埃泽尔的一张底片:一个人身上所有黑色的地方,在另一个人身上就是白色的——头发,眉毛,睫毛……

过后埃里埃泽尔用责备的口吻对她说:

"你应该表现得更礼貌些。"

他说得一点没错。可她就是愣在那里……无法解释自己为何如此惊异。她从来没有怕过任何东西——无论是街头和公园里那些长相可怕的残疾人,还是只剩下半个身子的人、在战争中伤残或得病的人;从流浪汉、臭烘烘的酗酒老头和老太婆,到乞丐、捡破烂的……她从没害怕过,没厌恶过。她会伸手扶他们爬上电车的台阶,搀着他们坐到长椅上。但那一刻她是真的被这个衣着体面而令人生寒的家伙吓到了。他穿着笔挺的衬衫,套着柔软的家居线衫,立刻动手烧水泡茶,把盛着饼干的高脚盘挪了过来。

没错,除了"布马"这个昵称让人略感舒服外,他明显是个很强势的人。四十分钟后他开始收拾茶具,平稳生硬地开口说:

"好了,现在大家都该离开了——不过很明显,该离开这里的只有纽塔一个人而已。埃里克,我觉得你已经累坏了,该休息了。"

他伸手留住埃里埃泽尔,并快速起身送纽塔,坏笑着,说着一些奇怪的话:"你休想留下来不走。"

纽塔就这么乖乖地离开了——在埃里埃泽尔哀怜的眼神目送下离开了屋子,在弯弯曲曲的漆黑长廊里蹒跚前行,还被不知是谁放在角落里的滑雪板绊倒了。她摸到门锁,开门解放了自己。

在一片暮色中,九号电车久久没有到来。过了很久——非常之久,她的感觉就是如此——终于回到了家里。

半夜她在床上辗转反侧,无心入睡。只要一闭上眼睛,那个惨白色的对立面、埃里埃泽尔的底片,就会飘到她面前,将真正的弟弟遮挡在身后,用手指比画着,厉声威胁道:"所有人,"他说,"所有人都该永远地离开了!……"

纽塔这种对镜子的狂热兴趣让父亲着实感到困惑,他认为埃里埃泽

尔不过是个百无一用的游手好闲之徒,并且不同意纽塔与此人保持这种难以理解的友谊。他的理由是:"年龄差异大。"

不过菲拉维尔娜还是一副若有所思的样子,肯定地指出这个名字来源于《圣经》,应当翻译成"上帝来相助"!(阿丽莎扑哧笑了一声:"好一个'相助'!")

至于玛舒塔,她彻底陷入了恐怖的神经质中,不想听到任何关于镜子的话:"我是真的想不通了,一个姑娘家怎么会有这种荒唐的爱好!"

有一次因为女儿作文只得了两分,她竟凄惨地大叫起来,声音又尖又高,完全不是"玛舒塔的风格",着实出了一次丑:

"我让你看镜子!我要把你脑子里的鬼东西打出来!"

至于一向温顺的玛舒塔究竟打算把什么"鬼东西"从女儿脑子里"打出来",这就不得而知了。

不过当时纽塔已经学会了像条鱼一样溜走,只要气氛有些微的紧张,她就直接从家里跑出去,悄无声息地合上门。如果追着她跑到门厅里,那里只有一面镜子,前面放着一顶"布拉提诺"样式的条纹儿童帽,帽尾搭向一边,仿佛小姑娘已经走入椭圆镜面里头,消失在镜中世界了。她会一连几个小时杳无音信,回家后也不回答任何问题;不像是因为固执和生气而沉默,脸色倒像阴天里深不见底的水面那般凝重。

每当这时玛莎就会大街小巷地寻找,跑遍附近的院子,最夸张的时候会在别人的厨房窗外踮起脚来,额头差点撞在玻璃上。

最后赫里斯季娜被派去波仁科家具工厂进行侦查,当时她一周只来他们家两次,还把自己幻想成一个操心忙碌的家庭主妇。尽管她所谓的家只是如此:几乎已成为她丈夫的那个"几乎成了鳏夫"的瓦西里·费多罗维奇几乎不在家里,好几个星期开着火车一会儿去伊尔库茨克,一会儿去塔什干,一会儿去埃里温,一回到家就喝得失去意识,因此那时候赫里斯季娜基本上是自由的。还好,马尔科夫娜当时——谢天谢地

——正弯着腰,没看见醉醺醺的瓦夏在她的房间里搞什么名堂:他把她死去的丈夫从莱比锡城带回的从敌人那儿缴获的餐具给当了买酒喝,还有那个南斯拉夫的水晶玻璃花瓶,这可是她挤在吓人的队伍里,又是大喊大叫又是拳脚相加地夺来的……

侦查之后,赫里斯季娜漫不经心地回来了。

"嗯?"她回答着玛莎眼睛里无声的问题,"是个胖胖的犹太人,整个脑袋都傻兮兮的,不过人倒算体面。孩子没生气。只是,我就不明白了,为啥要去侦查?又是功课的事?你们过得怎么样啊?"

玛莎神情沮丧。她没法向任何人解释这一切。

女儿离开了她,溜走了,跑得很远。一步一步,越来越可怕地走向无法挽救。

"一个带果酱的!"阿丽莎踮着脚尖喊道。"还有一个带米饭的!"

纽塔也买了两个同样的小吃,两人在路上就吃完了。当她们沿着台阶上二楼时,上课铃响了。

"今天下课后来找我吧,"阿丽莎说,"不过得五点之前,因为那个小丑晚上就去表演了。他可以摆出那些很搞笑的表情,真是笑死人了!"

不,小丑可没摆出什么可笑的表情。他很悲伤。事实上,他的脸上永远带着忧思重重的讶异。甚至当他拿着茶杯走进厨房,偶然遇见纽塔并给她倒了水,两个人面面相觑地呆站着时,他那眉头高高挑起的脸上表现出的也只有惊讶。

"亚美尼亚人?"他问。

"为什么这么问呢?"小姑娘不解地问。

"对所有人我都这么问。"他解释说。

小丑姓恩吉巴洛夫。他单薄,驼背,像弯曲的小树枝,手臂则像藤条一样荒唐夸张地垂下来。

阴郁的少校夫人柳波芙·卡兹米洛夫娜管他叫"蚯蚓"。"看,"她说,"蚯蚓出来了。"她不喜欢其他客人,也从没有客人去拜访她。

但他这种生硬和怪诞——纽塔一下子就明白——是假装的。小丑的手臂肌肉发达,异常有力。当他同纽塔说完话,互相认识之后,突然转向一边,用一只手拦腰抱起阿丽莎,转过身,将她高高地举起来。她尖叫着,像个小疯婆!他直接抓着她的胳肢窝,像擎起一块圆木。哎呀,真可惜,小丑没把纽塔也举起来,她可比阿丽莎轻盈柔软多了!教练还总是在体操课上表扬她,说她简直就是为双杠、单杠和钢丝绳而生的。她的身体对激烈的跳跃、转体、空翻和劈腿有着迫切的需求。此时看着他们两个在天花板下玩得起劲,她也激动地扑腾起来,在厨房里玩起了自己的拿手好戏:侧手翻。不过她感到了些许难堪,因为她穿着学校里的褐色连衣裙,下身还有男式骑马裤——都怪可恶的赫里斯季娜!这哪是侧手翻啊……简直就是出丑。

当他们停止欢笑,并正式互相认识后,小丑却突然鞠了一躬,与两个孩子道别时显得有些过分难舍。他久久地晃着阿丽莎和纽塔的手,仿佛在那一刹那他将永远离开。他们甚至还对视致意,然后他就藏到潘娜·伊万娜的屋里去了。

稍过了一会儿,突然间——啊哈!门打开了,他从里面踏着行军步走了出来……哦,还是把手套在老旧的靴子里,倒立着走的。潘娜·伊万娜把那双靴子存放在自己的"衣鬼"里,每年春天都会用鞋油擦得锃亮,就像是准备穿着它们去音乐喜剧剧场演话剧一样!他倒立着走过来,手上滑稽地套着这双系好鞋带的靴子,双脚朝天,尽情摆出各种姿势,仿佛那就是一对极为柔软的手臂:他一会儿把它们弯折成绝望的手势,一会儿鼓掌,一会儿又试着用光脚丫假装擦眼泪……

与此同时靴子迈着步子,踩着拍子,跳出一支乔特卡舞来。正如潘娜·伊万娜经常说的,那真是"难以重现的场面"。不过好戏不长,正当表演进入高潮时,老太婆从商店回来了。她没有理会小女孩们的惊异和小丑的兴奋,严厉地说:

"列尼亚,把靴子脱了!这是我对死去同伴的回忆。"

小丑立刻翻过身双脚站立,高高扬起的眉头露出一如往常的惊讶,双手垂在两侧,有些不开心地晃着靴子:"哎呀呀……"

那天晚上,阿丽莎和纽塔带着"列尼亚叔叔"开具的字条钻进了朝马戏团大门移动的人群中。

两个检票的老婆子站在开了一半的门两侧,这样一来,想突破这四条强硬臂膀组成的障碍溜进马戏团里就是不可能的。

"又怎么了?"老婆子看着阿丽莎出示的字条大声问。阿丽莎含糊其词地提起列尼亚叔叔,说他在自己那里住,还盛情邀请她们来,"请您自己读一读字条吧。"而身后的人群挤了上来,骂骂咧咧的,有一个不要脸的逃票者弯下身子,像鳗鱼一样侧身溜了进去……两个老婆子发怒了,破口大骂,其中一个朝另一个大嚷:

"见鬼了,他给全城人都写了纸条!"随即她一把推开阿丽莎,人群一下子将小姑娘吞噬了,把她从台阶上挤到了街上。

阿丽莎站着哭起来,身体剧烈地颤抖着。而且她还把一只全新的手套给弄丢了。

纽塔一下子激动起来。她感到自己的身体就像寒光凛凛的刀刃那样锋利而有力。一股莫名的自信升腾起来，驱使着她立刻穿过人群，轻松地越过两个可恨的老婆子，进到里面，马戏团的前厅里。

"站在这儿！"她说道，没有看阿丽莎，"我马上回来……"

她向前走了十步，又突然折回，焦急地把紫晶耳环取了下来——这是十岁生日时爸爸送给她的礼物。

"拿好了，这个太碍事……"她说着，默默地扫了一眼阿丽莎。

纽塔迈开平缓而虚弱的步子，仿佛有个看不见的人用线操纵着她。她渗入到穿灰色大衣的男人和两个少年中，在阿丽莎震惊的目光下，她已经一下子闪现在两个老婆子后面。她没有偷摸，没有躲闪，没有藏匿，就这样平静地走了过去，甚至……就像与世隔绝一样都没有什么表情。阿丽莎无论如何也无法冷静地解释眼前发生的事。她站在那里，拳头里攥着纽塔的紫晶耳环，就像是犯错之人在主人面前认罚，而眼睛一刻不停地盯着那两扇不断把新来的观众一口口吞进去的大门。

而纽塔在马戏团前厅背靠着柱子，好让虚弱的双脚站稳了——她已浑身湿透，都能挤出水来……她无法解释刚刚发生了什么，老太婆明明看见了她，却没有把她拦下来。没错，刚才她命令自己由内而外变得透明，也就是不要把目光移开，聚焦地望向那面自我的镜子，她感觉到耳朵的刺痛，意识到该把耳环摘了。不过此时她想到的是自己可能被抓进警察局去，所以正瑟瑟发抖。

第三遍铃声传来，观众都朝内场涌去。

能够听见乐师们正调试着乐器，孩子们在过道上奔跑、乱叫，人们在折叠椅上拍着手，远处传来野兽们闷雷般低沉的吼叫。嘈杂的喧哗声如同拍岸的浪花，在红土跑马场里升腾起来。

纽塔知道，这时候上面的灯光会开始变弱、变暗，直至熄灭。人们在黑暗降临的那一刻呼吸着浑浊的空气……突然间，乐队砰地敲打起来！聚光灯打在两个看台中间那条古代竞技场般深深的沟壑中，从那里面跑出两列角斗士装束的半裸演员,他们身上一闪一闪的,就像是过年时的玩具!演员们把场地围了起来,抬起裸露的胳膊,向观众问好,于是观众席爆发出一阵旋风般的鼓掌欢呼声。精彩的游行开始了——没错,少不了要念那些愚蠢的诗歌,都是些废话,谁会去听呢!

然后列尼亚叔叔,这个穿着水手服的忧郁小丑出来了……

马戏同样是"最重要的"。

这倒不是因为能同父亲经常去看同一场表演,熟悉得连节目表和演员姓名都快记住了——只要能在他身边,那就是幸福的。不是,不是因为这个。看着那些空中杂技演员,看着晃晃悠悠的钢丝演员,她自己也仿佛走在了钢索上,脚踩在上面,身体灵敏地、稳稳地保持住平衡……马戏团——她很久以前就明白——是属于她的地盘……

现在她被痛苦地拉向内场,悄悄地贴在通道侧面的墙上……她站在那儿,呼吸着那特别且成分复杂的、演出时炽热的空气。

只是冻僵的阿丽莎还在外面等着她。纽塔甚至没来得及进内场瞧一眼,就慢慢地朝出口走去。老婆子们靠着门柱,把着门等待迟到的观众,并和气地闲谈着什么。

"你上哪儿去!"其中一个朝小姑娘喊着,"你要跑哪儿去?姑娘,出去就进不来了!"

纽塔转身说:"找阿丽莎!"并学着赫里斯季娜那样拖着长音大喊:

"老阿姨!你们真是,恶心的大——笨——蛋!"

……要知道,马戏团啊,是一个简单的地方。那里的每一个想法都能在晚上当着观众的面获得检验——如果奏效就采纳。可换个时间试一次,说不定就一团糟了。

我们那儿有个丑角,叫基姆·杰维亚特京,我跟你说说他是怎么表演那个节目的:他带着一把伞、一个箱子,戴着一顶礼帽,穿着大衣走到场地中央,慢慢地把身上所有的东西都脱光,然后将这些衣物抛起来耍弄,最后再穿上衣服离开。观众只会在那儿无精打采地鼓掌。

后来有一天在里加演出,结束后有个年纪很大的小丑演员对他说:"衣服什么的让场务去收拾吧,大衣、帽子,还有箱子。你不用穿衣服,让灯光熄灭,立马收工,不要分散观众的注意力。"基姆叔叔试了一下——手法简单直接,铁板一块省去了噱头,但节目却变得异常火爆。顺便提一句,有人告诉我说,这个叫恩吉巴洛夫·列尼亚的家伙去了敖德萨,在一个退休老兵疗养院的马戏团里工作。他和老头们一起干活,他们真的什么都不会,只能帮他排排节目。

……哎,干吗这么正式呢?您就直接叫我瓦洛佳吧,这多顺口。我觉得,罗伯特,咱能不能不以审查员和嫌疑人的身份坐在这儿聊天?这就好了嘛。我还得再叫一罐啤酒。

是啊,您那次说喜欢去马戏团,我还记得呢。我记得很清楚……啊哈,对吧?难道不是吗?……这很好,真的。那时候您大概还是个小男孩吧,在哪儿——是在明斯克吗?哪一年?……

我还记得那次巡演。我和她刚刚准备好我们的节目。其中有一个复杂的技术动作,叫作"骑顶",是这么操作的:我们"开着小火车"来到钢索中间，我握着平衡杆走在前面，身体下蹲，而她一只手搭在我肩上，跟着我一步步走。然后我单膝跪下，她把右脚踩在我的膝盖上。一声"起"的口令之后，我猛踩钢丝，把她从膝盖上托起来。与此同时，她也用力一蹬，像升起的火苗一样立在我头上，双脚并拢。

您还记得吗，想必是的。这是个非常复杂的动作——我头上要戴一顶箍紧的细毛毡帽子，以防头发被扯烂；而她则需要把身体绷得笔直，用双脚抠住我的脑袋，保持不动，让我能够稍稍向前行进。这个时候我就要保持平衡，或慢走或快跑地朝高台而去。她的任务就是不要歪来歪去，保持笔直，像条拐杖，保证我能完全掌握平衡，不偏向一边，牢牢地站在钢索上。

就这个技术动作——"钢丝骑顶"，女演员中能完成的只有加日库尔巴诺娃，不过她戴的不是柔软的帽子，不是圆形罩子，而是非常结实的纸浆板头盔——就像飞机场一样。

安娜呢，她怎么样呢？她站上去的时候稍微有点歪，朝一边斜了过去，随即赶紧像猴子那样用脚趾使尽全力抓紧我的脑袋。当我向高台跑去时，她稳稳地站在上面，几乎没有失误地完成了这个动作。不过有一次，大概是在一九八五年吧，我和她没有同时蹬踏钢丝，她落到了另一边，害得我韧带撕裂了。还好当时是在低空钢丝上进行排练……之后我用了很长时间才恢复。

我们的节目里还有一个动作，叫"死亡大回环"，您应该也记得。演这个节目的时候我得当着观众的面用细绳子把脚绑在钢索上，只能用双手保持平衡地滑到钢索中央，然后假装掉了下去。观众们就会"啊呀"一声，而我绕了个环又站了上去，重新找到平衡。接下来就开始"大回环"，一圈接着一圈，在神经质一样嘶吼的平克·弗洛伊德的伴奏下，一点点向对面高台进发。走到高台边的最高处，立定保持平衡，转了很多圈之后要做到这点是很难的。紧接着跨出最后一步登上高台——我们要求乐队在我跨出这胜利的一步时一齐演奏杜纳耶夫斯基的进行曲,并在那一瞬间点亮所有的灯光,所有聚光灯和彩色射灯都火力全开!进行曲也省去无聊的前奏,直接进入胜利的主旋律。观众们都从座位上跳了起来!

这个动作大获成功,而我在钢丝上就像休息一样,因为绑得很安全……

……不行,不能有任何保护措施,我只能绑上那些细绳。绳子是在杂货店买的,很多股捻起来,相当结实,直径有七八毫米粗,不会一下子就磨断。有两次意外发生,但也只是一只脚上的绳子断了。我停止转圈,在最高点上保持住平衡,取下磨坏的绳子,扔到场地上。这时你得看看观众们的反应:观众席喊声震天,就像在足球场一样。

大回环的视觉效果很棒,结束时有很多空中动作。可以用手也可以用脚,绕着单杠或者秋千的横杠做回环……您不是第一个只对她有印象的,她确实……太吸引眼球了。她穿的那套演出服,我们管它叫"裸装"——肉色的弹力比基尼,窄窄的短裤和胸罩,密密麻麻地装饰着捷克彩色玻璃,在聚光灯的光亮之下,像价格昂贵的宝石那般熠熠生辉!她身上看不到大块布料,几乎没有,确实很大胆,可也美得出奇。她还披着一袭带披肩的风衣,是透明的锦纶做的,垂到地上,用白色的羽毛镶边。喏,头上还有大大的羽翎冠,不舒服,但很华丽。这一切都在昏暗中进行,在彩色射灯下,只有玻璃片在她身上闪着光。观众都屏住了呼吸……

……看在老天分上,给您自己点点儿东西吧,我还不想吃。虽然我们在这儿已经坐了不少工夫了,是该饿了……为什么?——我可没得厌食症。尽管说实话,我一开始是这么想的:要是没喜欢的东西可吃,就活不下去了。但是你看，能活，活得好好的……说到谢尼亚啊……

可拉倒吧，哪儿有什么飓风。每个人都会让自己置身风暴中，而我更喜欢活着……等待……

不明白……不明白，对不起……什么?!

啊哈没错！啊哈，就是这个！这就是您盼咐我来这个小馆子会面的原因！

您啊，科勒先生，您是想说以前不知道这些?!天哪，真是件新鲜事！没错，我最后没提这事儿；我想这跟事情本身也没关系！不过，您说得对，我是不想提，事情过去很久了。可我还是不敢想象：连人带摩托车就这么消失了——而侦查人员关心的却是，二十年前谁和谁是什么关系！

没错，她的确不仅仅是我多年的搭档，她是我的妻子！那又怎么了？您是想知道，我身上是否有谋杀她的动机，或者我是不是一心盼着她死？没错我有四十个杀她的理由！我发疯似的盼着她死！

这么坦白您高兴了吧？

为调查开辟新道路了吧？

真正想要杀她的人是热内维耶娃。不过您自己也知道，霍华德断送了她的计划——霍华德就是热内维耶娃的鹦鹉，非洲红尾灰鹦鹉，有点驼背。这只奄奄一息的雏鸟被热内维耶娃从某个养殖场里救了出来。他被抛弃了，原因很明显：它极其罕见地驼背了，还得了一种病，身上的羽毛不停地脱落。热内维耶娃用滴管喂它进食，而它也值得如此对待：它很聪明，话很多，是个可乐的家伙。并且它像人一样爱上了安娜。一点不假：马上要见到安娜时，它会一边捋捋羽毛，收拾得好看点，一边说："安娜，亲爱的！让我亲亲！"您总见过鹦鹉亲嘴吧？它们把鸟嘴伸向你的嘴唇，闭着眼睛……跟人一样！真是疯狂！

这不,它救了安娜的命。

后来,三个月后,是热内维耶娃自己哭泣着把当时的情景一五一十地都跟我说了,当时头发都立起来了。能让她对一个肌肉发达的练家子举起刀子,可见这可怜的小东西——我指的是热内维耶娃她自己——当时得有多绝望啊!她哭得很惨,哭得太可怜、太悲伤了……

实话告诉你,多年来热内维耶娃一直绝望地爱着她。安娜不想让这件事传开来,所以总是粗鲁地打断她任何的求爱暗示。总之在这些问题上她古板得让人惊讶,就好像忘了我俩还在马戏学校上学时无家可归,在外面流浪撒野,想找一个地方,好和对方深入地亲热。说来也是怪可怜的,我们甚至还偷偷钻到高尔基公园的空岗亭里,把撬下来的两三块木板和脱下的外衣铺在到处是脚印和唾沫的地上……杂技演员的那点技术动作就在那儿都派上用场了。

好了,我还是闭嘴,抽口烟吧……我都恶心自己了。对她我也厌烦了,就像关在一间牢笼里的一个罪犯会厌恶另一个那样。

您知道吗,我只要一闭上眼睛,她那张脸就会飘进我的视网膜里,只要我没死,就永远在那里飘荡。

我已经和您说了,第一次见她时她才五岁……

第二次见她是在地下室,牛奶厂的台球俱乐部,她和她父亲一起去的。他是个体育爱好者,带着女儿到处跑——去球场,去室内靶场,去台球室。甚至她十五岁生日那天,想要一辆轻便摩托车,父亲就她给买了,连眼睛都没眨一下。总之这个男人没得挑。他还是个好医生。知道不,在这个和平年代他都能获得军事奖章。他是特殊传染病军医院的领导,为了清除霍乱还几次去外地出诊,比方说去卡拉卡尔巴基亚,好像是一九六五年的时候,后来,一九七〇年又去了阿斯特拉罕州。我亲眼见过那些军事奖章,还有最高苏维埃颁发的证书……更不用说他亲自跑去切尔诺贝利的事了，那时都已经一大把年纪了。更遗憾的是，他还因此丢了性命——在辐射区待了太长时间。这么一个魁梧的男人，拥有哥萨克人的品性，本该活到一百岁的。不过安娜始终认为，他是因为过于思念妻子而死的。

……说回正事。牛奶厂俱乐部的台球室在地下，我们这群孩子呢，就跑到那里去看人家玩。

就在那里我看到了她。她玩得太棒了！简直有点让人不敢相信！一个七岁的女孩！她的眼睛才和桌子边一般高，就能那样滑稽地用左手拿着球杆——当然右手也可以，滑稽地噘着嘴巴，精准地击球进洞，那些男人们看得帽子都掉了下来。绿色的台球桌上，那对绿色的小眼睛就像两面镜子，一下子涌入了我的记忆中……

我和她相识是在她转到我们一四五学校以后——七年级的时候。

我们的数学老师伊佐尔达·谢尔盖耶夫娜是个极为凶狠、苛刻的人，一提到她，我的牙齿就会打战。我记得她长着一张禁欲的脸，嘴唇没有血色。印象中，她在课堂上冷冰冰的；她会把你叫到黑板前，自己很快地退到窗户边去，不经意地坐在暖气片上，可能是非常冷吧……

才上第一节课她就把安娜叫到黑板前面了。您能想象吗？能想象得到吧。当然，我们也不知道为什么……安娜的父亲好像在原来的学校开了个证明，好让她不被叫到黑板前写粉笔字，口头回答或者写在纸上就行。可是伊佐尔达不知道这事——也许是父母没及时打好招呼，也许是我们的修女对任何证明都嗤之以鼻，这也是有先例的。她会故意刁难着喊你上去，她可什么事都干得出来，就是要看看这个靠爸爸走后门的女儿什么德行，哼，呸，就你，还不能碰了……

她喊道："涅斯捷连科·安娜！"

这是我第一次听到安娜的名字。当我在教室里看见她时，心窝子就像是被手榴弹炸了,里面燃起了熊熊烈火。她就坐在旁边一列,我的右边靠后方向。我不敢转身,但是右半边脸已经烧红了,活像个烤炉。涅斯捷连科·安娜!安娜·涅斯捷连科!——她喊得像唱歌一样……

伊佐尔达重复着这个名字,细细的眉毛高高地抬起,惊愕地说:"你怎么了,涅斯捷连科,听力出问题了?"

实话告诉您,她朝你喷来的这些嘲讽能让你彻底崩溃,当你走向黑板时,就已经觉得自己是一堆实实在在的大粪了。

我转过头去,看见安娜的脸像粉笔一样惨白,她从课桌后站起来,慢腾腾地走向黑板,那场面,就像是死刑犯上断头台呀。

伊佐尔达给她出了一道题——我已经忘记是什么了,而她站在黑板前背朝着我们,一动不动,两只手微微抬起,像个盲人,准备触摸自己面前某种可怕的东西……最后她伸出左手拿起粉笔写了起来。

全班发出一阵惊呼,随即平息,坟墓般的寂静笼罩了整个教室——这我可记着呢……粉笔不停地敲击着黑板。她,安娜,她在数学这方面脑子特别好使——但是所有人怎么也看不懂那些歪歪扭扭的潦草板书。所有人惊讶而好奇地沉默着……我们所有人都觉得,她不是这个世界的。您可以体会到吧?仿佛是另一个世界的影子,如同暗夜里的船只一样,无声地从我们身边飘过……不,一切都不是这样的!有一次我和谢尼亚在拉斯维加斯竟偶然碰到了。那是一九九八年的时候,我们喝了一晚上的酒,他向我讲述了安娜与生俱来的天使般的性格。我指的不全是天上的天使,而是那种一不小心拥有更多可能性的人……嗯,他们更受上天的眷顾,比起普通人来说……当然,前提是他能承受这份重压,毕竟能力越大责任越大……不是,这些乱七八糟的可不是我说的,是他慢条斯理地、信誓旦旦地跟我解释的……好了,我说这些干什么?

没错,伊佐尔达·谢尔盖耶夫娜就那么坐在暖气片上,仿佛是粘在了上面。她仔细地盯着这个神奇学生的左手,而安娜的粉笔越来越快、越来越快地跳起舞来,嗒嗒嗒地在黑板上写着。

写完之后她也不转身,站在原地双手下垂,低下脑袋……后来她回忆时说,是因为害怕转过来。

伊佐尔达突然开口说:

"好,好……跟我的猜测差不多。"

她转向全班问,

"同学们,你们当中有谁知道什么叫'达·芬奇的笔迹'吗?"

我们沉默着。

而伊佐尔达笑了起来,冷冰冰地裹紧缠着腰带的厚风衣,花了差不多一节课的时间,开始讲解这是种什么样的笔迹:有些人,有些左撇子会这么写——它还被叫作"镜像书写"。因为想要读懂他们写的内容,只能通过镜子来实现。而且莱昂纳多·达·芬奇——伟大的艺术家和科学家,也在自己的图纸和草稿中写过这样的字。以前他还被认为是最杰出的左撇子,用这种方式为自己天才的发明进行编码加密。但有一部分心理学家和生理学家现在已经不同意这一观点了,他们说这是种天生的行为,是由左撇子的大脑中特殊的构造所造成的。甚至心理学上还出现了这样一个术语:"达·芬奇的笔迹",它不仅仅意味着一行字在镜子中的影像,还指代类似这些独特的人群所拥有的一系列与常人不同的特征。这便是我们的新同学安娜·涅斯捷连科刚刚向我们展示的。请坐,阿尼亚。解得完全正确,五分。

而安娜却站在那里,同时还能看见她握在左手中的粉笔在微微颤抖。

大课间的时候我们所有人都缠着她:每个人都拿着一张纸,跑过去请她用"达·芬奇的笔迹"写点什么。她也不拒绝,给所有人都写了——她是多么幸福呀……

后来一直到毕业,她和伊佐尔达都是最要好的朋友。安娜当时正和那个古怪的天才埃里埃泽尔交往,他莫名其妙地把自己大学里所有的课本知识都讲给安娜听。有时候，就连伊佐尔达都忍不住开口问——你这是从哪儿知道的？

是的我已经说了，她对数字充满激情，在数学方面颇有才华。要不是……要不是她生理上的那种特质，她的一生也许就会完全不同。这么多的先天条件，足以让一个人过上幸福的生活了……

接下来该说什么了？我是怎么在之后两年里追着她到处跑的？我们在冬夜的中央体育场溜冰馆里闲逛——那下沉的场馆里还在举行比赛，而天花板上就是一片冰天雪地。体育场里整夜放着音乐："在我们的院子里，有一个小姑娘……我要把你带到冰原去，只带你一个……"我一连好几小时等待着她的出现——她头戴绿色绒帽，身穿小男孩的上衣，裹着"雪姑娘"一样的大袄——兴许还有机会跟她去哪里逛逛。这个时候，她把手套摘下来，塞进腰带里，用滚烫的小手握住我冰冷的手……

我甚至还为了她报名参加了搏击训练课，学了一整年的搏击，就是为了打倒和消灭那些侵犯她的人……这是段可怕的回忆，您知道吗，我曾多么爱她，这是种莫大的折磨和不幸，彻底损耗着我的身心……

还记得六月初的一天，八年级期末考试前，我在离大学不远的长凳上等她——她在图书馆里和那个神奇的怪胎埃里埃泽尔已经坐了好几个钟头。他那人尽管有些脱离实际生活，不过有趣的是，他在所有图书馆都好像有熟人可以打点。我坐在那儿望向林荫道的尽头，她应该会从那里出现。正好是杨树果实成熟的时节，这是城市的污秽，您知道的，对过敏患者来说就是死期到了。一团团的杨絮到处飞扬，黏糊糊的如同蜘蛛网，又仿佛一整块毯子在梦里飞来飞去……

我到处跟踪她，从一辆电车到另一辆，躲在棚屋后面踱步好几个小时——那里比较便于监视她家单元楼的门口。我就这样暗中窥伺着她。我决定，就在今天把一切都告诉她。就这么说，如果不同意，我就……正当我遐想着要把一切都告诉她时……我当时已经连续两天颗粒未进了，你敢相信吗？就连面包屑都没进过嘴巴，像只兔子一样瑟瑟发抖。

最后她终于出现在林荫道尽头，朝着我缓步走来，一大团杨絮被她的凉鞋踩得飞溅起来……而我因为饥饿和恐慌产生了幻觉，感觉她走在了半空中，踩在云朵上。您能想象吗？我看着看着，就像一个鼓鼓囊囊的大麻袋滚到了凳子底下，昏迷不醒……

我就是那样竭尽全力地爱着她。

什么？后来发生了什么？后来我打了她，同样竭尽全力地……可那是十年之后的事了。她一声也不吭，只是每次挨打后都会吐血，还心疼地问我："疼吗，瓦洛杰奇卡？你疼吗？"只要她还能说话，只要没失去意识，就不停地重复着："疼吗，瓦洛杰奇卡？……"

嗨，乔治，你好！我不知道你已经回来了。在伦敦怎么样？一切都顺利？我很好，谢谢……介绍一下，这是我的好朋友罗伯特——这是乔治……很高兴看见你，老头，保持联系。好！

我的法语实在太可怕了，当然俄语也好不了多少。我把您介绍成我的好朋友，您不介意吧？我总不能说——来，认识一下，这是正在审问我的国际刑警……"审问"这个词不好，谈话就好多了。顺便提一句：我以前总是搞错，分不清他们两个谁是乔治，谁是罗杰。他们是双胞胎。一个是同性恋，另一个正常，两个人都在"太阳马戏团"工作，罗杰是空中特技演员，乔治是舞台演员。他们充满强烈的激情，让观众情不自禁为他们疯狂，您能想象得到吗……

再插一句，我本可以永远都不向她表白，就这么毕业，各自走散，各奔东西，像大多数相爱的情侣一样，因为分手而痛苦不堪。我只是觉得，我本来会有完全不同的另一种生活——没有她的生活。想想都觉得奇特……

只不过最后她自己选择了我。倒也不是选择，而是表现出来：现在你是我的了。

那是在九年级的五月底，暑假之前。学年的末尾，所有人的心思都已经飞到夏天里去了。体育课后，大家陆续朝更衣室走去，我一个人留在体育馆里。天空是那么明亮，一切都被照得亮堂堂的，阳光透过巨大的窗户在油漆木板上投出一个方块。我坐在洒满日光的窗户下，抱着膝盖，黯然神伤。她突然出现在门口，也许是忘了什么东西，也许是最后突然看见了我，也许是被其他古怪的念头控制了。我永远也不知道，是什么驱使着她出现。

她朝我走来，越来越近……她圆圆的膝盖都快碰到我的脸了。我像个傻子一样坐着，几乎闭着眼睛，不敢抬头看她。她突然伸出双手抓住我的耳朵，就这样向上拉着。我像被蜇了一下般猛地跳了起来。她抱住我——像个小伙子那样紧紧地抱着我。"你现在是我的了，"她说，"别怕，我不会抛弃你。"什么情况？我呆呆站着，在心脏撞击的轰鸣声中失去了意识，像个站在悬崖边的小孩，紧贴着她，不敢松手。我们就这么站了将近五分钟，大概是吧，就站在地上那个阳光投下的方框里，紧紧地拥抱着，像哥哥和妹妹一样……

那么您还想问我什么？如果您允许的话，我想离开一会儿，啤酒喝多了……

抱歉，刚才解手的时候突然想起来一件事：那是在日梅林卡的郊外，我和她在一片玉米地里朝不同方向飞驰着……整整一天我们骑着摩托车在"圆桶"里不知道转了多少圈，傍晚下车时，立马瘫在地上一动也动不了。我们就这么躺着,望着星空。高墙似的玉米立在我们周围,星星在头顶的黑色天空中闪烁,像房间里的盏盏台灯。那里的一个看守发现了我们,帕纳斯·雷迪科,他从我们到那里开始每天晚上都会来,给我们讲故事。他是个五短身材、穿着薄棉袄和棉裤的男人——真是不嫌热——肩上还扛着双筒猎枪,带着一条无论外形还是性情都不像是能看家的小狗。更奇怪的是,他的所有田地居然都没被偷摘过。

您知道什么是"圆桶"吗?这是一种摩托车杂技。演出设备有点像巨大的木桶,高达四米,里面绕着一圈观众围廊,脏兮兮的帆布顶棚就像是沙玛汗女王的帐篷顶。"圆桶"被放置在集市上,但演员不是马戏团的,而是属于另外一个叫"杂技表演联盟"的公司。

苏联时期马戏团中只有一个摩托车节目,是很久以前的事了,叫"勇气之球",由马雅茨基一家人——丈夫、妻子和女儿一起表演。节目道具的运输非常困难,演出利润很少,所以之后就不再上演这个节目,他们所有的演出申请都被直接取消了……

当摩托车手们像转轮上的松鼠一样在马戏团圆顶下的大球里转圈时,你可以彻底放松地坐在那里,在一旁欣赏着,这一点儿都不刺激。但在"圆桶"里,你会吓得晕头转向,魂飞魄散,整个场地都在剧烈地颤动,赛车手们就像马上会从"圆桶"壁里飞出来一样……这是完全不同的体验。插一句,美国的马戏团里有很多这样的节目,他们往往是一家人承担所有工作,快速地拆卸并收拾好道具,用自己的拖车进行运输。

所以"杂技表演联盟"公司代理这项演出可是非常有赚头的。

我们的这段故事便是这样开始的:九年级的时候安娜已经骑着轻便摩托车把基辅逛遍了。赫里斯季娜用父亲的旧皮夹克为她缝制了一套帅气的摩托车服,父亲从蒙古带来一双用优质真皮缝制的男靴。还有一副摩托车眼镜,是她在百货商场的体育用品专柜买的。哈,瞧她开得多快!

开得有多快！就像外国电影里一样。您还记得费里尼的电影《我记得》里那个摩托车手吗？每当这个时候我在干什么呢？我总不可能在后面追着她跑吧。从学校毕业后的几个月中，我在弗里德曼食品店帮忙从货车上往下卸蔬菜——我可是个结实的小伙子——到春天的时候我也挣足钱给自己买了辆轻便摩托。为了不让爸爸拿去卖了喝酒，我把它藏在吉尔肖维奇家的棚屋里——安娜同他家的女儿阿丽莎是好朋友……

等一下，您也许听说过，不久前她刚在此地演出过。著名的钟琴表演家伊兰·吉尔肖维奇，她在教堂、神庙里敲钟演奏……没听过？那声音恢宏磅礴，都能把眼泪催出来。我对音乐真是一窍不通，最多能跟着节奏哼哼而已，可是这种音乐呢——说出来怕您笑话——我竟然听得掉眼泪了！也许是因为，演奏的是阿丽莎，是安娜的女伴，还有那些折磨人的钟……那就是天籁之音，甚至更威严，仿佛直接叩问着你的心灵："你这条爬虫，你意识到自己获得了什么，又失去了什么吗？"

长话短说，她们是邻居，都住在日里扬大街上。安娜去她家里玩的时间比待在自己家里都多。安娜妈妈当时还因为镜子的缘故有些精神失常……她觉得从那里面，从镜子里，有什么腐坏的东西朝她走来。似乎有什么人——我觉得她是在胡扯——有人从镜子里把她女儿掉了包。总之，净说些唬人的鬼话。唉，这是题外话了。

在阿丽莎住的那座房子里——那套豪华的公共宿舍，一个厨房就有四十平方米——还住着一个老太婆，潘娜·伊万娜。那是个打扮得很鲜亮的老奶奶，曾经是马戏团明星，大概是十八岁的时候吧。她脾气古怪得很：自己吸烟，对其他人，甚至是孩子们，也宽宏大量地允许他们在自己那里抽烟，可就是见不得烟蒂。你要是没抽完就把那东西放在了烟灰缸里，她就会在那儿喊："喂，快把这死东西拿走！"就是这么讨厌烟蒂。她还会写各种家务主题的打油诗呢，基本上都是有关卫生的。你去他们的厕所看看,说不定就能在马桶水箱上发现一张手写的宣传告示:"劳动打扫不轻松!公民们,请牢记!宝贝们,解大手要注意……"

我当时是拴在安娜身上没有自由的,无时无刻不伴随其左右。冬天去特鲁哈诺夫岛滑雪。坐车到"水上公园"站,周围全是雪橇板丁零当啷的声响,有人高喊着:"哥们儿,您的滑雪杆都快把我的眼睛戳穿了!"夏天骑着摩托车依旧去特鲁哈诺夫岛,哎呀,那儿延展开去的风景别提多美了,从圆顶的安德烈耶夫教堂到基辅洞窟修道院……还有那股味道——混合着青草与河水的芳香,妙不可言!

安娜和阿丽莎就像姐妹一样形影不离,多么真挚的情谊!所以我也会在她家的厨房里坐一坐,抽根烟……

这不,最后一个假期近在眼前,我们同阿丽莎,还有她瞎眼的外婆一起坐在厨房里。呵,这又是个令人瞠目的老婆子——我会解释原因的,总会提到她的……突然潘娜·伊万娜从自己的房间出来说:"孩子们,你们为啥不给自己挣几个小钱呢?"她说自己有个熟人,在全省各地做摩托车特技表演,是夫妻档。可最近那个女的正好"怀上了,就这么怀上了",摩托车也上不去了。还说什么让安娜顶替她在夏天这几个月出演"圆桶"节目。训练一下没问题,一个礼拜就能学会,呃,两个礼拜吧……又说,这可是现在最有油水的差事,放弃可惜……安娜一下子就被点燃了,她总是不顾一切地朝任何疯狂的想法扑过去。而我呢?我完全隶属于她……

于是我们便第一次跑出了家门,那一次她还给父亲写了纸条。我清楚地记得纸条上的内容——安娜用右手写的字很滑稽,像小孩临摹的字帖,又圆又工整:"爸爸,别担心,我永远与你同在!"

该怎么跟您说呢，我们共度的第一个夏天……

"罗曼和伊丽娜·库普奇耶：疯狂的飞行！"——他们还做了这样的海报，色彩艳丽，很像那么回事儿。不过说真的，要是突然来个安全检查，那我们所有人都不会有好果子吃了，尤其是罗曼。我们还是十六岁的孩子，没有上任何保险……呵呵，可没有一个人为此担心，什么都无所谓。现在偶尔回想起来，当时的我们生活在怎样一个疯狂的世界里呀！

不瞒您说，这个行业真是很有意思。每隔半个小时往"圆桶"里放一批新观众，我们自己卖票和检票。然后在幕后换衣服——戴上头盔，穿上特殊服装，随即就忙活起来了：在地面上转两圈，然后沿着倾斜的过渡带转圈，接着越来越高，就像小鸟一样高高地飞翔着！最重要的是，不要失去方向，不能让那条宽宽的用白颜料刷在桶壁上的线条从视野中消失。

在上面有什么感觉呢？没什么，震动不算什么干扰——你就那样被挤压在桶壁上，身体沉重了好几倍。而这一切都意味着，我们确实像鸟一样在飞翔。当速度达到每小时六十公里，"圆桶"里似乎刮起了一阵旋风，两颊像船帆一样吹鼓了，肠子像是被起子拧紧了。观众们在一片兴奋中随着摩托车一起吼叫。我和安娜交替着上，而罗曼身体强壮，一刻不停。我们骑着国产的"伊热"牌摩托车哒哒哒地开，而罗曼开的是缴获的 BMW（宝马），它们永远也开不坏——看上去普普通通，但机械品质非常棒，发动机就像汽车一样动力十足，尽管只有一个汽缸……罗曼是我们真正的王牌，他能坐着骑，侧身骑，屁股朝前骑，甚至还能站着。为了防止脑袋被转晕，他从早上起就喝得膀胱饱胀，所以临近傍晚时，场子里除了难闻的摩托车尾气味外，还弥漫着浓烈的酒精味。

夏日的阳光是多么明媚啊，天气干燥而炎热。我们还在文尼察的体育用品店买了睡袋，并去稍远的地方露宿——在森林里，在野地里……金黄的玉米，青翠的草坪，漆黑的夜空中，星星像棱角分明的水晶……

所以……您自己也能猜到，我们之间该发生的都在那里发生了。

那时候我们才十六岁。您可以想见，那片委托给帕纳斯·雷迪科看守的土地得承受我们翻云覆雨的蹂躏，真是多灾多难。

当他第一次发现我们时……准确地说首先是他那条小狗兴奋地狂吠着跃上我们的睡袋，然后有一只手拨开玉米秆，一张毛发浓密的善良面孔连同耳朵后面的双筒猎枪显现出来。这个大叔惊异地喊道："小伙子们，这是在干啥?!"——他一开始把安娜也看成小伙子了。就在开启这段摩托车史诗之前，我剪去了她快拖到膝盖的长发，一方面是为了不在抚摸她时忽然抓到几只虱子，另一方面也是防止头发在"圆桶"里被勾住。我们聊着天……您知道吗，他对我们是多么依依不舍！每个美好的黄昏他都会过来看看，他知道的童话、寓言、奇谈怪论和恐怖故事多得连果戈理都要在棺材里睡不踏实了！夜晚降临时田野间弥漫着夏日的气息，远处传来的狗叫，就像音乐伴奏，周围的蝉鸣铿锵啼啭，树林里突然传来猫头鹰咕咕的叫声……总之，那是宁静的乌克兰之夜，一切中都有她，一切也都因她而美丽。

而我们这个满肚子故事的帕纳斯·雅格洛维奇……

他告诉我们，他的爷爷以前是"给地主服徭役的"农奴。不知道为什么他的故事总和"地主老爷"有关，总有这样拖拉的开场白："你看，地主老爷骑着马……"他的故事里也有很多各式各样的妖怪，相当恐怖！等到他起身回去，我们就安静下来了。一直到天明，夜空中总有什么东西在星星之间跳来跳去，来回飘浮。可能是彗星划过，可能是流星陨落，也可能是巫婆在浮屠塔里一瘸一拐地走……

而年轻意味着干什么都有劲儿！我们竟然还想得到去布格河里游泳，那是我们珍藏心中的圣地：陡峭的河岸，河沿上拱起一棵弯曲的松树，不知哪个好心人在下端粗壮的枝杈上挂了一个秋千，可以双手抓着绳子，荡来荡去——要是那绳子再长一点的话，都能坐在秋千板上飞到接近河中央的地方。安娜荡在空中的模样现在依然历历在目。她那么轻盈，像一片树叶，突然她放开了双手，掉了下去！我站在岸上向河里看去——她会从哪里浮起来呢？时间一秒一秒地流逝……还没上来……还没有……我的心都悬到嗓子眼了！突然，就在一旁的岸边，她从水里钻了出来！

这就是那个自由的，飞荡回旋在空中的，属于摩托车的夏天……

十年级就这样结束了。就连考试都还不错，能够进一个比较体面的大学了。一直到最后，那个笨手笨脚的家伙，只知道闭门造车的天才埃里埃泽尔还在用那些视觉上的邪术勾引安娜……不过从那以后他就移居美国了。据说，是他哥哥把他带走的，他和哥哥两人一起生活。

而且啊，他们还是双胞胎，只是特别奇怪，另外那一个是白化病人。您想象一下：脸长得一模一样，可其中一个的头发、眉毛和睫毛却全是白的……当他们站在一起时，真的能把人吓个半死。不过这个老兄跟埃里埃泽尔不一样，他是个正常人。他就是那么一个沉默而无趣的先生，非常苛刻。

他在某个研究所里做建筑工程师，策划有关畜牧业的项目工程。埃里埃泽尔对他言听计从，简直就是被牵着走，仿佛他俩不是孪生兄弟，而是父子。经常发生这样的情况：我和安娜坐在他们家，喝着茶，安娜和埃里埃泽尔的交谈变得激烈起来，甚至伴随着争吵……他们总是为一些别人无法理解的东西而争吵，你只能坐在中间干瞪眼，就像参加了某个数学或物理学术会议一样："无形的虚空""正电子素之谜""光线的扭曲"……紧接着那孪生兄弟突然下班回来，随即能感觉到一阵寒意，仿佛神圣的宗教大法官现身了。"埃里克，"他说，"你又过激了。该休息了。"说到这儿还总会添上几句粗鲁的话,"她必须滚蛋,别妄想了。"真是不知所云,什么意思?谁要滚?"她"是谁?

于是我和安娜就客客气气地起身回家了……不过,或许他哥哥确实是在保护他?要知道她的这位镜子偶像不仅是个糖尿病患者,还深受抑郁症折磨。想来是他哥哥觉得,在美国他能更好地静下来生活吧。

很多年后安娜找到了他,找到了这个埃里埃泽尔——他在印第安纳波利斯,一处偏僻的乡下。她甚至还去看他,他帮助她对几个项目进行了结算,这都是后话,很久之后的事了。当时他已经一个人住了,一个又老又困难的胖子住在出租房内,还总是管安娜叫"我的天使纽塔"……好像现在他还活着,只是由于糖尿病的缘故被卸下了一条腿。

……我这是说什么呢?

那个夏天,她就像疯了似的一心要去马戏学院,而且不去基辅的,不去家门口的,非要去莫斯科的。您也知道,她总是风风火火地往一个地方赶,跑着,飞着,去哪儿不重要,重要的是赶紧离开这里。

而我呢?我附属于她,永远……

她来酒店房间找我。我打开被敲响三次的门——这是意味深长的命运的敲击,生命的旋律。

她站在门槛上:"想要看看大美女吗?"

这是我生命中第一次——在没有喝醉的情况下——感受到一种无路可走的感觉。我狠狠地冲自己骂了几句。

她的双眼能在你最安逸舒适的时刻掀起不安的浪涛。它们泛着危险的光泽,像是熹微的晨光中,浅滩处的海水在灰色的沙石上浮闪着的透明的碧绿。它随着光线而变化,当然,也随着她始终穿在身上的毛衣变换的色调而变化,那是与她极其相配的海浪的色调。再加上那张被晒黑的红脸蛋,给人一种清爽海风的感觉,尤其是当她浑身湿透,额头闪着汗珠,从摩托车上爬下来时。

她站在我房间的门口,我望向她,在那双戈尔贡般危险的眼眸里看见了一切。在那一刻我和她一生中的场景飞快地闪过:数不尽的分别,难以摆脱的颠沛流离,飞机、火车、摩托车……道路、城市、旅馆、舞厅……还有那场暴风雪:被吹倒的树木和陷在雪中的汽车……

这一切都被卷入难以置信的高速旋转中,如一阵狂风向我席卷而来。也许,这是她在向我发出心灵感应?她仿佛在真诚地坦露,让我不用怀疑,无聊的生活将不再有。

而这一切,这仿佛是著名作家写下的桥段,在暮年才向我走来?

我一边后退一边对她摇手,说:"不!不!看在上帝的分上!"

她走了进来,关上了门。

那段时间我在演出队工作,几乎不再去马戏团赚外快了。尽管表面上看是因为马戏团的收入少得可怜,晚上加班也不给额外的排练费用,但事实并非如此。不管演奏进行曲、华尔兹,还是狐步舞曲,都不是像牛顿二项式那么死板的。

我进入马戏的圈子完全是个偶然,那还要追溯到大学时代。我的朋友阿廖什卡,一个优雅的长号手,拉着我去见了一个朋友,一个艺术家。
"他卧床不起,"阿廖什卡兴冲冲地反复强调,"知道不,他根本起不来床!"当我们还在公交车上,尚未行驶到彼得格勒大街那一侧,没有看见那幢砖房时,我一直都在纳闷,为什么他用如此轻浮的口气调侃一个残疾人?而当我们进屋后,一切便了然了。

这个艺术家确实以一种慵懒的姿态瘫在被压得凹陷下去的沙发上,并没有因为我们的出现而抬一下头。在差不多一年前,长号手阿廖什卡就用压低的嗓音提到过,格力沙在马戏团完成了一笔大单,赚了一堆钱。所有酬金都是用十卢布的纸币支付的,他装了一塑料袋,好容易才把它们运回家,并对妻子说:"没花完这些,我就不工作。"次日,他就像苦力那样忙活了一整天,把这些红色的票子按照鱼鳞的排列方式糊在了房间墙壁上——轻手轻脚地用一截胶带固定出一排排的十卢布,一张接一张粘,然后是下面一排……整整四面墙都糊上了。完事他就特别舒坦地倒在沙发里,睡到早上才醒过来,爱怜地欣赏着鱼鳞般血红色的墙面,若有所思地吟唱起来:"清晨的柔光将古老的克里姆林染红……"当微风从敞开的窗户吹进来时,轻轻颤动的墙壁发出鲜红的沙沙声。

艺术家格力沙已经这样躺了一年了,墙壁看上去已像秋天的树冠那样,稀疏凋零。

他看见我们，高兴地大喊："伊尔卡，快跑去买点伏特加！"

伊尔卡走到墙边，小心翼翼地撕下一张票子出门了。当我们从寒冷中暖和过来时，又来了另外三个人——两个结实的小伙和一个姑娘，那姑娘一样精瘦而有韧性。一开始我以为他们是基洛夫军校的学生，后来才知道，他们是马戏团的。三个人都冻得嘴巴生疼，口齿不清。他们是芭蕾舞演员——没什么天赋，但总归还行……就这样，我和阿廖什卡这个优雅的长号手就出现在了充斥着鼓胀的肌肉、刺耳的叫骂，道德最为模糊的领域，兴奋地一头扎进了这个鱼龙混杂的行当里。在马戏圈挣的钱不多，不过对于学生来说已经是比较可观的数目了。后来，哪怕是在体面的乐团工作时，我也会抽空来马戏团串个场。

马戏世界拉扯着我——那一张张难以描述的面孔，那些大力士、小丑、特技演员、魔术师、驯兽师和动物们，那些肌肉发达的红润躯体，那些假发和假鼻子。那里的人命中注定不可能再以另一种方式生存了，他们身上有着不受拘束的矫健力量，有着令人艳羡的放浪气质。人们在节日般热闹的车马、道路和帐篷之间纵情狂欢，忘却自我……还有那无所羁绊的俗世情爱。

总之，有关马戏团和马戏团里的人，我知道的还是挺多的。我在那里有朋友，和许多人喝过酒，也听到过很多故事——能扒出一箩筐风流韵事呢。

马戏团的人在生活上很有动物性。他们就像群居的猴子一样，生性胆小，喜欢聚在一起，害怕外界，只信任自己人。所以难怪他们的生活和工作都是以家庭为单位展开，并世代承袭，而且不愿意接纳他人。马戏团是他们自发形成的天然生态聚落。

很快我便惊讶地发现一个本质上的奇怪现象：马戏团的这些人，大多数是懒散的，不适应系统性的工作。他们的生活因为自由时间过多而腐化堕落：每天排练不过一个半小时，而且还是在有节目安排的情况下。（要把杂耍演员排除在外——他们每天大概有十二个小时都在训练。我就认识这么一位，坐着上厕所时还在练抛球。）

如果把他们比作运动员，那么马戏团演员最像短跑选手。每当有突击任务时，他们可以整宿地待在马戏团里，在悬架上忙活，调试设备，准备新的道具，缝补演出服。一到晚上，就在观众面前竭尽全力；结束后就饮酒来缓解压力。在马戏团这个行业里，几乎所有人都喝酒喝得很凶，而且基本上都喝啤酒和波尔图红酒。

当年著名的丑角基姆·杰维亚特京会在清晨的霞光中开始喝酒，就赶着售货亭刚开张的时候。他尤其钟爱"阿格达姆"葡萄酒，只要用五瓶酒就能轻松地请他在夜场登台表演。他倾尽一辈子努力的艺术生涯，也只是将自己那个滑稽节目完好如初地珍存下来。他和小狗玛纽尼亚就像卡兰达什和克里亚克萨[①]一样，搭档演出了四十年。他的节目总是这样进行：每一次玛纽尼亚都会假装死去，而它来生的转世肉身会一下子会出现在舞台上。他没有意愿再去创作和排演新的节目，他觉得任何创作上的努力都是胡闹，最要紧的是在表演结束时不要把舞台侧面的台阶当成侧幕入口，晃晃悠悠地走到台下去。他的妻子妮娜奇卡是他最重要的领航员，她会警觉地站在侧幕入口处盯着他，在幕后大声地喊："基姆沙，这里，这里！"——然后他就朝这个亲切的声音走过去了。

我还记得一个技巧演员，一个嗜酒如命、彻头彻尾的醉鬼。他要在表演时踩着高跷从跳板上跃起，翻三个跟斗。

"巴沙，你怎么灌了那么多酒？"大家问他，"明天你还怎么跳？"

"我就那样呗，"他解释说，"地面在眼前晃一下，晃两下，第三下的时候我就展开。"

[①] 1954年苏联木偶动画电影《卡兰达什和克里亚克萨：欢快的猎人》中的主人公与狗。

每逢休息日他们就一直躺着。在压轴节目《绿色戏剧》结束后,大家已经彻底放松了下来,因为他们清楚:接下去三天技术人员都不会再来了……

他们交流的语言中,有百分之九十都是骂街,而剩下的百分之十是由动词和名词组成的,比如"台架,爬"。马戏团里的孩子通常都被唤作"锯末堆里出生的",只要他们一说"从锯末堆里来的",我就很开心,这话与"从果戈理的外套中来的"异曲同工。我还记得空中特技演员多维伊科在场地里排练时对一个人大喊:"我开始干这行的时候,你还在锯末堆里打滚呢!"

一切的乐趣、激情、计谋,一切都寓于"马戏团"这个包罗万象的词语中;一切闲谈、一切玩笑和讥讽都离不开马戏团。大家嘲笑着"锯末堆里的家伙"——也就是那些总是待在下面的演员:魔术师、小丑、音乐特技演员、小猎狗等。而马戏团的精华就在于空中特技,技巧演员和走钢丝演员——总之,这是一群不要命的。

这些人还出奇地没教养,而且穷得叮当响。

演员这一行里再也没有比马戏团更穷的了。他们就像茨冈人,能轻而易举地适应任何环境。他们以家庭为单位旅居借宿,在各种所谓的酒店和旅舍里安顿下来,用电炉做饭。好几次演出结束后我和他们一起吃晚饭,每个人都会从自己房间拿来一点食物放在公共餐桌上——比方说,用电炉烤熟的土豆。

因为贫穷,所有人都穷凶极恶地"为了出路"而斗争着。出国巡演是唯一能够大赚一笔的机会——没错,在我们音乐圈也是如此。我还记得穆拉文斯基在排练的时候大喊:"我知道,你们这点钱也就能把玛莎阿姨喂饱!"可实际上,他说得算客气了。他们能从国外运回来一些衣物,转手卖掉……总之,"玛莎阿姨"都得靠出国巡演才能喂饱。

只要有本事,他们什么都能运,甚至还有人运来过五百双连裤袜。

马戏团的走私货都藏在了集装箱里，放在装狮子和熊的笼子里。谁会往那里头钻呢——海关检查员吗？他的脑袋暂时还不想跟身体分家。

有一段时间我甚至还同一个空中技巧演员有过情事，然而，我还是没能俘获她的芳心。她在高空秋千上表演，倒立在秋千板上，缓慢而沉重地摇来荡去……她一头金发，肩膀很有雕塑感，身材干练，腿部肌肉有些下垂，迈着特殊的步子，让人联想到赛马的盛装舞步。这一切汇集成了一种美感。她不放过任何一个年轻的场务员；醉酒后她会难受地坐在公共餐桌边，慵懒地把腿一会儿搁在椅子上，一会儿搁在桌子上，一会儿又弯起腿来，蜷着身子，像抚摸着马脖子那样抚摸着隆起的脚背或小腿肚，叹口气说："本该去帐篷底下找的，那里更有戏些……"

值得一提的是，在那一刻之前，在那命运的旋律三次在我门前响起前，没有任何一个来自马戏团的人，能够与我擦出真挚的爱情火花来。

都怪这个令人怀旧的夜空和夜空下基辅式的房间，都怪那天恰是我的命名日——而这个姑娘淘气捣蛋，大声吵闹着，蹦跳着，跺着脚，惹人发笑。我有什么可遮遮掩掩的呢——要不是那种奇怪的颤抖和沉重之感在敲门声传来的一刹那注满整个身体……我本可以拍拍这个姑娘的屁股，欣然打发她回家。

顺便提一句，前一天夜里我看了他们的节目——那个借助木板进行的著名表演。如果非要敞开心扉坦白的话，我正是为此才推迟了一天去彼得堡，这样一来我便出现在了当晚的表演现场。

这确实是一台浪漫而精彩的节目。音乐的选择也恰如其分——是"太空"乐队的唱片，如月光般极致轻柔空灵，如波浪般起起伏伏低鸣婉转。

在一片黑暗中，交叉的探照灯光束照出了穿着光滑的白色紧身衣的男子身形。他走到钢索的中央，拿着一块六米长的板子代替平衡杆——他把它放在钢索上，用双脚轻盈地找寻着平衡。从对面的高台上下来两个女人，轻柔地迈步，摇晃着保持平衡，然后两人走向木板两端……

就我对相关知识的了解而言，这个节目对于特技演员来说是很复杂的：她们要同时将右脚踏到板子上，并随即跟上左脚。这就需要两人完全同步，以防止木板的一端过重，还要计算步子该跨多远，当第二只脚踩上去的时候，如何才能消除可能出现的摇晃……简言之，他们三人的配合需要异常精细。

两个姑娘侧着身子，慢慢地、平缓地迈着碎步向木板两端移动，看得出来她们扭动身体时神情紧张的样子。两道聚光灯光束扫过两个演员，两个人分别被通体映成了红色和蓝色。她们就这样靠近两端，在木板边缘特别优雅地抬起一只脚悬在半空中，又在全场令人头晕目眩的惊呼声中转过身来，同时面朝中央，半单膝跪下静止不动。这时全场爆发出欢呼声。

此时男演员离开钢索，只剩下木板两端那一对孤独的身影。

舞台上空的镜面圆球打开了，向全场撒下泛着白光的絮状物，营造出雪花缓缓飘落的场面。出乎观众意料的是，板子的一端开始下沉。姑娘们开始摇晃，幅度越来越大。没错……场面相当震撼：在纷纷落下的"雪花"中，长长的跷跷板悬挂在九米的高空，两个轻盈的身影在聚光灯照射下保持着平衡，冒着巨大的风险在疯狂转动的镜面圆球下来回晃荡……

场馆已经沸腾了。

而我目不转睛地盯着两人中的一个。另一个当然也是好演员，很棒，是个体态高雅且很有女人味的专业特技演员。而这位，迅捷灵敏得像只小燕子，仿佛就是为这缓缓的飘雪和月光下的飞行而生的，我甚至觉得，即使她一脚踩空,眼看要掉下去了,也立刻会像什么也没发生似的朝天花板升起来,再缓缓下降,快要接触到地面的毯子时又升了上去……

我没等到这阵沸腾的欢呼声结束,没等到满心欢喜的观众惊呼着给予台上的表演最高的"赞赏",只是用手帕擦干掌心的汗水,走到场外去了。我决定不再像个傻子一样混迹在人群中,当晚就前往彼得堡。

这不,我都已经把随行的包整理妥当了——可她敲完门就进来了,看上去完全像个孩子,对我以及我近乎歇斯底里的"不,不,绝不能这样!"蔑视地置若罔闻……

好像她还说了什么,从今往后我们就属于彼此了——类似这种的话。

我口气严厉地问她:"姑娘,你这黄毛丫头不是疯了吧?知道我比你年长多少吗?"

她沉默着,作为回应向我啐了一口。

我告诉她:"这可不行,对不起,我喜爱成熟的女人……"

她闭着嘴,用尽力气朝我胸口猛地一撞,然后扑到我身上,就像从桥上往河里跳那样。我们倒在了地板上,一股强大的、不可违逆的力量拖拽着我们,将我们像锯下的木屑那样被残酷无情地抛撒,旋转。

从那一刻起……是的没错,从那一刻起——经典作家在小说中是怎么描述此类桥段的?——"我的命运就此注定了……"

玛莎的症状出现得既突然又奇怪:她去电视中心大楼给音乐学校的巴拉莱卡演奏团伴奏,在大楼前厅与一个其貌不扬的女人一同进入电梯后,她转身面朝电梯门,突然感觉到,只要一转身就会看见这个女人露出一嘴獠牙。

玛莎慌张地从包里抓出化妆盒打开,用镜子捕捉到这个女人惨淡的面孔,而这个人正张望着四壁。但难以解释的可怕事情发生了:圆圆的镜子里,在这个女人身后还有一个背朝玛莎站着的人,手里同样拿着化妆盒,镜子中敞开了一个入口,后脑勺和面孔交替反复地排成一列,向着昏暗的、难以分辨的无尽深处延伸。

电梯停了下来,玛莎拖着双腿走出来,鼓足勇气甩掉这让人恶心的诡异幻觉,及至午饭时她已经把这件事忘了。

三个星期后,她和阿纳托利一起去听克柳伊坦斯指挥的法国电台交响乐团音乐会(演奏的曲目极为生僻——比如拉罗的交响曲)。玛莎在"乌克兰"电影音乐厅那个四周被镜子环绕的卫生间洗手时,抬头看见自己的镜像后头出现了另一个正在洗手的女人后脑勺。而在这个女人对面,稍远处靠左又站着另外一个玛莎,她也在洗手——她分明在笑,甚至朝那个对称地站在右边的女人挤眉弄眼……她们两个交换着眼神,朝真正的玛莎坏笑着。

玛莎痴呆地站在原地。有两个热心肠的观众错过了第二场的前十五分钟,幸运的是其中一个正好是某医院的护士,她帮助玛莎恢复了知觉。而托利亚一开始在大厅如坐针毡,随后在休息室里来回踱步,不知道该怎么办。

此番以后，这种让人厌恶的荒唐怪事就再也瞒不住他了。

再往后，他们找到雅各夫·米罗诺维奇·斯捷尔金，著名的心理医生，在他那儿看了两个月的病。谢天谢地，好在是医生圈子里的自己人……托利亚当天夜里就打电话到他家，而斯捷尔金呢——他展示了什么是真正的医德，表现得就像是他们的家人，当即答应治疗，还不停地劝慰，说"她需要休息和治疗"……

玛莎有所好转，她和托利亚还在市中心散步，沿着赫雷夏蒂克大街闲逛——如此悠闲的漫步真是罕见！他们进到百货大楼里，给玛莎买了顶复古的迷人帽子，它是按照二十年代的样式做的，还带着一小块面纱。面纱与玛莎很相称，她看上去简直跟玛丽·毕克馥一模一样。遗憾的是，她不想对着柜台上圆圆的镜子打量自己。

随后他们在"洞穴"咖啡馆坐下，吃了点奶油冰激凌。他们回忆起多年前就是在这里，在不起眼的"友谊"电影厅里，托利亚向玛莎求婚的场景。因为紧张而语无伦次的他揉搓着她的小手，糊里糊涂地说："请允许我向您袒露我的爱情！"

此时的他吃着冰激凌，同样一本正经地喊道："涅斯捷连科女士！请允许我向您……"

玛舒塔笑个不停。

最近几个星期他们完全没有提及纽塔——玛莎禁止了这一话题。托利亚试图替女儿说点好话——他回忆着年轻时自己从马里乌波尔跑出来挣钱，去白海，进入了一个生物实验站。"没关系的玛舒塔，你看，一切都会过去的，大家最后都能成为正常而体面的人……"玛莎那张饱受痛楚的嘴巴颤抖着打断了他，仿佛从体内传出了无声的哀号，他立刻闭嘴了。不过说实在的，在生物实验站工作的小伙和骑着摩托车、与喝醉的男人在集市的"圆桶"里烧圈的女孩压根就是两回事。最重要的是千万别惦记——她跑到哪里去了，我的摩托车天使……

当他们爬上楼梯走进自家房门时，托利亚习惯性地打开门厅的电灯，镜子中照出了一个瘦削而伛偻的陌生女人，头上戴着像男士凹顶帽一样的过时女帽。玛莎急忙一闪，无力地倒在地上，备受折磨地大喊："拿走，拿走！"帽子从她头上落下，撞到地上，像黑色圆面包一样滑稽地滚向墙角。

托利亚扶起妻子，搂着她带到卧室，又是换衣服，又是安慰她……之后他骂骂咧咧地说了很久"见鬼了"，用老虎钳把老旧的钉子从墙上拔出来，将这块镶在椭圆形雕花框里的陈年镜子卸了下来，又说了一句："见鬼了，像个死人一样在家里！"然后把镜子面朝墙壁放在了储藏室里。

唉，在一个所有人都不怎么生病的家里，是找不到任何必备药物的，甚至连强力安眠药也没有，这可怎么办呀？两个人只能艰难地挨到天亮，托利亚打车把玛莎送到库列涅夫卡区著名的巴甫洛夫医院，在那里陪她坐到晚上。

这个夜里纽塔做了个有生以来最为沉重的噩梦：披头散发的玛舒塔，脸已经肿得认不出来，她正在砸镜子。

一面面高大的镶框镜子嵌在墙上，无声地裂出缝隙，像无数道伤疤弯曲地蔓延开来。光着脚的玛舒塔慌乱地从一面镜子走到另一面跟前，无声地吼叫着，双手紧握住高跟鞋后跟左右敲打着。

最可怕的是，这些镜子同时也是内心的镜像，它们反射出女儿真实而生动的全部世界，这个脆弱的世界在情绪激动的玛舒塔每一次几近疯狂的敲击和呐喊中应声崩塌，缝隙中流淌出了鲜血……

纽塔挣扎着醒过来。

她像骨头散架一般平躺着,没有力气动弹。她努力起身,像盲人一样尝试着在一堆废墟中摸索到出口。在她头顶,没有一丝光亮的夜空像学校里横亘着的黑板。最后它被晨曦中的浮萍染绿了。纽塔铆足劲,猛地一下起来了。

"你去哪儿?"瓦洛季卡迷迷糊糊地问。

她没回答,只是把自己的东西塞进书包里。她浑身酸痛,脑袋仿佛被劈开了一样疼,但当务之急是镜子……所有镜子都被打碎了,熄灭了。现在它们将经历漫长而痛苦的生长期,一层接着一层盖上纤薄的覆膜,逐渐反射出微光,直至光亮如涟漪般散开来——这得花上好几个星期……

现在她什么也看不见,只是用心感受到玛舒塔遭到了不幸。

她用病恹恹的嘶哑嗓音说:

"瓦洛佳,我要回家……我该回家一趟,家里出事了。"

"你怎么知道的?"他不知所措地问。他还不习惯……感觉不到在她脚底下,一个无底深渊正徐徐张开。她的目光注视着他:这只白色的小刺猬,刚从梦里醒来的面庞显得恍惚而幼稚,因为吃了昨天森林里的蓝莓,嘴唇还是黑乎乎的……我的小可怜。

一个人过吧,她决绝地想着。别纠缠了,你应该一个人过!

然后她安静地说:

"我知道。"

过往的生活如今又旧瓶装新酒一般,感伤地伴随着玛莎和阿纳托利:

玛莎带着阿纳托利第一次约会的地方就是基里洛夫教堂，就在精神病医院的属地——她向他展示弗鲁贝尔在圣像壁画中的人物形象，解说道，那幅圣像画上，圣母带着一张有悖传统的受尽苦难的脸，是参照一个名为艾米丽亚的女人画的，她是弗鲁贝尔暗中爱慕的他人之妻。而托利亚一本正经地、沉醉地欣赏着，然后开口说："对于一个陷入爱河的男人来说，他的女人就是永恒的圣母。"因为这句话，玛莎一下子就奋不顾身地把自己此生的爱恋都寄托在了这个男人身上……

他没有给女儿发电报。能往哪里发呢，乡下的"圆桶"里吗？

不过，当他晚上从医院回来，从弗拉基米尔大街那头往家走，按照多年的老习惯抬头看时，突然发现厨房的窗户亮着灯！他"啊哈"叫了一声，像个小伙子一样跑上楼去。

纽塔从厨房出来，站在门洞里，没有迎上来。

她看上去很完美——皮肤晒黑了，体态苗条，一头卷曲的短发被太阳晒得焦黄，还有那对明亮的眼睛，从里面好似能溅出水花来。她的身上散发出一种健康而清新的外省情调，仿佛是在布格河中游泳，洋溢着乌克兰夏日里所有牧草、果实和自由精神的气息。

阿纳托利忧郁地坐到那张磨破了的老式天鹅绒双人沙发里，并没有抬眼看女儿，他低沉地说：

"纽塔，我们家，出事了……"但随即他怅然地想到，我为什么要说这个？她显然已经……

"我知道，爸爸。"她反应平静，走上前，搂住他的头贴在胸前。阿纳托利忍不住哭了出来，人生中第一次哭了出来，当着女儿的面，却一点也不觉得羞愧。

随后当他们在厨房喝茶时，他平静地对纽塔说："纽塔尼卡，我们该怎么做……才能改变现在的生活？"

女儿望着他的眼睛回答：

"它已经改变了，爸爸。不用做任何事，你也不用这么费尽心思。玛舒塔会回来的，五个礼拜后。"

一点没错，一个半月后，焕然一新的、脆弱而平静的玛莎已然在音乐学校为六年级的学生讲述弗朗茨·李斯特的生平事迹了——这个杰出的匈牙利作曲家，他的女儿也因为嫁给了理查德·瓦格纳而声名远播……

而那面镜子如今就立在储藏室里，倚靠着粗糙的墙面，像神秘的深海一样暗流涌动。

第三章

>……不过只有诸神才能厘定
>我们的智慧所能自由驰骋的边界。
>如果他们没有意愿介入，
>我们便有必要设想出属于自己的律法。
>否则将惴惴不安地行走在自由的恐怖荒原中，
>幻想着找到一个依靠哪怕是一扇紧闭的大门，
>哪怕是蛮荒的墙垣。
>
>桑顿·怀尔德
>《三月望日》

宿舍厨房的窗台上放着一只插在筷子尖上的小公鸡——一块玫红色的水果糖，用包装"阿莲卡"巧克力的锡箔纸裹着。

这是一只属于大家的公鸡。

准确地说，是马戏学校的学生们偷摸着喝波尔图葡萄酒时，时常拿它当下酒菜。他们舔几下，又小心翼翼地用锡纸包好，直到下次喝时再打开。有时候你会觉得，它好像已经躺在这里十几年了，这只金色的公鸡养育了好几代马戏团演员。

不过，要是喝酒被抓住就会被开除。宿舍管理员时不时会巡查房间，两三个宿管踏着行军步子，一个屋接一个屋地检查，每个角落都要张望一番，看看有没有私藏饭锅——简直就是盖世太保。住在楼上男宿舍的违纪分子们会拿着酒瓶，从一楼的窗户——即安娜和另外两个女生所住的房间——跳到街上。

这间屋子的位置得天独厚，在走廊最远端的角落里。并且窗户旁边沿着外立面有一根又大又结实的烟囱，因此借助这扇通风的气窗能够轻而易举地潜入和溜出宿舍。

晚上，她们的房间就成了名副其实的供人往来的通道。女孩们为了自己不被吵醒，索性连房门都不关，要来要走随你的便，不过得悄无声息，总得让人睡觉吧，明天一大早还有课呢。

当然，宿管当中也有"自己人"，一个昔日的演员。

有一次，宿管们临时起意，来了个突击检查，同学们纷纷从那个秘密的洞眼中逃走了。五六个人一个接一个无声而矫健地从气窗里穿过——这些本事可都是我们光荣的马戏学校传授给他们的。最后一个像条鳗鱼一样滑了出去，轻盈地跃到地上。

安娜走到窗口，打开气窗的那一刻，她呆住了。院子里那棵杨树的巨大黑影里有个人在晃动，他一瘸一拐地走到路灯下，原来是老头子菲尔斯·彼得洛维奇·泽姆采夫，杂耍表演的教员。他走到窗边，晃晃头，咧嘴讪笑，悄声说："哎呀，涅斯捷连科，涅斯捷连科……你呀你，没羞没臊的！"看样子，他目睹了这次紧急大撤退，却缄口不提，没告诉任何人。

至于酒嘛——到底喝哪种酒呢？波尔图红酒还是微甜的吕底亚酒呢？要知道丰厚的奖学金可有三十卢布之多呢，而优秀生安娜获得的加额奖学金整整有三十五卢布。瓦洛季卡是一定会把一两门课给考砸的，然后吭哧吭哧地复习，备受折磨地补考……他的整个学习历程就像是拆了东墙补西墙：外国戏剧通过了，音乐课又考砸了；一门课都放到嘴边了，另一门又从脑袋里掉了出来。不过配乐体操、舞蹈和专业化训练——简称"专训"或者"专业化"——瓦洛季卡总是考得不错。

午饭的时候，大家会跑向离学校不远的真理报社食堂。在那里只需花五十戈比就能得到一份体面的套餐了：第一道菜是粥或者红菜汤，主食是某种炖肉块和苏联时期常见的配菜——充满弹性的通心粉或油腻的土豆泥。当然也可以换成肉饼，但是炖肉块最可贵的就是有汤汁，你可以把餐桌上剩下的面包都搜刮过来，蘸着自己的汤汁吃。有时候还有新鲜软嫩的圆白菜加上蛋黄酱做的沙拉——这可都是维生素啊。瞧，水果饮料里泡胀的苹果和杏仁就像死掉了的海蜇。总之，还不错，能正常活下去了。

等挨到了奖学金发放日，只要你欠债不是很多，就能成功"还魂"了，还能去一遭涅格林卡河边的羊肉串店，抑或在"乡间宿地"放松放松……

在公共宿舍里生活要想饿死是不可能的。有时候宁卡的父母会从文尼察寄来一个包裹，里头是从国外巧克力工厂偷来的一整块圆形石头般的巧克力；有时候娜杰日塔也会成功地卖出去几只胸罩（她的姐姐在明斯克的针织内衣厂工作，于是就用这种"实际行动"来帮助女大学生妹妹）。

大家也可以凑凑钱买很多土豆，炸上一堆，吃得肚子鼓鼓囊囊。或者找一个大大的搪瓷盆煮一锅物料丰富的汤，把能在灶台架子上找到的所有东西都丢进去，就像战士们用斧子煮稀汤一样饕餮。一锅汤能让整整两层楼的人——无论是二层男生宿舍的，还是一层女生宿舍的——都津津有味地享用三天。就连演戏的学生也会为了分一杯羹而特地跑过来——谢普金艺校和艺校宿舍就在附近，与马戏学校的宿舍同处一院。

夜晚通常很欢快。安娜的室友宁卡是个爱哈哈大笑的姑娘，她是笑话大王，喜欢胡乱弹奏七弦吉他，常常奔放地拨弄着琴弦并大声歌唱，只为了掩盖毫无章法的琴声。"等一下，等一下！"她唱到一半叫起来，原来是想起了个笑话，"一个俄罗斯人、一个亚美尼亚人和一个犹太人同在一艘船上航行……"

还有一个拉脱维亚美女桑德拉，不过一年级结束后她就辍学了，同年级的人调侃说，"是因为她'残疾'了，可怕地肿了起来"。肿倒没有肿，不过是肚子大起来了。一旦你失去应有的警惕，这种事就会发生。怀孕了就不能继续在吊杠上翻跟头。不过桑德拉很走运，她的追求者——并不是马戏学校的，而是外校的人——突然就向她求婚了。她甚至都惊呆了：真的吗，怎么会有觉悟这么高的小伙！所以桑德拉就此歪打误撞地成了莫斯科人。

十年之后的七彩林荫路，所罗门斯基老马戏团的一场演出结束后——这是最后一季的演出，在这之后马戏团将关闭并被拆除——一个丰满的金发女郎带着自己的两个男伴冲进了安娜和瓦洛季卡所在的更衣室，他们拥吻着，准备说些调情的话……

真是年轻人的交友方式啊。

而安娜还穿着自己闪闪发亮的戏服，系着细细的、闪着宝石光芒的杂技腰带，她还没把已经同头发纠缠在一起的蓬松羽饰摘下来，只好站在那儿笑起来。就在一瞬间，她竟冲动地想用手掌去抚摸那两个头发杂乱竖立着的脑袋瓜儿……

位于驿站场区五号街的国立杂技曲艺艺术学校校舍规模不大，却还算舒适，从入学第一天起就令人感到亲切。

她飞奔到前厅，将外套交到寄存处后，就赶忙去信箱检查有没有父亲的来信，有没有赫里斯季娜写得歪歪扭扭的明信片。然后她跑开了。门对面——就像舞台上敞开的侧幕那样——是一个门洞。在它后面，走廊向左右两个方向延伸开去，呈现一个半圆形，环抱着圆形主场地，那里承担着演出节目的排练、观摩、考试、演剧等——不过安娜和瓦洛季卡暂时还离这些有很长的路。

一楼还有教师办公室、小卖部、更衣/淋浴间、工作室和化妆间等。

而二楼宽敞的排练大厅，也就是方形场地里通常进行的是一二年级学生的练习。这是一片几乎同马戏团里一样的真实场地：下面场地的四周围着障碍物，地面上柔软如毛毯一样的覆盖物是锯末碎屑，楼上是环绕的座位。当然，这里配有授课练习所需的一切设备器材：杠、环、体操跑道、低空钢丝……

第一节体操课是可耻的、羞辱的，安娜会铭记一辈子。虽然只是练习吊杠秋千，没什么特别的，不过那该死的横杠在脚下摇来晃去，简直像活了一样，你稍一晃动，它就向四面溜开去，但凡你站在上面，它就想竭力从你脚下挣脱出来。并且，你越是努力地保持平衡，它就越不听你使唤。当然，这和害怕没关系，安娜按照一切安全规范在腰部系上了可升降的安全吊挂。细细的绳索将安娜提了上去，绕过固定在天花板上转动自如的滑轮，绳子的末梢由站在下面的教员抓在手里进行保护；而且他还总是提醒着"检查一下"。不过，这项工作确实是门不小的学问：抓住吊挂的一端，并要经常确认绳子是否吃上了力，以防产生虚位——要不然，女孩就会从秋千横杠上掉下来受伤。关键是在确认绳子吃没吃上力时，还不能拉得太使劲，否则就会直接把姑娘一把拽下来。她本就已经在横杠上晃来晃去，像节日里绑在竿子上的小旗一样，够可怜的了。

秋千练习让她想起了和瓦洛季卡一起在南布格河"蹦极"的情景。她有种可怕的感觉——现在她正跑出去，将自己吊起来，悬挂在巨大的窗户边，然后跃过窗户，吊在马路上空。

安娜的年级教导员拉祖林站在下方。他脑袋表面的黄色秃斑缀在茨冈人卷曲的毛发上，就像五戈比的硬币扔在了草地上。他拉紧绑在她腰上的绳索，嘲笑着喊道：

"瞧这家伙！还想成为空中技巧演员呢！算了，下来吧！我说，下来吧！"

安娜闭上眼睛，咬紧牙关，放开双手，整个身子猛地朝左下方落了下去。"哎呀！"她感觉到腰带把自己吊了起来，而拉祖林依然把她当作猢狲那样一上一下、一上一下地拉扯着。就像小时候在单杠上可怜地做着翻转一样，她现在仿佛一只软瘫的麻袋挂在半空，睁一只眼闭一只眼，不敢想象别人眼里的自己有多丢脸。

"好了，"瓦连京·谢苗诺维奇说，"这下明白掉不下来了吧？现在放松下来，再来一遍……没错，站好，适应一下……"

瓦连京·谢苗诺维奇似乎是个阴郁的人，没什么情感。不过他念的学校很好，要求高，很严格。他上课简单粗犷，别期待他会说什么特别客套的话，有时候他甚至还会喷一些脏话。

他的课堂——无论你喜欢或不喜欢，无论你紧张或者恰恰相反，渴望表现自己——是开放的，每个人都可以过来看看。在场地上方的楼座里，瓦洛季卡混在年长的学生中间，一直焦虑地跺着脚。他在担心她……他贪婪而警惕地环顾四周——这个可怜鬼，他吃醋了。

安娜有时候瞥见了他，快速扫过的眼光会一下子抓住他；甚至离那么远都能望见他那壮实而漂亮的身形，最近几个月里他的二头肌和胸大肌塑造得多么好看——但是对于他们两个来说，自己半裸的躯体被周围观众用一种默然而专业的态度审视着，倒是件全新且意外的事。

早上来到学校，换上黑色的泳衣和紧身裤之后就得一整天都穿着它们。从早上九点到晚上九点，所有课程都混在一起，所以就连上讲座课程也不换衣服——大家都坐在那里，穿着泳衣或体操服，相互之间早已习惯。要是天气变热，大家就半裸着上课。

还有淋浴——浴室隔间是敞开的，就像在兵营里。你也不会感到拘束，下课后一心只想把汗水洗干净。更何况，位于布谢街的学生宿舍可没有淋浴，只有走廊尽头的一个厕所。

排练的时候你会耗尽气力，浑身肮脏，以至于在浴室里谁都不情愿朝两边看——谁要是看见别人，准会恶心地吐唾沫。身上抹上肥皂，瞎子一样摸索着破了洞的方格子毛巾，用力擦拭着，你甚至会哀叫起来——肌肉太酸痛了！

体操会抽干你所有的精力，手上的皮会爆裂，老茧会流血。下课后你唯一的念想就是能爬回宿舍瘫在床上。但是杂耍演员们就很轻松，走到一旁的角落里，按例抛球就行了。要是没东西可扔，就自己站在那儿，手臂像龙虾的大螯一样挥动——尽管他们中有一些也会被指环磨得手掌开裂。

拉祖林在三年时间里同她一道出色地完成了所有技术动作的学习，

后来，这些动作一次也没有难倒过她：手臂或腿部力量训练、翻转、"小旗子"动作，向后翻转用脚背或后跟吊挂——这一切都已渗入肌肉、渗入肌腱，仿佛这些特殊动作已被雕琢进她的身体内部，自然而然地操控着步态、肩部的转动，甚至成了意识的一部分。

"特技，"他说，"任何特技，如果都按照规范来完成，就是安全的。比如这个向后翻用脚吊挂的动作：张开双腿，用脚背'夹住'绳子将自己吊挂起来……就是这样！现在，将身体向后抛！真棒，真棒！……最重要的，是要把脚踝分开向外，这样双脚就能牢牢地卡在秋千横杆上，你就能把自己挂在那儿，明白了？一开始脑袋朝下悬空的确很可怕，之后就会习惯的……再然后，你会爱上它！"

后来她也确实喜欢上了这个动作，尤其是秋千晃动的时候，而不是静止时。

将五米长的秋千荡得尽可能高，以至于在达到最高点时几乎是水平的。当秋千向后飞回到达极限的那一瞬间，只要你张开双臂，背部持续发力，就能沿着当前的轨迹把身体再抛出去一点，前提是用脚抓紧秋千。当你悬在空中张开双臂时，感觉就像在拥抱整个世界。秋千带着你画出长长的弧线，而你会听见观众"啊啊"的欢呼声，随后是一片掌声。你飞啊，飞啊，几乎在失重的感觉里迷失自我……

可身体还在渴求着高一些，再高一些，再远一些，仿佛希望穿透覆在这世界之上的那层薄膜，去往那界限之外的空间，去另一个镜中的世界……

在第一年里，安娜和瓦洛季卡只要一有空闲，就跑到方形场地的楼座上，尤其是在塔尼亚·马涅维奇排练单人秋千表演的时候——她是空中体操演员，毕业生中的明星。就连拉祖林自己也承认，她简直就是个天才。她将自己轻盈纤薄的身躯缠绕、绑缚在秋千横杠上,快速、精准地,以难以置信的节奏上下运动着!

安娜有时候觉得,如果让塔尼亚现在放开双手,她能沿着场馆的边沿远远地滑翔,不断升高,随后急速下降,在快要触地的瞬间猛地将身体拉回横杠上……

在已退休的马戏教员中,很多人都不简单,大家都各有千秋,经历过这样或那样的命运,带有奇特古怪的性格,行为也是如此,愚笨可笑而令人吃惊。

比如,克拉芙吉亚·伊万诺夫娜·马斯特尔金娜。

她是学校的活化石,简直和神圣的波巴布树林一样,从学校奠基之日起——也就是一九二六年就开始教学了!她负责舞蹈课教学,像杏仁泥塑出的仙女一样容颜不老,拥有一副动画片里白雪公主的悦耳嗓音,脸颊上泛着苹果般的红晕……还在苏格兰裙子下穿着绒料的底裤。一开始,每当克拉芙吉亚·伊万诺夫娜面不改色地将腿高高抬起摆出鹤立的姿势时,她那颇为私密的淡蓝色绒布底裤便一览无余地露了出来,一年级新生们就会扎堆聚集在台架边。后来习惯了,大家对此也就不再关注。

这条蓝色的底裤几乎成为马戏学校很多届毕业生对母校最真切动容的回忆。

不过最受欢迎的还是埃丽娜·雅各夫列夫娜·波德沃尔斯卡娅——

她因为一双眼睛而被叫作"埃尔卡"①，有着不高的身材、灰色的鬈发和战士一般的脖子。

教授外国戏剧史和马戏史的她甚至记住了自己教过的所有毕业生的名字和绰号，并知道其中隐藏的含义。大多数在这里上学的都是圈内演员们的孩子："不用教这教那的，我们就跟茨冈人一样，一辈子都在车轮上度过。特技演员之所以长着脑袋，'只是用它来吃饭'。"

埃丽娜·雅各夫列夫娜却带着一种真挚而倔强的老派作风，硬是将索福克勒斯和欧里庇得斯灌进了他们脑袋里。她说："我没指望能把你们教成大学者，但我希望不管你们走到哪里，开口说话的时候都不会闹笑话。"

"百分之五！"她大声说，"你们生锈的脑子里只要能留下百分之五我教的东西，我就能安心去死了。"

知识从他们脑子里剥落，就像是被收税员取走一样，是回不来的债务。她要求学生把莎士比亚作品中的人物和古希腊悲剧中啰里啰唆的名字都记牢背熟，并带着一脸奸笑用"您"称呼每一个学生，叫他们起来回答。学生越是绝望，思考得越缓慢，嘴巴支支吾吾地张得越大，那么这个"您"就越显得冗长而意味深远……

日后，在纵横交错的马戏之路上，安娜还能偶尔遇到他们学校的毕业生，就连马戏团的马都要惊叹于他们那匮乏的语言能力了。但《安提戈涅》和《厄勒克特拉》是无论如何也不会搞混的：这都是埃尔卡的训练成果。

---

① 埃尔卡：俄罗斯动画人物。

第一学年末的时候,安娜差一点就辍学了。

有一次排练结束后(拉祖林喊叫着,破口大骂,两次发疯似的朝她膝盖上砸去,好像要把它敲直一样),她站在生锈的淋浴头下,花洒喷出的水流萎靡不振,酸痛的肌肉在热水中甜腻地呻吟,舒缓着疲劳与紧张。

"你好,涅斯捷连科!"

安娜眼睛都不用睁开就知道这是塔尼亚·马涅维奇的声音——低沉,口齿不清且令人发笑,仿佛脸颊里含着一颗硬糖……还是一颗"拴拴的"硬糖……

"咋了……我看你现债……练得很不啜啊。只是小旗之要举好,双手紧握集中注意力,一切就至然好了。"

安娜一下子脸红了,支支吾吾地钻到淋浴头底下,开始急急忙忙地把脸上和头发上的泡沫冲干净,想要感谢一番,张大嘴巴告诉她,自己总是去看……

塔尼亚站在长木凳边上,背对着安娜,把脱下的泳衣挂到钩子上。她很高,这具完美的躯体对于体操演员来说甚至过于高了点。在经年累月的练习下,背部被拉长了,花瓶般令人惊艳的曲线从富有雕塑感的臀部向上伸展开来。塔尼亚拿起毛巾,转过身准备朝相邻的隔间走去——这儿就像是在古希腊,不需要任何的博物馆,停下脚步就能尽情欣赏。尤其是她的胸部——不算大,同所有体操演员一样"线条分明",坦荡而有力的胸部同腰部、臀部,还有肌肉发达的腹部形成了经典的古希腊式比例,让人叹服。

安娜——在对方还没走进隔间之时——用毛巾迅速地把脸擦干净,心想终于能告诉这位惊艳、美丽且大方的姑娘,告诉她……

可是在塔尼亚·马涅维奇活生生的健硕身体后面,她突然看见了另一个半透明的塔尼亚——一个胖得没有轮廓的人躺在毛茸茸的练习场上,张开的双眼如死人一般。在场地上方,空荡荡的秋千也在高处死气沉沉地、冷冰冰地荡来荡去,被扯断的安全吊挂晃晃悠悠……

安娜发狂地惊叫起来。

塔尼亚往边上一闪,在浴室的瓷砖地面上滑了一下,扑通一声侧身摔倒了。

安娜因为恐惧不停叫喊着。这是第一次在完全没有她的意愿参与下,镜子向她展示了死亡的样子,就像有人抡圆了膀子往她身上抽打鞭条一样,撕心裂肺地疼痛。

门吱呀地开了,几个人冲进浴室里。

"咋了?里面咋了?打架呢?"有人在走廊上问。

"不是,不像……大概看见老鼠了吧……"

塔尼亚用毛巾裹着身体,神情涣散地重复着:

"她疯了,疯了……无缘无故,无缘无故地就叫起来!"

失去理智的安娜浑身湿透,瑟瑟发抖,从某人试图揽住她、安抚她的臂弯中挣脱出来,恳求似的嘟囔着:

"塔尼亚!吊挂断了!秋千……你千万别上去!"女孩中有人帮她穿上衣服,把她拖出了浴室,但她还是拼命地不依不饶地叫喊着,止不住颤抖着:"再也别去训练场了,塔尼亚!……这辈子都别去!"

最后她被拉走了。

"我就说,她有病。"塔尼亚一边对女伴说,一边没精打采地研究着大腿根渗血的擦伤,"真是的,'别去训练场',那我该去哪儿?去报刊亭卖冰淇淋?你说,这不见鬼吗!离毕业演出还有一礼拜,我真是中奖了!"

"也许,是她嫉妒你。"女伴好奇地说。

在那一天的圆形场地上,当塔尼亚在毕业考试前最后一次排练中摔死以后,有人便想起浴室里的那件事。当然,如果吊挂带在铁环上缠死了,的确容易扯断,可这条绳却被撕得像羊毛一样碎……这又怎么能料得到呢?

安娜的名字出现在各个班级、小卖部,甚至是办公室里,不断被重复着。人们煞有介事地传播着各种说法:知道吗?怎么会?据说是因为太嫉妒的缘故。您说什么呢?不,别这么说,也许这都是偏见,我知道在我们马列耶夫卡村就有这么个姑娘……这么说您认为是她精神上出问题了?!不然呢?我可一点都不奇怪……姑娘们啊,她用邪眼看到了她,将她从世上焚烧殆尽了!

瓦洛季卡狂奔回宿舍,冲进屋子里。安娜正面朝墙壁躺在他的床上,在她周围,三个同年级女生甚是同情、却也有些不安地坐在一旁。

"我现在就宰了他们,是谁?"他叫骂着,喘着粗气,"全部都从这儿滚出去,都滚!"

待到姑娘们蜂拥着冲向门口,惊恐万分地跑出去后,他在安娜旁边躺下,把手垫入她身侧,双臂围成一个环,紧紧地抱住这具几乎失去知觉的身体,将她死死地贴在自己胸口。

他不知道,也不愿意知道她这么做是有意还是无意的,她是自愿的还是被迫的。他是如此爱她,如果为了能让她安心而必须去杀死五个人,他会毫不犹豫地去做——这是命中注定的,对此他有种祷告般的虔敬。

不过,无论他们两人互相贴得有多紧密,她也清楚,她还是孤单一人。命中注定她要只身面对这恐怖的深渊,而她那镜中世界总是突然地在深渊中向她敞开。她明白,那股残忍的力量左右着她,踩躏并撕扯着她,在这一边倒的对抗游戏中取乐寻欢,它是不会放过她这个玩具的。这股神秘的力量在销声匿迹了数月之后,突然像巨人一样挥出重重的一拳,将她击倒在地,再将她抛起,撕扯,焚烧,绞扭,直到她嘴巴大张着,竭力地发出无声的嘶吼:"宽恕我吧!"

现在她每分钟都能觉察到,有人正以嘲笑和看戏的姿态每时每刻紧盯着她:"喏,这就是你的下场,看看吧——也不是很惨吧?跑呀,快跑呀……让我好好看看,人类啊……让我在你的慌乱中,从你那永生不死的灵魂的挣扎中找点乐子吧……"

"不……不!你可以杀了我,"她无声地对着这股难以置信的蛮荒之力说,"你可以把我撕碎,扯成碎片,你可以把我碾成粉末,但也到此为止吧。

"你休想再从中作乐了……休想再拿我寻开心了。

"不能!你再也不能拿我取乐了。"

这一年,学校的毕业表演和观摩都取消了。

而瓦洛季卡和安娜则被一个叫"莫斯科舞台马戏"的小团体雇佣去高尔基市进行暑期巡回演出。

在这档音乐会性质的节目中(略向马戏形式靠拢的粗鄙舞台剧),他们让安娜出演白雪公主的角色,而瓦洛季卡——一个长胡子的地精,剽悍地踏着独轮车猛地从白雪公主身边骑过。只有三分钟的喜剧舞台剧，有学生演员，有拙劣的特技，还有廉价却窝心的面包，简直是暑期的肥差。

这个按照"随意拼凑"原则在一周之内组建起来的音乐剧小团体的管理员是一个上年纪的演员，准确地说，以前是个演员。他像开瓶器一样拧着身子，走路时侧着，不停地朝自己左肩后头望，因此他就有了这个绰号——"开瓶器"。他年轻的时候在高空节目中参与集体特技表演，空闲时同伴们会安排去外省的俱乐部演出。有一次在一个俱乐部表演叠罗汉，一个人脑袋朝下倒立在下面一个人的头上，当时他的大脚趾正好精准地触碰到了电灯灯座。电流穿透了整个表演队伍。

那次演出后他就获得了开瓶器的绰号，同时也从此残废了。不过他淘气爱钻营的天性可受不了停下来。每个夏天，他靠着文化部的官员朋友通融，得到了演出的许可，并胆大包天地组建起自己的演出团队。除了愣头青，也就是那些只要发区区几戈比就会跟你签约的马戏学校学生之外，节目还需要更有经验的演员来撑场面，也就是那些喝得醉醺醺的家伙。

比如音乐滑稽戏演员热卡，尽管他已无能到了这种地步：只要他不捣乱，马戏团经理宁可为他开全额工资，也要把他的节目从演出中剔除出去。

在一种不学无术又耽于幻想的气质下，热卡就连中学这场战役都没能打赢。他煞有介事地在自己心中培植起拿破仑般的雄心壮志，说话装得很有分量，喜欢在对话中插入一些自己编造的名言警句。如果把节目搞砸了，他就觉得这是一场意外的失误，是命运的捉弄。"这完全是下意识的反应，是极少见的。"他就这么安慰自己，用高傲而低沉的男中音同保洁员、饲养员和场内服务生对话，用温顺而克制的高音同演员领队和领导们交谈。要是有人打架，就一下子将声音调节器转换到刺耳的尖叫上。也就是说，他用那宽广的音域向大家展示并确认着自己的专业：声学上的见风使舵。

在马戏团，大家背地里牢牢地给他钉上了一块"墙头草，不牢靠"的牌子。

从事身体平衡表演的谢苗·阿尔卡季奇是唯一一个除了"愣头青"之外不酗酒的演员。他是会喝一点，这是肯定的，但是一到晚上演出结束后，他能凭借自己隐忍的优良品格而坚持不喝。他那优雅的节目伴着浪漫的音乐，在高高的白色台座上，由美丽的蓝白色氛围灯照射着进行。他纤细的身体弯曲着，用脚尖慢慢地旋转，在摆出令人费解的阿拉贝斯克舞步后静止半分钟，然后又活动起来……

高尔基市辛勤的劳动人民都被这雕塑般僵硬的美所折服。

还有一个叫玛丽娜的姑娘，人称"橡胶"。在一系列"成功"的大型演出后，她不得不被剔除出了演出节目单：一次演出时一只老鼠直接从她眼皮底下蹦了出来，坐下来好奇地盯着这位女演员的眼睛看。这个小家伙似乎因为惊吓而闪到了腰，而另一个可怜鬼呢，被直接从舞台抬上了救护车。

拉脱维亚人阿列克谢·特洛克斯才是真正能呈现夺人眼球的节目的演员。他的表演纯粹就是操纵术：用卡牌、抛球、硬币和火柴表演魔术，柔软的手指令人心驰神往又难以捉摸。

比如，演员站在舞台上想用优雅别致的舞会皮鞋鞋底将火柴擦燃，挣扎着多次尝试后无功而返。当观众们开始发出嘲笑和抱怨声时，他左手上另外一根偷偷藏起来的火柴突然亮了起来。

在无失误地完成自己高难度的演出后，他穿行在一排排的观众席间，吸引着大家的注意，并神不知鬼不觉地将这些看热闹的老实观众的手表摘走。随后他叫了两三个特别有"质疑精神"的观众来到台上，领着这几个将信将疑的志愿者们转圈、走位、站队，同时也顺便将他们的手表摘走了。一切都在既定的节奏中进行，他说着俏皮话，念着自己创作的某一首打油诗，十分可笑。直到最后，当魔术大师走上前来归还"消失"的手表时，全场爆发出雷鸣般的掌声。

大家每天干完自己那点小儿科的破事后就回到室内。有时候安娜都不脱戏服，直接跑去廖沙舅舅那儿，欣赏他用灵巧的双手制作绝妙的银丝器皿。他们乐此不疲。

开瓶器想方设法地将"自己的伙计们"安顿在了位于著名的卡纳维诺区的马戏团酒店里。廖沙舅舅坚信，高尔基就是在这一片旅店与酒肆之间找到了自己剧本中的那些角色。他说："你们好好闻闻，小伙子们，并且要牢牢记住这里活生生的、有历史价值的酒臭味。它就是属于这里的味道。"

事实上，高尔基那部著名的剧本自写成到现在已经过去了半个世纪，可难以置信的是，酒店周围，乃至整个区，仍旧有同舞台上的角色打扮一样的流浪汉在吓人地徘徊游荡，就像是直接从化妆间冲出来待五分钟似的，窝在角落里，喝着杯啤酒。

从前的马戏团成员们也会在这个酒店里聚会，喝得直到失去最后一点意识。

远近闻名的卡季卡，从前的空中技巧演员，每个早晨都会把酒瓶收集起来，拿到最近的小商亭里苦苦哀求着换一罐啤酒。她和知心好友一起居住，他以前也是演员，被大家直接叫作兔子。这个相当结实的老头是个爱酗酒的临时工，在一个节目里干点助理的工作。他俩心贴心地住着，整宿整宿地喝酒，没钱买酒喝的时候，兔子就把卡佳"卖"给出差住在酒店里的人。很便宜，有时候只要一瓶酒的钱。

破破烂烂的酒店前厅，地面铺着的瓷砖碎裂残缺，墙上挂着的通告是清洁工玛露霞亲手写下的绝望呼号:"亲爱的同志们,真心地哀求你们不要在门口撒尿!替你们收拾是件很累的事!"

整个演出团队一到晚上就要从一个房间搬到另一个房间。有时候还要动用"莫斯科人"的关系(那都是些有教养的首都人),才能获许在小卖部的空房间里"歇息片刻"——那是个铺着塑料胶板的房间,空气中令人绝望地弥漫着这些老东西喝高了后打出的嗝的味道。

热卡同小卖部的本地售货员——留着一头老式化学卷烫发的单身女人格尔达·伊万诺夫娜有一段情史。她的嘴唇上涂着紫罗兰色的口红,魅惑而风情,形似印在廉价明信片上诱人的爱心——"送给我的第一位老师。"她浑身散发着很冲的香味,常年在"丁香花"香水的腌制下,能将小卖部玻璃缸里老虾散发的强烈腥臭味都掩盖下去。

她这个浪漫的名字来自母亲的想法。母亲小时候在集市上看到有外国木偶师在表演节目。那是个不知从何处漂洋过海而来的高大的摩尔人,额头上有个纹印,手上套着两个布偶,模仿出各种声音,糟糕地表演着悬空的布偶爱情故事。王子与公主,盖伊和格尔达在小女孩的脑海中留下滚烫的烙印。三十年后当她产下唯一一个女儿时,她首先就想到把这两个名字合起来,将它们捏合成一个五彩的环,以此命名女儿:盖伊格尔达。可是当她看见丈夫撇着嘴巴,犯着结巴吃力地一边讲话,一边摇着双手的样子后,就把这个梦想切去了一半。

为了感谢格尔达提供"避难所",大家还会给她点好处——留下几个啤酒瓶。她从不会忘记提醒他们:"钱呢?伙计们,别这么抠门!"公正的开瓶器认为,从她自身利益来考虑,存有要钱的想法也是合乎情理的。

在"舒适而宽敞的庇护所"安顿下来,并在格尔达那里搞到棱面玻璃杯后，就能像正常人一样喝酒了。整个马戏团班子围坐在永远盖着油腻腻的漆纸的折叠桌旁边，然后必然会开始讨论各地马戏团小卖部的优缺点。不是那种在休息处为观众开设的小卖部，而是在衣帽间旁边，给工作人员开的。可别小瞧它们，那可是马戏团演职人员生活中很重要一部分。

"总之我可以告诉你，"从事平衡表演的谢苗·阿尔卡季奇说着，迂腐地将一整块巧克力掰碎，一点一点铺放在洗得皱巴巴的手绢上，"最好的马戏团食堂在戈梅利、明斯克和阿拉木图……"

"没错，在阿拉木图，肖马，那儿甚至还有马戏团自己的专属面包铺呢！"开瓶器说着，小心翼翼地倒满一杯啤酒。他永远也不会把酒洒出来一滴，不夸张地说，即使背过身去倒亦是如此。而酒杯是公家的，大家都很小心，哆嗦着将它们端起。"那里的奶油卷烘焙得多好啊，记得不？"

"嗯。再说高尔基市、雅罗斯拉夫尔、图拉——那就惨了，简直会饿死在这些牢笼里。如果被派到这些地方，你得备好罐头、干粮、袋装的汤水，能带什么就都带上。"

这时墙头草热卡插话进来，声称没有比本地的马戏团小卖部更糟糕的了，那里只有煎蛋和炸虾。

"不然酒杯就停不下来了，"开瓶器反驳道，"这儿的经理自己也喜欢喝酒，但是为了和劳动人民同甘共苦，他就必须这样做。我们也是！"

演员们喝得东倒西歪，咳嗽着，吐着痰，假装文绉绉地用手擦擦嘴巴，又伸出去拿巧克力。

"不过在我们这儿，高尔基市马戏团里，曾经也有过这样的时候：侧幕后头直接就有一个演员小卖部，就在休息室门口……喏，所以醉鬼和流浪汉都溜到那儿去了。我还记得我们站在侧幕后面，做着准备活动……半明半暗中演出开始了。我看见有一个'麻袋'躺在那里，定睛一看，是个完全没了意识的醉鬼。原来他从小卖部爬出来，弄错了方向，本应往右边去休息室的，结果爬到了左边来，然后就在那个最神圣的角落——通告板的下面昏睡起来。"

"高尔基市马戏团的小卖部服务员也很特别，"开瓶器一边补充，一边又倒上一杯，"真是绝了！其中有那么一个装腔作势的家伙，害得我们的丑角演员——你认识他的，肖马，就是柯利亚·索科尔尼奇——害得他忍不下去了，从柜台一把抓起账单，猛地拍在她脑袋上。她倒是还能坐着，可账单已经拍碎了。趁警察还没来，我们当即就把柯利亚拉走藏了起来……那女的往后倒是收敛了不少。所有人都对柯利亚说：'哎，你把账单当算盘了啊？'"

"不过话说回来，索科尔尼奇走到哪里，哪里就会打架，甚至还会动刀子呢，"热卡插话进来，"就是这么回事儿，没错吧？"

"什么？"开瓶器回应道，"我可什么都没说哦。柯利亚这暴脾气——热卡，前年还是去年来着，他不是把你也收拾了吗？"

酒足饭饱后，热卡就喜欢吹嘘自己如何俘获那些女人的故事：

"嗨，我觉得，还能再干半杯！"他用放荡的语调说着，"干杯！好了，现在该发动攻势了！"

大家经常会讨论各个马戏团的招牌是什么，它们就和人一样，每家都有自己独特的名声。有一些则是因为蠢事而出名。比方说，哈尔科夫马戏团，那里经常会发生点事故。

"所有的，所有的事情都和驯兽师有关，"廖沙舅舅说，"开瓶器，你记不记得那个被狮子弄死的罗马尼亚驯兽师？"

"当然！哈尔科夫那儿有很多死人的事。伊热夫斯克也是。"

"别这么说，在伊热夫斯克可不是所有人都会遇险，"阿列克谢纠正道。他崇尚精确，无论是在谈话中还是自己的工作中，都不允许疏忽大意发生，"只有飞在天上的钢丝表演才会。很多人掉下来成了残废，也有死掉的。一有去伊热夫斯克的演出通知，我哥就请病假，两次都是，还喝醉了装病，总算惊险地骗了过去！在他'生病'后一年，又有一个走钢丝的掉了下来。简直就是死亡之城……"

安娜和瓦洛季卡就跟廖沙舅舅混在了一起。

出入公共场合时，他穿着燕尾服，打着蝴蝶结，看上去趾高气扬，弯腰殷勤地亲吻女士的手，画浓的眉毛不时抽搐一下。一到晚上——在房间里端着啤酒杯时——他光鲜的外表就脱落、开裂了，如同皮肤上老旧的妆容一样。皱纹爬了上来，暗红的筋脉蛇形地盘曲在鼻子和两颊，双眼如老人一样暗淡无光。不过，马戏团的演出技艺和充满教育意义的"经验阅历"也会脱口而出，且毫不乏味。

"真正的戏法，那可是门深奥的艺术，"廖沙舅舅说，"如果你是个真正的魔术师，双手的每一根手指都应该同时活动起来。还有眼神，应该用眼神将观众的注意力诱导向完全相反的方向，就像领一群鸭子出窝一样。每天像奴隶一样练习——这就是你的使命。"

他将双手放在桌子上，修长的手指神经质地抖动着，好像在倾听着对话，并随时准备从空气中变出一块手绢，抑或将系上死扣的绳子解开，抑或从耳朵里突然掏出一根燃烧的火柴。

"你得把手指磨平了，就像车工打磨特别精细的零件，像经验老到的绘图员把心爱的铅笔削尖一样。如果你的手指皮肤上有指纹，警察就能把指纹提取出来——应该把它磨得像玻璃一样平整。到那时我才能说，你已经达到了魔术表演所必须具备的敏锐程度。那时就可以开始尝试摸一摸花瓣，摸一摸蝴蝶翅膀，还有蜻蜓的眼睛——那时你再也不会伤到它们了。钢琴家们管这叫'轻触法'。在我们这儿要是会这个，就是鸡屎中的珍珠粒了。"

廖沙舅舅用拳头托着松软的脸颊，叹口气，将剩下的啤酒倒入自己的杯中。

"总的来说，哪些人对我们这一行最为上心呢？形形色色，什么人都有。既有那些靠这块马戏场子吃饭的，他们勤奋地干着自己繁杂的工作，舍不得跟马戏团喂养的动物分别；也有那些父母声名显赫的孩子，从上一辈手里把节目继承下来……接下来说说苏联马戏团里大变活人这个节目？总之就是个借助箱子的表演。不同的箱子——小一点的，装个小动物，或者放一把彩色羽毛做的笤帚，大一点的，就能把助手们装下。说句不好听的，这节目，街上随便拉个人都能表演，人家在箱子里都安排好了！最关键的是要记住，变的东西不同，箱子也就不同，可别醉醺醺地拿错了。我以前有个助手叫罗尔卡，她就老是提醒我，最要紧的一步就是拍手叫'变'，那时候，双手一定要拍出声儿来。"

阿列克谢和墙头草热卡搭档表演一个节目，不过他经常落单——热卡将此地当成了天堂的伊甸园，纵情狩猎，一会儿追求这个，一会儿又看上另一个下诺夫哥罗德的夏娃。

几乎每天晚上，安娜和瓦洛季卡都会在廖沙舅舅这儿坐一坐。直到廖沙舅舅脑袋都滑到了胳膊肘上，而瓦洛季卡已经趴在桌子上睡了又醒三次，安娜还是不肯放过这个魔术师。

"那么加里·古吉尼呢？"她问着，"廖沙舅舅，他是真的从水下上锁的链条中逃生了吗？那是真的吗？"

"什么叫'真的吗'！"他把那一簇可怜兮兮的蓬松头发往后一捋——舞台上精心打理的，像颓废派一样上着亮闪闪发蜡的分头，一到晚上就会跟灰色破布条似的从额头上无精打采地耷拉下来，"你疯了。当你在谈论手法、谈论变幻的时候，请把'真实'忘掉！你是在谈论艺术！……古吉尼——没错，是这一行的大师，但他已经死了——是一九二六年的事！谁能解开他的秘密呢？顺便提一句，你知道古吉尼，这个原名叫埃里赫·怀斯的布达佩斯犹太人，是为了纪念谁而给自己取了这个艺名吗？是为了纪念法国著名的魔法幻术师罗伯特。他生活在十九世纪的法国,在布卢瓦小镇。他简直是个幻术大师,有着过人的智慧和邪魅的创造力,至今都没人能复制他那镜像魔术的手法……"

"布卢瓦?"安娜追问着,"古登——发'en'的音吗?"空闲的时候,她就用热乎乎的左手在笔记本上写啊写啊,尽情挥洒那独特且高超的书写技法,再也没人对她那"达·芬奇的笔迹"进行限制管控了。瓦洛季卡偶尔瞅上一眼,立刻转过头去——哪怕只想试着清楚看到自己的名字都能让他头昏脑涨。

"而且啊,"廖沙舅舅继续说,"他们都是极尽故弄玄虚之事的能手!"他的舌头打结了一样已经说不清话了,但是对话里的逻辑却从来不会弄乱。他时不时地停顿一会儿,有意识地检查自己说出来的话,确认后点点头,遂又返回最后说出的那个词上:"极尽玄虚之事的能手!我认识著名的梅辛。我告诉你,生活中的沃尔夫·格里高利伊奇是个安静甚至自闭的人,但是在观众面前呢?!他上蹿下跳地制造着悬疑气氛,简直就是行业的标杆!天才的表演家!舞台上的焦点!明白不?"

"安妮卡……"又一次醒来的瓦洛季卡哀求着,"我们睡觉吧!"

"等会儿!"她不予理睬,"这么说,这个古登,他会操作大变活人的箱子?"

阿列克谢哼唧一声,靠在椅背上,愤愤地转了转已经迷蒙的双眼:

"他全靠自己琢磨!所以他的箱子完全不同寻常!在我们这儿是这么操作的:箱子的秘密无非在那双层的箱底,或者箱体上。等我头脑清楚的时候再演示给你看……简单来说,在箱子底部装上一块倾斜的玻璃,像这样。"他手掌倾斜着做示范,"镜子反射出地板来,就能产生透明的错觉。最重要的是什么?别忘了,千万别走到镜子前头,别把自己的脚和屁股照出来。这种事也发生过,我记得……"

"如果在这一面补上一块呢?"

"哪一面?"

安娜从牛仔裤口袋里掏出一个对折的信封、一支圆珠笔，画了起来：

"就在这儿，在这一面……或者这一面……"

"不懂！为什么要在这里加这么一块……"

"因为你没从那个角度观察。你要是站在这儿，会怎么样？观众就在那儿，到时候这片区域会出现死角，那怎么办……等等，这里地方不够了……"她将装着阿丽莎来信的信封翻过来，在另一面激动地涂画着。

"我的天！"魔术师嘟哝着，"这姑娘脑子里在想什么！"

他们在一些细节上讨论争执个不停，瓦洛季卡转战到廖沙舅舅的床上，睡着后又一次在他们叽里咕噜的声音中醒来：

"你是从哪儿学来的？这完全就是作家笔下的《天方夜谭》嘛！"

"这不是《天方夜谭》，廖沙舅舅，这是物理学。这种效果就叫宇宙黑洞：引力场过于强大，以至于那些以光速运动的物体都会被吸到它里面。也就是说，光线本身也没办法从黑洞中逃脱！"

"安妮卡！已经早上了！"

"你等会儿！"另外两个人异口同声地喊道。

夏天，在这个无足轻重的草台班子里，两人学会了马戏团生存的法则、忌讳和行话。不能背朝着马戏团圈养的动物坐下；任何时候都不要说"最后"两个字，这是不吉利的；不能说"最后一次"表演特技，得说"再做一次"；在马戏团里别嗑瓜子，节目会被搞砸的，我们所说的"着火了"就是当节目演砸才说的[①]。还有一些"血统纯正"的马戏团行话，比如：哆嗦和胡来。"哆嗦"这词很好理解。可这个"胡来"是怎么回事呢？它指的是排练时你从来都没有卸下保护绳走上一遍，就直接在正式表演时当着观众面置身高空，忘却了恐惧和谨慎，愣是把一个没

[①] 俄语中"糟蹋、演砸"与"烧毁"为同一词。

有打磨完成、把握不足的节目一下子完成了,并出奇地大放异彩;当你沐浴在射灯光束中时,浑身充满力量,动作协调柔和,数百双眼睛汇聚在你身上——这种时刻就是马戏团里常说的"胡来的表演"。

"关于胡来,"阿列克谢说,"我再告诉你件事吧——此事千真万确,我拿我最珍贵的东西发誓。马戏团这块场地对我一生而言,就像神圣的源泉,它能赐给我力量,在我最需要的时候将我治愈……有一次,在前一天的'休整'后我拖着发烧的身体去演出,这里疼痛那里刺挠,背部就像开裂的石板,脑袋灌了铅一样沉重……有趣的是我一心只想着能爬上舞台去,并不考虑表演的问题。挨到侧幕的时候我就感觉:哦……好多了,好多了……脑子清楚多了……腰挺直了……当听见现场监督员告诉我,该在聚光灯的照射下上场表演时,我感觉自己仿佛换了个人,匀称而优雅,真是神奇——嘿!我相信,在那里,在那块演出场地上,有一种特殊的力量。无法解释清楚,这真的属于玄学的范畴了,不过此类情况我确实亲身经历过好几次。"

一个平淡无奇的夜晚,廖沙舅舅说:

"孩子们,你们的马戏生涯才刚刚开始,而我即将退休,结束自己的职业生涯——可以这么说吧。所以你们要不要把我的手提箱买下呢?你们看,这可是革命前生产的手提箱,真正的混凝纸浆板。这是我在三十五岁的时候从著名的丑角古萨科夫·米哈尔·格里高利伊奇手里买下的。那家伙对天发誓说自己是在皇家剧院的演员马蒙特·达尔斯基死后得到这个箱子的。"

"廖沙舅舅,"瓦洛季卡笑嘻嘻地说,"我们没地方放这箱子。我们又没钱又没房。"

而安娜已经围着行李箱转来转去了,抚摸着金属包角和搭扣,紧紧抓住这个老古董不放,露出女人特有的那种看上东西不撒手的模样。事实上，马戏团作坊里制作的行李箱异常难看：用的是人造革胶合板，外面钉上铝制的包角——净是便宜货。而战前德国产的行李箱则深受好评——它们就像结实的铁皮箱一样，用的是钢化纸板。每一个受到重视的马戏节目都会配一个这样的行李箱，或者是两三个。它们就是自豪的象征，是权威的符号，而且至少值二百五十卢布。

关键是你会心满意足，这是成功的标志，多显身份呀！

他们又在开瓶器的茨冈流动马戏团中干了一个月，完全没有讨价还价，爽快地将廖沙舅舅索要的这笔为数不小的箱子钱付清了。

就这样，完全偶然地，在对自己未来的演艺生涯毫无想法的情况下，安娜和瓦洛季卡拥有了这个奢侈而老派的行李箱——或者按照马戏团的行话来说，是用真正的混凝纸浆板制成的、更为牢固的战前生产的手提箱。

这简直就是个衣柜——"衣鬼"（潘娜·伊万娜的口音令人永远难忘！）——用铆钉固定，带着一把锁，四角上有黄铜包角。将它打开来直立放置，差不多有一人高——任何情况下，安娜都能自如地钻到里面，还能安置下隔板、镜子、小盒子和衣架。箱子内里糊着鲜红的绸料，有些暗沉，久经演艺生涯和颠沛岁月的洗礼。安娜站在打开的箱子中间，张开双臂，模仿着"阴间的"面孔，塑造出一个长着沉重的翅膀、两翼内侧殷红的火焰天使形象。

回到莫斯科后的第二学年初始，他们就向民事登记处递交了结婚申请，规规矩矩地在上面签了字，两个人都小心翼翼，相当紧张，安娜手里还捧着一束洋甘菊。证婚人是阿丽莎——她当年已从基辅转学到莫斯科音乐学院上二年级，由钢琴改学了管风琴。在照片中她站在安娜的左边，接受手术前的她还是有点斜眼，但很明显，那张瘦削的面庞透着高雅的气质，像极了她那独一无二的祖母菲拉维尔娜。

手提箱是两个年轻人仅有的资产，是他们那不知名节目的道具存放处。瓦洛季卡将它扛在肩上，搬到了基洛夫大街又黑又挤的小房间里。屋子是他们用夏天打工赚来的余钱租下的，房东是一对叫布鲁夫施泰因的老夫妇，总是疯疯癫癫的。

多年以来她都会在梦中听见直升机震耳欲聋的引擎声，而在它下方的水面上，因为飞机扇起的涡流而扩散出黑色的波纹。

那一天是海军庆祝日。

她和瓦洛季卡已经穿好了演出服，站在图希诺夏日的草场上。一切都安排得井然有序：十二点三十分时会给出起飞信号指示（因为在引擎的巨大声响下什么也听不到），此时最关键的是不能错过时机：当地面人员挥动信号旗，两架吊着二十五米长秋千的直升机离开地面，缓缓悬浮在半空时，他们必须快速地从右侧跑过去，坐到秋千上——"米-8"轻型直升机不能长时间在空中悬停。如果出现了"突发情况"，正如工作人员讲解的那样，就要向右方迅速一跃，防止暴露在螺旋桨下方。

他们按照旗语指示从原地一跃而起，瞬间就在秋千上落好位置，挥舞手臂：准备好了！散落着秃斑的草地随即在他们脚下沿着一定的倾角逐渐远离。

最初的几秒内心脏会不安地随着地面一起忽高忽低，过不了一会儿整个身体就已经被狂欢般的兴奋所俘获，呼吸也调节顺畅了，再也不会对持续上升的高度有任何畏惧。

人们站在下方，在直升机的轰鸣中仰着脑袋，望着飞机铁肚子下那两个坐在秋千上的演员渺小的身影，兴奋地挥着手，停下车，走下来长久地目送着。

从高空望去，高层建筑就像是盒子一样，与道路网络纠缠在一起，像无线电波一样在飞机侧下方不断朝远方扩散。

他们就这样坐在秋千上飞了十几分钟后，从图希诺来到了希姆基，在欢庆人群的目光注视下，如同凯旋的众神从天而降。

秋千悬在希姆基水库上方十五米处，安娜和瓦洛佳开始了表演。整个节目时长不过五分钟。

特技动作嘛，总体来说是简单的——学校一年级考试标准的难度：这里伸展一下，那里弯曲一下，用膝盖做吊挂，然后单臂吊挂来个优雅的阿拉贝斯克姿势，表演"小旗子"等。表演时穿的鞋子非常柔软，是包裹紧致的小羊皮系带靴。从技术上来说一切都不复杂……前提是不在这样的高空表演。任何一个小家伙都能沿着铁路线走上一段，可如果把这段铁路悬空拉在五层楼高的阳台之间呢，还会有很多人跃跃欲试地踏上去吗？

他们接的活儿是没有上保险的。邀请他们演出的负责人皱着眉头，如是回答着这个问题："见鬼了，要什么保险，小同志？抓得紧一点不就没问题了吗。"

他们牢牢地抓紧绳子，看着对方，努力做到动作一致。

她至死都不会忘记那翻腾的、油光闪闪的黑色水面。

一年后他们在萨马拉进行空中表演。奇怪的是，被高高地吊在绿色草坪上心绪会和缓得多，虽然理智告诉她，在水上表演比起在令人愉快的草坪上空来说，至少还有幸免于难的生还可能。真叫人没办法……

多年后的那不勒斯海湾上空，当她正站在位于拉韦洛小镇稍下方的断崖上，准备一跃而下时，那片遥远而宜人的萨马拉草场映入了她的眼帘。

导演一拍场记板，摩托车启动，安娜需要跑起来——她要沿着场地一直跑，为了摆脱摩托车的追赶。经过百米长的橘子树林后，突然停下来五秒钟，然后纵身跳下，暗沉的祖母绿色的巨大峭壁密密地挤压堆叠，插入水中……她鼓起勇气，同时也兴奋不已，就像平时站在马戏团表演场地入口一样。只需要在心里估算好跳跃的轨迹便可。

突然，下方波光粼粼的深蓝色海面像一面深邃的镜子闪烁着，在她那惊愕的目光中开启了一个通道入口，一个终点的出口，一条通往镜中世界的神圣隧道。就像某种备选方案一样，它就这样突然地、毫无必要地出现了……不费吹灰之力，从天而降的一个出口……

她猛地急刹车，两个手掌向前抻出去，像是撑在一堵空气墙上，然后慢慢转过身来……

她开始往回走，吓得浑身湿透，但感觉获得了自由，解脱了……当然，不是永远，而仅仅是在那一瞬间——怎么会突然之间……

她穿过橘子林，用手拨开低垂的树枝，对导演神经质一样的狂吼和背后不绝于耳的意大利语咒骂声无动于衷。

他们完成了"高空直升机"秋千表演。当然，技术动作总体而言并不是最复杂的。

直升机轻微地抖动着，由于强劲的气流，四周的空气都似乎在紧绷着——要不是如此，空中飞行还是很惬意的。为了减轻冲击，他们双手撑着趴在了秋千横杆上。地面上人头攒动，他们就以这样的姿态热情地朝人群挥手致意。

人们拼命地为他们鼓掌。大家雀跃着，演奏着音乐，但在那上空，除了轰鸣声什么也听不见。孩子们尖叫着，将气球放上天空。

随后直升机缓慢地抬升,两位演员引体向上,在自己的横杆上坐好,升空返程。

这是一次美妙难忘的走穴演出,他们立马就从会计那儿领了钱,而且还是笔巨款——每个人整整一百卢布。接下来的两年中他们幸运地拥有了这份美差。演出后在萨马拉机场,一位首席调度员走到他们跟前——他曾是战斗机飞行员,获得过红星勋章。他紧握安娜的手,看着她惊叹不已。"不要命的,"他说,"我太佩服你们了!"两人甚至一头雾水——自己怎么就成不要命的了?一切都是排练好的,动作技巧早已渗入脊髓和肌肉。这不是什么英雄壮举,不过是我们的职业罢了。

她只对一点感到遗憾:父亲没有看见她在空中飞行,头朝下直接悬在高空,距离真正的、终极致命的随风翱翔只有毫厘之差。父亲会称赞她的!抛去担心,抛去嘴里的伐力多,抛去喉咙口的抽搐,他会对此赞不绝口的!

在云端闪转腾挪两年后,他们去了科克捷别利,在海边过了一周——挥金如土地纵情享受水果、烤羊肉串和羊肉馅饼,在那里尽情舒展身体放松度假。他们在太阳底下打闹滚爬,慵懒地沿着海滩闲逛,欣赏着帽子戏法表演者娴熟的技艺。

安娜注意到,其中的一个简直是天才,她冷冰冰地盯着他那双忽上忽下、捉摸不定的巧手。真该让他去表演魔术,天才!

"是那个黑头发的?"瓦洛季卡问道,一手搂着她晒得脱皮的肩膀,上面一点点的新皮肤闪着光亮。

"不是,"她回答,"另外一个,红褐色头发的那个。"

13

我亲爱的，镜子宝贝，要不是你否定了租房子的实际意义，我本会将这间阁楼租下来，住上一年又何妨。租金也并非惨无人道，更何况是在法兰克福，地段很好，无论是对你，我的天使，还是对我这只灰头老秃鹫来说，那里本可以成为我们经常飞去栖息的爱巢。我要是没弄错的话，这间位于施威策大街上，离桥梁众多的美因河仅几步之遥的阁楼，就是"老虎宫"马戏团通常提供给合同工的宿舍吧？两年前那个令人不快的多雨的春天，我与你就是在那里度过了整整两周的时间吧？还有那个电茶壶，我记得它总是出问题。

不过阁楼相当不错：一睁开眼就能看见古旧粗壮的梁木之间倾斜的白色屋顶，左侧的屋顶高高耸起，而到右侧就很低了；两扇半圆形的窗户面向河流与桥梁。

你在准备节目时也不甚顺利，一会儿是从工厂运来的镜子与要求不符，一会儿是安装出了错误，抑或某个部位焊接不对……你整夜整夜地在阁楼里踱步，而脑袋上方不远处那条老旧的水槽里有雨水在沉闷模糊地呢喃着。

你喜欢慢慢挨到天亮才睡……

而我在六点便醒了过来，精神十足。在你中午醒来之前——当然，我的巴松管也同样地躺在你身侧——我会下楼去街上，迈着清晨活力十足的步子前往"艾芙乐尔"老面包房，它七点就开门了。我必定会花上一刻钟时间为我们的早餐做一番精挑细选。店里早就摆上了烘焙产品。烤箱上方挂着这样一块广告牌："'艾芙乐尔'的烤面包直到五点前都是新鲜出炉，外壳酥脆！"这一点千真万确：在酥脆的外壳里，金色的面团包裹着柔软的奶油馅。店里芳香四溢,天哪,真是太好闻了——肉桂味、苹果味、柠檬丁香味……这股馅子的香味像降 B 小调一样,从虚掩的门内飘出。

我喜欢观察售货员的一举一动——她系着店铺的红色围裙,一脸威严,松软的胸脯前"艾芙乐尔面包房"几个字金光闪闪,奶油般细腻的脖子上系着红色的丝巾。她把大颗粒的粗盐撒到躺在烤盘上的 8 字形烘饼上——这是些弯弯扭扭的环形小面包——随后将它们放入烤箱。柜台上已经摆了一些撒着扁桃仁和罂粟籽的 8 字形烘饼、三角包(弗里达姨妈也是这么称呼这种扁扁的小面包的),还有大得离谱的油炸面包——不过就是我们那儿的油炸小包子罢了,上面大方地撒满了糖粉。

最美味的就数这油炸面包——它是空心的,里面有红莓果酱。那么小蛋糕和馅饼如何呢?有李子果酱的,有洋葱馅儿的,大黄馅儿的,以及本地特产——"奶奶做的苹果馅饼"!

店里头摆着三张桌子,椅子腿很有设计感,可以在那里喝上一杯咖啡或是鲜榨果汁,当然,也可以尝尝任意一种烘焙产品。一大早两位上了年纪的夫人就已经坐在那里,慢条斯理地品尝着小蛋糕,在她们如瓷器般精致的手指尖,美丽的指甲被修饰得无可挑剔。

但我急着回到你身边!面包房专用纸袋子包着天赐的美食,我满载而归。回到阁楼后,为了不把你惊醒,我悄无声息地转动门锁,进门操持起家务来。我会煮上咖啡,一边注意着即将泛起的泡沫,一边仔细观望着阿尔塔·布留克大街上的车流,以及爱塞尔纳铁桥上蚂蚁般蠕动的人潮……

各家院子里,大片大片的木兰花已经盛开——你还记得吗?栗树也苏醒了,有基辅特有的白色花朵,也有海外引进的浅紫色花朵……在它们之上翻卷着缓缓移动的乌云,桥梁之下,同样翻卷着缓缓前行的河水,三皇教堂的塔楼里也飘来缓缓敲响的钟声。

当年迈的大钟低沉地吐出最后一句"家常里短"后，你在被窝里缓缓地翻了个身，露出长时间压在下面的杏黄色的脖子。

租下来吧，我的孩子，租下这间阁楼吧，别再犹豫了！

奇怪的是，在乌克兰河边长大的我，在外公家过整个夏天的时候都会去格尼万、去南布格河游泳的我总是觉得，这辈子都在不断地与水打交道，却怎么也喜欢不上这些大片的水域。这是为何呢？

小时候外公还在世，我一整年都在期盼假期的到来，期盼着日梅林卡。你这个基辅本地人，是体会不到那种强烈的感召力的——乌克兰的夏日！乌克兰的夏夜！夜空慵懒地悬挂在大地上，半透明中混杂着浓厚致密的群青色；还有那条银河，泛着沉静深邃的光。

我躺在院子里，就睡在外公用木板的边角料和大小不一的木块为我拼成的床上。我久久不能入睡，当充满疲倦的意识挣扎在睡梦边缘时，我脑中生出一种隐秘的幻境来，在那里，星星、月亮和银河的起伏波荡呈现出一幕土耳其情妇淫欲生活的戏剧。

我爱布格河，爱得双唇颤抖，竭尽全力。我和小伙伴们从早到晚都在那里飞来飞去地玩"塔尔赞卡"。

你知道这是种什么样的游戏吗？简言之，就是种自制秋千。而这个名字是为了纪念"泰山"。告诉你吧，这是一部由约翰尼·韦斯默勒出演主角，并不那么知名的美国电影。他在电影里飞来飞去，天哪，在好莱坞的热带丛林里，在沼泽上空攀着藤蔓穿行，破布条恰到好处地遮掩着身体，还留着恰到好处的分头：那是美式的野性自由。

没错，"塔尔赞卡"。必须选一处有陡峭断崖的河岸。你要双手抓住横杆，跑出去，然后在河面上飞翔，尽管那不是第聂伯河——我的意思是，尽管那不是人迹罕至的荒原洪流——可也不是普通小溪呀。你惊呼着从断崖上朝冰冷的水面飞去，不断向底部坠落，然后又以同样的轨迹持续向上、向上，呼吸都快要停滞了。就我日后的生活而言，这是种对肺部严格而意义重大的训练。你要知道，呼吸练习对管乐器的演奏很有助益。

我最爱的就是月台、火车站，以及国家的路。

有必要向你描述一番日梅林卡那令人艳羡的火车站，它有着最为精致的新艺术风格，即使放在维也纳，也毫不逊色。我们的邻居费佳舅舅每天都会在火车站小卖部喝上一瓶酒，走到月台上冲迎面而来的火车大喊："我谁也不怕！"有一次他在那里被人打了，就在火车站。可他并未因此而有所收敛，照样对来往的火车大喊大叫。不过，措辞有所变化，其中有一句倒是经常出现："我不亏欠任何人，不亏欠任何事！"费佳舅舅吼叫着，身子在风中摇曳。

外公的房子位于普希金大街，不过如今已经被拆。姨妈也死了，只有我在微波荡漾的晨曦梦境中还会继续在那刷了油漆的木板上来回踱步闲逛。我清楚地记得房子的架构：木制的台阶从街道向上直接延伸到玻璃窗围出的凉台上，在那里，一切都归置得井然有序，什么样的工具都有——外公的工作桌永远摆在那里。他的手艺精绝。

妈妈说过，她小时候能一连几个小时都站在那里看他修表。我也喜欢鬼鬼祟祟地溜到他背后偷看。

"谢尼奇斯，"他说着，转过头面朝我，头上用橡皮筋绑着一个筒状透镜，"上帝保佑，你怎么不再往前走近两步呢？你喘气就像蒸汽火车一样，快把我的秒针吹走了。向后数出两步来，谢尼奇斯，乖乖的，像条小狗一样在那儿站着别动！"

那么，让我们继续往里走吧，我的宝贝……接下来是客厅：高背皮沙发，雕刻精细的木架子，上面放着各种瓷器，其中每一个背后离奇曲折的来历外公都熟知在心；还有书架和圈椅，全都是雕花的古董家具。

从餐厅出来是通向卧室的门，卧室里出人意料地摆放着外公的女式床，旁边还有一个巨大的书柜。姨妈把这一对组合称作"玛申卡和狗熊"。

外婆四十岁的时候就去世了，外公再没有续弦。我喜欢看他每个早晨整理自己的女式床，他认真地将褶皱从床铺中心向边缘抚平，就像是用手抚摸着自己难以忘怀的爱人虚幻的身体。

房子里还有一个厨房，外公如同收拾自己的工作桌一样把里面收拾得井井有条。不光如此，他还做得一手好菜，尤其是即兴发挥，家里有什么就做什么。他做的"拉特克斯"——一种土豆油炸饼——好吃得令人惊叹。

所有家什都在院子里。那里还有一个棚子，里面除了破铜烂铁、花园工具以外还养着几只母鸡——确切地说，是用来招待客人的。它们不会待很久，活不过最近的周六进餐日，当天客人们就会饱餐一顿。产蛋鸡一定会被屠夫加以优待的。他利索地把这只位高权重的鸡的脖子一扭，利刃一挥就割断了喉咙。这是一种仪式。不是出于宗教崇拜的仪式，而是对烹饪的崇拜：商店里买来的鸡不能算是真正的鸡。经屠夫之手后，位高权重的产蛋鸡要被腌制——这些都由外公的小女儿弗里达姨妈来完成，大家还得忍气吞声地喝下她做的汤水，那东西澄清透明，比掺着芬芳香叶的白开水还要清淡。

我差点忘了说，整个屋子都挂满了外婆缝制的作品，有十字绣，有抠花刺绣，也有挑花刺绣。刺绣的主题也很有田园雅趣：风景、女士、绅士、哥特式教堂，不能不让人想起日梅林卡著名的天主教堂——尖锐的教堂顶飞升向上，有四个小钟楼，四周是细细的圆筒状尖顶松树，它们仿佛在焦急地追赶着教堂的高度。

我记得那些街道：中央大街与我们那条街平行，还有高尔基大街、沙隆·阿里奇姆大街。街边全是一层楼高的白色泥板房，每一幢都跟外公的屋子一样，还带着凉台。

每逢周末，人们会沿着中央大街闲逛。战争一结束，我忘记是哪个缝纫厂的俱乐部录像厅里就开始放映缴获的电影了，《我梦中的姑娘》《印度圣祠》什么的。

也许你会笑，可直到现在我还在装巴松管的匣子里藏了三张明信片——那是我的护身符，是我无聊而倒霉的童年的见证。那是妈妈战后藏品中的几张演员照片：玛丽卡·廖可、玛丽·皮克福特、瓦伦蒂诺……

弗里达有一套唱片。在那些炎热的夜晚，莉利娅·乔尔纳亚总是比别人更频繁地在我家的凉台上登场，演唱《请别离开，你是我的挚爱》，还有乌捷索夫用他那飞扬灵动的次高音向我们展现海洋般的开阔……

我仍记得那些由大颗石子铺成的道路逐渐被柏油马路所代替。市中心的绿化也很少，有枫树和椴树。稍远一点的地方，比如无产阶级大街、托尔斯泰大街、舍甫琴科大街上建有一些私人别墅，到处都有花园，就像是天堂里丰饶的果园，栽着苹果树、梨树、樱桃树……当然，还有鲜花。到处飘着茉莉花的芳香。任何一种香水味，我闻着都像是茉莉花香，为此大家都替我着急上火。这大概是妈妈总用茉莉花味香水的缘故吧？也可能，是因为我们的凉台台阶上曾经长着一丛茉莉花？

每到夜晚，到处都是盛开的紫罗兰，周围一带弥漫着浓郁甜腻的花香，它甚至会穿透敞开的窗户后的帘幕飘荡进屋里。

每到夏天我和外公一定会去给外婆扫墓。前往犹太公墓的路上会穿过一片苹果园，还有三角锥形的杨树点缀在阴郁浩瀚的蓝色天幕下。犹太公墓对面是一个名为"波兰"的天主教公墓。这些如画的景致因为强烈丰富的色彩对比而与俄罗斯的景致，尤其是古里耶夫平淡的风景大不相同。天主教强势的存在为这里的各处添加了某种情调……亚得里亚海的情调，也许吧。

每周有两天我要陪弗里达姨妈去大集市（还有一个小集市，但是不值一提），沿着十月革命大街就能到那里。知道吗，即使这么多年过去了，那些阿姨大叔仿佛还站在那里，站在摊位后面，将香气宜人的圆滚滚的乌克兰西红柿堆成一座座小山，胸前用编织绳挂着一串串现在在静物写生中才见得到的大蒜头，从鲜嫩多汁的牛蒡叶中抓起一块很像"本地牌"白面包的黄油递给顾客。

而那些颜色殷红、粗野蛮横的肉摊又是怎么样的呢？到处是白条肉、火腿，像是睡着了一样眯缝着眼睛的猪脑袋显得有些俏皮，从那眼神中你能感觉到它们颇有哲学家的意味。

还有著名的乌克兰腌猪油摊位！"喂，过来看看，姑娘！瞅瞅，多棒的猪油，还用干草扎起来了。"干草赋予了猪油一种特殊的香味。

酸白菜摊位是这么吆喝的：'白菜，没腌透的白菜，新鲜着呢，姑娘，来点试试？不试会后悔的。给您拿上面的还是下面的？'

卖鱼的是一些面色阴沉的盗渔人，他们在萨巴尔水电站下游的南布格河一带进行捕捞。

奶制品摊位散发着独一无二、纯正而油腻的奶渣香味，它们被盛放在摆面包的粗糙盘子里，硬邦邦的侧面还留有纱布的细纹理。"这个是今天刚刚做的，这都不是普通的奶渣，简直是上好的黄油。"

"姑娘，来让小孩尝尝。小伙子，你说，是不是上好的奶渣？"

我呢，不想得罪任何人，只是微笑而已。可他们却说："你看吧。小家伙很喜欢。买点吧那就，要不然再远的地方你也找不到这样的了。"

一来到大集市，弗里达就会立刻切换到一种奇怪的语言——既不是俄语，也不是乌克兰语。

"热酸奶有不？"她开口说话了，"就是那种能用刀子切开的！你站住了，像个呆头呆脑的士兵在将军面前'立正'那样。啊，多少钱？不，我先尝尝，这种黄色的多少钱咧？"

与此同时，她开始努力地讨好摊位里的姑娘：

"哎哟，瞧你的眉毛哟……勾得真好看。你怎么把它们抬起来了，你应该把价格降下去！"

这种语言也出现在另一种情况下，那就是每当嘴馋的邻居费佳舅舅从我们的菜园子里偷偷顺走一些东西的时候。

"这个死东西，混混，臭无赖！"她会冲着整条街破口大骂，"又摘走一根黄瓜当下酒菜了！真该冲他屁眼开一枪！真是见鬼了，弗里达家在他背后发火呢，可这家伙却吧嗒着嘴巴吃得正香！"

而我的注意力并不在此。

因为我有一块从文尼察糖果工厂里偷来的远近驰名的巧克力。它很大，足有巴掌那么大，形状不知是公鸡还是鱼，像是用家里粗糙的模型印出来的。不过它通常会被做成包在锡纸里的褐色小块。这是种很纯很苦的巧克力，硬得像花岗岩。

在拥挤而气闷的服饰摊位那儿，在那些用过的旧东西，比如光溜溜的高帮靴子、毡毛靴子、女针织衫、难看的松紧吊带裙和红白相间的丝绸饰巾之中，弗里达总能淘到类似彩色口哨之类的玩意儿。

在大集市里，经常有一个留着一头歌剧演员般乌黑油亮鬈发的家伙（为什么是歌剧演员呢？啊哈没错，就像《阿依达》里拉美西斯的独唱那样），人们管他叫"艾索尔人"。我不知道为什么这么叫，不过当我在大英博物馆里，面对古代亚述王的侧身浮雕时，他那山羊毛一样打卷的胡须和头发竟浮现在了我脑海里。

言归正传。这个艾索尔人雅什卡的胸前挂着一个大托盘，用宽皮带系在脖子上，托盘里有小瓶子、粉末、小盒、带气孔的小石头和其他一些没用的玩意儿。

雅什卡用洪亮而动听的男中音为自己的药剂打着广告："给您心爱的

妻子搞点吧？就选我介里的吧。"他掏出一个小瓶，"把介个涂抹在需要的地儿，来回来回介么几下，搞定了就！"

我那虽说已经成年，可一如从前般调皮的弗里达姨妈步步紧跟在他身后，笑得喘不过气来。

是啊，不该忘记的是，八月份苹果就上市了：谢梅连科的，安东诺夫卡的，青白色的，还有一个由育种家引进的品种——果实很大，表面通红，口味很独特，有轻微的酸味，好像叫"胜利牌"。当然，临近秋天的时候还有玉米。要是把它煮得稍久一点，控制好火候不要太久，玉米粒即将爆裂的时候立马停火，当牙齿一口咬在那撒着粗盐、富有弹性、饱满凸起的玉米粒上……哎呀，什么烦恼都抛到脑后了！

总之，这就是乌克兰的夏日。

现在回忆起来，我的外公一直在用他的"真理"教导我。据弗里达所言，连我都"不放过"。"哎，"她指责他，"凭什么一个孩子也要明白你所谓的真理呢！"

外公的"真理"，是那些在漫长人生中伴随着他机巧灵敏的智慧积攒下来的各式各样的故事，其中饱含着富有训诫意义的结论、主旨宏大的启示和概括——毫无疑问，净是些无用的、严苛的陈词滥调。有时候我都不明白，他为何要对我讲这些，比如一个名叫古尔维奇的眼科医生治好了整个城市，却被谋杀了。为什么？我很不解。外公耐心地回答："我是为了让你不抱有幻想。你将会年轻有力，朝气蓬勃，充满干劲。你渴望将邪恶转化为善良，可我不想让你把时间浪费在这上面。给自己选一个不怎么赚钱的营生吧，谢尼奇斯，"外公说，"单纯而没有意义的工作，这样就没人左右你，没人嫉恨你了。"

你看，我亲爱的，我遵循了外公的训导。我告诉过你最近两周我已经学会吹奏杜尔西安了吗？那是巴松管的祖宗，音色美得令人难以置信：深沉，苦难，甜美而无用……

抱歉，这都是些废话。已经夜里三点了，我还是丝毫没有睡意，但吹奏几曲也可能会惹得邻居打电话报警。我今天有些魂不守舍。我——想你了，我镜中的姑娘，我的心里早就只有你了……

话说回来，我的外公……

每天早晨醒来，他拖出那双充满传奇色彩的战死的意大利士兵的靴子，穿上后就去"联合印刷"报刊亭，把所有中央报刊都买下来，为的是"逐行阅读"并进行比较。

等等，我答应过你的，要讲这双靴子的故事呢。我现在就讲，否则又忘记了。

不过不是从这双靴子，而得从偷来的香烟盒说起。你知道，在被占领的那些年里，外公和两个女儿都被关进了日梅林卡的犹太集中营，我就是在那儿降生的。一个在集中营诞生的人，按照故事情节发展的逻辑来说，是命中注定要在全世界颠沛流离的，无论身处何地，哪怕是多过一天，内心都会被流亡之痛苦所煎熬。

可他们却奇迹般地活了下来。之所以称之为奇迹，是因为年少的弗里达姨妈从德国军官那儿偷了包烟，不知是趁警卫处房间没人时，从桌子上随手拿走的，还是直接从口袋里摸出来的——这事对她来说，是完全有可能办到的。在我还小的时候，她就从外公那儿拿了本书，说要"读一读"，可连书页都没打开就直接把它放进烤箱里了。"我把它读烂了。"……总之，连同这包烟，她和一家子人都被关进了盖世太保的地下室。只有我没被抓去，两个月大的孩子大哭大叫的，不抓我为的是不打搅警卫员休息。

接下来的故事就多少有些传奇色彩了，不过常言道，没什么比生活更传奇的：后来妈妈央求罗马尼亚的保安放她出去，把孩子带回来。"你放心吧，"她说，"我反正没地方去，肯定会回来找我爹和我妹的。"于是保安把她放了。

沿路她去见了我们的邻居，这就是剧情的转折点。邻居年轻时是个马戏团演员，后来嫁给了一个老亚美尼亚人——一位"原料采购"公司的大领导。打仗的那几年，她几乎是公开地与另一个罗马尼亚军官玩罗曼蒂克。总之，她是个疯狂而放肆的女人，或者是个——抱歉我这么说——典型的马戏团的女人，即便退休了也是如此。

关键点在于，我们在妈妈的一只旧手套里藏了些钱，就放在家中的棚屋里，是外公为了防备意料不到的天灾人祸而积攒下的。你也看到了，苦日子就真的来了。

妈妈见到这位马戏团邻居，恳求她将钱收下，并用这些钱通过那位罗马尼亚军官的关系把我们赎出来。你猜怎么着？她一把收下了——我简直不敢相信。她去求了罗马尼亚人，他真就把我们全赎了出来。真是奇迹般的死里逃生，一段需要忽略具体过程的歌剧式情节。就让上帝不知道其中的种种细节吧，就让上帝不知道我们生活中一切苦难的细节吧。

不过后来，这位邻居因为东窗事发而离开去了基辅，这么多年来外公一直会去祭奠她，有时候也带上我。

那么，靴子是怎么回事呢？尽管我一闭上眼睛就能看见那牢固的鞋带、搭着金属扣的皮筒，可这双靴子还是在我的人生中越跑越远，越跑越远。小时候我经常盯着靴子思考：穿这双鞋的意大利士兵在哪儿呢？而现在我回忆外公的时候则会想：那双外公穿了好多年的意大利士兵靴子在哪儿呢？

故事很短。

日梅林卡是一个交通枢纽站。德国人将阵亡士兵的尸体用军用列车运到这里，再送至集中营操场上，让里面的难民为尸体换上阅兵的盛装，再抬到开往祖国德意志的车厢里：士兵即使去了极乐世界，也得衣着隆重地上路。外公就干上了这差事。那时候，他已经在集中营熬过了一个饥寒交迫的冬天，亲手埋葬了妻子，双腿冻伤，一瘸一拐地靠着几近残废的腿脚走路。在给某个死去的德国人换上阅兵服，把靴子扒下来后，他理应将它们扔到沾满血迹、又脏又粗糙的鞋堆里，可这双靴子还相当干净体面。外公想了想，就将它们穿上了。不过这被一个上等兵发现了，他当即想开枪打死外公，但当他敦促外公脱下靴子，看见那双脚后，突然生出了恻隐之心。于是乎，上等兵只用枪托敲了一下外公的背部，将他带到意大利士兵们的尸体边。"把他们的扒下来吧，"他说，"拿他们的可以。"

啊哈，真是双好靴子，我的宝贝。你会为外公这种占死人便宜的行为而挂不住面子吗？反正我不会。他们已经救不活那个意大利士兵了，可外公挽救了自己的双腿。后来一直到外公走到生命尽头为止，每个早晨他都会穿着它们出门——真是非常结实，怎么也穿不烂！他系上鞋带，扣好靴筒，清脆地，如同士兵一样一步一个脚印——请原谅我用这种低劣的双关语——迈向最近的"联合印刷"报刊亭。年幼的我还有过这样的想法：也许外公穿上这双"外族人"的靴子后，对生活的看法也会变成"外族人"的？

哎呀我的老天爷，已经四点了！上午十点钟我们还要同米亚特里茨基一起彩排。我跟你提过我和教授开始着手同知名的波士顿巴洛克乐团合作搞项目的事吗？就是"Handel and Haydn Society"，亨德尔与海顿协会——很棒，不是吗？巴洛克乐团配合唱团，音乐家们用十七、十八世纪的乐器演奏。乐团很小，但并不妨碍它成为当地的一张旅游名片。它成立于一八一五年，那时贝多芬尚在世。坊间流传着一个十分讲究的说法，好像是这个乐队向老爷子预定了《波士顿序曲》，可他还没写出来就死了。每年的十二月初，乐队都会演奏亨德尔的《弥赛亚》——正好是在圣诞节前，这个传统已经一丝不苟地沿袭了二百年之久。这是波士顿重要的一天，所有过得体面的家庭都觉得有必要带上孩子去听一听。这场烦闷冗长的演出会持续三个小时，然后观众们会充满善意地鼓掌，并友好地散去。如今的乐团里，并不是所有乐师都来自乐队当地。我和米亚特里茨基就是外地人，而且也活得好好的。

顺便提一句，我现在和他几乎成了邻居，中间只隔着一个住户——一个一声不吭且十分和善的白痴。跟大多数邻居不同，他从不寻衅滋事，也不追着你要把巴松管置于死地，恰恰相反——他会坐上好几个小时，就等着我醒来后屈尊吹奏一番。

我和他只会因为一件事而产生不愉快：当我们在信箱边碰见时，我绝不允许他亲吻我的手。

教授是这样一个人：他一直让我感到惊讶。只要你想一想——他已经九十三岁了，可一点不糊涂，如此幽默，头脑如此清楚！

昨天在交响乐厅结束排练后（据说这个厅有极其出色的收音效果——胡说八道，音响效果很一般嘛）我把他送回了家，我们聊了聊克莱斯勒。

米亚特里茨基年轻的时候，跟随一位曾为伟大的克莱斯勒伴奏过的钢琴家学习了很久。"克莱斯勒传授了一些舞台表演的技巧给他，"教授说，"比如停顿、下落、慵懒的颤音等——总之，全是些观众们喜爱且讨好的烂俗玩意儿。"他顿了顿，补充道，"其实克莱斯勒自己也想朝观众吐唾沫，相信我，西蒙。真的，他还写过一些沙龙式的搞笑剧本，但还是将它们搬上了严肃而传统的舞台，并没有脱离韵律。"

他俄语说得很棒，带着轻微的口音。他童年时在俄罗斯待过几年，不过出生在华沙。他对此完全没有记忆，当时太小了。

我憧憬着能把你介绍给他们。这是有趣的一家子：女儿尤莉娅是知名记者，相当受欢迎，经常在电视上露脸。她性格敏锐——像她爸，且异常顽固。对此就连教授自己也说，她从头到脚都表现出与他如出一辙的臭脾气。有一次正在欧洲巡回演出时，妻子给米亚特里茨基打电话抱怨："我再也受不了她了！受不了了！你快点回来！"于是他推掉了两场演出，交了一大笔违约金回去了。在他眼皮子底下这个臭脾气的小姑娘才会收敛一些。

好了，好了，睡吧……

那么，十六号我会在阿姆斯特丹等你。就在酒店里等着你的："想看看大美女吗？！"我算了算，你会在那儿待到二十号。你不会租摩托车吧？我已经订好汽车了，我们要横穿德国前往布拉格，从那里出发去卡罗维瓦利，在当地的歌剧院我只有一场音乐会的表演任务。

你还记得吗，七年前，我们像流浪的乞丐、街头艺人那样，坐在廉价公寓寒酸的小房间里，望着窗外在峡谷的云雾中缓缓穿行的布普大酒店，梦想着有一天能……所以啊，我的镜子姑娘，这次我就在那座舍赫拉查德的宫殿里为我们预订了两晚的房间——别急，折扣很不错。你开心吗？在阿姆斯特丹，我们同往常一样就住 AMS Lairesse 酒店——我知道这不是你最喜欢的地方，不过还请你理解并同意我这么做：因为音乐厅离那里很近，我这个可怜鬼一大早就得去排练，晚上就开音乐会，所以三天的安排就是这样。

酒店里还有宜人的日式花园，用完早餐后可以去那儿看一看。床铺也特别宽大！特别宽大！快点来找我吧！

我给彼得打了电话，他说巴松管已经准备妥当，这让我兴奋极了。我已经迫不及待地想象自己将宝贝拿在手里演奏的场景了：那是十八世纪的乐器仿品，只有彼得·德·柯尼格这样手艺超群的大师才能把它做出来。

你已经睡着了……我轻轻地为你盖上被子，转身准备去小憩一会儿。你知道有时候我会想什么吗？——当然，为了不让你知道，我只是在梦里幻想。不是有时候，是经常。请原谅我这个一本正经的老糊涂：我总是幻想着当我入睡时，你陪伴在我身旁，哪怕那是最后一次也好。

晚安！

14

　　四年级的时候她的导师拉祖林被调去古巴工作——那里新开了一个马戏学校。而安娜的毕业节目单人悬吊也改由倔强的老太太叶莲娜·巴甫洛夫娜·克拉索维茨卡娅负责指导。在激情燃烧的青春时代她曾是一个马术运动员，后来改行干起了空中悬吊。她就这样一直一个人过——没有丈夫，没有孩子，和姐姐一起住在乌西耶维奇街的马戏团合作社。

　　在办公室里，几包劣质的卷烟是收买不了她的——她不认这样的香烟，必须是带棉花套筒过滤嘴的好烟才行。

　　那时候克拉索维茨卡娅已经六十好几了，但保险吊挂绳还能抓得紧紧的，因此安娜对她这双手给予了完全的信任。

　　安娜的毕业节目是令人捧腹的"模仿秀"：穿上水兵服和裙子，戴上扭曲得不成样子的贝雷帽，在杜纳耶夫斯基音乐的伴奏下，瘦削而轻盈的她跳向悬吊的绳子，猛地用双脚夹紧，只靠双手抓着悬绳向上爬，就像水兵攀着绳梯一样，直到够得着秋千为止。她爬得又快又优雅，当时她的双臂已经充满力量，在音乐的旋律中向上拉伸着躯体。

　　她向上解开保险带，抓住秋千的横杆，用力地将全身来回甩动两三下，然后猛地松开双手，弯曲双腿，凌空翻转一百八十度，看也不看就用小腿肚挂住横杆，身体向下悬空。

　　这个动作叫"半空翻后跟悬吊"。她同样要以半后空翻作为节目的结束动作，并在杜纳耶夫斯基宜人的旋律中将秋千荡出长长的弧线。

　　他们两个，安娜和瓦洛季卡，都在专业技巧这项获得了"优秀"。是时候像实战一样，像在马戏团的场地上空一样，把秋千荡得又高又远了。

尽管还那么年轻,可他们渴望真正的跑马场、令人生寒的危险动作、高空作业、聚光灯、掌声……那就是荣耀!

但也有不少失意的时候。

毕业考试结束后,瓦洛季卡找到了一个外出表演低空技巧的好差事,并立刻被拉去了彼尔姆。

安娜则进入了一个叫"短节目马戏团"的青年组织,被安排在伊斯梅洛沃进行排练阶段的练习。那里有一个排练基地,名号响亮而绕口——"全苏马戏团表演与节目筹备委员会"。据说,在那里排练自己节目的青年演员们会将技术打磨到臻于完美的地步。然而一个接一个无聊的星期流逝过去,能在场地上进行实地演练的时间并不多,一天只有一小时。更何况委员会为了节约成本,将时间表进行了压缩,让好几个节目混在一起排练。

安娜去了之后,活动活动筋骨,晃来晃去地在秋千上把身体弓起来,完成空翻,在她下方,一对钢丝杂技演员正闷声不响地跟跟跄跄走着,还有一对杂耍艺人互相抛掷着火棒。

她整日无所事事地闲逛,出没在阿丽莎住的音乐学校宿舍里。而阿丽莎此时正痴迷于一种叫"钟琴"的钟乐器,同一个法国的钟琴师互相通信,并为将来制订了一套充满想象的方案,感觉就像在读浪漫小说。她知道欧洲所有装着此类钟琴的教堂,并能滔滔不绝讲上好几个小时。

夜晚降临,安娜会在布鲁夫施泰因夫妇的屋子里黯然神伤。这对夫妇为了节约用电,只在厨房留了一盏昏暗的灯。安娜把自己的这种情绪叫作"怀乡念旧"。

"小姐啊,"早上以赛·鲍里索维奇在厨房里问她,"您的房间昨晚到三点还亮着灯,有什么事吗?"

"我在看书。"安娜礼貌地回答。

他撇撇嘴轻蔑地笑着:

"那我倒是想看看,马戏团的同胞都看什么书!"

"好的。"安娜斩钉截铁地回答着,从房间里拿出一本《弦的 M 理论和多元量子宇宙论的网状时空结构》。

透过厚厚的眼镜片,以赛·鲍里索维奇那双得了白内障的眼睛瞪得老大,对妻子喊道:

"伊丽娜·波格丹诺夫娜!她竟然敢嘲笑我们!"

阿丽莎的追求者,莫斯科国立大学物理系的研究生埃吉克·马尔基罗西安有时候会按照安娜列出的单子,在学校图书馆里帮她借书和杂志。

安娜时不时地会在电报中心给上班的父亲打电话。这些对话让她备受煎熬——不仅仅是因为她讨厌电话里的声音,她觉得这是种无意义的、空洞的自欺欺人;从吵闹的话筒里传出死气沉沉的声音……还因为她能透过沙沙的干扰音听出他作为一个父亲的愁绪。通过他的语气,她能感觉父亲是多么渴望知道她健康吗,幸福吗。有时候他甚至直截了当地问:

"纽塔,你过得幸福吗?"

她大声地笑起来,确定地回答:

"嗯,爸爸!当然啦!"

随即而至的是沉默……沙沙声……远远地传来他用勺子在茶杯里搅拌的声音。

父亲突然说:

"纽塔,你还记得我们的猴子吗,它被送到敖德萨去了。"

"什么?"纽塔提高了嗓门,"送到敖德萨去了?"

"是啊……它脾气太难对付了。"

而她却搞不明白——有时候在电话里她怎么也看不清一些事,就像镜子突然暗沉下来,布满了阴霾——父亲是在开玩笑还是真的很悲伤。

至于玛舒塔——在父亲忍不住掉下大把眼泪后,他们就尽量不去谈论这方面的事了。有关她的详细情况,安娜是从赫里斯季娜那些神秘兮兮、毫无文法、全靠猜测且显得极其搞笑的书信中得知的。

那时候赫里斯季娜已经搬回来跟他们一起住了。她那"几乎成了鳏夫"的列车司机丈夫因为酗酒而被降职去当列车员了,一次长途出车后他就再没回来——也许是跟南方的投机商人一起拉黑货而悄无声息地躲了起来,因为列车员有权力将每一箱番茄和柿子都打开来检查;也许是躲在埃里温或者阿拉木图的某个地方,和黑眼睛的单身胖女人混在了一起……

赫里斯季娜事无巨细地都写了下来,和她说话一样,用的是"杂交语"。在这些蹩脚而愚蠢的字句间仿佛都能听见她的说话声:"喏,你爸又出去治'霍乱'了……"

我得陪着玛尔基里尔娜坐着很吓人跟她一个人在一起哎你知道娜大丽·马卡雷奇不在的话要怎么对付她不?她要是悄没声地抓一把药片吞下去那就会反胃上来她全都给你吐了……这种时候跟她一起待着真吓人纽特卡我真不情元。还把旁边所有劲子全打碎了,所以我们家里已经所有劲子都仓起来了但她还是老想把窗户波里都打破每天晚上他们去三步的时候她就开始跑到前面把支班的要石搞过来把能锁的都锁起来……你父亲已经给医院不停赔钱赔钱了她在那里把所有劲子都打兰了他们如果在浴室瓜新劲子,在走廊瓜新劲子她就把这些新的也都打了这是作孽啊纽特卡我的天啊保佑大家吧水知道我们这么有文化的玛尔基里尔娜用你的声音说话简直变得像野兽……

在新的演出季到来之际,他们跑遍了各个演出的牵头部门,询问是否有能够同时要他们两个人的空中节目或飞行表演。再次分离显然是难以接受的——一个人的生活算什么?这一年瓦洛季卡已经消瘦了不少。况且要是两个人一起干活儿,还能游牧般地从一场演出赶到另一场,不需要登记户口,在任何城市都无所牵绊……只消把那只神圣而老旧的皮箱压实一点,就可以随时奔向目的地了。

但事实很快就告诉他们,要两人共同表演可不是件容易事儿。

有的地方只要小伙子,有的地方只要小姑娘。不光如此,很多人都忌讳在一个节目里让丈夫和妻子同时表演,害怕会引起马戏团内的钩心斗角、明争暗斗和永无休止的内讧,因此这样的组合总是不受欢迎的。他们这些人都是马戏团头子种植园里的奴隶,更确切地说,是自愿上门的农奴。从农奴主那儿逃走只能拥有居无定所、忍饥挨饿的自由——流落街头,不知去哪儿。

倒是有几个特别低劣的节目可供他们选择,可他们拒绝了,以至于那些管事的官员一见到这对自命不凡的家伙就没了耐性。

整个夏季就这么消磨过去了,他们陷入彻底的失望。八月二十六日是苏联马戏日,他们又例行跑到演艺单位去了。

瓦洛季卡说完就被告知,来了也是白搭,一大早起这儿就像狗窝一样挤满了人,所以节日活动取消了……可安娜喝完了酸牛奶,把玻璃杯放在水龙头下冲洗片刻(打碎玻璃器皿的赔偿是那对老夫妇的一笔额外收入),果断地说:

"穿上休闲裤,我们走。"

管理处确实挤得无处落脚了。有的人已经回去,有的人喊着"在这儿!找到了!"才刚刚聚拢来。桌子边和桌子上都坐满了形形色色的人,有的抽着烟,有的开着玩笑。阿尔宾娜·康斯坦丁诺夫娜——一张小圆面包似的脸上布满坑洼洼的痘痕,这两个月来就是她像从别墅凉台上赶走脏兮兮的猫一样把他们俩不停地赶出来,此时她正往自己那丑陋而外翻的嘴唇上抹一层新的口红。安娜转动电话机上的数字盘,冲听筒里的人大喊:

"弗拉基米尔·伊万内奇!请你晚上脱了裤子再睡觉!——看来,我们还来得及喝上一点庆祝节日。——没准儿,您能为我们找点吊绳和钢丝的活儿?"

为什么安娜会问起钢丝绳的事儿?因为她听见了一些轻微的声响,极其含糊的字眼,是隔壁桌子上的女人小声念出来的——她怀孕了,看不清样子,脸贴着纸,在上面使劲写着……

听见安娜喊出的问题后,这个女人抬起头来,仔细端详着他们俩。看得出来,他们让她感觉很不错:非常年轻有力,充满了蓬勃的朝气,换句话说,并非无精打采。

"孩子们,"她说,"有一个现成的节目你们想要吗?空中绳梯。"

她满是斑点的脸上洋溢着一种很光荣的表情,又小又肥的双手不停地扑腾,仿佛在空中寻找着平衡。

"所有人都聚集到这间屋子里来了,排着队,人挨着人,就好像这里是改变命运的中转站一样。而我却在职业生涯到头的节骨眼打算生孩子了,"柳芭如是对他们说着,"这就是实际情况:什么时候要生了,什么时候我就决定退休。退休金是按工龄来计算申请的,我已经当了很多年节目指导了,现如今呢,尽操心婴儿被和尿不湿了——看,这就是我们的器械。"

"孩子们,"她情绪高涨地扑腾着双手,"拿去吧,别客气!我们的节目安排很棒,还是以家庭为单位的,非常成功,多少年来都没人摔死过,只是有受轻伤的……"

这姑娘询问钢丝绳的举动真是太及时了,正合我意!说明她既有决断力,又有着对高空的痴迷……我正想把这些器材传给一个认真而可靠的人呢!

而阿尔宾娜·康斯坦丁诺夫娜还在节庆日前的大厅里努力展现自己的善意,在对话中用她那艳红的嘴唇保持着慈母般的微笑,甚至假惺惺地答应"会将您的意见与购买道具的资金支持一并进行考虑的"。

就这样在一天之内——什么一天之内,简直就是几分钟内——他们拥有了自己的节目,还成了一整套演出装备的主宰者——有器械,有服装,还有搭档。

这些器材显得笨重而低矮,非常的原始,演出服也是过时的。他们当即解雇了一个酗酒的女搭档,而第二个叫古尔娜拉的三十二岁女人,早已懒到了"随波浮沉"的地步,只知道自己那点拙劣的技巧,毫无意愿排练新节目。可这两个新来的高空钢丝演员却爬得那么高,冒着这么大的危险,还带来了新的动作技巧,为的是把生意做起来!而这便是他们的追求——高一点,再高一点!高空,惊呼,天空,轻盈,无底的深渊……

他们用所获得的器材勤奋地排练。走钢丝是个胡夫金字塔一样古老而传统的项目，表演动作众人皆知：两人分别站在高台两侧，下面的拿着平衡杆向对面的高台走去，上面的人从"梯子"上降下来——这是种悬空的梯子，人可以攀在上面，站在横杆上，列好队形，直接在那里摆花哨的"造型"即可。

节目中包含复杂的技巧：有"德莱卡"——由三个演员叠罗汉，还有"菲尔卡"——是四个人的。可观众能从这种搬运工一般的表演中得到些什么呢？"都是些破玩意儿，"安娜不断地说，"无聊，无趣，演了成千上万次了……"

他们呢，他们憧憬着更高的高度和更大的摆幅、出其不意的特技，幻想着观众双眼紧盯，手心冒汗。经过一年的沉寂后，他们终于在这离地不远的简陋器械上重出江湖。

而两个人看起来就像是为钢丝表演而生的。尤其是瓦洛季卡——他体态优雅，平衡感极佳！一些有名的大角儿开始招徕他，欲与之合作，就连沃尔让斯基都亲自发出了邀请。

瓦洛季卡拒绝了。他们决定做自己的节目。自己干。

不知为何，最近几个月安娜总是回忆起日里扬大街的小花园，小时候她常被领去那里散步。回忆里会出现秋千，但不是慢悠悠地荡小船，要不是胆小的波琳娜管着，她能吓人地荡到整个人都快要翻过来的高度。还有那块简陋的、被固定在铁杆子上的座板。孩子们坐在板子边沿，蹬着脚，一会儿飞出去，一会儿落到地上……座板韧性十足，都被压弯了——经常是每一边都坐着两三个孩子——可它从没被坐断过。日里扬大街小花园里的这块普通座椅板让安娜心绪不宁。

一天,她与瓦洛季卡排练结束后在小卖部坐下来,嘴里咀嚼的面包夹着橡胶一样绵软的黄油。安娜沉默地盯着窗外,马戏团的空地上,工人正从装满建筑板材的卡车上卸货。

"你怎么了,有心事?"瓦洛季卡问。面对她这种无声的沉思,他总是感到些许畏惧。

"没什么,"她回应道,"只是,脑袋里总有一样东西在转,甩也甩不掉,今天一整天都在我脑子里挥之不去。这东西形状很普通,就是……一块板,就像……那个大叔卸下来的一样。"

他循着她的目光向窗外看去,远处有个卸货员正将一块板放到另一个同伴肩上,根据后者的手势及激烈的唇部活动可以判断,他正在忘我地骂街。

"你想说什么?"

"我在想,我们是不是该……突破那条天际线,有所……颠覆?"

"什么?什么天际线?"

"就是走钢丝……是不是该想点新花样?重复别人的东西真没意思。"

"那你是想——"他笑起来,"踩着它跳到外太空去吗?这些技术动作早就生锈发霉了,跟这世界一样。一千年前人们就踩着钢丝翻跟斗了,人们老早老早就把动作都想完了……"

"是啊,可不是吗……"她表示赞同。吊在巨大的栗子树下的秋千,空荡荡的座板升上去,又落回来。孩子们坐在上头时,一会儿把双腿绷直,一会儿蹬踏地面,双腿绷直,蹬踏地面……

"走,抽根烟去。"

太阳烘烤着这块空地。三个工人卸完了最后一批木板,其中一个站在卡车翻斗里传递木板,另外两个把它们扛到墙边,砰地扔在地上。这是一批六米长的桦树木板，装修用的，兴许吧。

而此时安娜就像有无数蚂蚁在背上爬一样激动起来。她突然看到了自己别出心裁、技惊四座的新节目：在那高空中将一块木板慢慢地升起来，升到场地之上，横架在钢索上。天顶的镜面球体里撒下迷人的"雪花"，两个演员在木板上浪漫地摇动着，此起彼伏……钢丝上架木板？！胡说什么呢！这是送命的节目，两秒钟就结束了——随之而来的是漫长且隆重的葬礼……

等工人们卸完货离开后，安娜走到木板堆前仔细打量着，爬到一块木板上，用脚跳着测量长度。

瓦洛季卡眯起眼瞧着，想弄明白她这是在干什么。她闲不住的脑袋里又生出什么点子来了？然后他还是把烟头一扔，过去帮忙了。

他们挑选了最长的木板中相对平整、没有节疤的一块，拖到演出场地，横架在护栏上。

巧的是宁卡出现了——这个安娜的大学同学、好朋友，当时正在忙着排练，准备一个稀松平常的平衡技巧节目。安娜和宁卡在木板两端坐好，像两个小女孩一样摇起来。木板韧性十足，两端下垂，但是撑住了。她们招呼场边服务生过来，还让瓦洛季卡也坐了上去……而木板依旧撑起了所有人，没有断裂。好家伙，没有断裂！

仅仅几分钟后他们便开始激动地争论起来，回去的路上他们研究着该如何把板子横放到钢丝上。

"在木板的平衡中心和两边站立的位置都刻上一道，"安娜说，"挖一条凹槽。这样在观众面前就不用现找平衡了，一摸就能直接摆好位置。"

他们就这么争论着，研究着节目的细节……

一开始瓦洛季卡和安娜在贴地的钢丝上进行试验——没有成功。他们没能找到平衡，很容易倒向一边，这让他们举步维艰。

　　当时杂耍艺人维尼亚·塔拉修克正安静地在一边抛着自己的球，他走上前来，没停下手上的活儿，从几颗球飞快运转的轨迹中能窥见其下巴的开合，他说的是：

　　"两个演员要有相同的体重……"

　　于是宁卡就加入了他们的节目，成了他们接下来一年中可靠的搭档。

　　他们没日没夜狂热地排练着，就像几个疯子。钢丝越拉越高，越来越危险。闪亮登场的跷跷板慢慢地升起，悬在场地上空，他们展翅翱翔在马戏团顶棚之下……这是你不敢想象的危险飞行表演。

　　在里加的首演可谓空前轰动。他们被邀请再加演五场，这在当地马戏团里是从未有过先例的。经理伊戈尔·彼德洛维奇这个油腻胖子上气不接下气地赶到衣帽间，握着他们的手不停地说：

　　"哎呀哎呀！我在马戏团一辈子都没见过这样的表演！"

　　他们摇荡着自己的跷跷板，上上下下，上上下下——在那令人生寒的高度，在虚空之中，在摄人心魄的光束环绕中表演。他们马不停蹄，从一个城市到另一个城市，从一个演出地到下一个马戏团，从一个国家到另一个国家，飞驰在天空之下……

热内维耶娃？我已经告诉您了，罗伯特，她是个好姑娘，真朋友。这就是全部实情……

安娜去蒙特利尔的时候总会在她那里住。她在蒙特利尔能待上好几个星期，尤其是例行演出的时候。她很喜欢蒙特利尔，热内维耶娃那儿就像她的家一样——房顶上有一个狭小的斗室，是非法建造的。市政府多少年来一直发来写在官方用纸上的严厉警示：赶紧拆除，否则就……不过这种事，你懂的，推进太慢……我真希望热内维耶娃的这间卡尔松①小屋能永远留在那里。

而且，要想上阁楼就只能出门沿着盘旋的楼梯向上，那里有一扇小门直接通向这片屋顶的小天地。我可没开玩笑，那真是片小天地，虽说才八九平方米，但有折叠床，墙上还固定着小桌子，一个凳子放在下面，帘子后面还有个厕所——俨然一个自给自足的小天地。安娜爱死这个小窝了。她也确实管它叫"小窝"。

而且我也说过，她对热内维耶娃的鹦鹉有着深厚的情感，就是那只叫霍华德的鹦鹉。相信我，只要安娜一出现，它就安静不下来了。她把它放在肩上，抚摸着，梳理它脑袋上的毛，而它呢，舒服得直翻白眼……它还会用赌场老千那种沧桑的鼻音腔说话："安娜，小伙子……来亲一口！"为什么是小伙子？鬼知道是谁教它的。安娜始终认为，鹦鹉不是鸟，而是一种类似精灵的生物。尤其是非洲灰鹦鹉，它们简直是聪明的滑头！当你听见它是如何回应你说的话时，就会目瞪口呆了。

---

① 卡尔松：瑞典作家阿斯特里德·林德格伦创作的文学人物，居住在屋顶的小阁楼中。

正是霍华德救了安娜一命……想象一下，这只鸟是受到了何等惊吓、经历了怎样的恐慌才会对自己的主人进行攻击！不可思议！我从没听说过这种事！鹦鹉总是护着自己的主人，比狗还忠诚，而这只却……想想这铁一样的鸟嘴啄在她脸上和手上的场面！……热内维耶娃的手不会有什么问题，铸件师的手都异常强壮。我亲眼见过她用锯子把石膏人像锯开，锯得那么平顺，大气不喘一口。

再说这只鹦鹉吧。多么痴情的鹦鹉，对吧？它像个骑士一样战斗！从那以后她脸上就留下了伤疤——就在这里，眼睛旁边，像挂着一滴泪。

不……我不想提起这个悲惨的故事！相信我，热内维耶娃本来就很瘦，而自那以后，安娜离开之后，她就完全成了纸片一样。不能跟她提安娜的事，一提就立刻掉眼泪。她变得很敏感，这个小可怜。哎，您已经审过热内维耶娃了吧？您见过她了。她是个开朗而坚强的人——当她头脑清醒，一个人的时候。不，我没有自相矛盾。热内维耶娃——这个纯正的布列塔尼人，他们都是花岗岩做的，就像孕育他们的土地那样。她是无辜的，没有任何过错。

这个话题是我最不情愿提及的，科勒先生。安娜也很抗拒此事，她承受了太多压力，总是郁郁寡欢，要是有个不识相的蠢货偶尔从某人那里知道这事，或者暗中打听到什么那就不好了——您知道，她不可能一直隐瞒下去。所以，每当有好奇的蠢货开始像询问算命先生或者手相大师那样，半开玩笑地问一些问题时，那就完了，她会破口大骂，用我们马戏团这行里的黑话骂他……她开始变得很吓人，而且完全没有征兆，按现在的说法就是，无动机的行为。

我当然明白，我明白您是为了案子……可这有什么帮助吗？这只会吓着其他人。就连我自己也不是一下子就明白过来她的特殊能力，即使那时候——年少那会儿，她会时不时地在一些小事上卖弄这种天赋。她喜欢让人陷于迷惑的境地，又不做任何解释。是啊，这又能怎么解释呢？

记得当时在玉米地里,我自己都吓得不知所措了。

我们的好伙伴,看守员和庇护者帕纳斯·雷迪科,怎么说呢……有一天晚上他正吹嘘着自己的家庭。他有个妻子,"多么乖巧,多么顺从!只要我一进门,喊一声就来……"这时候安娜在我耳朵上方学着他的声音大喊一声:"娜塔莉娅!"

老头子一开始还挺高兴:"没错,猜对了!"于是她并没有收手。得继续吓吓他,对吧?唉,当时年轻、欢快,两个人又在热恋,她就像刚打开的香槟一样,是不达目的不罢休的。就这样她把他所有家人的名字都报了一遍——儿子叫什么,女儿叫什么。当然,小女儿的名字出现了点错误,应该是妮娜,她说成了莉娜……老头像死了一样眼睛直勾勾地瞪着她。安娜还哈哈大笑:"怎么了,帕纳斯·叶戈罗维奇,您是不是觉得我像古时候天上飞来飞去的巫婆?请您半夜来一趟吧,我带您去女巫夜会走一遭!"

她哈哈笑着,像个神经病。

话说回来,玩笑归玩笑,老头子之后再也没来找过我们。没错,第二天她就突然走了。她做了一个有关妈妈的噩梦……但我现在要说的是另一件事。我自己的事。对于这种荒诞诡异的离奇事情我同样是一点都不觉得可乐。虽然我是个傻瓜,还是个恋爱中的傻瓜。我无法理解,但是能感觉到这种无与伦比的天赋对她是多大的不幸。

后来,学校里一个女学员遭遇了不幸,而安娜已经提前告诉过她了,想挽救她……这都不重要了,事已至此——最要不得的是,所有人都疯了似的开始躲着她,像躲一场瘟疫,在背地里说她的坏话……就是从那时候起我意识到,这辈子应该保护她,让她远离这些恶人恶语。当然,也要远离另一个她自己。

怎么跟您说呢……这跟我们的职业毫无关系,并不是排练好的特技。

这是种脆弱的、危险的……还有些恐怖的天分，根本说不清楚。这涉及太多因素：她的情绪，自我感觉……跟谁在旁边也有关。更玄乎的是，她对自己的情况也并不是全都清楚，不知何时就会冒出些新的状况来。比如有一次演出前，她就着实吓了一跳……长话短说，她把梳子丢了。我们那会儿就坐在更衣室里准备出场，正化着妆呢。她那一头乱毛真是没法形容，不用梳子无论如何也登不了台。她披头散发地坐着，把那些贵重的头饰搁在一边，静静地、一动不动地望着镜子里的自己，仿佛要用眼神把镜子移开……天哪，她在镜子面前静坐真让我讨厌！我很着急："喂，你磨蹭什么呢？很快就上了，活动活动啊。"门突然开了，丑角演员基姆·杰维亚特金进来了，而那把梳子从他的裤子口袋里掉出来，正好落在她脚边——一把小小的、脏兮兮的、有三个缺口的梳子。

安娜慢悠悠地弯下身子，把梳子捡起来，恍惚地说："谢谢，基姆舅舅。"

而他对此做何反应呢："什么谢谢？这又不是我的……谁掉在这儿的吧。"

请相信，我当时的想法是不能放她上场表演——我们的工作不能差之毫厘，平衡感不仅靠身体，还需要良好的精神状态。还有五分钟我们就要上钢丝，可她坐在那里，慢悠悠地用那把梳子梳头，还用那种目光看着镜子里的自己——我简直无法描述，沮丧，痛恨……您能理解吗？

这种事情经常发生，比如我们去某地演出，安顿下来……有时候正巧赶上认识的朋友也出差了，那就有机会住在他们的空房子里。我们进门，打开行李，冲个澡，忙这忙那的——这个丢三落四的家伙突然开口说忘带指甲刀了，然后她就走进另一个房间，打开墙角五斗橱的第三个抽屉，从一叠别人的信件下面把指甲刀拿了出来。

诸如此类，其他人只能看到表面，而她能透视整体。毛线缠在一起了，打成了死结，可她却能在一团乱毛里看到清晰的一股线，然后一下子就解开了。

她还不用买票就能出入任何场所。她是这么向我解释的：只要她身上没有任何能引起注意的东西即可。比方说，香水味、发光的宝石、石头，她提醒道，这些都很危险，尤其是矿石。后来，过了很久很久，当我回忆起那些"摩托车假期"里我们去文尼察，在皮洛戈沃村附近一个茂盛的果园偷苹果的场景时，才突然意识到哪里不对。那里有个咳嗽得厉害的老园主，拿盐巴当子弹虚张声势。他走来走去，朝你喊几声，然后打几枪。安娜让我留在篱笆外面，自己翻身过去，摘了苹果扔给篱笆外面的我。她都没做任何隐蔽，可老头只朝其他小伙子开枪，大吼着，挥动着武器……他看不见她！看不见！

然后我就跑过去问她有没有伤到，疼不疼。有些时候，尤其是当她累了或者病倒了，她会突然开口说些什么。就像偶然间开启了珍贵的宝盒，从里面静静地滚出一小颗亮闪闪的宝石，边角闪烁的光芒微微颤动……

在塔什干的一次巡演中她得了流感。确切地说并不是流感，而是……发生了一件可怕而蹊跷的事。哎，也不是很可怕，这在马戏团里是司空见惯的。我们这一行会有很多动物死掉，都是些痛苦的回忆。有时候我会梦见过去生活中的一些场景，比如海狮们被关在特别闷热的笼子里进行运输时，它们哭泣的样子。

将野生动物装在货车里从一个城市运到另一个城市真是残忍！知道是谁负责运输吗？两个只顾自己吃饱喝足的家伙。运送条件简直恐怖，尤其是冬天。要是干草着火烧没了，那就是死路一条，动物们就只能冻死在路上。再比如说，去美国进行巡演，要从海路运送动物。同样，旅途没什么舒适性可言。负责运送的又是两个工作人员——外加一个契卡来的，为的是防止这两个兔崽子在港口走错路……老实说，这些工作人员才是真正的野兽,而动物不是。

太阳马戏团的盖·拉利伯特就是个好样的,从来都拒绝做杜洛夫爷爷[①]和其他马戏团虐待狂们一直在做的勾当。曾有人预言他的马戏团将赔得一败涂地:马戏团是不可能没有动物的!可他还是让太阳马戏团成了全世界最好的马戏团。

我说到哪儿了?对了,塔什干的事儿。那里有个魔术师——平庸,一无是处,节目也很丑陋,表演结束后他还忘记把两条小狗牵出来,只顾自己在外面溜达、吃喝。小狗们被压在最挤的小槽里一直到天亮,自然,它们被闷死了……

什么?充电器是什么?这是一种魔术用的箱子,里面有隔层。表演前要给它们"充电"——就是演出前的准备工作,到时候只要一按按钮——动物们就会自己溜出来,跑出来,飞出来……还有一种情况,我们把安装演出用的道具也叫作"充电"。比如我们会这么说:"喂,同志们,走啊,去充电——把道具都放到高台上,安全绳系在需要的地方,把扇面铁架吊起来,配重升起来,把高台的支架撑起来。"这都是我们钢丝表演的工作。总之意思就是把一切都准备好,不留纰漏。

再说这些动物们。您知道"人道主义驯兽法"这个说法吗?塔什干的人们对待动物可要比在马戏团里残酷多了……真是闻所未闻!我把一切都看在了眼里,所以能说出个一二三来。当驯兽师和助手们用宽厚扎实的皮带从两边拉扯着把狗熊从笼子里牵出来时,老远处就传来了叫喊声:"抓紧了!"然后所有人都躲得远远的。您知道,熊虽说是最危险的野兽,比狮子还厉害,可它从来都没表现出要发动攻击的样子。况且要是熊跑起来,大家早就扭头逃命了,哪还顾得上喊话,它能把任何栅栏都撕碎了。

---

① 杜洛夫爷爷:指莫斯科杜洛夫动物剧场,该剧场也被称作"杜洛夫爷爷街角屋"。

再说那两只小狗吧。我从没见过安娜那样。毫不夸张，我从小到大都没见过她那样！她朝它们扑过去，简直就要飞出去了！恶狠狠地气愤地嘀咕着什么……我们好不容易把她拉开，当天她就发高烧倒下了。晚上我在她身边睡下，她身体滚烫，辗转难眠，语速很快地嘟囔，讲述着什么。我呢，给她喂了两次阿司匹林，让她喝蜂蜜热茶，用伏特加把她整个身子都擦了个遍，好散散热。我们正好有演出，生病了可不好。第二天就要上场走钢丝了，她却这么垮了。

当时她躺在我怀里，呜咽着告诉我，小时候有一天，在他们院子里，她把一个叫卓依卡的姑娘给揍了，因为她是个长着癞子的小偷。卓依卡从阿丽莎的瞎眼外婆菲拉维尔娜那里偷了点东西，就在他们的厨房里，在她眼皮子底下。总之，安娜打了那个小偷，而自己却立刻倒在了厨房里。阿丽莎不得不跑去把安娜的父亲喊来，让他抱着她回家了。

如此一来她就知道，自己不能向别人挥拳动武，这会让她内部那些镜子碎裂成小块，四散飞溅，而恢复的过程异常缓慢。

可说这个也无济于事。我知道她身体的每一个私密角落，每一处胎记痣痕——她右耳后就有一颗又小又圆的痣，我亲上去，她就会痒得哈哈笑……但我看不透她脑袋里在想什么。看不透。

您还以为我过得很轻松吗？您以为，与一个能把你脑袋里的想法看得一清二楚的女人同床共枕是件很惬意的事吗？尽管这也有好的一方面。她很自信，能将你控制住。没错，她能控制你，就是字面意思。我跟您讲个事儿吧。

我们的节目单中有一个在倾斜的钢丝上表演的惊险项目。钢丝很长，两头能够形成很大的落差，从十二米的高度开始按一定角度上到十七米，甚至更高……

我手握平衡杆踏上钢丝，停下来，用黑布蒙住眼睛，松开保险绳，然后继续摸黑前行。当然，也不是什么都看不见，能看见一个光点——我们会在对面高台上用聚光灯做引导。在行进一段时间后，假装踩到什么滑了一下，一只脚踩个空，观众席发出一阵惊呼，而我继续以凯旋的姿态向对面高耸的台架走去。于是，在这几分钟时间里，安娜会站在高台上，目光一秒钟也不从我身上挪开。她用目光支撑着我，我能感觉得到——这是生理上的支持，整个身体都能感受到。仿佛在身体内部，在脊椎的区域又生出一条平衡杆来。可有一次在新西伯利亚……

她总说，不该把角度拉得这么大，而我这只倔脾气公羊坚持要再陡一些，再陡一些！这不搞砸了：也许是靴子大底被刮铲划开了，也许是松脂擦得不够……一只脚真就滑了出去，一瞬间我挂在了那可怕的高空。

我一手抓着绳索，一手抓着沉重的杆子——那是一根铝管，两端包着铅制的套环，有十到十二千克重——我可不能把它丢了，它会落向人群，砸死一片观众！我的眼睛还被蒙着，可这时我感觉到了，自己被控制着，被支撑着……我借着肘部和肩部的力量，不知道怎么一使劲，就把布从眼前扯了下来，将平衡杆扔到场地中央，徒手攀爬上了高台。观众们炸开了锅！而我看看安娜，朝向对面高台，意识到必须重新再来。没有其他办法，否则就会失去信心，对于钢丝演员来说没有比失去信心更可怕的了。那一刻，您知道吗，我只有一个想法——下去。爬到更衣室，给自己盖上一层土，像那条狗一样死了算了……可我看见她面色凝重，眼睛一动也不动，里面闪着绿火……"再走一遍！"她无声地对我说，"走啊！"

我重新踏上钢丝。观众们喊着："别走了，别走了！"检票员受不了了，猛地把节目单朝地上一摔，跑回休息室了。全场安静下来，仿佛在田野里，听得见空气流动的声音……在我下方，还有一条紧绷的倾斜的钢丝，要是掉到那上面，会直接被切成两半。情况就是如此。而她支撑着我，我知道，她支撑着我……终于我顺利地走了过去！这是一场胜利！

不是我的，而是我们的胜利，知道吗？

我再要一点度数高的，您不介意吧？我今天晚上很闲，该睡个好觉。

"Месье！Месье？Месье, сан грам дэ уиски, силь ву пле."①

好了，我说到哪儿了？说到和她相处不容易，这还是往轻里说的。您要知道，她的话永远都不会错，而且也没什么幽默感。她会一下子把当时的想法说出来，让对方哑口无言。我总得请对方消消气吧——可再怎么打圆场，我也没外交官那样的能耐啊。但就是这样我们也过了好几年。活着就得和人打交道，就必须会学会嘴下留情，可她呢——不会！跟您直说了吧，照大家的话来说，她就是不"nice"（友善），不讨人喜欢，按照现在的说法，是个"不让人舒服的人"。这就是我和她生活中缺少的东西：舒服。缺少这个词所包含的方方面面。

我甚至无法想象，当一个人能阅读对方的思想、完全清楚她的同事还有朋友对她抱有什么看法时，那会是种什么样的滋味！她的感受是怎样的？谁要是知道她有这种天赋，跟她交流时准会变得极其别扭。更何况，即便她内心对别人毫无恶意，一心只想着分内的事，可谁又乐意任凭她来主宰自己脑袋里的想法呢。

她的这种天赋，一辈子——没错，一辈子都没为她带来过一丁点好处！一丁点也没有！

不对，我弄错了。有一次她同自己唱了反调。不过当时也是不得已而为之：她父亲在基辅快去世了，她知道——她感觉到他要死了。但在乌克兰大使馆她却和一个不给她发签证的混蛋女官员大打出手——在亚

---

① 先生！先生？先生，一百克威士忌，谢谢。（法语）

特兰大,安娜因为马戏团的事务与相应法规产生过冲突……

不过当她意识到父亲已经不剩几个小时后,便主动去找了那个贱人……并对她做了一些什么。具体做了什么我也无法跟您细说了,不过请相信,她那双海洋般的眼睛能借助意识将你拽入深渊,能将任何意志都消灭于无形……随后那个大使馆的女人就把所有文件都签了字,盖了章,动作麻利得像只母鸡。安娜向我提起此事已是两个月后了,她回到基辅时,父亲已经下葬,我也拍完两个短片从莫斯科回来了。于是,关于此事她也只是稍稍提了几句,因为那撕心裂肺的哀痛还缠绕着她,我也不忍再多作盘问了。

可越是往后,人们就越疏远她……直到最后,她整日里、整周里,甚至整月里都觉得自己像个麻风病人一样在人群中被孤立起来。

唯一对她毫无芥蒂的是谢尼亚。有一天他对我说:"我这灰草堆下面的脑瓢里装的啊,"说着他用手指敲敲头顶,"装的只有爱。它就像陈年旧货,时间太久以至于都不用上税了。"

我已经跟您说过,有一天我和他在拉斯维加斯偶遇了。那是在七年前。

我和太阳马戏团签约飞去那里,对两个新学员进行培训,他们是水上表演的替补队员。您要知道,那可是大名鼎鼎的"O 秀"。而他在那里待了两个星期,同自己的乐队进行巡演。

我在"贝拉焦"酒店的酒吧里看见了他。他一个人坐在小桌子后头,喝着酒,自己冲自己笑着……

那时候我已经不害怕同他见面,也对她不再动杀心了,因为我知道,即使杀了她,我自己也会紧随她而死去……虽然放弃了杀她的念头,那么杀他呢?都这么多年了,何苦呢?当时我也想通了,他不过和曾经的我一样,都是她的选择罢了。

于是，我就走了上去，我们一起在酒吧喝了一杯，又回到他房间里，迷迷糊糊地喝到天亮。我——什么？您知道，我可没跟他和解，不可能！她抛弃了我，把我从她的生活中丢了出来。甚至都不是丢弃，只是忘记了而已，就像酗酒放荡的母亲把自己的孩子遗落在车站，自己随便坐上一辆电车，哪里有酒肉朋友招呼，她就上哪儿去⋯⋯这种事在她生活中时常发生，她就是这样把自己的父母抛在脑后的。母亲因为她而疯了，不正常了，痴呆了！而父亲呢——这个优秀的男人，孤苦伶仃，可怜他一个人来到莫斯科，还希望能说服她，把她从学校带回去。"纽塔，"他哀求着，"纽特卡，为了玛舒塔你就回去吧！救救玛舒塔，我的女儿！"可她呢⋯⋯她就这么看着他，难以形容那是什么眼神⋯⋯就像是远远地、若有所思地望着一个多年未见的人一样，您能想象吗？就仿佛他只是人群中的一个，跑着跑着消失在了远方的某处。她平静地回答："没用的，爸爸，什么都不会改变。"那张脸⋯⋯像死人一样，决绝得仿佛已经认了命。农村里也能见到一些女人常带着这样的面色，将自己的三个孩子一个接一个埋进地里⋯⋯那双眼睛——眼皮下像被寒冰划伤了，哀切地泛着绿光！您要知道在那种情况下，想要劝说她都变得很可怕，我索性出门了，下楼，到院子里抽根烟。我想，就让他们自己解决吧。

而现在呢，每当彻夜难眠的时候，我就会想，她能预知自己将遭遇什么，将承担什么，这种感觉谁能体会，谁又能完全感受到呢？我们那些毫无建树、毫无裨益的未来，一个个全然失去意义的生命尽收她眼底，可她又是如何拖着这种重负前行的呢⋯⋯

至于我，我本该跟着她去往任何地方。只要她开口，去基辅那就去基辅，去北方那就去北方，去沙漠，去沼泽，去天上——只要她开口⋯⋯

可现在说这个还有什么意义呢！

我讲到哪儿了？和谢尼亚在拉斯维加斯，大喝了一场，那是一九九八年……我无论如何都想知道，她为何就抛弃了我这个年轻、有力，这么多年和她一起苦过来，和她经历了一切的男人——我们有过真正的亲密，有过危险、伤病、成功，我们的身体完满地接触，完满地结合，无论在享受中，还是在险境里……可她就这么抛弃了我，把我从她的生活中丢了出来，反而如此依赖一个年老色衰，永远不修边幅、忧心忡忡的流浪乐师？除了极少的相会、酸涩的书信和那虚无缥缈、未必长久的爱情外，他什么也给不了她……

而他呢，您可知道，他无论喝多少都不会醉，千杯下肚也能挺着。音乐家在这方面不比马戏团的人逊色。说话也显得……很斯文，很讲究，毫不含糊，就像是在给研究生讲课一样……所以当时，就在万恶的拉斯维加斯，在那个沙漠环绕的奢侈现代的美国都市里，我跟他聊了整整一夜。

您真该听听他那些观点……能把人活活憋死！比方说，他坚信她是天使。搞笑，不是吗？指的还不是那种天上来的天使，依他说的，是她生下来就有某种特性，能介入人们的意识当中，类似大天使……和其他这一类的天界使徒。人们信仰他们，因为这种存在会时不时地降临大地，在人间显现。比如，基督……您信教吗？我是完全不信的。请原谅我的无知，不过，她确实能做许多事……基督做过的事。能不能起死回生我就不知道了。确实，这种事没有过。可她自己倒是装死过——就那么随便一躺。没错，以假乱真的程度能吓得您急忙跑去给丧葬办打电话，都不带一点迟疑的。

哎，看来我有点胡扯了，先是天使，后是尸体的。愿逝者安息。不过话说回来，这种特技——它叫作"活死人"——过去在俄罗斯的集市和展会上有表演。是的是的，我们在马戏团历史课上学过，埃尔卡，也就是埃丽娜·雅各夫列夫娜·波德沃尔斯卡娅教我们的。表演者要进入深度昏迷状态,降低体温,变僵硬,呼吸缓慢到几乎察觉不到的地步……对此,自己需要有足够的勇气和一定的能力。知道谁也会做这个吗?隆戈老爷子,那个魔术师。他来我们学校的时候已经是个迟暮的老头了。这个隆戈会的可多了:用钢针把自己的脸颊穿透,把剑插入自己的喉咙,甚至还会把眼珠子抠出来,用小勺子在面孔边接住,诸如此类……当他把这项"活死人"的把戏展示给我们看后,安娜一连好几天魂不守舍的,坐在那儿不断练习,一练就是好几小时。最后她学会了,真是太倔了!她还真的吓过我两三回,差点把我吓晕过去。

唉,可惜,您没能听听谢尼亚那漂亮的演说!他讲的什么我已经记不清了,反正有什么斯宾诺莎,有什么黑格尔,还有什么……他嘴里一套一套的,仿佛全是他自己说的一样,讲得还挺自然,很在理。"人类啊,"他说,"一辈子挤破了头都想使劲变成造……造物主"——我没拼错吧?"可恰恰相反的是,造物主却竭尽全力,只想变成普通人。您知道这算什么吗?这就是'我将主的面容归还'——我主上帝!"

不管我是否情愿,都得相信,我是同天使一起度过了十年。更何况我还惦记着她睁开眼时那双闪着光辉的明眸。她就像在瞭望那被遗忘的地平线,目光追寻着飞逝而去的自己的……洁净如碧空的苍翠!可突然间它们暗淡了,暗淡下来,其中布满忧愁……好几次我都窥见过这种情绪的激变。不瞒您说,拥抱着一个如此惆怅的灵魂并不安适。我是该放手的,只不过——怎么放?放她去哪儿?

谢尼亚呢——他的痛苦未必会少。"告诉你吧,"他对我说,"知道她心里有多窘迫和为难吗?因为她不安于现状,所以抗拒和疏离。在这一点上,"他说,"就涉及视野的大小了。这么跟你讲吧:蚂蚁能看到多远的地方?老鹰呢?所以蚂蚁只是把碎屑运回蚁穴,而老鹰则在寒冷的高空翱翔。"他接着说:"你认为老鹰会爱上蚂蚁吗?它只会怜惜它,因为老鹰能看尽蚂蚁通往蚁穴的整条路,它能看见蚂蚁踏着游客般兴致勃勃的步子,嘴里哼着欢快歌谣的样子——那是一首林中日光曲……"

我当时醉醺醺的,就全信了。相信自己同天使生活了十年,相信她被派到地上来与我相伴,然后又被召唤走了——乱七八糟的,够了。现在呢,我这身贱骨头,就一个人过吧,好好想想,我还有什么,我都失去了什么……有时候,尽管很痛苦,但我还是会想,也许她通过我,通过马戏团的马车辗转,通过那终日里四处奔波的辛苦生活只是为了得到谢尼亚?我记不清了,《圣经》中是不是也有这样一个男人,为了自己唯一的爱情而七年又复七年地辛苦劳作?

有时候,我就像幡然醒悟一样心想——天哪,这一团糟的生活都是为了什么:马戏团,到处漂泊的团队,永远醉醺醺的旅伴和搭档,顶着风险和恐惧赚钱……到最后却落得一个人在加拿大。这是为什么?这一切都是她给我造成的。

另一方面,我觉得——自己还能怎么办呢?我本会像老爹一样变成个醉鬼,是她拉着我的耳朵,使劲拧着,把平衡杆递到我手里,催我上钢丝:"前进,要凌驾于生活之上,凌驾于大地,驾驭!……永远都必须驾驭一切!永远!"

就是如此……

后来谢尼亚蔫了下去。我以为他睡着了,可他突然抬起头,含糊不清、忧郁地说:"或许还能提这样一个问题——他们之中谁更幸福呢?回答你的将是深邃的天空中隆隆不绝的冰冷苦痛的回声。"

是……是的,这句话我记得很清楚:"深邃的天空中隆隆不绝的冰冷苦痛的回声。"

他们没有直接抵达基辅,而是先跑遍了中亚,去了乌拉尔,远东……总之,这并不说明演出管理中心对他们的态度由热情转向了放任,而是中心越来越少地满足各个马戏团经理的诉求了。这些经理只会不断地申请让"斯特雷列茨基夫妇钢丝表演"来自己的马戏团演出。

所以,直到一九八六年四月他们才来到基辅。

基辅城发生了很大的变化。以前的商业公园改名为少先队员公园,一尊乌俄友谊雕像立在引导散步人群通向开阔的观景台的道路当口,观景台下方便是第聂伯河的风景,而如今这里立起了一座有波格丹·赫梅尔尼茨基位列其中的贵族群像,还有一个巨大的金属拱门。步行道和中央广场上都铺了柏油,折损了大量的绿化。

不过在巴萨拉贝亚斯卡,一切还如从前那般,长长的集市摊位上摆着从远近各村运来卖的套娃,它们穿着围裙,上面是冬天的厚棉袄,系着鲜艳的乌克兰头巾。蜂蜜、猪油和酸白菜也一如从前地继续售卖。卖肉的用往日里熟悉的腔调一边吹嘘着猪油,一边把用干草捆着烧成褐色的猪皮肉展示给路人,大声吆喝道:"来尝尝这猪油啊,瞧一瞧,真是鲜嫩啊。"

旧公房里的住户早就四散搬到新房去了。吉尔肖维奇一家——据阿丽莎信中所言——在奥伯龙获得了一套三居室的房子。鲍里亚早就娶了个国家广电中心乐队的小提琴手为妻,生了女儿。那个被枪杀的姐姐……布霞的女儿索尼亚赡养着他的父母。菲拉维尔娜两年前悄悄地离世了——像一个圣人沉浸在睡梦中。她波澜不惊地将自己从暂时的黑暗遁入了永恒的黑暗中。

"说不定,是去了光明之地呢?"阿丽莎若有所思地问道。当时的她已经奇迹般地长开了,不仅是因为在费多洛夫诊所成功地进行了左眼斜视的矫正。如今她还会把最新的照片寄给自己永远的好姐妹,照片上的她双眼直视前方,透着胜利的自信。她长开了,要是菲拉维尔娜看见就该说"女大十八变"了:亭亭玉立,发型时髦,全然一个西方成功女性的模样;并且她的大部分时间在比利时、马林城度过,受邀去那里的国际学校教授钟琴课,或是进行演出。她和安娜的外出演出轨迹复杂地相互交错,所以也很少能在莫斯科见上一面。

阿丽莎和丈夫马里克当时还处于分居状态,准确地说是他像流动红旗一样,从一家搬到另一家住。后来他们住在普列斯年斯基要塞大街一幢赫鲁晓夫楼的二居室里。要是安娜来了,马里克就会被赶出去一整天,她们不希望他在一旁碍手碍脚,也不想让他打断她们用基辅方言聊天(他有时候真是脑子不太灵光)。

阿丽莎取消了学生的课程,取消了各种约会,把电话也关了。

安娜出现在门口时,每次都会"啊哈"一声——因为阿丽莎越来越漂亮了。

"我好看吗?"小时候阿丽莎总是这么可怜巴巴地问安娜,可那时候的安娜总是激动地感叹道:

"太难看了!"

她们会一起度过漫长、美好而闲适的一天:先把菲拉维尔娜招牌式的蘑菇馅饼放到烤箱里,这配方还是她小时候从捷克移民区弄来的。然后在厨房里待一会儿,抽根烟,开始热烈地聊起世间的一切,你一句我一句地停不下来,之后就躺在沙发上,懒洋洋地闲扯,直至睡去……又醒来……

"你知道谁也死了吗?"有一次见面阿丽莎问她,"法尤先科老头。说出来你都不信:他画完一场后去浴室洗油画笔,摔倒了,后来就死了。模特跑了出来,光溜溜的身子裹着一块像床单的东西,奶子挂在两边……关键是,他还不想就这么被抬出自己的屋子!还说什么要在市执行委员会门口静坐罢工,边说还边挥着手……这不,还真就永远罢工了。他那顶羊羔皮的帽子你还记得吗?邻居还把他的画都抢光了,就连别佳少校——他已经老成了那样,连喝酒都戒了——也悄悄地从柳波芙·卡兹米洛夫娜那儿顺走了一张裸体画。她发现了以后,还到处散播这件丑事,把剩下的画拿到街上丢了,清洁工看见后捡走了。我也挑了两张纸板底的肖像画,还没有画完,但看上去还不错……等一下,我这就拿给你看。"

她从储藏室里拿出两张不大的没有装裱的纸板,将它们放在椅子上。"我是无论如何不会拿去装裱的,"阿丽莎说,"生活就该随性一点。"

"这是谁?"安娜一边问,一边细致地端详着这两幅肖像,"一个老头和一个男孩。"老头是用赭石色调画成的,背景没有完成,但是脸上又大又刚毅的鼻子、有力的下巴和平静的目光都相当具有表现力。小男孩同样是半成品——袖口处用粗犷的几笔蓝色代替了。小男孩在画中的感觉就像是刚刚坐下来,就立马要跑去其他地方。他表情可爱,光秃秃的脑袋上只留着一绺头发,灰色的眼睛调皮地斜向一边,嘴巴微微咧开笑着。

"根本看不出来这是谁。"安娜说着,咕咚一声坐到沙发上的阿丽莎旁边,两个人沉默地盯着肖像看。"老人那块纸板背面不知道为什么写着'阿尔纳乌特金'① 几个字,也许是他的姓?我知道谁肯定能认出他

---

① 阿尔纳乌特金:即前文中出现的"阿尔纳乌人"。

们——死去的潘娜·伊万娜,她什么人都记得。"

"这个男孩……"安娜若有所思地说,"我知道他是谁。"

阿丽莎高兴地哈哈大笑,一把将她搂过来,朝她脸颊上亲了一口。

"我知道了!"她说,"他已经不是小男孩了,而是个老爷爷……那个角上写着年份——一九五二年。"

安娜鼓足了勇气勉强给父亲打了电话,邀请他来看演出,于是第一天晚上父亲就来了。让人感动的是他买了最贵的票,就坐在第二排,面朝着杂技舞台的侧幕。轻车熟路地结束"斯特雷列茨基夫妇钢丝表演"后,安娜一下子就看见了他:眼镜片反射着舞台灯光,她的心都被牵到了那边。父亲一动不动地坐着,一脸"医生式"的严肃——看得出来,他也相当紧张。

她扬起双臂,在一片欢呼声中停滞着,稍坐片刻,等待观众们雷鸣般的掌声逐渐平息——人们总会对他们夺人眼球的表演给出这样的回应。在这期间她早已朝那镜片闪烁反光的方向瞥了好几眼,要是父亲不把眼镜取下来,她都快被晃瞎了……

她知道,他喜欢他们的节目,非常喜欢。因为这确实是份值得称道的工作,父亲总是对这些事物有很深的理解,他同样喜好这些冒险与勇敢的行为,以及极具美感的"身体力量",对任何肢体上的技巧展现和形体雕琢都异常热爱,甚至推崇备至。

演出结束后,她拜托场务人员斯拉瓦把父亲领到了更衣室。她特意没有换衣服,就穿着演出服、带着妆让他靠近了看看。当他进来的时候,还是那副一本正经的模样,在这个塞满了道具箱的拥挤的更衣间里他得略微弓起身子,在门口他甚至犹豫过要不要挤进去找女儿。

"哦嗬,瞧瞧你……"父亲开口说道。她兴奋地眯起眼睛,朝他扑了过去,他们紧紧地拥抱着,就像回到了她小时候。"我可弄不动'骑马肩'了。"他说。

随后两人激烈——当然,也异常幸福地交流起来!他居然把女儿所有的技术动作都记了下来,也许是想证明自己足够专注、喜欢,也足够震惊。瓦洛季卡永远是那么一个细致腼腆的人,他独自出去了,留下父女俩不停地交谈回忆着,有说不完的话……

但是,他们没有提到玛舒塔,一个字也没提。直到最后安娜自己开口了:

"爸爸……那个……我想看看她。"

他怔了一下,脸上的笑容消失了,思索着什么——看得出来是在想该怎么措辞。随后他就意识到,纽塔可是能够……跟她没必要来虚的。

于是他先是勉强地开口说:

"孩子,你也知道,她现在刚结束长期治疗,待在家里……"可突然又冲自己生起气来,猛地一拍膝盖,"你说呢?来吧!那就来吧!我会安排好的,我尽力……她现在正在缓慢恢复……是的,情况就是这样!"

做出决定后,他又开心起来,说起了医院的事儿:医院无论如何也不肯让他退休,无论如何也不!

"你为什么要退休?"她很好奇,"你还年轻着呢,爸!"

瓦洛季卡回来了,带着小卖部买来的咖啡和糖果。于是三个人又坐了好一会儿,直到父亲突然意识过来,哎哟一声,看了看手表:

"都这个点儿了!"他说,"时间过得真快,我还以为才过了几分钟呢……赫里斯季娜陪着玛舒塔呢,她真是心肠好,明明很想来看演出,结果还是让我先来了。"

"没关系,"安娜回应说,"还能看得到。"

临走的时候,父亲从大衣口袋里掏出一个医院的白色信封,又从里面抽出一个较小的信封来,她一下子就认出了捏在他手里那封信上的字迹。

这世上只有一个人会用这种笔迹给她写信!她赶紧上前一把拿过信封。父亲还在匆忙解释着,说三年前信就寄到家里了,被他藏了起来,以防玛舒塔把它……还说自己老糊涂,竟然把这事忘了。安娜早已经迫不及待地读了起来,眼睛在字里行间扫过,将自己投入到那些精巧扭动的思绪、那团完美的镜像花体字中去,极为巧妙的回环曲折让她回想起自己左手那难以解释的走笔,它在虚实之间挥洒,将灵魂的流离注入这交织的花体字中……

"纽塔,我的小天使!"埃里埃泽尔如是写道,每一个字都在她心底最深处激起一阵甜蜜的哀愁——这个与她身形迥异,内心却极为契合,仿佛灵魂的镜像体的人说出这番话来,竟显得有些奇怪。"不知道你会不会读这封信。我希望你能抽空读一读……"

父亲走了以后,她平静下来,一遍又一遍地读着这封信,一小口一小口地喝着已经续到第三杯的咖啡。她异乎寻常地沉默着,沉思着……三番两次用胳膊抹抹眼角……

卸了妆、换好衣服的瓦洛季卡坐在圈椅里,耐心地翻看去年的《舞台与马戏》杂志,等着她看完信后走到自己跟前,解释一下这个怪胎是怎么回事。当然得解释了!他怎么会像匣子里的弹簧小鬼一样突然间就蹦了出来。他在干什么?靠什么过活?这难道不是很有趣吗?……

第二天是安娜的休息日,她买了一把紫色的小菊花和一大盒糖果,沿着楼梯上了三楼,这里熟悉得闭着眼睛都不会走错。

单元楼不久前刚粉刷过。楼梯栏杆上留有"阿尼亚大笨蛋"这么几个让人绝望的字,是七年级时一个叫瓦洛季卡·斯特雷列茨基的家伙刻上去的,如今被刷上了黄油似的浅褐色的油漆,但是用手还是能摸得出来。

上楼以后,她清楚地预见到自己从里面跑出来的画面,但她已经做好了一切准备,鼓足勇气不让自己打退堂鼓。她在门前站了片刻,来回跺了几脚……一,二,转过身向下走了几个台阶,又重新上来。"就是来看看而已。"她对自己说。于是她铁下心来,像是临上钢丝前那样深呼吸一次,随即按响了门铃……

父亲打开门——他穿得像是要出门,紧张而庄重。他朝她走出来,带上门,压低嗓门说:

"在这儿等两分钟……但愿吧……我去做做工作,但愿能行!"

他进门后,安娜听见他那又傻又洪亮的声音,就像小时候假扮圣诞老人时说的:"瞧啊,是谁来找纽塔了,是谁把小礼物带来了呀?"他的声音总是中气十足又十分呆板。

"玛舒塔!玛申卡……知道谁来看我们了吗?"

沉默。也可能是回话声太轻了。而赫里斯季娜却啊哈一声,兴奋地大叫起来:

"谁啊?难不成是纽特卡现在来我们这儿了?!"

全被她搞砸了。"我的小乖宝贝!"随之一片安静,空气凝固了……

父亲继续中气十足地说：

"是的，我们的纽塔来了。玛申卡，你女儿来看你了……"

嘻，他也不是个好演员、好外交官……可怜的父亲。

安娜一把推开门进去，脱下大衣丢在椅子上。

透过打开的门，她看见了坐在圈椅上的玛莎。她像变了个人：黯淡了，干瘪了，同时看上去……不堪重负。后来当安娜回忆起这次见面时，明白过来为何会有这种沉重的感觉：因为玛莎那张浮肿、僵滞的面孔和不停快速转动的、深陷梦魇一般的幽深双眼。

她走上前去，在玛舒塔面前蹲下来，抚摸着她枯槁的手背，柔声说："玛……我好想看看你。"

玛舒塔无助地望了望丈夫。父亲温和地一笑——这笑容中包含了多少辛酸：

"瞧你，连纽塔都认不出来了，你的孩子？"

这时玛莎用奇怪而颤抖的声音说：

"可这不是她。"

然后她突然坐了起来。安娜也挺直了身子。她看见玛舒塔的脸色慢慢有所转变，沿着双颊生出红晕，像是有激动的情绪涌上来。

"托利亚！"玛莎转身对丈夫说，"你怎么这么天真，上帝保佑……我就知道你被骗了。这可不是她！"

"那她是谁？"赫里斯季娜叫起来，"我真开眼了！"父亲在背后气愤地制止了她："看在上帝分上，你住嘴吧，尽说蠢话。"

"玛舒塔，"他开始耐心地劝导，"我们不是已经说好了吗……我们都商量过了呀，你答应我的……"

"我答应的是见纽塔！"玛莎使劲叫起来，"可这不是她，我看出来了！纽塔她也许早就不在了！而这个，不要脸的，贱东西！从镜子里来的！"

安娜一下子跳了起来,退后几步……

父亲走上前紧紧抓住女儿的肩膀。

"玛莎,玛莎!"他哭着哀求道,"看在上帝的分上,醒醒吧!这可是纽塔,我们的女儿!她现在是大名鼎鼎的演员!你应该去看看,观众们那样高兴、那样兴奋地为她喝彩鼓掌……"

天哪,他这是何苦呢?难道他没看见始终盘踞在那张浮肿的脸上的失魂落魄的表情吗。

"玛……"安娜心如死灰地开口,甚至有生以来第一次喊了一声,"妈妈!"

玛舒塔突然像被激活了,眼睛里闪着尖锐而贪婪的光芒:

"你看吧!"她威严地对丈夫说,"看见了吗?纽塔从来都不叫我'妈妈'。这不是纽塔,这是她那该死的镜像!她把安娜毁灭了,吞噬了,现在又找上我了!托利亚!托利亚!快,打死她!打死她!"

她哭喊着,唾沫横飞。赫里斯季娜从后面抓住她的胳膊,想要控制住她颤抖的双手。父亲赶紧上前,结结实实地抱住这个病人扭曲的身体。

安娜跑向门厅,抓起大衣和帽子,冲下楼梯。她就这么抓着大衣,几乎跑过了一整条日里扬大街。

她越跑越慢,越跑越慢,最后停了下来,披上大衣,但久久没把手伸进袖子里。她将帽檐压下来,深深地吸了一口童年记忆里火车站附近冰冷而有焦煳味的空气。

冬日里阴沉抑郁的天空毫无人性地压下来,让人透不过气。

她的目光死死的,一动也不动。

跟谁在一起安娜才会真正幸运呢，那肯定是宁卡，这个好搭档，宿舍里的好姐妹。她真是一个精明干练的姑娘，每次见她都能让你眼前一亮。她的眼睛不知是用什么做的，能从任意一家乡下商店的废物堆里，从任何一个装满破损万花筒的纸板箱里一下子找到那些还用得着的线圈、玻璃珠串或者截断的链条。她也知道这些东西能在什么地方派上用场——别在胸罩上，或是系在保险带上，让其在聚光灯照射下像宝石一样发亮！节目里的演出服，细节是至关重要的。

一般来说，演出服是在马戏团的合作服装厂里生产的，但要想获得制作许可，就得跑遍各个部门的领导办公室，这可比训练更容易磨出茧子来。

唉，就连制衣的布料也不是你死乞白赖就能弄到的，全都得看人家认不认你。马戏团里到处都需要走关系。

而这个宁卡呢，所有的演出服她都自己设计，自己裁剪。那件镶边的披风做得多美呀！她跑到莫斯科郊外的一个家禽养殖场，在那里搜刮来重达五磅的一大袋鸡毛，活像一团白云。

之后，她和安娜在马戏团酒店里花了两天时间将它们分拣，挑出绒毛……两个人光着膀子坐着，身上沾满了毛，如同坐在飘浮的云朵中，不停打着喷嚏，骂着街，咒骂着生活，一会儿又站起来走到淋浴头底下，随即将身子从头到脚洗干净，用吹风机吹干头发……安娜想出来个点子，把那些一吹就飘走的绒毛粘在橡皮膏上，然后绕在铅笔上。就这样她们做出了好几条蓬松的小绒毛边，宁卡随后将它们镶在了披风的每一条边上。

而那些用作头饰、被粘在柔软的金属片上的白色绒毛，也都是她们用这些鸡毛做的。只要演员稍稍将头往旁边斜一下，它们便会如波浪一般颤抖起来……真该让那些低着头闷声进食的产蛋鸡知道，光鲜亮丽的舞台生涯竟是用它们的羽毛铺就的！

在城里进行首演总是让人呼吸急促，双手发抖，可也总是带来狂热的喜悦。胸口会剧烈地抽搐，身体也因兴奋而飘忽失重。灯光亮起来，音乐响起来，掌声铺天盖地地罩在头顶，就像剧烈的暴风雨中的一阵惊涛骇浪……

出场前的热身活动是在场边入口处的幕后进行的，那里一定会挂着面大镜子。还有出场仪式！在通往跑马场的入口处每个人都要在镜子前从各个角度打量打量自己，摆两三个身段，要知道不一会儿你就得经受那几百双挑剔的眼睛的考验了。

安娜不喜欢这些镜子，它们就是垃圾，搅得她心绪不宁。在这些镜子的内部汹涌翻滚着的尽是虚伪的生命、颠倒的面容。舞台幕后的镜子侵吞并消化了多少谎言、卑鄙、流言、背叛、阿谀。它们映照出了多少假发和垫高的鼻子、燕尾服和晚礼服、浆过的领子、扇子、金丝线、亮光片、廉价的玻璃小球……涂脂抹粉的面颊、粘上的睫毛、勾画的眉毛、鲜红丰盈的嘴唇——它们照出来的已然是另外一个人、另外一样东西了，而这一切都是平面的、贫瘠而枯萎的。

演员们需要高度警惕：在挥摆手臂和腿脚的同时，不能疏忽大意地将镜子打碎。朝碎玻璃里看一眼可是不祥的兆头，凡是在碎玻璃里瞧见自己的样子了,那就赶紧拿着假条跑吧。

对他们而言,重中之重便是下一秒钟即将走出通道,面对无数颗脑袋、无数双眼睛和无数张呐喊的大嘴巴:面对观众。观众!观众就是上帝、恺撒、判官、刽子手!他们会怎么看你?他们会怎么评价你?

愿上帝爱怜,愿上帝拯救,愿上帝宽恕!

这就是城里的首演!从早上开始你就会抖个不停,等到演出开始前你已经全然感觉不到自己的身体。为防手心出汗,在手上抹点花露水或是撒点镁粉,然后就出发了!你站立在器械上,双脚发软,胸口发闷。这都是正常的。马上就要轮到你了,深深吸一口气,再呼气,用力将拳头攥紧再松开三到四次,心里暗示自己:别怕!这样上场表演时就已经坦然自若多了。只是周围的一切你都无暇顾及,外面的世界仿佛被涂抹了,模糊了,无情地朝远方推移……

而那兴奋激动的声浪也只是在耳边摇摆、拂过,无法进入意识中。

不过随着技术动作的日臻完善、心态的习以为常,你也就能像经验丰富的朗读者熟练控制嗓音那样控制自己的身体了,到那时你就不会再"断电",你就能看清座位上的每一张脸:那儿有个小女孩戴着贴膜的眼镜,那儿有个胡子拉碴的大叔没有摘下鸭舌帽。所有的声音也变得清晰可辨,所有熟悉的马戏团声音都感觉有所收敛,正是如此……

节目表演完后——前半个小时会飞快地过去,随即而来的,毫无疑问,便是汹涌的疲倦。尤其是每个星期天,当你演完第三场时……拖着两条腿,慢慢挨到酒店,卸下脸上的妆后,巨大的能量消耗仿佛榨干了你体内所有的液体,肌肉在寂静中发出干枯的簌簌声……

当然,在恢复身体这件事上,大家也是各显神通。有的人会一直在被窝里待到第二天夜里,有的只要举着酒瓶子就像抓住了救生圈,怎么也不会倒下。还有瓦洛季卡这样的,死死睡上一觉,醒来后从十二个鸡蛋里煮一个剥给自己吃,就像马车夫抵达客栈,稍微补补,就又重新活蹦乱跳了。

安娜习惯在最后一刻从更衣室冲到场地入口,这让瓦洛季卡甚是恼火——他正好相反,对时间有一种超自然的敏锐感觉。有时候你问他几点了,他都不用抬手看表就能回答你,误差在两分钟以内。每当安娜"神游九霄"的时候,他总是急得直发抖。她究竟在那里磨蹭什么,非要等大家都热身完毕,眼看索科尔尼奇一伙三人就要完成"小门板"这个滑稽表演的节骨点才冲出来?

假如没有表演任务,他们总会跑来看看这出滑稽小品。伴着耳熟能详的慵懒的浪漫小调,三个家伙跑出场来——电线杆子叶戈尔饰演晃晃悠悠的年轻茨冈女人,索科尔尼奇自己是个矮子,化了妆穿着戏服,打扮成一个留着亚述人那样卷毛胡须的老茨冈,维捷克则饰演年轻的茨冈吉他手。他们三人演绎着这段罗曼司小曲:一开始引吭高歌,婉转悠扬,凄惨清冷,渐渐地加快节奏,开始踏起步子来……不一会儿三人就已经激动雀跃地踩开了舞步,兴奋之至,将道具长椅和小门板一下子粗暴地折断了。

表演的关键在于,每个人都要保持那种兴奋异常、热情洋溢、煞有介事的表情,这样观众就会笑得直抹眼泪,在椅子上坐不住了。

"好了,该走了!"瓦洛季卡夺门而出。他们的更衣间离场地入口没有几步。

安娜将靴子用金属刮刀弄干净，穿上后又蹬上鞋套，把披风披在上衣外头，出门朝入口走去。大家早已卸下披风和鞋套，热完身，在红色的丝绒幕布后等着报幕员喊场了。

当站在通道口轮到你出场的那一刹那，你就能体会到，自己仿佛是道将要被合上的闸门，旋即进入另一个精力高度集中的阶段。

好了，索科尔尼奇那三个败家傻子折断门板的巨响传了过来。

就在此时，走廊黑黢黢的两端出现了两位乐师。其中一个手提乐器匣子，很明显是演完了一场要去小卖部；而另一个，正好从小卖部出来，老远就大嚷："今天的香肠棒极了，快去吧，否则一会儿就被那班野蛮人吃光了……"有一种前所未有的感觉随着他的靠近而到来……

心脏为何跳得如此剧烈？什么……父亲？为什么……父亲？今天是谁的生日？他真像爸爸……

"高空——走——钢——丝！"报幕员格里高利·利沃维奇用嘶哑的低音报幕道，"有请斯特雷列茨基夫妇！"

节目伴奏乐随之响起：舒缓的溪水轻流，进而是激情澎湃的滔天海浪……一束光照射在入场口，助理小伙子们把帷幕拉开，安娜和宁卡穿过场务人员的队列气定神闲地走在前头，同伴们跟在他俩身后。

报幕员恭恭敬敬地低下头，为演员队伍让出道路。同往并无二致，这家人的入场享受着最热烈的欢迎……

第二天早晨排练结束后，她来到演奏席位边。脉搏在太阳穴跳动着，内心被翻卷汹涌的波浪窒息蒙蔽，随之又平复至死水般的寂静。

她一下子就从背后认出他来。

他正把自己的乐器放入匣子里——这是种管乐器，她总是分辨不清是哪种。他的动作温柔得令人着迷，像母亲把婴儿抱入摇篮中一样，用他纤细而有力的双手……

没错，就是这个人，是他们这儿的常客，只不过头发全白了，胡子修剪得很短，跟玛舒塔父亲生前最后在哈萨克斯坦的照片很相像。

他转身对鼓手调侃了几句，对方就笑开了花。这个乐师有种孩童般戏谑的、离经叛道的气质。和她一样。

我很了解他，从前一直很了解……

他就是个小男孩……是她的小男孩，她应该跟他手牵手跑遍各处，他就是那个命中注定的人，是她注定要相识、相知、结合、照料的……是她一辈子都要陪伴左右的人。但——人算不如天算，直到那天突然闪现出另一个他。突然的出现——可揪心的是——他早已是明日黄花……

这时音乐家回过身来，脸上还留着那狡黠的笑容，还有那塌陷的灰白色鬓角，长了两天的胡子，灰暗的眼角布满了皱纹。

两个人都略显惊讶，局促起来。接下来本该各奔东西，可是他们没有——也不应该。

不，你没法取悦我！随你怎么样——把我打折，踩死，扭断脖子，吊在绞刑架上——就是别这样！

他的身影映在早秋时节晦暗苍白的镜面中，在暴风雪般的管乐声中轻柔而凄凉地歌唱。

已经晚了。

来不及了。

当她告别谢尼亚回到马戏团酒店时,瓦洛季卡正躺在床上,把晶体管电视机放在肚子上,收看斯巴达克(莫斯科)对迪纳摩(基辅)的足球赛。

多年居无定所的生活使他们俩之间附着了某种东西。瓦洛季卡是个重物质的人,他把舒适看得很重,即使是在旅途当中。为了这种"舒适",他们不得不把台灯、闹钟、床单、桌布、餐具,还有"莫罗兹科"牌冰箱,甚至"玛留特卡"牌洗衣机都归置在行李当中。安娜也离不开自己那一大堆常人读不懂的书籍。经过长期的颠簸,它们已经散架、脱胶,安娜时不时地会将其重新装订,用绷带缠起来。

"你去哪儿了?"他面无表情地问着,并不指望听到回答。更何况,基辅队终于掌控局面了("……球在普里霍季科脚下!他向前解围交给西多洛夫,西多洛夫将球传中,别兹波洛德得球后开始向球门方向运动,过掉一个防守球员,过掉第二个……")。

"瓦洛佳,"她站在门边说,"我要走了。"

"又去哪儿?"他不耐烦地问,眼睛却没有离开屏幕,"你就这么露个面?你怎么就待不住呢?我在这儿等啊等,连个鬼都没见着……"

她沉默不语。而这沉默在足球评论员快速解说的背景声中逐渐堆积凝重起来,瓦洛季卡开始感到不适,甚至生出了寒意,尽管夜里相当暖和。他突然将头猛地转向安娜。

她依旧站着,像个不速之客,一个路过的女人,过来只待一会儿,向他宣布那个结果而已……

他是怎么一下子明白过来的？就算过去很多年后他也无法回答这个问题。确切来说，他怀疑她是用另一种途径向他坦白了一切。他就那样明白了一切，看见了一切——就在那一瞬间。也许，跟他从钢丝上滑下来那次一样，她用目光控制住了他，用尽全力控制着。

他把电视机从肚子上移开，在床上坐起来。

"你说……什么呢？"他有些虚弱地开口说，"安娜……安妮卡?! 你说什么?!"

"我要离开了，瓦洛佳，永远地离开。"她坚定、直接而威严地注视着他，用尽最后一丝力气控制着，"你找别人顶替我演出吧……好好排练。一切就这样了，瓦洛佳……"

她再也没控制住。

他站了起来，从腹部以下升起一股寒意，倾入胸腔，将心脏冷冻了，嗓子也僵得说不出一个字来。

他一步步靠近她，想温柔地说一些哀求的话：别这样我亲爱的我可爱的我的唯一醒醒吧别这样你不能这么做不能你不能犯这糊涂不能造这种愚蠢透顶的孽……除了你我一无所有啊……没有了这狗娘养的马戏团，没有了生活……一天也活不下去我亲爱的……亲爱的……亲爱的……亲爱的……我要是再从那么高的地方掉下去，不摔个粉身碎骨是不可能了。

当闲不住的宁卡偶然路过他们房间，往里看了一眼的时候，他已经毒打她五分钟了。看见地上和墙上的血迹，以及脸朝下倒在墙边形同死尸的安娜后，宁卡发疯似的大叫起来。

同事们都跑来了，制服了瓦洛季卡，有人叫了警察，叫了救护车……

之后的一个半小时里大家都聚在酒店大堂，激烈地讨论着刚才发生的事。

这件事太出乎意料且难以理解。要知道这可是最要好的一对啊！他俩的关系可是针插不进，水泼不进！这对优秀的年轻人，又那么有天赋……还被授予功勋演员称号了呢，对吧？

"啥，哥儿几个，说啥呢？她出轨了？你说真的呀？那可真是要命了……"

"真傻！就你，杜西卡，臭不要脸的，像你这样整天忙得手发抖的才要死呢，他们可是为了爱情！这不就是哈姆雷特对欧菲丽亚所做的事吗？"

"才不是欧菲丽亚呢，蠢到家了你，明明是朱丽叶！"

"瓦洛季卡太可怜了，"有一个男人提议，"是不是该写一封联名信，或者申请什么的，寄到警察局或者法院去？"

三个小时后宁卡从医院急诊室回来，又在房间里清理血迹直到天亮。他们的节目怎么办？助理们怎么办？道具该放到哪里？——瓦洛佳毫无疑问要坐牢了，那安娜呢，她要是被治好了该怎么办？还有，我自己该怎么办？所有这些不幸的问题盘旋在宁卡脑际，就像在"玛留特卡"牌洗衣机里被离心机甩动的内衣一样。

她拿着抹布在地上爬，把床、椅子、柜子推到这边，又挪到那里……

两封盖着邮戳的信从一个床头柜后面掉到了地上。其中一封让人摸不着头脑，用反转的字体写成，只有安娜看得懂。也许是国外哪个家伙寄来的。信很长，很工整，足足有六页，就连页码也是反转过来写的。正常人谁会这么干！信里只有那么几处地方的几个词是用正确的拉丁字母顺序书写的，宁卡居然正确地拼出了"布卢瓦"这个词。

第二封信来自安娜的好朋友，那个风琴师，确切地说是钟琴师……

抑或钟琴家？宁卡忙不迭地展开，充满期待地读了起来，兴许能从信里找到点蛛丝马迹。

什么蛛丝马迹都没找到。这是一封平淡无奇的普通信件，而且年代久远——是一九八四年写的，宁卡读完后才觉察到这点。这位钟琴师写道，她在比利时特别受欢迎，音乐会开始前有市长的接待会，还有奶酪和其他美食的品鉴活动。她之所以非常恼火，是因为音乐会之前她得登上塔顶，晒晒太阳，调整一下情绪……而他们就撇下她举行了接待会。之后的一切都出奇完美，有几个观众为了欣赏一番钟琴师的演奏技巧还爬上了塔楼，而塔楼下面为观众安了一块巨大的屏幕——她的演出屋内安装了摄像机。

现在她身在比利时，却已经被邀请去法国里昂、第戎和梅列贝尔进行一系列音乐会演出了。

"还有一件事，纽塔奇卡，"钟琴师写道，"我的阿姨伊达，就是你亲爱的菲拉维尔娜的二女儿突然因为中风去世了。我当时正好和父母一起在基辅。没人知道该怎么向外婆开口，可她好像感受到了什么。下葬那天哥哥从莫斯科飞来，他和妈妈决定向她说明。可当他们刚进门，外婆就抬起头问：'伊杜夏死了？'他俩号啕大哭起来，我也是。可她呢，没掉一滴泪。她缓缓站起来，走到五斗橱跟前，从那里摸出一条黑色的凸边围巾，将它围上，我们便出发了。阿姨家的房子周围已经围满了人，有邻居，有同事——伊达阿姨也是在'阿森纳'俱乐部做过二十年会计的，大家都那么敬重她……所有人一看到失明的母亲被搀扶着过来，都失声痛哭。可是外婆呢，她硬得像块燧石！她被领到屋内，伸开双手，自己摸索着朝棺材走去。大家扶着她在棺材边坐下，她就用手摸着伊杜夏的脸，只是默念着什么，但是没哭。而周围已是哀鸿一片，仿佛古希腊的悲剧，当棺材将被抬出去的时候，她的手才被用力地从女儿身上扯了下来。当然，她没有被带到墓地去，家里人把她留在了我身边。她要我领她去窗边。我无法忘怀那一幕：当棺材被抬出去的时候，她就站在窗口，问我该朝哪边看，然后伫立着，注视着……当然不是用眼睛，而是用心。

"伊杜夏下葬两天后，外婆摔了一跤，手断了。坏事一波接着一波——由于没有正常接合，需要将骨头再次折断重新接合。你能想象那是何等的痛苦吗？我陪着她去了医院。医生尽管年纪轻轻，却非常贴心，对她关怀备至。他一边复位一边询问：'疼吗，老妈妈？'她摇摇头说：'这能算疼吗？我女儿前两天刚下葬——那才叫疼。'医生面露愧色，俯下身，亲吻了一下她的手……"

一句话，宁卡没有从中读到任何有价值的信息。她把两封信都丢进了安娜的书包里。

当她最后一次拧干抹布擦地板时，楼层服务员敲响了房门。

"在不？"服务员说，"干啥呢？这儿有你们一封从基辅来的电报，给涅斯捷连科·安娜的……让她去基辅呢。"

"去什么基辅！"宁卡尖叫起来，"她断了两根肋骨、一根右锁骨，脸也毁了——像块牛排。她那亲爱的丈夫干的好事……拿来吧。"

她接过电报，展开来仔细一看，整个人都清醒了！

电报上蹩脚而滑稽的字符就像是动画片里的字幕，组成了以下信息：

"玛舒塔死了。速来，明日葬礼。"

她有一支心爱的口琴,可以算是演员时代的战利品吧:当她还年轻的时候,有一次忘了是在汉堡还是柏林巡演,一个小小的中国女孩跑向场地上的她,女孩兴高采烈,情绪激动得快要尖叫出来了,还将自己的口琴塞到安娜手里。安娜将其珍存了一辈子,把这件礼物视作对她最高的肯定。

口琴是正宗德国产的,用精致的蓝色羊皮盒子包裹着。盒子是长方形的,轻微的拱起让它看上去像烘烤至半熟的面包,上面印着烫金的字:"Unsere Lieblinge M. Hohner"①。盒子两端还画着两位唇红齿白的美女,一个是戴着大项链的黑发女子,一个是涂脂抹粉、很像玛琳·黛德丽的金发女郎——也许,那就是她。

我教安娜学会了吹奏《莉莉·玛莲》,甚至还亲自用巴松管伴奏。她将口琴贴到嘴唇上,吹一口试试音,然后开始演奏——眼睛瞪得老大,鼻子边的法令纹像是岔开的裙摆:

有什么比在战争中死去更平常
有什么比在月光下约会更感伤……

为了不盖过她的曲调,我将自己的巴松管压低了声音:

有什么比你的膝头更圆满……

---

① 德语,意为"我们最爱的玛·和来","和来"是德国著名的口琴品牌。

这是一场别致的二重奏，告诉你们吧，奥妙之处在于，激情的演奏者全裸着身子，连条浴袍都没披……

她对音乐真是一窍不通，不过在另一点上她却绝对是天赋异禀：她拥有难以置信的协调感和敏捷性、清晰以及多元的智慧。

五年前我将她拉到了路德斯海姆，如果在德国进行音乐会演出，我会常去那里闲逛。赤身裸体的我们共同吹出的《莉莉·玛莲》，悠扬地飘荡在树枝上空，而酒肆里传出老旧的风琴声，就像是罐头裂开一般粗糙，同我们的曲子汇成了三重奏，完全和谐自然地融入夜晚酒肆的欢声笑语中，并飘向上空，飘到了葡萄园里，飘荡在耸立于葡萄园之上的那些粉刷成惨白色的郊区小镇半木结构小屋中间。

而她很开心，我能看得出来。

只有一次不知为何扫了兴。

那天我们走着走着，在云雾之中发现了索道，便果断地买了票，迅速跑过去，坐进了铁制的缆车里。

这可真是个愚蠢的决定，因为当天整个小镇都被厚得像棉花团一样的云雾所覆盖，你能用手触碰到，甚至都想上去咬一口。

其他的缆车——那些跟在我们身后的，那些迎面而来、突然悄无声息地从牛奶般的迷雾里飘出来的缆车——统统都空着。素以经济和理性著称的德国人啊，在一年之中的这个时候，他们是不会荒唐地将大把钞票花在此类娱乐设施上的。

就这样我们像瞎子似的不知要飘向何处，缆车一个接一个从湿润的雾气中飘出，仿佛一艘艘迷你的"飞翔的荷兰人号"。我们压低嗓门，偶尔悄悄说上几句话。

我搂着她，似乎那便是我同她生活的样子。只看得见手臂和钢索，还有那迎面飘出的转瞬即逝的"小船"，空荡荡的……

突然间我们看到，一艘对向飘出的小船上，一声不吭地端坐着一个双眼突出、得了白化病的胖子，他穿着麂皮上衣，红棕色的蒂罗尔帽子上饰有一根黑色的翎毛。我俩同时"啊哈"轻呼一声——这人浑身惨白地置身于白色雾气中，本就给人一种不真实的可怕感觉，还有那顶红棕色的蒂罗尔帽，歪向左边，仿佛是有人大手一挥猛地扣上去的。前一刻那人还在云幕后头手脚麻利地给这个不省人事的家伙穿戴整齐，啪地把他安顿在钢索上的缆车里，自己迅速地逃走了。这个胖子一动不动地从我们身边飘过，那根翎毛在蒂罗尔帽上瑟瑟发抖。

安娜脸色煞白，即使陷在白色的云雾中也不难发觉。

"他是谁？"她急切地问，"他要干什么？要去哪儿？"

我哈哈笑起来，紧紧搂着她。

"孩子，"我说，"你是不是在想，他和我们一样，是个十足的白痴，而且还是个单身的白痴，没地方可去，这才来这儿的？"

"不！"她慌乱地重复着，"不，不是的……他太像……还有黑色的翎毛，满是讥讽。你看见了吗？他不是普通的……"

我嘲笑着她，告诉她那是个德国乡下的恶魔，是个卑鄙的老鬼、病毒传播者，他决定到周围走动走动，不料撞见了我们，吓得不敢动了。

我好不容易才将她安抚好，随后我们在一处很深的中世纪地下室用了午餐。那里的墙壁被刷得粉白，到处散发着历经数个世纪也难以散去的葡萄酒和啤酒气味。回酒店的路上我们又逛了两三个小店，在里面尝了尝"冰酒"——一种当地著名的葡萄酒。最后，我喝得大醉，以至于在电梯内，当着两位德国贵妇人的面，殷勤地爱抚着安娜。"好了，"我说，"准备好了吗？"然后又大声用德语问她，今晚要是对她有所举动，她是否会抗拒。

晚上我的心脏绞痛起来,疼得厉害,甚至都说不出话了。这不,我暗想,看来自己的梦想就要实现了——将这条命交代在她的臂弯里。

可她却异常平静,用手按摩着我的胸口,用力画着大圈,不停地宽慰我说:

"别怕,你现在死不了。你啊,谢尼亚,不是这么死的……"

我相信了她,的确很快就恢复了过来。我躺下来,呲吸着伐力多,看着她在窗外一片酒肆灯火的背景里披散开头发,换上睡衣。那柔软的罩衫如此慵懒地在她纤细裸露的背部滑过……

"那我是怎么死的?"我问道。

她笑了笑,将梳子上的头发弄下来,吹了口气,然后从镜子里看着我,开口说:

"谢尼亚,你走的时候下着大雪,伴着音乐……"

我被她的直言不讳弄得有些张皇。但随即我笑呵呵地说:

"这是不是有点过于浪漫了,亲爱的?"说着便把身子探过去,抓起她的手亲吻了一下。

她少言寡语,甚至沉默得让人感到诧异,有时候一整天只会蹦出那么几个字。而且不得不说的是,她的谈吐实在算不上考究文雅——我觉得,可能是浸淫马戏圈这么多年的影响,加上嫁给了那个本性还挺善良,但幼稚得像块木头的男孩的缘故吧。

我甚至偶尔觉得,从小到大都没人教过她这些,全凭她自己从周围环境里随意获取所需的东西,就和鸟儿在夏天囤积谷物一个道理。或者说,她在这世上拥有的是少量但只为她自己所受用的牢固的信息储备,有人在某个地方灌输给她的,而我也不知道是在哪儿……

有些时候，她简直让我陷入彻底的惶惑和不解中。还记得第一次结伴去拜访教授，我们在位于牛顿维尔区的教授家会客厅等候的场景。我俩慢慢地从一张纪念照片挪步到另一张跟前，有一张照片让我们停下了脚步，那是年轻的教授笑着与同样很年轻的艾萨克·斯特恩相拥站在贡多拉上，背景是圣玛利亚教堂的圆顶。随后我把她领到一张泛黄的小照片前，下面潇洒地写着：赠予我亲爱的好友。"我说：

"亲爱的宝贝儿，这就是格什温……"

她抬头特别认真地看着我问道：

"那这里有贝多芬吗?"

我相信，她不是在开玩笑。

坦白地说，当她那男孩般的身型出现在下飞机的乘客中，或者一大清早从酒店客房里望见她的摩托车时，我的心脏就像被汹涌的波涛拍击着。她的摩托车出现了！当她从车上跳下来时，那平滑的大腿侧面就像中提琴琴弓的侧面曲线一样完美……而我这种充满甜蜜躁动的警觉，同那些妇人们口中所讲的灵魂的亲近抑或心有灵犀等陈词滥调是完全不相干的。

而这份甜蜜的躁动也完全有别于每次离开她后，那份将我控制的身体的躁动。那就是另外一回事了，现在连我自己也不想对此作丝毫解释。

她对世界的反应很直接，单纯地将其分为好与坏。她就好像是世上的第一个人，还没有经历过悲惨且龌龊的人类道德史。

有时候她又变得口齿不清，听上去像个外国人，仓促间学了一点你所用的语言，以便跟你沟通。更有甚者，经过我多次观察，知道了她是如何掌握各种外语进行交流的：一开始慢慢地从舌尖和上颚挤出一些声音来，形成音节，然后变成单词，再将它们拼凑成词组……十分钟后她就能用新的语言与人交流了。尽管我对她的一切都习以为常，已没什么可让我大惊小怪的，但在巴黎的那次经历真的让我感到惴惴不安。在橘园美术馆,我只离开她五分钟,从卫生间回来时我便看见她正彬彬有礼地同一对日本老夫妇讲话……还是用日语!他们居然不懂英语和法语,这个样子还出来旅什么游?

我抓着她拉到一边。

"你怎么了,能直接跟他们用日语对话?!"我问。而她却回答:

"才不是呢,怎么可能……我又不懂日语。不过我知道一个单词:'爱经'!"

很多时候她得出的结论都像经过数学计算一样准确而有说服力,令人震惊。她也总是凭借出色的记忆力让你叹服。我说的不是那种计算机数据库,无聊地记录下无穷无尽的数字、课程、名字和人脸——她也有这方面的记忆能力,但这绝不足以吓到我——我说的是另一种属于人类的牢固记忆。比如有一次,她突然提议:

"咱们今天去火车站对面那家小饭馆吧。还记得不,一九九五年四月我们在那儿同一个老钢琴家闲谈来着。想必,他已经死了……你记得吗,他弹奏狐步舞曲的时候又快又不稳,像只胆小的麻雀。他右小指上还缺了一个指节?"

有一次在耶路撒冷一间咖啡店的桌前,她望着一个有很多孩子的犹太家庭,突然带着孩子般坦诚的口吻说:

"你知道吗,我还清楚地记得妈妈的样子呢……"

当她看到我一脸不解后,急忙接下去说:

"不,不是玛舒塔,而是我妈妈!她在某个地方工作,有时候晚上出去值夜班。而我呢,还那么小就得一个人留在家里。为了不让我害怕,她就说:'我就在附近,很快的,就到这面镜子里去,在那里坐一会儿就回来了。'你知道,我们家走廊里挂着一面圆镜子,正对着门。妈妈将我转过去面对着它,而自己就好像是走进镜子里,关上了门。所以当她不在家的时候,我就认为她在镜子里。有时候我会在镜子前站上几小时,喊着:'妈妈,时间到了,出来吧!'好几次都应验了:镜子里的门终于打开,妈妈从里面出现了……"

就这样,从这无心讲出的话中我偶然得知,她并不是那对恩爱夫妻的亲生女儿,他们在多年以前将属于我的这份甜蜜的痛苦、将我日后的命运接回了自己家里——是幸运,还是不幸呢……

之后她再也没提起此事。

我不敢做这种推测,但事实显而易见,不就是这些镜子前的童年记忆,以及那只受压迫又重获新生的左手,仿佛从青蛙变回公主那样赋予了她无尽的源泉,让她一生对覆上汞合金的玻璃如此痴迷的吗?

她在穿着打扮上实行禁欲。这个花花世界充满了羁绊,它向人们的心灵施展精致的物质诱惑,而她却无动于衷,这让常年浪荡的我都有些不知所措。她的所有家什都归置在书包里,比如内衣、牛仔裤、袜子……这当然可以理解,她经常受到邀请去参加什么活动——客观条件所致。每到一个地方她就会随便走进一家商店,在二十分钟内买好裙子、鞋子、手提包——所有东西还相当贵重——她赚得很多。可她并不带走,只为事后将这些留赠当地的某个人。

我对此很懊恼。有几次我把她带到精品服装店里,强迫她试穿这样那样的晚礼服。其中一条墨绿色的礼服泛着高雅的银光,我特别中意。在礼服深邃颜色的衬托下,她的眼睛显出某种更幽远的天蓝色调,我的目光简直无法从她身上移开!

"求你了,"尽管售货员盯着我们,不知发生了什么——这场面早已超出了她对这个世界、对男人和女人的认知,可我还是厚着脸皮不断地说,"求你了,买下这条吧!穿上它你简直星光熠熠!"

她笑了笑说:

"我在聚光灯底下已经够星光熠熠了。"

她似乎不喜欢物质的束缚，对她来说这是种累赘——由物质施加给她的——任何东西都是如此。她的脖子上没有任何装饰，没有任何项链，没有一件纪念性的小物件。她永远穿着摩托车服：短皮衣，手套，头盔；她就像一个随时准备出发离开的人。去哪儿？天知道。只要离开，踏上去远方的路就行，哪怕是去服苦役，或者皈依天堂。

随着时间的推移，经过自己在舞台特技、杂耍和魔术方面的锤炼，她已经成为该领域为数不多的专家之一。可我从没有对这些做过深入的了解，即使深入了解了又能怎样！我还能看懂她那些用疯狂的笔迹写出来的、让人抓狂的草稿和图画不成？

话说回来，当我头一次在她的一张便笺纸上发现由圈圈绕绕的细线组成的图案时——这些线条类似雨燕的飞行轨迹——我突然想起了亨卡那个目不识丁的外婆卡皮托利娜·季莫费耶夫娜。我记得她临死前向外孙们讨来那些从学校练习本上撕下来的纸，然后拿着铅笔写下了同样像系着活扣的鞋带一样的字迹。外孙们呢，把这些纸都捡起来扔掉了，竟然没把文盲外婆的"墨宝"保存下来。

这就是我当时思考的问题，已故的卡皮托利娜·季莫费耶夫娜是个怪异的文盲。当她检查亨卡的数学练习本时，会拽着他的头发大声质问："除过后的余数是多少？混账，到底是多少?!"但对于写字和作文却从来置之不问。这么说来，她的头上也笼罩着那层魔鬼般蹊跷而可恶的笔迹阴霾。

我去看过她的几次表演，没错，效果很好。尤其是在芝加哥礼堂剧院那场，她呈现了一场摄人心魄的表演——"火环"。据说直到现在，观众们还会蜂拥前去观看这个节目。

她曾试着向我解释其中的技术细节，我也假装认真地听着，不时点点头，可事实上一点儿也不明白。她说节目需要细铁环框起来覆了膜的镜子……上帝保佑，保佑这些技术细节，而整个演出效果是这样的：

当演出大厅完全黑暗后，舞台上出现了手持唯一一支蜡烛的女舞者。两分钟内，微弱的火光在舞台上时隐时现，颤颤巍巍地燃烧着，在哀婉的乐声中一会儿出现在这里，一会儿又在那里发亮。随后她便跑到黑色的木架上，在那里，神奇的演出设备已经就位——安娜按照马戏团的行话这么称呼自己的演出道具。

这时候一面面镜子在她周围三个方向缓缓落下，将其封锁在一个包围圈中。当女舞者将蜡烛朝镜面墙缺口处举起时，所有镜子里的亮光都会反射在环形墙面的其他镜子中，发出耀眼的火光！她快速转动着蜡烛，熊熊的火浪也转起圈来，变成了一场狂热的火焰圈舞。她就这样在木架上奔来跑去，纤细的身形置于火焰的环抱中。节目原理就是借助一支蜡烛，巧妙地将火光反射在镜子当中，而她在镜子间徘徊挣扎，始终无法逃脱燃烧的光环。

这是一场向死的残酷斗争，没有生的希望。疯狂的火焰踩着舞步环绕在女舞者周围，将她的绝望化为祭祀远古神明的牺牲品。而她心中的理智正逐渐地丧失，癫狂在某一时刻积蓄到无法承受的地步。它挤压着她的大脑，灼烧着她的双眼。有一声号叫想要喷薄而出：够了，够了，饶恕我吧！……

最后镜子开始抬升，向上飘去，音乐减弱……鸦雀无声，在伸手不见五指的黑暗中，轰鸣声渐渐盖过音乐声，在黑色的木架上只剩下孤独的女舞者，她手上的火苗暗淡凄惨，如同自己那受尽痛苦折磨的灵魂。

不过，实际上我并不喜欢这一切浮夸的场面。

我不喜欢魔术，不喜欢光屁股光腿的芭蕾舞演员。上帝保佑他们。

我早就和马戏团断绝往来了。

不过有一次我还是真切地感受到了那种震撼：我和她一起去看了看她的杰作。

那是在法兰克福，当时她已经决定租下萨克森豪森区施威策大街上那间诱人的阁楼。她又回到了著名的杂技场老虎宫进行表演，连着好几天从早到晚都会到吕塞尔斯海姆的某个工厂去，在那里根据她的设计方案进行节目的准备。

我很舍不得那些日子——整整五天，每天我都从乐队里好不容易脱身出来，就为陪她度过圣诞节，因为没有什么地方会像德国一样如此欢快甜美地庆祝这个节日了。

到处都是节庆的旋转木马，一棵巨型圣诞树在罗默广场竖立起来，足有市政厅那么高。从阁楼的窗户里几乎可以望见城市全貌，还有那闪着温暖火光、逐渐降临的黄昏，这在我内心激起了孩童时代那种混杂着悲伤和兴奋的情绪。各色摊贩挤满了主广场和中央大街，潮水般的人群陶醉在圣诞的欢愉气氛中。每个小摊上都会飘出奇妙的香味，各种形状的烤香肠爆裂开来，油炸杏仁、榛子和花生味道宜人。

在这一切的上空还弥漫着一股巧克力的芳香。任意选一种水果——草莓、香蕉、猕猴桃、黑李子，然后店家当着你的面把它在热巧克力里蘸一下，一块巨大的糖果就为你做好了。如果感到口干舌燥，就让那些饮料摊位临时替代一下美食摊位，这里有提供圣诞热红酒、热苹果酒、啤酒和莱茵葡萄酒的各色酒铺。到底喝什么——这就看天了，得凭着你那早已冻得瑟瑟发抖的身体了——有的人就喜欢热红酒，有的则喜欢呛人的莱茵葡萄酒，还有的特别钟爱巴伐利亚啤酒，它有个好听的名字——"蓝色山羊"，是特地为圣诞节而酿制的。

乡下人的精品铺子里早已开始贩售一切你能想到的工艺品，石头的、木制的、皮制的或是陶瓷的。琳琅满目的圣诞树饰品丁零当郎地用绳子串起来，悬挂在那里。香薰蜡烛的铺子里飘荡出薰衣草、茉莉、丁香和薄荷的香气，仿佛飘过了小桥，飘进了河对面的店里，而那里摆放的是散发着类似香味、雕工精巧的香味肥皂。在《铃儿响叮当》的音乐声中，孩子们坐在旋转木马上欢笑嬉闹……在这喜庆的日子里，街上早已是摩肩接踵。

我努力地朝僻静的小路溜去，从施威策大街下到博物馆沿岸道，经过一片古旧精致的、挂着彩灯和彩饰的私人别墅，欣赏着一座座桥上鳞次栉比的灯火……我沿着铁桥来到河对岸，那里美食的夜魔狂欢仍在继续：一口口硕大的平底锅上帝王虾发出嘶嘶声，阿尔萨斯馅饼在烤箱里喘着粗气。我喝过最好的圣诞热红酒是在河畔一家简陋的小店里，那里有一个颇为浪漫的名字："寒舍热酒"。我在小店里坐下来，遥望着河面上的桥……

法兰克福的雪只存在于幻想中。每一年大家都猜想着是否能过一个"白色圣诞节"，可下雪是根本不可能的。

我在中意的简陋小店中小歇片刻，回忆着莫斯科和列宁格勒飘雪的冬季，还有我的老师德米特里·费多洛维奇·叶列明。作为穆拉文斯基手下第一个巴松管师，这个又胖又善良的家伙经常坐在奥尔的圈椅里——传奇的利奥波德·奥尔曾经在这个二十四号教室里讲过课——这是一把皮质的高扶手沙发椅，又深又软，他一陷在里面就睡着了。无论学生们吹得多起劲，他都醒不了。韦伯的音乐会上，结束时有一个无限延长的尾音，我就一直拖着，直到自己吹得没气了。就算这样他也没醒过来，照旧打着呼噜，悠然地呼吸着。

坐在这美因河畔的热红酒小屋里，我还想起了自己音乐学校里的女友们，想起了科马洛沃的雪橇轨迹上晶莹如糖粉的雪渣，以及在同年级女生家里尝到的第一口散发着肉桂和丁香气味的自酿葡萄酒——我们是循着味道在橱架的调料中间发现它的。

现在我终于知道,这种饮料叫热红酒。

总之,没有她的时候我无聊至极。

有一天晚上她疲惫地回到家,饭也不吃,而我正准备拉着她找个像样的饭馆呢。

"明天……我带上你去看看……"她含糊地说完,就像个婴儿般一下子睡着了。她总是能很快入睡。

第二天她便领着我去了那个工厂。

我们沿着金属焊接的楼梯下到车间,穿过三个巨大的地下库房,途中遇见的每一个工人她都知道名字。一个叫格尔穆特的家伙将我们领到一扇像盾牌般隔挡着的折叠屏风后头,那里的一个金属方块上就摆放着这个特殊道具:硕大的多边形盒子,安装在一根垂直的轴承上,盒子的每一面都有一个椭圆形的窟窿。

"快过来,"她说,"朝每个孔里望望,把脸贴上去,贴得紧一点……下巴稍微抬起来……对喽……"

我把脸贴在其中一面的洞眼上,安娜在另一面,而我看见了她。

盒子内部立着无数根柱子,每根柱子上都能看见一面椭圆形小镜子,我能在里面瞅见自己和安娜的脸。真是令人难以置信。我们的脸不断交替着,移动着,互相靠近,又向无限的远方分离——这个虚无的内部空间不存在边界。

一开始我惊呆了,感叹着。对我来说这是件多么有趣而创新的东西……不一会儿我感觉到,自己已经深陷其中,不能从里面抽身摆脱了,一直盯着孤独的两张脸在镜子的虚空中不停复制,无限接近地挨在一起,相互亲吻,彼此的命运交汇在一起……

我开始感到恐惧。痛苦的煎熬撕咬着我的心脏:一片空旷无垠的荒原，在这之上翩翩起舞的柱子延伸向无限的远方——还有我们的面孔，沉默着，也从那令人眩晕的远处一刻不停地紧盯着我……我突然意识到，也许这就是"那个世界"的模样。你和你至亲之人的灵魂都被禁锢在玻璃柱子上，但你们只能一声不吭地，并且没有尽头地望着自己那成千上万次重复着，却终究无法触及的幻像……

我想摆脱这种妖术的控制，哪怕是随便发出点声音也好，便盯着她映在镜环上的脸问：

"盒子的壁面是怎么连接起来的，用螺钉吗？"

"用插销栓，"镜子里的她露出令人费解的表情回答着，"是弹簧定位销。所有零件能在十分钟之内完成组装和拆卸。"

回去的路上她问：

"怎么样啊，你喜欢吗？喜欢吗？"她显得异常活跃。

我是多么想对她说："我的宝贝，我亲爱的宝贝，你的脑袋里究竟在想什么，竟能从那当中获得天堂般的安乐慰藉？"

晚上我梦见了这片踏着舞步的柱子森林。我一身冷汗地惊醒，也吵醒了她。

"这是你自己想出来的？"我问。

"什么？"她不解地嘟囔着。

"就是那盒子里吓人的镜子戏法？"

"不……是古登。"

"那是谁？"

"一个法国魔术师，叫罗伯·古登，生活在十九世纪的布卢瓦，在法国……你怎么了？几点了？给我拿根烟……"

随后她大发慈悲地解释起来：埃里埃泽尔（哦，这个神秘而讨人厌的埃里埃泽尔,从她小时候起就跟她用镜像文字通信,我倒是真想会会他!)通过认识的基辅朋友在国会图书馆找到了对古登某些戏法的阐述,并解开了其中的奥秘,于是她就决定在此进行尝试,在这个名为"奇妙镜子"的巨大道具里。不过她提升了难度,增加了边的数量……等等等等。

"明白了。"我回应着,向后靠在枕头上。

如此一来,已然睡不着了,于是她就在当晚把埃里埃泽尔和他的孪生兄弟如何生还的故事告诉了我——他们当时才刚刚降生——不可思议极了。

受到惊吓的母亲将这两个早产儿生在了屋子里,是家里的乌克兰老保姆亲手接生的。当天夜里德国人将整个城市都贴满了传单,在那灰色的包装用纸上写着:"基辅城内所有的犹太佬……"母亲一边擦拭着孩子们的身体,一边低声地唤出了他们的名字——是按照祖辈的名字来取的。保姆听了就说:"起这样的名字他们就死定了,丽娃,你不能这么叫他们。"

当时他们并不想就此等死——而是要把孩子远远地送走。第二天早上丈夫就背着产妇去了指定的集中地。

而老太婆很快意识到他们再也回不来之后,就带着孩子去找乡下的姐姐了。这个老家伙在打什么算盘呢:她把两个肉嘟嘟的小男娃紧紧地裹在一起,看上去只有一个人大小,两个脑袋露在外头。她就这样骗过了所有巡逻队和布防的检查:"为了我的孙子,"她哭哭啼啼地说,"奇了怪了,生下来就是畸形,有两个头……我只能去乡下,那里有个接生婆,是个巫医,让她涂点麻醉药,把一个头砍了,剁下来……"

她把一切都算得比心理医生还清楚。没有人敢多看一眼这"残疾孩子",大家全都心惊胆战地转过头去,摆摆手:"好吧,走吧,带上你的残疾孩子走吧,别让我看见这东西……"她把他们留在村里就走了,之后,战争结束,直到她死之前他们都一起生活在位于波多尔区公共宿舍的一个小房间里。他们管她叫"丽莎奶奶"。就是这个丽莎奶奶——让我们先把这种纯洁善良的个人牺牲精神放在一边暂不讨论——上帝保佑他们,保佑这些纯洁的人,总是有这样的人……最主要的是,她连名字也没有给他们换。拥有这样名字的小孩要怎么活下来呢?

可她就是不改!她说:"这是他们妈妈取的,我还能怎么办,难不成要跟她,跟一个死人去理论吗?"

后来这两兄弟就把保姆的那句说辞变成了家喻户晓的玩笑话。"休想,"那个白化病人说,"我才不会掉脑袋呢。"而正如安娜所说的,他那颗白色的脑袋不但没有掉,之后还一直好心好意地控制着自己兄弟的生活。

这番话为那晚增添了意想不到的斑斓色彩——这有别于我们共度的其他任何夜晚。那一夜之后,我再也没有萌生过弄清楚她脑子里到底在想什么的念头。我已经不需要那么做了。

不对!有一天这样的念头又产生了,我决定考考她,因为我很想帮一帮身处困境的教授。老头子可被那个"世纪大盗"害惨了。事实上,一切都被偷走了,那把斯特拉迪瓦里小提琴真品,还有那高雅单纯的生活!米亚特里茨基不停地唠叨,说她知道,她知道是谁偷的……也许,他也猜到我的想法了,否则怎么会如此激动地满口同意让安娜来帮忙找呢?

第四章

> ……镜子拒绝将你的面容回馈于你,
> 或许是因为贪婪,或许是因为无力,
> 即使它尝试着这么去做了,
> 返还给你的容貌也将是残缺的。
>
> 约瑟夫·布罗茨基
> 《绝命者的堤岸》

她在伊贝维尔转弯,穿过了几个街区,在红绿灯前停了下来——他总是扭捏地放慢速度,而她却绕过他的"标致"车,大摇大摆地压到斑马线上。和所有魁北克的汽车一样,它的车牌下方印着一行忧郁的字:"Je me souviens"("我记得")。她回过头看看他:"就这样吧,行吗,老兄?"他不情愿地点点头。

你看,这就是摩托车的优势,更何况是这样一台高速水牛摩托车,五百斤重的"川崎ZZ–R1200",和这个小伙一样结实。全新的型号,安娜花二十分钟时间试了试车,就像驯马一样,日常遛一遍以保持其大腿及鞍部周围的肌肉生长。幸运的是她成功说服了这个小伙把这台车租给了自己。小伙是对的,不管路上堵得多严实,摩托车总有足够的灵活性,能在任何缝隙里穿行,从侧面破开一条路。而且停车也很方便,车座也平滑,长途驾驶的时候能轻松地改变驾驶姿势。定速巡航的时候这摩托车也四平八稳的。

右手边沿街有一排造型一致的二层楼房,其中一栋向外探出一个由几根桩子支撑的大阳台来,上面堆满了木桶。花里胡哨的栅栏边缠绕着几株绿油油的小番茄,在它们当中端坐着一位大叔,他在阳光下眯缝着眼睛,穿着短裤,肚子向上翻出来,也同番茄一样绿绿的。

她喜爱蒙特利尔——轻松明快、属于教堂和马戏团的蒙特利尔城。城中的那些螺旋形的精巧的室外楼梯,就像女人稍稍撩起裙子下摆,露出来的大腿曲线一样;还有这些阳台,雕花的围栏,教堂神庙的亮灰色石墙,爬山虎,以及被爬山虎所征服的柱子,它们同韦斯特蒙英语区那些别墅山庄和大得出奇、雄伟高耸的皇家维多利亚医院的柱子极为相似;还有圣约瑟夫教堂头盔形状的圆顶,以及当地毫不做作的、融合了法式轻盈和英式端庄的城市情调……

一片片绿化带反射着阳光,她转向第二大道。两辆黄色的校车从身边经过,毫无疑问是用来接送表演生的。她驶入位于太阳马戏团恢宏的排演大楼前那片开阔的停车场。

她把摩托车停在盖·拉利伯特带着顶棚和隔离护栏的私人停车位附近,摘下头盔,将脱下的手套塞入包侧面的夹层里。然后,她把书包扛在肩上,把开车时系在脖子上的软塌塌的头巾放进上衣口袋。她做好了谈判的准备。

大楼入口的雕塑基座上立着一只巨大的金属靴,鞋舌向前拉出来,鞋带松散着。据传这是盖·拉利伯特踩坏的一只鞋的复制品。这个伟大的人物,马戏界天父,曾经也在街头进行过喷火表演,现如今成了世界上最有实力的马戏帝国的全权统治者。光在拉斯维加斯一个城市就有五台不同的演出常年在各种酒店和赌场上演。

下楼之后,倾斜的屋顶下是宽敞的大厅。接待处坐着面带微笑的黑白混血儿露西和小小的中国姑娘珊珊——这个叠词听起来都比她本人有气势多了。还有艾斯特尔——戴着眼镜,打扮得十分隆重。
安娜一出现,三个人都朝她露出了亮度不一的白色牙齿。

透过玻璃墙她看见食堂里挤满了人。这几个月里太阳马戏团总是这么热闹,因为正值选秀竞赛季,那些通过选拔被挑中的运动员和马戏演员从全世界赶了过来,接受审查,排练,并签订合同。
桌子边坐满了人,收款处的队伍井然有序。演员们穿着训练服,还有几个行政人员、两个翻译、按摩师罗南……好在同菲利普会面前还能抓紧时间吃点什么,她如是想着。

在过去的一年里,安娜已经同这位未来自己节目的编排导演有过几次会面。她的方案对于太阳马戏团而言是一次出乎意料的、巨大且全新的尝试(演出的构想基于那个盒子,当然会大一些,甚至会是个庞然大物),但进程并不如她所想的那般顺利。菲利普态度摇摆,不断重申着需要想法子解决保险和安全方面的问题:"这个镜子吧,唉,这东西吧……这东西太轻薄了。"说完他还为自己这种一语双关①的说法轻蔑地笑了

---

① 上文中的"东西(штука)"一词在俄语中也有面值1000卢布的纸币的意思。此处暗指需要好处或贿赂。

笑。她没有理会，提出了用极为纤细的保险网对玻璃进行保护的方案，这一措施从看台上望去是觉察不到的。她试着说服他，可……好吧，要实现她想象中的这套方案——还得考虑到所有谈判中必不可少的那"一勺佐料"——确实是一笔数目不小的开销。

此外她也明白，演出的创作团队正在考察其他几个节目方案。这些对她而言都是家常便饭，不过这回拖得确实太久了。

应对此类情况，她通常选择按兵不动。临到最后情况总会发生改变，这艘装得满满当当、牵涉多方的巨舰，在泛着微澜的河流中也会悄然松动瓦解……

她要了咖啡和草莓华夫，坐在一张被放在角落的小桌边，那里有一株突兀的室内橡胶树与桌子靠在一起。马上就有个人上前问她："这儿有人吗？"是一个年轻的体操运动员。根据身材和肌肉类型，她判断他是个空中技巧演员。看上去这位"来自乌克兰的谢廖加"非常健谈，年轻真好。当她喝完咖啡的时候，他已经把自己的一辈子——从第聂伯罗彼得罗夫斯克的学校足球队到乌克兰体操青年队的经历都说完了。

热内维耶娃说，今年太阳马戏团还要招收更多的"俄罗斯人"，也就是那些阿美尼亚人、阿塞拜疆人和乌克兰人。如今他们在这里足足占了总人数的百分之七十。"俄罗斯人"在任何时候任何地点都能干那些别人不愿意干的活。

"您也在这里工作？"谢廖加问。

"偶尔。"她回答。

离会面时间还有一会儿，她又照例弯弯绕绕地胡扯了一番，说她十分钟前在图书馆的电脑前坐了坐，翻了翻网页，去了趟按摩师那里，甚至还踩了一会儿"动感单车"……然后误打误撞来到了接待大厅。

这时候那里有两个人正在训练：一个俄罗斯的空中吊杆体操演员，安娜同样也不认识，还有一个在单杠上——来自法国国家队的热罗姆。不久前他的跟腱撕裂了，现在脚上还缠着绷带呢，因此只能小心翼翼地做做样子。两位体操运动员都穿着"舍维耶尔"，这是一种没有鞋底的系带皮靴，是太阳马戏团的独家发明。

和俄罗斯人一起排练的是体操教练罗曼·彼得洛维奇，年纪不小了，但是矫健而精壮，敞开的胸脯上挂着一个大大的银十字架。教练拉着吊绳，耐心地注视着运动员，他勉强地晃荡起来，好像在思考接下来该是什么动作。吊绳无精打采地荡开去很远，他完成一个双脚吊挂，再从远处荡回来……看样子他们的工作才刚刚开始，尚停留在编排动作阶段。

安娜坐到敦实的长椅上，这些长椅似乎从古至今一直存在于所有体育场里。

在这个全世界顶级的演出工作室里居然架设了一个帐篷式马戏场。高高的篷顶吊架从天花板向下伸展开来，落在二楼环形的露台上，将整个大厅笼罩起来。

这里放着很多器材：远处的角落里有两个拼接在一起的巨大蹦床，厚厚的蓝色垫子铺在地上，入口向左沿着整面墙有两个用作安全保护的深坑，里面填满了黄色的泡沫方块。而在右边挂着一个韩国运来的架子，看外形就像是个巨大的金属桶，大家管它叫"小痔疮粒"。在里面进行排练的是站在"下面"的接抛员，他们负责把空中飞人接住再抛出去。

这里的一切都是真实的，只不过，一切行为都已超越了正常人的能力范围。

那位俄罗斯体操演员依旧慢悠悠地、似乎很不情愿地在空中飞行着。罗曼·彼得洛维奇四下望望，看见了安娜，朝她点点头，开始扯动绳子的绞盘把吊杆往上头拉。

该去会会菲利普了。

热内维耶娃正在鼓捣一具石膏躯干。她俯身站在桌子上,瘦削的背部冲着安娜。她的身材真是好笑,蜻蜓一样的细腿从宽松的短裤里颤颤巍巍地伸出来,皮质围裙在身后打了个蝴蝶结。

安娜在门口停下来。这间屋子里所有的架子上都摆放着形形色色的玻璃罐头,里面装满了石膏耳朵。进门靠左的墙上还挂着各种石膏耳朵模具。这些滑稽的藏品是热内维耶娃的怪癖,多年来她都致力于收集生产废料——石膏像上的耳朵,这种无论是服装师、化妆师还是假发技师都用不着的东西。她这里有演员们各色的耳朵样本,无论是大是小,是招风耳还是紧贴脑壳的,是大耳垂还是尖耳郭,耳蜗像饺子一样的还是耳郭呈精致的长椭圆形的——五花八门,各种各样的耳朵。在这些石膏模具里能找出世上任何一只耳朵,只要你想得出来……

两个拼在一起的壁柜上装着镜子,上方照出热内维耶娃弓着的背部。安娜在里面看到自己那两个互相对称、局促不安的镜像,她们已被冷冰冰的石膏奇观晃得晕头转向。

她轻轻吹了一下口哨,热内维耶娃转头尖叫一声,朝额头上推了推那副大大的塑料框眼镜,然后跑下来,指甲尖紧紧围住安娜的脖子——因为她的手臂一直到指尖都被石膏粉染白了。

"你从家里来?"她说,"我在厨房给你留了午饭。"

"还没来得及去呢……带的东西太多,拖车在二十五号路上侧翻了。你很快就能弄完吗?"

"还有四十分钟,等我一下,好吗?知道吗,霍华德今天可闹腾了。他感觉到你要来,就跟疯了似的。真的,我早上告诉他:'安娜要来了!'他羽毛都竖了起来,张着嘴巴说:'安娜——小伙子!来亲一口!'"

"真是我要好的老朋友……"

"疯了。我说,我还要给两个西班牙人做头模,你来搭把手?两个很棒的小伙,走钢丝的大力士,也来参加选拔比赛。"

"恩,好呀,当然了……"

所有刚被录用的新演员都要来此处办理这项对他们而言神秘且痛苦的手续:就像窒息的死亡面具一样,制模师会为他们制作整个脑袋的石膏模型,头模将被保存在马戏团储藏室里,即使合同到期也不会被销毁。

一排排悄无声息的石膏头像,眼睛覆盖着白翳,紧闭着双唇,立在储藏室长长的架子上,而不远处技术高超的热内维耶娃正在忙活。

安娜不停地朝这一片又长又挤的藏品望去,慢慢地、侧着身子才将将能从木架中间挤过。

根据石膏头像可以判断演员的性格和国籍,俄罗斯人的特征是紧锁的眉头和尤为收敛的颌骨。

演员们对这项极不自然的程序各执一词,有些人甚至无法忍受这个过程:在半小时的制作过程中需要一动不动地坐着,不能睁眼,不能说话,石膏壳分两半罩住面部,只能通过两个孔呼吸——慈悲为怀的热内维耶娃将两根小管插在了石膏壳鼻孔处。

有一次安娜看见一个意大利小丑没能忍受住这短暂的白色恐怖,猛地从沙发椅上跳起来,一边抹一边晃着那颗米诺陶洛斯般的大脑袋,瞎着眼睛把周围的一切都砸烂了。

安娜与热内维耶娃是在八年前一场由盖组织的盛大宴会上认识的。他偶尔会举行这种颇为轻浮的筵席以供大家消遣,比方说在一张类似医院病床的移动餐桌上躺着赤身裸体的姑娘,从头到脚铺着一小份一小份的寿司,让人尽情享用。

安娜出席宴会是应试镜时认识的乔治之邀——他是在柏林上演的"镜中幻象秀"中看到她的,那也是一场利用镜像反射完成的表演,当演员的形体出现在两块巧妙设置的镜子中时,她的形象就会传递到下一对镜子中,然后慢慢地远去、模糊、消失,而演员仍旧站在原来那个位置,挥动着帽子向远去的自己告别。

乔治亲自找到了她,由衷地提议要将她介绍给舞台剧《龙魂》的舞台导演,这台日后声名远播的剧目最终还是进入了太阳马戏团的演出目录里,可当时还处在商讨研究阶段。乔治确信,她的"镜子方案"也会得到创作团队的认可。

不过,那次会面被安排在了狂欢而有失体统、甚至可以称之为混乱的社交场上,并以失败告终了。安娜正打算离开,不知从何处传来盖的高呼声:"你们干什么,忘记自己的主子是谁啦?!"在这呼声的掩护下她开始穿行于身体丛林中,经过各式各样纸牌做的小屋和玻璃杯瀑布……

而满脸愧疚的乔治追上了她。他并不是一个人,身边还跟着个滑稽的小个子女人——身材扁平,胸部像孩子一样塌陷,长着蜻蜓一样的双腿。"安娜,"他上气不接下气地说,"请你原谅,搞成了这样。我们的想法一定会实现的,只不过他们现在全喝醉了,像猪一样,只顾得上玩乐了……

我想,你也暂时没地方可去了吧?这样吧,热内维耶娃有意……"

热内维耶娃突然用力地握住安娜的手。她说自己是太阳马戏团的铸模师,非常高兴同安娜认识,并愿意为安娜提供一个"远离堕落世界的庇护所"。

他们又在酒吧坐了一会儿,喝了点西得尔苹果酒,这种酒是用黏土容器盛的,这让安娜想起了乌兹别克的茶碗。乔治不知道溜去了哪里,而热内维耶娃依旧生龙活虎地讲着自己在布列塔尼的童年,不过说着说着就跑偏了,又说到西得尔酒是当地的特产酒,就像朗姆和加尔瓦多斯一样,都是海盗带进来的……

小姑娘今天晚上可不光尝了西得尔呀,安娜心想。

她们在这间酒吧逗留了许久,这里可以吃到海鲜,包括牡蛎——那正是安娜没法忍受的东西。热内维耶娃却一个接一个地吞下去,睁大了眼睛,五指伸开呈扇形,因为兴奋而微微抖动着邀请安娜享用:

"你不喜欢吃啊?不是吧?我不相信!"

"到时候啊,"她说,"我请你吃正宗的布列塔尼甜面包,Le guatre guarts,四俄石的面包让你吃个饱——是用平均份的面粉、黄油、鸡蛋和糖做成的;而且甜面包一定要像奶奶那样,在 Le Far Breton[①] 做的才香。她把炉子烤得火热,那么热……面包的表面都变焦了!"

随后她们坐上一辆老旧的小"标致"朝皇家山高地区开去。

"这地方就是这样,"喝醉了的小鸟叽叽喳喳个没完,"又放荡,又可笑。到处都是这样的斯文败类……我自己租了八年的房子,可不久前女房东去了另一个世界,她的孩子们呢——也是从布列塔尼来的——就把房子贱卖给了我。哎哟,你看着点那个坑,小心别陷进去!"

---

① 意为"远布列塔尼"。

关于热内维耶娃异常兴奋的原因，安娜在酒吧里就已经略知一二了，不过因为当时周围嘈杂，又是弹琴又是唱歌的，安娜便暂且将她那亢奋的嗓音归结为酒精所致，以及热内维耶娃自己说的因为"环境嘈杂"，她想盖过那喧闹声……可在这里，在车厢里，安娜一下子就明白了她病态而兴奋地招呼自己，背后真正隐藏的是那难以启齿的欲望……她感到心如刀绞。她当即决定从这不可触碰的烂摊子里抽身，自己租个客房住下。说到底，蒙特利尔可不缺……

"热内维耶娃，"安娜轻声说，"请原谅，我还是得找个地方下车。对不起，因为我……"

"别怕呀！"她活跃地回应着，并没有转向安娜，小鸟一样的身形映衬在霓虹广告牌缤纷的闪烁中，"别有顾虑，我一下子就看出来，你不是我们这路人……真是太可惜了，可又有什么办法呢。我只不过就是太想看看你……你就像个小伙子，像韦罗基奥的'大卫'。我很愿意接纳你。我那里有个寒酸的屋顶隔间，谁也打搅不了你。"

这相识的第一天，她们在厨房坐到了天亮。驼背的非洲灰鹦鹉霍华德见到来客显得极其兴奋而殷勤，啄着笼子的铁丝，用法语叫嚷着："请珍爱鹦鹉！"并且用慵懒叹息的口气打断女主人说的每一句话："可怕！太——可怕！"他一下子就学会了安娜的名字，用各种调调不断重复地喊着，甚至唱了起来……总之，他的一切表现都像是个傻子坠入了爱河。

热内维耶娃笑着说：

"看来我俩都对你一见钟情呀。"

大清早，安娜肩驮一大包床上用品爬上了屋顶，来到了她一下子就命名为"小窝"的房间里。那夜以后，无论她何时造访蒙特利尔，这间屋子就是她的家了。

西班牙人出现了——两个黑乎乎的壮小伙，说话时打着手势。都是在

"下面"的负重演员,安娜一眼就瞧出了他们的行当。两个力气大的家伙。

同往常一样,在他们逐渐激烈的西班牙语对话中,她首先很快地挑选出单个词语的意思,五分钟后她已经能听懂不少了。总之,在外语文本的吸收过程中,她遵循的是望远镜原则,将目光停留在唇部运动上,用意识慢慢接近翻飞的嘴唇中吐出的话语实意,同增加照片锐度的原理类似。就像用望远镜成像,开始可以辨认出语流的大致轮廓,一直到(语言的形体)清晰显现出来。

她听明白了:两个小伙子想要离开,并想带走这个(未显现的朦胧词汇)。在她的镜子世界里,任何一本西班牙语书籍都不存在一丁点实际意义,她只能读懂有声词汇……

当热内维耶娃叽叽喳喳地用法语嘀咕着,把大块石膏团放到盆子里时,两个西班牙人相互交谈着——当然,肯定是在讨论这两个女人了。一个说:"跟老太婆似的。你不会拒绝这个红头发的吧,嗯?弗朗西斯科?"而弗朗西斯科回答的大意是,这个红褐色头发的并不太年轻,但还算不错,相当不错,身材棒极了。只不过,还是饶了我吧……

"请问,谁先来?"热内维耶娃邀请道。她指着被移到屋子中央专门用来"上刑"的转椅。小伙们对视一眼,后面那个叫弗朗西斯科的又喜又怕地睁大眼睛,坐了下来。

趁着安娜还在洗脸池里把绷带条浸湿的工夫,热内维耶娃将橡胶发套紧紧地戴在西班牙人头上,把凡士林抹在他的眉毛、睫毛、脖子和胸口。小伙子们互相嘲笑着,他们还不知道接下来会发生什么。

"开始。"热内维耶娃点了点头,将石膏浆淋在西班牙人的后脑勺、脖子、肩部。然后她和安娜的四只手熟练地将棉布铺在他的头上,并将他从上往下紧紧包了起来。

负重演员那晒黑的脸上,生动而丰满的嘴角还残留着僵硬起来的笑容,而他的伙伴一下子严肃起来。

"喂!"他大声说,"这让弗朗西斯科怎么呼吸啊?"

"没事的,"安娜用西班牙语对他说,"告诉他别害怕,就半个小时,伙计们!"

"什么,他们害怕了?"热内维耶娃一边问一边从盆里拿出装绷带的湿盘子,"怪他们自己。要是讲法语或者英语的话,我还能告诉他们怎么回事。"

她把小插管亮给那演员看,将其凑到自己尖尖的鼻子边:
"能呼吸!别慌!"
然后她开始小心翼翼地清理西班牙人鼻孔边的石膏粉末。

对于安娜能听懂耳边任何一种外语的怪本事,她早就习以为常了,因为第一次涉及这种奇异功能的话题时,安娜的解释也荒诞不经。

"你能想象吗,蒂娜这个臭婆娘,就是艺术部那个布景师,知道她说了什么吗?"安娜在"小窝"安顿下来五天后,热内维耶娃如是哂笑着问她。她们已经聊了一大堆话题,讨论了布列塔尼、俄罗斯、巨大而神秘的城市基辅、轻型摩托车与重型摩托车间的区别等等……热内维耶娃已在安娜面前哭诉了她同一个女演员的第一段恋情,对方从列昂来到她的城市,可热内维耶娃的大哥正好撞见她和这个女演员在一起,从那之后两人就同家里断绝了一切联系;她还哭诉了第二段感情,那是个腿很长、脾气很倔、来自斯拉夫学系的意大利女生——总之,当时热内维耶娃觉得,好像同安娜早已相识多年了。

"……这个贱人蒂娜,她今天是这么说的:'你干吗,居然把这个女人带到自己那儿住?她可是个巫婆!'"

她俩坐在"客厅"里。
简单来说,热内维耶娃的套房是中间隔开的两间屋子,体面而舒适,一间在左一间在右,与走廊相连,她把它们当成两间狗窝。还有一个出奇不方便的厨房和一个卫生间,里面可以淋浴,但是得双手扒着墙缝。

不过其中一间狗窝有十二平方米见方,甚是讨人喜欢:有一面半圆形的墙,朝街道一面鼓出去,形成一个玻璃凸窗,上面摆满了天竺葵。窗户外的景致完全像是出自狄更斯笔下,宜人闲适:安静的街角有一座灰砖砌成的老房子,上面覆盖着斑斑驳驳的深绿色常春藤。

安娜两手摆弄着破损的风笛。她试着像吹奏自己的口琴那样吹响它,可这老旧的气囊叹息着,上气不接下气,她试了多次都没能将那扁塌塌的乳房吹鼓起来。最明智的选择就是把这废物扔了,可热内维耶娃认为风笛是世上最好的乐器,因为人们在布列塔尼都喜欢吹风笛。

"我回答她说:'你这条舌头又在嚼什么蠢话呢!'"只要让热内维耶娃转述当时的场景和对话,她总能将全部经过重新演绎一遍,还原每一幕,再现一个个人物。此时她的脖子正因为怒火中烧而通红一片:"安娜对你做什么坏事了?""没做,"对方说着,还露出下贱而得意的笑,"可她就是巫婆!"

安娜把风笛放下说:

"要是你当真想修一修这乐器,我就把它拿给谢尼亚,他肯定能找到师傅。"

说着安娜抬起头看看骑在椅子上的热内维耶娃。她已经准备好如何批斗"贱人蒂娜"了,并且似乎期待着安娜也报有同样的愤怒。

可安娜没说话。

"难道你跟她吵架了?"

"我不认识她,只在走廊里碰到过两三回。"

"那她说的这是什么鬼话!……凭什么?"

安娜无奈地笑笑,摊开双手轻声说:

"因为我是巫婆啊。"

霍华德用喙啄着笼子的铁丝,叹息说:

"可——怕!"

热内维耶娃哈哈大笑,又突然打住,盯着安娜看了好久。

"你什么意思?"她笑了笑,含含糊糊地问,"你真的会法术啊?"

"不是。"安娜耸耸肩。

"那你……会治病疗伤不?"

"不知道……没试过。"

"那你会什么?"热内维耶娃一脸迷惑又提心吊胆地看着自己的新朋友。

"怎么跟你说呢……"安娜望着窗外不情愿地说。对面那栋宜人的老宅子上,常春藤慵懒放肆地越过波浪纹的房顶挂了下来,主人正从宽大的窗台探出身子来,用修整花园的剪刀把它们剪平。"只不过……我能看见一些东西。"

"什么?"热内维耶娃皱了皱眉,"能看见——是什么意思?"

"就是……有时候就像在看一部电影。我能让它前进,也能让它倒退……"

"瞎扯,"热内维耶娃孩子一样惊呼道,"你别闹了!那我呢,我的家庭……你能看到吗?"

安娜叹口气,有些苦闷……走到哪儿都是这一出。这个善良而娇小的热内维耶娃,她没做错什么,就已经那么紧张了,要是听安娜说完会不好受的,这个可怜虫。

"能。你奶奶腿瘸得厉害,对吗?你大哥……骂你的那个,这么多年他还喜欢着别人的老婆呢……你有一条心爱的裙子,深蓝色法兰绒的,有稀疏的白色大斑点,领子也是白的……十岁那年你从奶奶的钱包里偷了十法郎去买巡回马戏团的演出票,这让你至今都过意不去……"到此为止吧,她习惯性忧心忡忡地想着,可最后还是这样收尾,"有时候……

我能看见你的想法,可这也是因为你思考得太明显、太清楚了,简直就是在大声地把这些想法宣读出来嘛。"

热内维耶娃震惊地从椅子上一下子站起来,失魂落魄地张开双手,仿佛尝试将它们合上却做不到。她在屋子里来回踱着步。

"不!"她最终还是开口了,"看见想法?不可能!这怎么可能呢?这么说随便一个人站在你面前都能被你看个精光?!甚至更糟!我们的想法就像裸露的身体一样?!"她在安娜面前停下来,勉强地笑着,将信将疑地问:"你是开玩笑的吧……那你说,我现在在想什么?"

看来还是得把这没人信的真话讲到底了,安娜暗想。于是她大声而平静地说:

"你在想,她还真把这些见不得人的事儿挖出来了,还有……现在该怎样才能假装比较体面地把我撵走呢,还有……你满肚子都是骂娘的脏话。"

热内维耶娃急忙向后一闪,像被人打了一拳,脸一下子涨红了,赶忙用手遮住脸。

"抱歉!"她低沉含糊地说。

当安娜背着书包沿螺旋楼梯从"小窝"下来时,热内维耶娃猛地打开自己房门,堵住她的去路,斩钉截铁地说:

"我这就把自己全部的想法告诉你!让他们全都见鬼去吧,虚伪的混蛋!你哪儿也别想去!我不放你走!"

很快,这位像是罩着罗马士兵头盔的西班牙小伙就在转椅上僵住了。两分钟后,他那肌肉发达的肩部、胸部和腹部都出现了明显的抖动。不一会儿，被俘的弗朗西斯科紧紧抓住旧皮椅的扶手，随即痛苦地伸开五指，像在伸手不见五指的地狱般的黑暗封闭中竭力摸索着救命稻草……

他的朋友恐惧而沉默地盯着他，盯着这个一下子从人类变成石膏头怪物的小伙伴。是啊，这个神奇的过程是有点吓人了，还带着点残忍，安娜这么想着。这就像是把你的头砌进了墙里，你压根顾不上考虑自己在哪里，自己的屁股此时坐在什么东西上……可有什么办法呢，这招对马戏团的工作确实很有助益：现在，不管演员们在远方哪个马戏团分支工作，他们的身材尺寸总是能及时送到节目创作者、裁缝、服装造型、假发制造商的手上。

突然忍受石膏酷刑的西班牙人含糊不清地哽咽起来，在鼻咽处发出了痛苦低沉的哀号。安娜用手扶住西班牙钢丝演员那强劲有力、和瓦洛季卡一样的手臂，并且用力按住……而他像个孩子，感激又紧张地抓住她的手，揉搓着，按压着，死死抓住不松开，直到热内维耶娃将硬化的石膏分成两块移开，并开始将污渍、凡士林和石膏碎末从他惨白的脸上、脖子上、有力的肩膀上清理掉……

晚上安娜梦到了一排排没有尽头的石膏像，他们被映在镜子里，从那里面冲她点头哈腰，意欲挑逗她，操着各种语言殷勤地同她攀谈——这可和现实中摆在木架上一动不动、接受审判般木讷的石膏像完全不同。她在梦里还琢磨，镜子里的一切东西还真都是活的。

她又将摩托车拉到极限的速度，脱离地面，向上飞到半空中，试图冲破天空中那一层纤薄的、如同春季漂浮在水洼表面的汽油纹路那般五彩斑斓的玻璃膜。

醒过来的时候是早上六点，她又想起了玛舒塔。

最近几年她越来越频繁地想起她来。奇怪的是，忆起她的次数甚至要多过对父亲的思念——如今她仍旧如小时候那般忠贞而热切地爱恋着他,尽管当时失去理智的赫里斯季娜并没打算给她开门:"不放你进这个家门!"可她还是像模像样、恭恭敬敬地将父亲埋葬,还和大家一样,哭得没了模样。

确实如此。那一天,安娜在清晨按响了家里的门铃,赫里斯季娜已经穿好了衣服,也可能是她根本没有睡觉。一看到自己曾经的学生顶着严寒、身上冒着团团蒸汽时,不知为何她竟没用自己那改不掉的杂交语,而是操着乌克兰语大喊起来:

"快来看啊,各位好心人!快来看这个贱货从马戏团回来啦!"

屋里只有她们两个人。当然,躺在客厅的棺材里,一脸傲慢,让安娜很不适应的父亲不能算在其中。

"混蛋,天杀的混蛋!该死的不知道躲到哪里去了,也没个音信,分家产时候倒是出来了!"

安娜走上前去一声不吭地搂住她的脖子,紧紧拥抱着。

"好了……够了……"她疲惫地说道,"别说了。你是从哪儿学的,突然这么说话了?"

赫里斯季娜听话地停止了自己演戏般的号叫,肥硕的躯体挂在了安娜身上。

"纽塔!"她嗓子里发出可怕的哀鸣,"去你妈的!"

"这就好多了。"安娜含糊地说着。

她恍然间意识到,有必要告诉赫里斯季娜自己在乌克兰大使馆的所作所为。她想起了签证部女职员那对浑浊放大的瞳孔——她在那里的尊称是什么来着?领事?还有一想到濒临死亡的父亲时自己那股难以遏制的盛怒。"好的,请明天九点来取护照。""不行,"她面无表情,克制住怒火,隔着玻璃冷冷地说,"您立刻就给我办,火速办……请把印章拿出来,它就在桌子的第二个抽屉里……"

她第一次意识到，就连赫里斯季娜也爱着父亲。不然她不会在玛舒塔死后搬回这座房子来，凭着自己那份源于乡下，而在大城市喧嚣的生活中仍完好保留下来的农村人忠厚本分的品质，伺候"涅斯捷连科医生"直到他生命的最后一天。

第二天葬礼结束后，安娜从永远盘踞在父亲书桌上的纸堆中抽出一张画着格子的纸，一笔一画地用反过来的笔迹——如此工整，看上去也很符合这种场合的需求——写了一份给赫里斯季娜的遗嘱，为了增加可信度，还附上了赠送的"家当"，也就是遗产。她花了整整一个礼拜找公证处和律师所办理那些愚蠢的手续。

赫里斯季娜一下子就老了。老实巴交、孤孤单单一个人，满脸红扑扑地坐在大屋子里。

一有事情她还像安娜小时候那样在屋子另一头大喊：

"纽塔！"

当安娜出现在门口静静地问"你喊什么？"的时候，她就说：

"啊你走吧，没人会来了，给你男人打个电话吧。"

赫里斯季娜不停地说了很多关于父亲的事——他吃什么，喝什么，生病那几个月有谁来看他，在医院里大家是多么照顾他……"他的葬礼多风光呀，纽塔奇卡，是吧？那么多鲜花，还有，他们讲得多好呀！"也许这些不断重复的经文悼词能带给她必要的安慰吧。

安娜也并不希望与自家这间从里到外都填满悲伤酸涩的味道、令人深陷回忆的屋子告别，尽管它早就不属于自己了。

"他死前哭得那个伤心啊！"赫里斯季娜绘声绘色地说着，在沙发上摇来晃去。现在她说话时一会儿从杂交语转到乌克兰语，一会儿又用回杂交语："真可怜，哭成那样了都！"

"因为玛舒塔？"安娜忧郁地问。

"不是，"她诧异地抬起淡灰色的眉毛来，"是因为你……眼泪就这么流啊,流啊……不停地说:'赫里斯季娜,她多么出色呀!'我整个人都吓僵住了!这是干什么?我心想,这像给死人哭丧似的……"

突然她回过神来,意识到自己已经是这笔难以估量的遗产的继承人了。

"我去储藏室把镜子拿出来,"她自言自语地说着,"那镜子在里面放了多久了,上面全是灰尘!"

"不着急,"安娜说着,"一会儿等我走的时候再拿吧。"

她坐到折叠桌前,也不脱衣服,一连两小时对着热内维耶娃的电脑看。她每次来都是这么打发时间的。

显示器上依次闪过太阳马戏团里众人的面孔。

摄影是热内维耶娃最舍身忘我的爱好。现实生活中对这个小姑娘并不怎么友好的世界,通过她的相机取景器,立刻发生了变化,变得深刻、动人、灿烂,带着瞬间的惆怅。她那些最为成功的摄影作品被印在了太阳马戏团的明信片、手册和相册上,还被挂在了领导办公室墙上。

看这张照片:帐篷马戏团的尖顶上,蓝色和黄色的条纹螺旋上升,就像狂风中飞扬的沙丘。白色的聚光灯安装在高处,旗帜在风中飘扬,仿佛都能听见帐篷里面传出的音乐声。

还有这张阿莱格里亚表演团的"全家福":伙计们演出后聚在一起,大家都异常兴奋,带着妆,穿着戏服,大口喘气时胸前的装饰物还在一起一伏。

在聚光灯的光亮里能清晰地看到精致的妆容上那些五彩缤纷、闪着金银色亮光的最微小的细节。野兽和矮人的面具看上去又吓人又好笑,时而慌张失措时而凶神恶煞、时而忧郁时而荒诞的童话形象,被技艺高超的化妆师们诠释得栩栩如生。

服装也奇幻美妙,令人难以置信。每一件都绣着五彩花纹,每一件都是设计师的杰作,从头到脚每个细节,哪怕是一个小亮片都经过精心雕琢。戏服的每一个部分——鞋尖朝上的麂皮靴子,令人瞠目的扣环、搭穗和纽扣,带穗的肩章——都独一无二,且价格不菲。一个演员插着羽毛头饰,另一个戴着高高的直筒帽,还有一个戴着竖起来的假发,就像晚上睡得很糟糕一样。这个规模不大的演出团体仿佛刚从蛮荒、狂欢而惊悚的梦境中跌落一样……

这儿还有一张大照片:声名远扬的列尼亚·卡特科夫扮演的忧伤的小丑,嘴唇像白色的油炸饼,鼻子上戴着一个小红球,左眼下挂着一条黑色的泪线。而上方一边的眉毛比另一边要高出很多,像一顶忧郁的降落伞惊险地飘落……

这是照片"蛇女"。演员来自中国,没什么表演能出其右了。她全身覆盖着似在燃烧的孔雀翎眼和泛着绿光的蛇鳞图案。戏服没有一丝褶皱,就像是长在身上的皮肤。照片定格的瞬间,演员的臀部正好翻折到了后脑上,那张谜一样冷峻的面孔朝下,下巴贴在地面上,伸展的双腿像拉直的木棍一般。

这就是她的表演:肢体难以想象地扭曲着,蜷成一团……双腿摆成环形,套在了脖子上。

这里有一张新的照片:方格蹦床上的银白色体操运动员。镜头捕捉到了他在空中翻筋斗的瞬间——双手朝下张开,脸上化着妆,大大的眼睛和上扬的眉毛被拍了下来……

当安娜下来时,热内维耶娃已经站在平底锅前,用小刀翻动着锅里自制的 Galettes bretonnes 了——这是种用荞麦面粉和鸡蛋做的薄饼。

赫里斯季娜这辈子做早餐时都会烙一些这样的薄饼,却从未意识到,这竟是布列塔尼菜谱里最基本的一道菜。

热内维耶娃基本上保留了布列塔尼人的习性。不管怎么说,她还是个天主教徒。在她的沙发床床头挂着个耶稣受难十字架,每天早上一睁开眼,她首先要做的就是热切而笃信地低声念诵祷告,结束后就立刻倒上第一杯提振精神的威士忌或者白兰地。

每年八月她都会去布列塔尼,从早到晚扛着相机游荡,她接了一份无足轻重的活儿——物色出镜模特!她把自己假扮成大学生,着了魔似的疯狂拍照,每一次都会带一整套全新的影集回来,然后将墙上的老展品全都换成新的。

现在墙上挂着的那些,安娜早就记得一清二楚了。这里有三个渔夫,出人意料地穿着粉红色的上衣,出现在落日映照下粉红色的水波背景中。他们正往回拉着渔网,一次次使劲时喊的口号融汇在荡漾着微微波浪的水面。这画面同现代时髦的芭蕾舞一样——落日像是被遮挡的聚光灯,将舞台映红了……

这是另一张照片:两个女人沿着黄昏的海岸漫步,她们穿着黑裙子,戴着十分奇怪的头饰——又高又白,类似厨师的帽子。在第二张照片里,仍旧是她们在行路,起伏的山丘绵延不绝,一行粗糙而蛮荒的石柱在秋天的蒙蒙细雨中隐约可见。远处将将能望见悬崖上立着的灯塔。涨潮后留在滩涂的海草上结着盐渍,仿佛能嗅到碘的味道。

"客厅"里还挂着几张浪花汹涌、澎湃异常的大海照片,画面上高涨的浪头像紧绷的肌肉,狂怒的海水中卷杂着一堆堆泡沫……

霍华德安静而傲慢地在鸟笼上方踱着步子——每天早上他都沉默寡言。不过安娜一来他就被激活了,一下子飞到了她肩头,拧一拧她的耳垂,用挑事般的下流口吻说:

"安娜——小伙子，让我亲一口吧？"

"好啊，请吧。"安娜答应了他，用手抚摸着他凸起的肩部。

光碟机里播放着"阿莱格里亚"的演出集锦——要是离开了自己喜爱的马戏，热内维耶娃一刻也活不下去。白色歌者出现在屏幕上，这是太阳马戏团帝国的一个象征（以她为原型，穿着白色礼裙的纪念品玩偶与公司纪念背心、茶杯及其他杂货玩意儿一道在行政大楼的商店里出售），她吹着风笛，拖出深沉而如涟漪的绵长旋律。

"你知道吗，"热内维耶娃冲屏幕努努嘴，"这可是我的最爱。我跟盖和同事们说过，风笛从皮腔内部发出正宗的低音，能够将一个场景深化，我们演奏它时总觉得它那么蛮荒有力，扣人心弦……舞台上的音乐，我觉得，应该是原始的、情欲的、凯尔特人式的。"

"你电脑里有新照片呀？"安娜说，"我还没见过呢。"

"是的，有两个中国新面孔！'火轮'——你看见了吗？效果棒极了，节奏也紧张！还有……"她吸了一口气，停顿之后又吐了出来，"还有一个非同寻常的俄罗斯体操员……她柔软极了。安娜，你也知道，体操运动员一般都很笨拙，可她……她叫艾莲娜——我俄语说得对吗？这么叫真的比海伦好听吗？这家伙的身体真是有无限的可能性，竟能如此协调而自如……"

好啦，看来，她又有新欢了！安娜瞥了一眼热内维耶娃尖尖的脸蛋，心里暗想。

这个手脚细长的农村天主教学堂学生，长长的脖子伸在黑色裙子的领子外面，坐在马戏团演出现场看得目瞪口呆，心潮澎湃！她纤细的小手冻得通红，裂开了口子，不停地把膝盖处的裙摆抚平。她闪光的黑眼珠如饥似渴地盯着那个身穿过时的粉色紧身衣的体操演员——在这个没有名气的可怜演出团里，她得算是当家花旦了，竟跑到这种偏僻的海边小镇来演出。马戏团叫什么?好像有个意大利名字,印在帐篷的帆布上,被雨淋得几乎看不出来了。

"我后天就走了。"安娜说着,吃完了薄饼。

屏幕上出现了一个魁梧的蒙古人和另一个穿着相同衣服,画着同样妆容,假扮蒙古人的演员,粉白的脸上有两块苹果般的红晕。他们同时以目不暇接的速度完成一个接一个的特技动作。燃烧的火把飞舞着,在空中画出奇幻的花纹,火把尾焰交织成花哨的图案和光晕……哎呀,棒极了!毫无疑问,这是顶级的表演。

"已经定了后天?"热内维耶娃有点惊讶。但安娜一下子就明白过来,对,错不了,她的好朋友已经深陷另一段感情中了,否则听到安娜马上要走的消息,她的反应不会如此平静。

"我得去趟波士顿,找谢尼亚。那里有件棘手的事:他的老朋友有一把价值连城的小提琴被偷了。"

"天哪,"热内维耶娃叹口气,"小偷也挺高雅的。"

没错,安娜暗地里表示同意。

"那你还会见菲利普吗?"

"最近不会了。老实说,昨天见了他以后我很生气。菲利普是个聪明人,有远见,但毫无原则可言。除此之外,他还有一些不可告人的目的。他栽培自己的人,还试着讨好盖。总之……不能现在插手,让事情自然发展,等时机成熟。我喜欢让事情落到没有我就举步维艰的地步再介入。再给我来点咖啡,谢谢!加少许牛奶……我啊,想出了一个新的照明方案,所能获得的现场效果是难以估量的。至今没人这么干过:要准备一些可以旋转的棱镜柱子、激光射灯和四面镜子,明白吗?我把其中一面放在透明的幕布后头……"

事实上,她是不满意自己的表现——昨天竟如此热切地将方案的优势一五一十写给了菲利普:巨大的镜子箱体,可活动的箱面,下面装着滚轮。可以一下子就改变位置,完全打乱,重新组合,可以在舞台上呈现一大把完全不同的平行的设计可能!为什么要在这个狡猾的家伙面前表现得如此坦诚呢?她问自己,这样的坦诚毫无意义……

"菲利普,"她说,"我对你们的舞台确实很感兴趣,我还没有进行过如此大规模的表演。请想象一下,当你们的'全部班底'——事实上只有几个人而已——出现在我的镜子里,舞台和整个场地上将会有怎样的效果!到时候我们就该扩建观众席了……节目里将会出现无数奇幻的人影!想象一下,他们出现在任何一个地方,无论你把头转向哪里,他们都会在那儿!甚至连天花板上也是!一个个完全就是梦幻世界里的人物!无比宏大的海市蜃楼!另一个——镜像的宇宙!"

菲利普坐着,笑眯眯地点点头,将一条腿搁在另一条腿尖尖的膝盖上,微微抖动麂皮皮鞋的脚尖,爱怜地用两个手指抚摸着自己栗色中带着斑白的胡须。

她们一道从家里出来。霍华德很不满意地被放回了笼子里,当她们沿着楼梯下去时还能听见他气愤的叫声:

"请珍爱鹦鹉!"

同往常一样,走之前安娜会和热内维耶娃来到圣卡特林大街,在众多酒吧中挑一家请她吃饭。

每到晚上那里都会播放"电音"歌曲,伴着它的节拍,年轻男性们跳起舞来,边跳边脱掉背心、衬衫,将红润的身体裸露出来。

不知为何,热内维耶娃很喜欢这种喧闹而生猛的场合。安娜呢,她饱受马戏团定音鼓的折磨,早已受不了任何高音——只不过她对霍华德的叫嚷并不反感。

而白天在这里只能吃吃饭,倒也体面。

"要是艾莲娜过来和我们一起吃饭,你不反对吧?"早上热内维耶娃小心翼翼地问。

安娜笑着说:

"我为什么要反对?"

"那我——"小姑娘趁势高兴地说,"我就坐着听你们讲俄语好了!"

艾莲娜是个冷冰冰的金发女子,眉毛修得高高的,这让她的脸庞显出些许惊诧、些许嫌恶的神情,就仿佛几分钟前刚得知了一个对自己极端不利的坏消息……面部的一切表情都是由眉毛来统一指挥的呀,安娜暗想。还能说什么呢,既然热内维耶娃对她如此痴迷,既然她也能在情感上做出一些回应……而且,可怜的小姑娘也得另外找个人来填补与霍华德在一起的无聊时光呀。

在热内维耶娃和善的目光注视下,她们开始用俄语含糊地聊起天来。两人交换了一些对当地马戏团环境的看法,试着找到共同认识的人,但是这些尝试都失败了——艾莲娜是从体育圈转行到太阳马戏团的,而安娜则一直在马戏圈。之后她们又聊起英国一个用纸板表演的节目,这是热内维耶娃的新欢在中学时就知道的。她们究竟是如何用这种贫乏的语言完成交流的?不过,语言在马戏这行里似乎也不重要……

四十分钟过去,鱼正好端了上来。艾莲娜去厕所的工夫,热内维耶娃探到桌子对面,用手碰碰安娜的指尖,忧心忡忡地问:

"你喜欢她吗?她真的很高雅,对吧?"

"很喜欢。"安娜一边肯定地回答她,一边想着,他们马戏圈内的黑话管这样的女人叫"踮脚骚货"。

"我觉得,她……因为我而有些嫉妒你!"小姑娘嘻嘻哈哈地说着。

安娜觉得烦闷起来——最近几个月常出现这种情况,一种死亡般凄凉的、非生理上而是心理上的虚弱感笼罩着她。她称之为空虚——"纽塔,我的天使,这是种突然降临且艰涩难挨的空虚"——尽管早就该换一个叫法的……

这种突然涌上心头、想要逃到另一个地方去的念头越来越频繁地搅扰着她。去什么地方?并不重要。得赶紧骑上摩托车疾驰而去,远远离开,直到精疲力竭,就像年少时练得肌肉酸痛,哀求饶命为止……

此时的她突然想起身,走到室外,跨上自己的坐骑……她甚至已经在口袋里摸索那块方巾了。

不,得先吃完这一顿,付完钱,同热内维耶娃友好地告别一番才行。

她环顾着白天空荡荡的酒吧,冷漠的目光扫过对面的墙壁,那里挂着两幅装饰画,画上是粗犷的半裸男子,当中悬着一面白框的镜子,镜子里反射出女盥洗室的门。它被打开了……

接下来那一瞬间被拉伸得很长,仿佛一张因极度疼痛而大张的嘴。她看见艾莲娜吊死在门洞里,来回摇荡,脖子挂在保险绳的活扣里,惊恐惨白的脸上,一双闪着光的血红色眼睛正盯着安娜……安娜呛了一口,咳嗽起来,靠在椅子背上喘着气。

"怎么了?"热内维耶娃惊讶地问,"你怎么了?"

"没什么……"她吃力地动着舌头,含糊地说着,将手盖住在了脸上,"血管痉挛……也许是天气关系……偏头痛……"

艾莲娜已经走到了桌子跟前,丰满圆润的嘴唇上重新涂了口红。

她迅速道了个歉,抛下闷闷不乐的热内维耶娃离开了。

剧烈的头疼连同镜子里的画面一齐猛烈地敲打着安娜,一下下撞击在她眼睛后面的太阳穴里,而且根据经验,还不知道要持续多久呢。

她向服务生要了账单,透过窗户看见自己的摩托车停在露天停车场里。她告诉自己,现在就告别吧,亲吻一下,然后就走,把这里的一切都忘了……

不,你别想把我扯进来!见鬼的!你休想玩弄我!……

她站起来,对自己说,走吧,你不过是个过客,偶然中窥见了那并不想让你看见的、最为隐秘的命运画面……

"热内维耶娃……"她没有起身,勉强开口道,"听我说……听我说,看在上帝的分上,什么都不要问,只要听我的就行——不要太迷恋这个姑娘。"

她抬起充血的眼睛望着自己的女伴。

热内维耶娃诧异而委屈地盯着安娜。

"你这么说是什么意思?"她糊里糊涂地说,"你很反常……很伤人!"

安娜明白,永远都不能告诉她为什么。永远。

"求你了……求你了!"她加重了语气重复着,抓住热内维耶娃的手,"不要爱上她!"

"可是为什么?"深感屈辱的热内维耶娃大喊着把手抽出来,绝望的面孔变得苍白,嘴唇抽搐着,仿佛努力含住那些准备倾泻而下的词汇,不让它们脱口而出。

安娜垂下眼睑沉默着。疼痛像一枚尖锐残酷的钻头,在她的镜面世界上钻出许多窟窿来。

热内维耶娃大声叹了口气,快速地做个手势打断自己,然后开始说:

"你!这么多年来你确实是为了我……可我是个大活人,你知道吗?活的,也许,还有点可怜,甚至像我的哥哥们说的那样,是有罪过的……可我也需要温暖!"她无助的双手似乎想要制止流淌出来的话语,一会儿无力地摊在桌上,一会儿又抬到自己的脸边。这双极具天赋的巧手,虽然娇小,但很厉害。而她那尖尖的侧脸却像一只古怪的小鸟:"我也是有血有肉的!可你什么也给不了我……我是说,对不起,我也不想强迫你那样,毕竟我们是好姐妹,是啊……可你应该理解我……你这样,很自私!你担心的是不是屋子的问题?这你就不用操心了,你的房间永远给你留着!"

账单拿来了。安娜把钞票放到平整的皮质夹子里,又在上面放了几个硬币作为小费。她站起身来,从椅背上抓起自己的斜拉式皮夹克,穿上后把方巾系在了脖子上。

热内维耶娃坐在桌边一脸悲切,因为说了这么多废话而开始咒骂自己。

安娜弯下腰,双手扶着她瘦削的肩膀,在她那蓬乱得像鹦鹉冠毛一样的脑袋上亲了一口。她说:

"是的,就是房间的事儿……那间屋子太舒服了。"

来到外面,她花了两分钟例行查看一番摩托车,然后坐上去,戴上头盔,又用手指把拉链扣子摸了个遍,检查着是否万无一失。

疼痛如无穷无尽的潮水在她眼窝后头翻卷着,拍打着她的额头,挤压着她的太阳穴……

透过窗户都能看出热内维耶娃受到的打击有多么沉重。

她孤苦伶仃、略微驼背的身形在桌子后头一动不动……安娜收起停车脚架就上路了,瞬间飞驰而去,咖啡馆、加油站招牌,连同令人愉悦的波希米亚式皇家山高地区飞快地从身旁向背后流逝,整座遍布马戏团和教堂的蒙特利尔城被她甩在了身后。

"不,孩子,还是我来开吧……这座城市里有太多让人抓狂的立交桥,还见不到一块道路指示牌。要是你来开,照平常那样猛地一脚油下去,路肩上的树都要被你拉跑了。知道吗,有一本当地导游册,里头很英明地分出了这么几部分:'如何在波士顿购物''如何在波士顿就餐'……到了'如何在波士顿开车'这部分,就只有一句话:'在波士顿最好别开车'。"

"说说米亚特里茨基吧。"安娜要求道。

"我信里告诉你了,米亚特里茨基很痛苦。他的斯特拉迪瓦里没了,多么优秀的斯特拉迪瓦里呀。"

"唉,这是自然的。"她回应道。

"不,这可不平常!"谢尼亚纠正说。

早上他在机场接到了她,说服她不要带自己的摩托车和其他附属物品(他讨厌她的摩托车,还有那套愚蠢的机车服——包括皮夹克、头盔和可恶的手套),这让他处于良好的心境之中。

"这完全不同寻常!斯特拉迪瓦里一辈子制作了两千余件乐器。那些失败的作品,他既不重做,也不销毁,而是原封不动地留下来。而且你也永远不知道这把琴是大师亲手做的,还是出自他学徒之手。"

"原来如此……"安娜漫不经心地回答。可谢尼亚知道,他说的每一个词都会立刻被存放在那些特意为他准备的、难以觉察的储藏架上,而且是完好无损地保存下来,就连吐字时的语音语调都包括在内,只要她需要,任何时候都可以当即取用。

"最好的小提琴,是瓜奈里做的,"他继续说,"这个人一辈子也没做多少把琴，可每一把都价值连城，堪比黄金钻石。所以你看，这小偷干的是什么好事呀！我告诉你，这简直就是丧尽天良！请原谅我这么说。米亚特里茨基的斯特拉迪瓦里，它恰恰就是那样一把上品，就这么被偷了。"

"怎么被偷的？"

"在演员休息室被拿走了。那里有两间相连的屋子，第二间有扇门通往走廊。演出结束后教授还在台上接受掌声欢呼，乐器已经被直接拿下台了。孩子……"他心怀愧意地朝她看了一眼，"请原谅我骗了你，可我是觉得，你一下子就能找到它……"

"试试看吧，"她打断他说，"小心看路。再说点他的事儿吧——你很喜欢他。"

"好啊。"谢尼亚说道，"他对我很重要。我是个彻底没救了的孤儿，而他却在某种程度上让我想起了外公。就是那种特别自然、与生俱来的亲近感，很难说得清楚……我之前也写信告诉你了。米亚特里茨基生在华沙，但是童年在俄罗斯生活，因此俄语很好，甚至坚持要我用俄语跟他对话，他管这叫'练肌肉'。太疯狂了！都九十三岁了！而这个世界就是缺不了他这样的人——'练肌肉'的家伙，好啊……在二十世纪中叶的时候，十六岁的安杰·米亚特里茨基去了德国，成为著名的卡尔·弗莱什的学生。所以就是从那时起他成了造诣深厚的小提琴手，很快他的助手便给他扣上大师的头衔了。可有一次，一个八岁的小姑娘伊达·亨德尔突然出现在弗莱什面前，弗莱什却拒绝接受她到自己班里去。米亚特里茨基很可怜她，于是开始自己教她……直到现在她还隐瞒着年龄，带着那条在人们脚底下窜来窜去、脾气暴躁得只有主人才能匹敌的贵妇犬在各地现身演出。而米亚特里茨基是唯一记得她几岁的人……"

十五分钟后他们行驶在了大气而僻静的街道上。根据路边参天的梧桐和椴树可以判断,此处是一片历经百年的老旧富人区。道路两旁升起的斜坡上平整地铺着毛毯一般的草皮,每一块上头都有一座奢华的宅邸。每一处宅邸都有自己的格调——镶嵌着彩色玻璃的窗户,雕花的柱子,开阔的木质凉台,上面放着轻盈的摇椅和空荡荡的吊床,清晨的微风吹得它们微微摇摆。整日里鸟鸣声喧闹清亮,人们仿佛在森林中穿行。

最后,他们停在一处宅邸门前,这里同样有吊床,同样有摇椅,摇椅上还有一只沉着的松鼠正用小爪子紧握着食物仔细端详。

"真安静。"谢尼亚说着,环顾四周,砰地关上车门,"我们来早了十分钟,也许教授还没准备好呢。来,进去吧……"

"这样不好吧?"

"走吧,我是这儿的常客,跟家里的女佣似的。有一次在附近演出,四轮马车没能把我送进来,我就自己步行过来,轻车熟路地进了屋。当时已经很晚了,我也不想吵醒老头子,就在客厅沙发上躺下,睡得可香了。第二天早上他就像什么事儿都没发生似的给我做好了早餐。"

他们吓走了松鼠,沿着该重新刷一层涂料的木质台阶向上走。谢尼亚一推门——它是虚掩着的——两人便进到了一个不大的客厅,里面摆满了古旧划损的家具。那个叉状的圆形衣架跟安娜小时候见过的立在基辅任何一个单位更衣室里的立式衣架一模一样。

"教授,喂!"谢尼亚喊道,"安杰·弗拉季斯拉沃维奇!"

没人应答,只听见某处有水花声。

"不礼貌,"安娜说,"门怎么是开的……"

"嗐,这一片就算脑瓜瓢开了都没事——什么都偷不走。"

"那瓜奈里在哪儿?在给他搓澡吗?"

谢尼亚哈哈大笑起来,尽管安娜似乎没在开玩笑。他经常会从她的问题中找到很奇怪的笑点,不知为何就笑起来,甚至合不拢嘴。

"给你看点东西吧。"谢尼亚说着搂住她的肩膀,带她沿着墙壁看。

他们时不时会碰到桌子和翻板写字台，差点把上面的枝型烛台、匣子、银质高脚杯给掀翻了。他想把很多照片展示给安娜看，上面记录了米亚特里茨基同无数名人合影的瞬间，让人眼花缭乱。

老照片泛黄变绿了，而新的还是彩色的。有肖像照，有摆好姿势的，也有偶然摄下的；有顺手在音乐会大厅的楼梯和走廊拍的，有同乐队一起在舞台上、在演员室里、在鲜花簇拥下拍的；有夏日里在船上漫不经心拍下的——嘴里叼着烟坐在躺椅上；还有开车时拍下的车窗外的昔日风光——当时的汽车还是挤压式喇叭，真是难以置信。在饭店，在酒吧，在巴黎、马德里和伦敦的咖啡店凉台桌边，在富丽堂皇的酒店大厅里，四周是金碧辉煌、高耸气派的玻璃墙，在扶手镶着狮子头的巴洛克沙发椅上，在录音棚里，还有老式飞机的舷梯上。甚至在敞开的直升机舱口，小提琴师安杰·米亚特里茨基正准备钻进去，他身着优雅的黑色长大衣，带着柔软的毛毡帽，站着探出身去，手上提着那个琴匣……

"九十三年，"谢尼亚感慨着，"岁月都被记录下来了……"

缓慢的脚步声传来，楼梯上出现了踩着居家拖鞋、穿着睡裤、不慌不忙走动的双腿。接下来是睡袍，腰带松松垮垮地系在腹部，睡袍里露出背心来……随即米亚特里茨教授完整地出现在他们面前。

……迎接客人的时候，总得穿体面一点的睡袍吧。

不过这个干瘪驼背、一头蓬松灰发的家伙却自我感觉良好，甚至有点兴奋。

"哦，"他开口说着，快步朝安娜走来，向她伸出手去，"西蒙，您说过她的事，甚至对她大加赞扬，可你没提前告诉我，她竟是如此……"

"如此怎样？"安娜认真地确认着。她一下子就喜欢上了米亚特里茨基。

"瞧这双眼睛，迷人极了——肯定不是每天都这样！这么美的眼睛肯定不是每天都有的!"

一句话,老头子还是个殷勤周到的风流男子。

据说,米亚特里茨基的女儿尤利娅也很快就会到,她也想认识安娜——还有孙女儿("哦,你们都会见到她的,她是个大美人,我爱死她了!")。

是的,安娜想起谢尼亚曾在信里告诉过她有关教授收养中国小姑娘的事。

"现在还不请我们喝咖啡?"谢尼亚问道。

"当然可以,您要不是懒汉就自己去泡吧。"教授毫不犹豫地回答。

"我就知道,伺候大家的活儿肯定又是我的……"

安娜立刻放松了下来。她很久都没有这么舒服地待着了,就像在家里,周围摆满了喜爱的什物,被悠长岁月的气息所环抱与温暖着……

谢尼亚朝一楼客厅后头的厨房走去,在里面乒乒乓乓地忙活起来,还不忘和客厅里的教授相互甩着挖苦讥讽的玩笑话,其乐融融。最后,他端着一个托盘出来了,上面摆着茶具、糖罐,和一个装了些饼干的高脚盘。

"哎呀,西蒙!"心满意足的米亚特里茨基惊呼起来,"您在我厨房里干活的速度,我怀疑都比不上我麻利,不过您做到了一件我怎么也做不成的事:您是在哪儿找到这些美味至极的饼干的?尤利娅把它藏了两个星期了!"

"就在架子最上层够到的。"

"把您的巴松管扔了,让它见上帝去吧,当我的保姆您还能多挣点。以后我还发你退休金。我还死不了呢,我就是只老鹦鹉。"

说到鹦鹉,安娜开始讲霍华德的事。教授笑着打断她,大声问起来:"什么?什么?'请珍爱鹦鹉'?太逗了……"

这里真好,真好……一座轻松愉快,对住户关怀备至、笑脸相迎的宅子。但没有镜子——这不正常！壁炉上面应该挂一面又大又方的镜子，能够把她拖进去，吞噬掉……

安娜站起来，不由自主地开始在客厅里溜达。真好……真好……

有一种与这座宅子的住户相关联的不详征兆，甚至是可怕的氛围，它不在屋内，而是从屋外传来。并且，这种不祥与恐惧被覆上了一层油漆，就像一把全新的琴上切割精细、泛着红色的音板。

"不，在华沙那会儿我们住在缪特大街十号——波兰语喜欢拆开来读'密欧特'。"米亚特里茨基说，"房子被叫作'砖块'——因为很坚固，带着一个铺设好的方形内院。屋子正立面是赭色的，华沙人都喜欢这个颜色，我记得很清楚——您瞧，西蒙，以前的工匠干活多实在呀！不是被逼的，而是凭着良心。俄罗斯的事我也记得很清楚。革命后父亲就去了萨马拉。而后是萨拉托夫，到那儿后我在齐斯金特教授那里继续学艺，成了一个小小的提琴神童……当时的环境，您想想，又饿又冷……老师的妻子是个女鞋设计师，她给我缝了一双靴子——不过是女式的，还带着高跟，所以八岁的我就是穿着高跟女靴走路的。"

"这笑话听起来真够变态的，您倒是可以跟现在的心理医生探讨一下这件事"，谢尼亚说，"给您加点奶油吗？"

"加一点点，不用使劲洒太多！……故事是挺变态，可也没什么不好，我的追求者花名册上依旧在不断地增添新名字。安娜，"教授在背后对她说，"要是早个十几年，您肯定也逃不出我的手掌心！"

"我觉得我也不会想逃的。"安娜亲昵地回应着。谢尼亚深受触动地感觉到，她总是能够恰如其分地应和对方，就像有一面无形的镜子照出了对方的心思，并且她也把自己安放在镜中同样的位置。

"就是这张，"她突然指着照片中的一张说，"马戏团更衣室！看，皮箱子角上的黄铜铆钉。"

"没错！"教授回答，"华沙马戏团，二十年代的时候。"

"这个人是谁？"

米亚特里茨基眯起眼睛，讲话慢了下来。

"这个人的名字你们未必清楚……不过，在俄罗斯应该还有人记得。战前整个欧洲就连条狗都认识他。不过这张我们站在一起的照片……当时我已经出名了，到处演出，可他呢，虽然也有精彩的表演，但没什么人认识。他在马戏团……当尸体。"

"当什么？"谢尼亚笑了出来。

"尸体。"教授重复道，也忍不住笑了，"在观众面前装死，完全僵硬，每个人都可以自己去摸一摸。我也上去摸过……之后他便苏醒过来。"

"但是您还没说他的名字呢。"

"是吗？瞧，这就叫老糊涂。当我走进他的休息室时，他居然知道我的名字。他坐在那里卸妆，从镜子里望见我便说：'吉杰克来啦！'我顿时语塞了。"

"也许他是从海报上认识您的。"

"可他说的是吉杰克。我的名字是'安杰'，只有在家里，姐姐们才说：'吉杰克来啦！'——学妈妈那样叫我……这个人就是传奇一般的沃尔夫·梅辛，他预言了希特勒的下场并因此跑到了苏联，在那里死了。"

"哪里死了？"谢尼亚质疑，"他就是在好些俱乐部里表演死人，直到老得演不动。"

"演出？！"米亚特里茨基轻蔑地叫道，"一个看得见未来、能轻松读出谈话中对方思想的人，天知道他还会些什么……他那是表演死人？照我说，那就是死了！"

外面砰地传来车门关闭声，有人顺着台阶跑上来，一个女人发号施令般用英语喊道：

"爸爸！你的车库又开着呢！"

"这是尤利娅来了，还没进门就开始教训我该怎么正确地过日子了！"教授也讲起了英语。他的女儿又高又瘦，有着一张同父亲一样并不好看、棱角分明的大鼻子脸，边走边麻利地脱下风衣，挂在衣架上：

"要是不提醒着你点，你还自我感觉良好，稀里糊涂地瞎过呢。"

"没错，这九十三年真不容易哦。"父亲添油加醋地说。

"哪能啊，明明是完美的九十三年！"

安娜和谢尼亚交换了一下眼色，他微笑地沉默着。这种长久以来经过岁月打磨的双簧戏在大家面前表演得如此天衣无缝，不需要任何提前演练，无论在任何场合都能说来就来。

尤利娅进门，认识了安娜后就仔细且挑剔地端详起她来，丝毫没有收敛的意思。就像是学生时代的值日检查，看看是否按要求脱鞋进门、保持指甲卫生了。不，这不过是女性敏锐机巧的反应而已，没有敌意，不带恐吓。因为她在这座房子长大，属于这里，她爱她的父亲，以及一切与他相关的事物。

"埃德娜呢？"教授问。

"埃德娜不知怎么有点闹脾气，告诉我说她忙死了。但我坚持要她来，所以她会晚一些到。瞧，我不在您饿坏了吧？我带了一大堆好吃的……"

她把包拎到厨房里，父亲跟在她身后探出去张望，接着传来两人愉快而激烈的交谈声，一会儿响起来，一会儿又轻下去……有几次他们还完全同时地发出腔调一致的笑声。有一个名字以同一种语调被念及，声音紧张得发颤，飘荡在屋内，悬在众人之上——埃德娜。

用完午餐后父亲和女儿继续聊着天，在客人面前唱双簧，一个抛出一句，另一个赶忙接上。看得出来，尽管一再相互嘲讽，这父女俩还是相亲相爱的。

"她跟我是一个模子刻出来的,不管是这凸起的鹰钩鼻,还是做任何事情都特别刻苦的那股劲头……"

"还包括你的臭脾气。"女儿接茬说道。

"哦,是啊,她从小脾气就好极了。我记得七岁那年,她妈妈打算安排她去一所特别有名的学校。学费真的很贵,学校也真的很有名!甚至还要参加面试。所以呢,一大早她就被打扮得漂漂亮亮的,把头发扎起来,穿上白色的大衣、白色的鞋子……"

"还有一个红色的大蝴蝶结,就那样系在我的栗色头发上……"

"没错,红色大蝴蝶结。可那不都是为了所谓的面试吗!"

"就为了讨好恶心的面试官,他们就像三条快要变质的鲱鱼……"

"总之,整个面试过程小姑娘一直静坐着,闷在那里,一个字都没吐出来!回去的路上我问:'他们提问时你怎么不说话呢,尤利娅?'她傲慢地回答说:'我心情不好。'我一下子语塞了,于是当我们……"

"当我们经过附近一个大水坑的时候,他突然一把将我推进了那个臭水洼里!我坐在地上愣住了,烂泥都溅在了脸上!"

"对对!'你干什么!'她在水坑里大嚷,'为什么?'"

教授边说边投入地大声叫嚷起来,深蓝色的眼睛在布满皱纹的深眼窝里转动着,从这件遥远的往事中获得了全新的莫大的愉悦。当时他没有理会女儿的叫嚷,按照双簧的原则,这是她的专属戏份。同现在一样,她还是大喊大叫地唠叨个不停,尤利娅最后说:

"父亲耸了耸肩,威严地回答说:'我心情不好……'"

与此同时,阴郁沉重的氛围在这邪魅的空间中不断加剧。

搏动的邪气反复地从埃德娜这个名字中流出。

尤利娅给迟到的女儿打了电话——她已经在路上了。

安娜抬头看着谢尼亚,他坐在对面的沙发椅里,几乎一直沉默着。当教授和尤利娅热火朝天地争论到底该不该在夏天给凉台上的仙人掌浇水时,他也有些不安地悄悄看了她一眼("你有什么可着急的,这是夏天!还要像大冷天那样照顾这堆烂东西啊?""烂东西?这可是经过鉴定的优良稀有植物,我特地给你从危地马拉带回来的,不夸张地说,真是亲手抱在胸前给运回来的!""哦,那对不住了,我得好好记着,这个把我金贵的手指扎伤两次的破烂刺头,还是依偎在你那蛮不讲理的胸脯前运来的!")——谢尼亚悄悄地用双唇向她隔空献吻,仿佛在提前请求她的谅解——谅解什么?

教授又讲了一系列关于又老又胖的菲利斯·列英的流言,说她胖得都不能椅子里站起来了,但是漫无止境地云游了世界各大洲、各个国家,到处讲授高级课程。她大声地讲课,拄着拐杖,用它敲出节拍来。她的学生无数,多到那些城市和国家全在脑袋里记混了。据说,不久前在火车上,坐在她旁边的是一个手提小提琴匣的姑娘。

"哦!"菲利斯说,"您也带着小提琴。您的老师是谁呀?"

"是您呀,女士。"年轻的女学生回答说。

终于从菲利斯·列英讲到小提琴上了,尤利娅顺势转到丢东西的事上,斯特拉迪瓦里这个名字也终于出现在了谈话里。笑声停了下来,教授阴沉起来……

"我真该由衷地感谢你,安娜……"他说,"谢苗·亚历山德罗维奇向我提起过你。我知道,您肯定很反感来这里扮演一个算命先生的角色,但请体谅,我真的很绝望……"

"我理解,"安娜打断他,"我尽力吧。"

她请求他们让自己安静地待上几分钟。邪恶的气氛逼近了,逐渐变得清晰可辨,它携带着一股致命的力量,盘踞在她的后脑勺,让她想立刻逃离。安娜害怕地朝闪烁着的镜面圆盘望去,立刻明白了事情的原委。可接下来呢?该怎么把这一切告诉他们,这些可怜的家伙呢?

最近几个月安娜越来越难以驾驭脑袋里那股不受拘束的镜子的力量。她试图逃避这股灼烧的力量,它像令人眩晕的耳光一样击打她,仿佛因为不服管教而惩罚着她。

大厅里响起了门铃声。教授和尤利娅异口同声地高喊:"门开着,天哪,你怎么了,这还不知道吗?"门砰地开了,传来某人悦耳的嗓音,又如同变质的面包或受惊吓的臭鼬散发出的刺鼻臭味弥漫开来……

突然,一把巨大的小提琴走进了屋里!

安娜的第一反应是:某个小姑娘吞下了一把小提琴后变成了如此神奇的模样,琴在她体内生长,颤颤巍巍的,最终向外爆裂了出来。

一瞬间她看见了全部的经过:一个瘦削的身影……轻佻的小胡子,别具一格的眼角——是个拉丁人?他在走廊里时隐时现,焦急地从埃德娜手中接过裸露的小提琴,用外衣裹上,跑向演出大厅的员工出口,旁边的黑人保安正沉浸在梦里……

事到如今,这座明亮的宅邸正等待着崩塌,父女俩那没完没了的亲昵双簧也将彻底拆散,这个弃女的生活也会披上更为深重的罪孽……

安娜微微睁开眼睛,所有人都屏息不言。古旧的落地时钟站在客厅角落里,轻盈的秒针一下接一下敲出铜铃般的声响。

两个被抛弃的孤女在这一室之内沉默地对视着……而一个毫无过错的精子像小蝌蚪一样在尚且娇嫩,但已经紧张收缩的子宫里朝远方摇动着那条孤零零的尾巴……

不!

不，你休想玩弄我！

"我没看见！"安娜断断续续嘶哑地说道，"对不起……我什么都没看见。"

现如今的活儿都混在一起了:粗制滥造的电影,特技的堆叠,所以我还是这么忙。虽然已经不用上台表演,可也拍了不少电影……不,体育和马戏方面的经验在这儿完全不好使。相反,你得认认真真地重新学习。比方说,要是你有这么一个特技——从悬崖或者五楼的窗户向下自由落体跳下。这个动作要是还按照马戏体操里的规范去完成,想想吧,你早就残废,甚至都咽气了。

除此以外,还得拍摄一些惊险场面——这是常有的事儿。拍这些镜头跟体育技巧一点都不搭界。我曾经拍过一个电影,叫《中尉》,开始的镜头是这样的:战场上停着一辆起火的坦克,被烧着的红军战士从里面爬出来。片场在圣彼得堡郊外的军区,那里居然还有这样的古董玩意儿:列宁格勒电影制片厂的T-34坦克。坦克后部的装甲上有几个装固体汽油的盘子,可以用燃烧的破布条将它们点燃。

这坦克呢,太老了,装甲板上都破了洞。因为水会结冰,所以冷却系统里装的是柴油。不敢想象,是吧?炮台上坐着两个特技演员,而我在底下,负责操控。他们就用脚一会儿踢我左手,一会儿踢我右手,如此告诉我该往哪个方向走,因为坦克着火了,我什么也看不见。它就那样慢悠悠地翻过一个坑,越过一个坎……后来,固体汽油渗进了发动机舱里,把胶皮管烧化了,汽油就着了起来。

这时同伴大喊:"停!"我开始制动,让发动机熄火。你猜怎么着?发动机是停下来了,火苗却猛扑进了驾驶室。那我呢,可以先在里面休息会儿,喘口气,是不?……要知道坦克的舱盖足有二十五公斤,甚至更重。而根据场务监督的介绍,就在坦克燃烧起来的那一刻,舱盖会掀开，轻松得像举起根羽毛，而我就像出膛的鱼雷那样从里面钻出头来，随即整个坦克就陷入了火海之中。就是这么个效果……

总之，对我来说换行当是必要的。这倒不是因为我是什么先知，预测到了马戏的没落。真正的崩盘出现在九十年代初。当时我们已经可以自己签订合同，自行商定工资，所以那些有自己节目的人，把演出部门和相关吸血单位的通告任务推得远远的，各自四散谋生，就连协助演出的同伴们也不在那儿干了。很多俄罗斯人现在在中国——那儿的人也喜欢马戏，推崇精彩的剧场艺术。跟上海的一些马戏团签约，你有可能长期居留，甚至有买房子的希望，而留在俄罗斯……您知道以前有多少空中飞行节目吗？四十个！现在呢，三四个……这不，前不久新西伯利亚马戏团的天花板又塌下来了，可谁也没被砸死，因为马戏团早就停工好多年，正打官司呢。

没错，我们确实把优秀的马戏学校保留了下来。现在一到冬天，就有意大利的街头艺人来俄罗斯，全是些有天赋的家伙，在这儿一边冻得瑟瑟发抖一边学习。

……不，马戏早就成一摊发臭的死水了：到处腐败，各种各样见风使舵的贱货色，牵头的各个演艺部门就是真正的罪恶之地……

但问题不在于此。您知道，当时事情已经发生了——我跟她……当时我跟她已经断绝联系了。

顺便考考你：知道她从医院爬出来后去了哪里——在哪儿躺着吗？她可是全身都被我的拳头弄伤了……

不是父亲那儿！也没去找阿丽莎——她当时已经去了比利时，在一个著名的钟琴学院里教学，位于马林市，只在回俄罗斯参加某个比赛的时候去看过安娜。她爬到了布鲁夫施泰因夫妇那里！就是那两个踮着脚尖，背着我们把灯偷偷关了，还诋毁我们是"波希米亚来的草台戏班子"，诬陷我们偷火柴的家伙！当时，伊丽娜·波格丹诺夫娜的阿尔兹海默病已经发作了，总是在那间位于肖尔克大街乱得不成样子的老年公寓里按跳蚤，而那个以赛·鲍里索维奇依旧拄着小拐杖去买酸牛奶和小软面包……所以您可以想见，她从医院爬出来以后去了他们那儿，在那里躺了三个月，就像避难一样……谢尼亚这个没救的白痴，还从列宁格勒给她发什么电报，休息日里还从那里坐车到处找她，他就是搞不明白，她想出现的时候，自然会出现的。而那段时间，正是布鲁夫施泰因一勺一勺地给她喂食物。

他后来亲口对我说："门铃像暗号一样按响了：两短一长。我打开门——安娜仿佛是从另一个世界回来的，面色惨白，歪歪地趴在墙上，说话声也完全认不出来了：'以赛·鲍里索维奇……我走投无路了……'"

就是这样。我呢，半年后从监狱疗养院出来，意识到自己再也无缘见到跑马场了——那种感觉就像无轨电车在五彩大道转弯时，被自己放出的电击穿一样。我暂时待在朋友家里，整日陷在沙发里看偷来的好莱坞肥皂剧。可有一天我仿佛被开水烫了一般突然惊醒了：该做点什么呀。该办一个电影特技演员学校！当时圈内确实有几个团体在做这件事，但俄罗斯的电影特技演员名不正言不顺的，没有什么好结果，没有任何保险，工作也不计入工龄，哪里有需要就去哪里——他们有的是园丁，有的是门卫……是该改变一下现状了。

我还说服了谢廖加和别季卡·涅斯特洛耶夫兄弟这对马术特技演员——他俩已经被那众叛亲离的马戏事业折磨得嗷嗷叫了。我们在"水上乐园"的一个学校里租用了体育馆，还跟"别戈沃伊"跑马场谈好了借场地训练的事宜，然后将招生信息登上了报纸。大家蜂拥前来报名！有的是从事体育行业的，有的在街上看了报纸直接过来了。但是有一个矛盾的地方：这一行需要的是身心都强健的人，可很多来报名的人却非常自卑压抑，急需证明自己。

就这样，我们挑了十五个小伙和四个姑娘，开始手把手地培训：摩托技巧，一对一格斗，高空和水下项目，烟火技术……其间经常有不认识的家伙自己加入进来，还有许多滑稽可笑的插曲。我努力通过这件事逼自己走出阴影。知道吗，有时候想到自己这飘零破碎的生活，我甚至会哽咽落泪，但我们的事业还是这样进行了下去。

其中一个孩子很快就参与到一些电影的拍摄中去了。我也会尽量拍一些……

直到有一天安娜出现了。

也许是她看到了报纸上的信息，但我并不这么认为。我觉得，她是来拯救我的，让我解脱，将我治愈。所以当她见到我那样时，表现得一点也不惊讶：她早就知道该去哪里找我，目的是什么。

这一天我到死也会记得，躺进棺材里也不会忘。四月，礼拜天……天空如此晴朗，阳光洒进了窗户。而我——训练之后大汗淋漓，疲惫不堪，像被抽空了一样，坐在体育馆中央，休息着。就算是暂时将自己从现实中抽离一会儿，对吧？那场面，如同电影中的画面——天哪，我自己还总是嘲笑这种狗血的场景！门被打开，安娜走了进来。她站在门边，霸道地直勾勾看着我，仿佛我跟她又站在了钢丝上。而整个体育馆正被太阳烘烤着，闷热眩晕！

被阳光穿透的我就呆在凳子上，站也站不起来。她向我走来，越来越近……突然把我拉了起来！又突然抱住我！我一下子就明白——我的身体反应过来——她并没打算回来，恰恰相反，她是来解放我的。我们站在这一片倾泻而下的阳光中，同九年级时那一幕一模一样，紧紧地拥抱，形同兄妹……仿佛我们的生活从未有过交集：没有爱情，没有马戏，没有漂泊，没有那个可怕的夜晚……准确地说，一切都发生过，存在过，只不过是化成了一种圣洁的亲情之爱。

我不该表露自己，即使内心如此痛苦，如此怅然……不，我还是不该表露出来，因为我是个愚钝的人！

那以后，她加入了训练中，很快承担起自己的那份责任，我们开始在一个屋檐下工作。这是段有趣的时光，短暂，但很有趣。

有一次她真的救了我，把我从那边的世界拽回来了。事情发生在一九九二年的圣彼得堡，我正在拍摄一部叫《特战队》的电影，其中有一个火灾场景：一个长九米的休息室着火了，演员要跑进去，抓起斯皮多拉收报机，并抢救公共财产。就是一幕这样的英雄行为。特技导演是著名的马卡尔斯基。烟火师们认为所有的火灾场面他们都可以自己搞定。那个年代还在施行防火灾安全条例，擅自这样干是不被允许的，但他们置之不理……简言之，这就是生产矛盾！话说回来，烟火师应该在房间内部涂上固体汽油，只涂门和窗框就行，可他们故意跟领导作对，把整间屋子都涂满了。当导演下令"烧吧！"的时候，他们应了一声："烧死你自个儿！"然后就跑了。

而我此时没头没脑地跑进燃烧的屋子，立刻反应过来自己是进了炼钢炉。虽然戴着棉帽子，可胳膊和脸都裸露在外，我感觉无法呼吸，眼睛也睁不开。我没有跑向出口——因为一时没找到门——于是扑到了墙边，还撞倒了汽油桶，它直接爆炸了！不过我这张脸还是得救了，开拍前我仿佛预感到了要出事，在休息室门口铲了一堆雪。我脸朝雪堆直接栽倒下去……总之后来就是急救车，到处乱跑的人，叫骂声……维堡的医院……我像一块烧焦的黑炭……当然，烟火部门的领导被赶走了，可我却遭殃了！当时安娜立刻飞到了维堡，在我身边坐了好几天。我也不知道她做了什么，我连个人影都看不见！不过最痛苦的那一阵到第二天傍晚时就减缓了……

一个礼拜后她跟着特拉姆帮马戏团飞去了美国——这是匆忙组织起来的一帮人。您也许听说过那个名震海内外的故事？这个拼凑起来的演出团留在了亚特兰大——他们被偷了，一下子没了钱，真可谓身无分文，一贫如洗……

这不过是整段冒险的开始。那就是个骗局。他们之前同几个面目可疑的家伙签了份私人合同，因为他们想通了，反正在苏联马戏团里是赚不到大钱了，生不逢时，所以就死命抓住了这个机会，想着能从预售的票房里狠狠赚一笔。结果他们就这样被丢在了恐怖的美国丛林里……不得不说，真是一次精彩的求生考验。

他们甚至凑不足回程的票钱，就在桥底下、天桥边、帐篷里过活，与随行的猴子、小狗和鸽子相依为命……

但话说回来，整个城市的人都想办法来帮助他们。坊间传闻，那些当地的"俄侨"，当时自己都穿不暖和，今天睡床板，明天睡粗席的，就这样还给演员们筹钱筹粮食。有一个俄罗斯侨民在车库里开了家食品店，卖茄汁小鱼和腌制鲱鱼——他会请演员们人去自己那儿的木床上过夜。美国人也伸出了援手，不过只是提供住所。然后不知怎么问题就解决了。这帮人散伙了，各自离队，猴子交给了动物园，蟒蛇不知爬去了哪里，演员们干起了服务生、擦地工……生活中无论在何时，无论在何地，每个人能收获多少，都取决于命运分给他多少"票房"，也就是个人的脾性和运气。有的人就能很快认清环境，并适应下来；有的人因为之前的履历而方便不少，比如谁在太阳马戏团干过一年，谁在林林兄弟马戏团上过班；也有的人就这么干等着，等文化部给他们买好返程机票……

而谢尼亚当时一会儿在巴尔的摩演出，一会儿在芝加哥的某个乐团客串，所以安娜知道去哪儿，干什么去。她还一下子就找到了埃里埃泽尔——他们一直互相通着信呢。我清楚地记得,当他信里那些疯疯癫癫的图案跳进我眼里时我有多抓狂:看上一眼就感觉自己是个十足变态的白痴!

后来我就出院了……顶着一张丑八怪的脸,伤疤还没有消退,像条蚂蟥趴在额头上。我还听说了——忘了是谁告诉我的——我们的同行在美国的种种壮举。我明白,安娜又一次失踪了,似乎,这次是永远地消失了。

玩失踪对她来说是家常便饭。您知道有个成语叫"石沉大海"吧,这一次她是终于……石沉大海了……

长话短说,日子过去了两个月。我伤愈之后,像个犯罪分子一样在脸上留下了这些伤疤。钱袋逐渐变空,可我再也没有心气儿在这种合伙项目上玩票了。我陷入了抑郁,是该把头伸进上吊的套环里呢,还是再等等呢……

就在这时,电话响了!我怎么知道这就是她?我不知道,我只是像条狗一样嗅出了主人的味道。关键是,她自己很讨厌打电话、写信、发电报……这辈子只要她想知道什么,一切信息都会自动涌入她脑子里。可她居然打了这通电话。我猛地冲过去,差点摔倒。我听见了她那不紧不慢的平静嗓音。

"你很快就会收到邀请函。"她说。

"什么邀请?去哪儿?你在哪儿?"

她说:"我谈好了你在温哥华的演出,那里每年都有庆典活动,就像露天展销会似的。你的节目板上钉钉了……"

'什么节目?'我大叫起来,可心里就像玫瑰一样绽放开来,如同往日里她突然通知我要去哪里演出,而我总是大声应答:"你说去哪儿就去哪儿!"

她回答我：

"很重要吗？一天里在钢丝上走三回……当然了，是在沥青马路上空三十米。钢丝是松弛的，没绷紧……你能走过去的。"

"我能……"我动了动嘴唇。

"不上保险带。"

"不上……"

"你会走过去的，没事的。"

她的声音那样平静、阴沉，根本就不问"你怎么样？在哪儿？身子咋样了？"……只听她含含糊糊地说了句"再见"，就把电话挂了。

这很符合她的风格：松弛的钢丝，沥青路面上悬空三十米，不上保险带。

我差点哭了出来，您知道不？我差点幸福地哭出来……

告诉你吧,这里的俄罗斯商店"运来"了一些黑鱼子酱。我看得入迷,欢喜得不得了。我的小宝贝,亲爱的,你大概也知道什么是黑鱼子酱吧?

这份美味陪我度过了古里耶夫的童年岁月。知道吗,通常在餐厅吃到的和装在小玻璃瓶里出售的都是红色鱼子酱,它往往更油腻和黏稠。

而黑色鱼子酱非常紧致,饱胀着挤压在一起,个个都丰盈圆润,就像整块黄油一样,可结实了,得拿刀切。把它存放在冰箱里,正好过新年的时候吃。而鱼汛在什么时候呢,告诉你吧,早在五月份呢……

古里耶夫就坐落在乌拉尔河口,所以一到五月底,准备洄游产卵的闪光鲟鱼和欧洲鳇鱼会经过城市,偷渔盗捕现象便会异常猖獗,还常有伤害和谋杀发生。接下来整整两个星期居民区都不得安生,因为晚上任何时候都会有人按响门铃,直截了当地开口吆喝:"鱼子酱,剖好的鱼,带子的鱼要不要?"

附近所有的居民都是腌制少盐鱼子酱的一把好手。吃鱼子酱的规矩似乎自古以来就不曾变过:要在灰面包上涂好黄油,铺上厚厚一层鱼子酱,吃的时候还要一起就着煮鸡蛋、萝卜和大蒜。

所以五月里,新鲜微咸的鱼子酱任你吃个饱,直到对它彻底失去兴趣。那些常见的红色鱼子酱是放不久的,很快就会变苦。但黑鱼子酱就是另外一回事儿了,它的鲜味很浓郁,非常有嚼劲,还粘牙。再就着煮鸡蛋,喝点伏特加,就更美味了。这般的骄奢淫逸也只有在古里耶夫城才可能享受得到。

我们的邻居索洛多夫一家会大规模地进行鱼子酱腌制。那是何等壮观的景象——一个个直径达半米的圆盆里装满了黑鱼子酱。

五月啊，五月……

闪光鲟鱼浑身闪着珍珠般银白色的光，背部呈现牧羊犬一样的黑灰色，有着尖锐的头部和贵妇般微微隆起的臀部，你知道被濒死的闪光鲟拍打过的浴缸有多难清洗吗？

白天索洛多夫家的院子里热火朝天地进行着腌制鱼子酱的伟大事业：盆子发出砰砰的巨响，鱼子酱在筛盆里进行清洗，大家看上去就像是冲洗沙子的淘金者；风儿吹起了盖在风干咸鱼肉上的纱布，它们飞起来飘到了邻居家；斜齿鳊鱼被绳子穿成一串，晾在院子里如同一根根铝白色的花瓣子；廖丽亚舅妈两姐妹忙来忙去，招呼孩子们打下手，瓦夏舅舅坐在自己那被压弯的椅子上，拿着拐杖，时刻准备对腌制过程进行指导，一时间出现这么多服从自己的女人，让他感到难以置信的兴奋。而我们这些孩子则缠着他，要他把钉邮寄箱子的钉子发给我们（鱼子酱要伪装成果酱，走私邮寄出去），每当瓦夏舅舅的忍耐超过了限度，他就猛地把拐杖朝我们扔过来，然后自己却摔倒了！

而我和亨卡这个未来的出家人，则骄傲地从小桑树上向下俯视着他们——这些小树在我们眼里就是参天大树。因为很快就要进入发货环节，那时候我们的作用就比大人们紧要多了。

我们与古泽尔卡和罗兹卡很要好，她们是邮局局长巴季马的女儿，在她俩的庇护下我们的包裹才能发出去，否则按照法律来说，包裹递交发送的时候是要全部打开的……

那几个夜晚是多么祥和美好呀！瓦夏舅舅和廖丽亚舅妈这对平日里极力容忍对方，偶尔甚至会大打出手的夫妇，此时也会拿起酒瓶，拥抱着唱起歌来：

在你家门前的台阶上

我俩每晚都来相见

我们长久驻足相望

缠绵不尽难以分别……

他们唱得太棒了！嗓音嘹亮，激动人心，一直顶到了高音，然后分成两个声部，最后又合成一股。其他人附和着——所有人都是如此热情洋溢，极具天赋！幸福祥和弥漫在五月的空气中，温暖的爱意充满每个角落，笼罩在瓦夏舅舅那个古里耶夫黏土滋养下草木繁茂、欣欣向荣的花园上空……

从那时起我就记住了这些抒情诗和各式各样热情活泼的民间小曲，长大后我知道的民间曲子可比在古里耶夫的哈萨克人数量还多！

鱼汛期结束，往日的生活就回来了，廖丽亚舅妈又会冲着丈夫大喊："你这头断了犄角的畜生！就剩一条腿，还不会自己洗！"

我在彼得堡上音乐学校那几年，妈妈会认真地给我写信——这是她一生中对我做过最认真的一件事了——其中有一封信里交代了瓦夏舅舅去世的消息和后来索洛多夫家发生的事。瓦夏舅舅临死前已经彻底疯了。他躺在吊床上，不停拉扯着床单盖在自己失去的那条腿上，古怪地盯着墙壁，上气不接下气地落着眼泪，嘟囔着："尊敬的党委会成员……尊敬的党委会成员……"

临死之前发疯的瓦夏舅舅向儿子亨卡透露了一个惊天的秘密：他在自己花园的一棵树底下藏了四万七千卢布。父亲下葬后，一连几个星期亨卡都像着了魔似的在那里挖，疯疯癫癫的样子跟亲手栽种这些树木的父亲一样。他砍断了所有的树根，花园也就此彻底葬送了……可他什么也没找到，之后便直接离开了古里耶夫。

他会在修道院里为那断送于自己之手的花园祈祷吗？

到此为止吧，我就不再拿这些古里耶夫的奇谈怪论折磨你了。很快就要到八月份了，我很期待我们在罗登的见面。跟上一次一样，还在瀑布那儿？不过无论如何你得骑着摩托车，那样我就可以在弯弯绕绕的加拿大公路上尽情抚摸你了⋯⋯

知道我差点在明德学院碰见谁吗？你的阿丽莎。她在这里讲授钟琴课程——没错，这星期我和米亚特里茨基在那里，可她却不在。

米亚特里茨基有一次高级课程，主题为"巴洛克时期与现代小提琴琴弓的功能比较和使用方式"。为了给小提琴和大键琴做示范，我和他演奏了弗朗索瓦·库普兰四支《皇家音乐会组曲》中的一支，需要有低音乐器的伴奏，比方说，我的巴松管。

事实上，这是一组舞曲，是用来取悦路易十四——就是那个"太阳王"的。这个光芒万丈的家伙每天要花五个小时站在镜子前，摆出各种漂亮的姿势；除此以外他的两颊还透着鲜亮的红晕，他会戴上假发，把胡子弄卷。正因为如此库普兰才会让整组曲子都落入各式各样的颤音和波音中——孩子，这曲子矫揉造作到这个地步，真是让人恶心。只有在库普兰这儿你才能遇见如此之多浮夸且花哨的艳俗把戏，就如同那假发、鬈曲的胡子和涂上油彩的鸡蛋。教授这支曲子是让人绝望的，但当你穿过这座浮华装饰的丛林，能够饶有兴味地进行演奏时就能发现，确实，演奏比聆听有趣多了。曲子里没有自然的旋律和美感，一切都是人为的造作，都是从指间榨取出来的；还有曲子的节拍——三四拍或者六八拍，那是因为法国人的音乐从来都是用来跳舞，而不是拿来演唱的。并且曲子里不掺杂任何的悲伤！你还没被我的课烦死吧？再听我说一会儿吧，亲爱的，没有其他人愿意听我说了⋯⋯

所以啊，为了同库普兰这只虎皮鹦鹉做对比，我和教授又演奏了一首伊万·汉多什金的悲情作品。请不要在意这个奇怪的姓氏。他是俄罗斯第一个小提琴家，父母是受雇于私人音乐厅的乐师，他进入了由彼得三世创立的第一所音乐学校学习，但是学校被叶卡捷琳娜二世给关停了——似乎这也没什么奇怪的。学校附属于沙皇乐队，由意大利音乐家进行教学，前来学习的都是乐师的孩子，"一脸规规矩矩的"——确实如此。所以他们绝不会要我这样的人。

从这个仅有十一个孩子学习过的学校里走出了两位俄罗斯最早的音乐家：汉多什金和别列佐夫斯基。十八世纪中叶音乐厅盛行的完全是俄罗斯帝国的风潮。

因此，说回汉多什金。伊万·汉多什金。他作曲时，毫无疑问延续了意大利的曲风，但换之以俄罗斯的主题。

这支曲子泛滥着忧伤情绪。精心编写的、撕心裂肺又绵延不绝的忧伤如此真实。不用考虑今夕何夕，这全然不重要。教授与我还演奏了一段以俄罗斯歌曲《抛下一切去爱》为主旋律的变奏。我俩真该朝它吐口唾沫——这烂俗的旋律！

随后安杰·弗拉季斯拉沃维奇花了一整个讲座的时间讲解了巴松管在乐队中的作用。而我呢，你想呀，自然就不得不演奏一番，"给这群小鬼看看，要知道，西蒙，我就是为了这个才请您出山一个礼拜的呀。"

米亚特里茨基老师真是独一无二，生动又不留情面。

"请问历史上对单簧管与巴松管相互交融之美理解得最为透彻，并将其付诸实践的是谁呢？"这头雄狮吼叫着，而那些"小鬼"——一个印度人，两个中国姑娘，一个黑白混血姑娘，三个美国男孩（一百年前他们的曾曾祖父也许还和我的曾曾祖父一起在乌曼尼或贝尔沙迪市那些脏兮兮的街角制作靴子或缝过裤子呢）——他们瞪着眼睛吓坏了。"究竟是谁能谱写出如此致命而铭心刻骨的美呢？是柴可夫斯基！他把《第五交响曲》总谱的主旋律交给什么来诠释？是单簧管！由它首先奏响那可怕的序曲，随后巴松管加入演奏中！你们没听过？真是幸运！西蒙，请您吓唬吓唬他们吧……"

于是我就将他们"吓唬"了一番，我很愿意吓唬"这群小鬼"，因为我自己也很喜欢《第五交响乐》总谱的这一部分，灵魂在这锁闭的轮回中百转千回，求生不得……

21

　　头痛越来越频繁地折磨着她，耳边也有极其烦人的吵闹声；开始还只是沙沙声，像某人不安的低语，然后发展为嘈杂喧哗，其中能断断续续听见几个词。年轻时安娜尚且能将自己同他人的声音隔绝开来，将嘈杂的声音从脑海中剔除出去，有意识地清洗镜子……可如今，每当这种浑浊阴郁的倾轧过去之后，她就精疲力竭，更何况还有陌生人的思想和企图如同成群的蚊子，将她纠缠，激怒，蜇伤；回击也成了徒劳。

　　她给自己设置了一条镜子长廊，沿着它加速飞跃，竭力摆脱那些令她不堪重负的区域……

　　不过最轻松的还是上路——骑摩托车，开车，或者坐火车和飞机。似乎速度能将她带离那些追捕。就像赫里斯季娜说的，她越来越多地冒出"逃离"的念头来。彻底的、永远的逃离。

　　有些日子里，她会一大早突然收拾好书包，立刻出门——去哪里不重要，有时候就是在附近。哪怕头天还打算着次日要花一整天时间在工作上，但夜幕降临，猛地扑在她身上，追赶她，驱逐她……她被什么人折磨着，紧咬着……一个无形的人从后面将她抓住，热切而充满爱意地缠住她的双肘……她会和他一直搏斗到天明——不，你休想玩弄我！然后某种至高的怜悯之力赋予了她自由，她诚惶诚恐，骑着自己的摩托车，凌空飞驰着，那一刻她一心想着冲破空中那层镜子般的隔膜。

　　就这样到了三月，由于思念谢尼亚，她又突然收拾行囊去了路德斯海姆，并且又遭遇了多雾天气。就像是她预订好的，雾气像一床床结实的棉被，徘徊缭绕在山间的小镇上。不过她在那里总归轻松了不少，似乎云雾将她可怜的脑袋包裹了起来，保护着她，给她温暖，暂时让那嘈杂的紧箍松弛下来⋯⋯

中午时分，她一个人走街串巷，而后在曾经和谢尼亚一起去过的白色地下室吃了午饭。她点的很简单，焖白菜配香肠，把它们吃个精光，甚至用叉子把面包的碎皮戳起来吃——这样的胃口在最近几个月可是很少有的。

喝完咖啡，她又闲逛片刻，来到索道的售票处，当即买票，坐进了圆盘上滑过来的缆车里。

缆车依旧慢慢地滑动，弯曲的铁臂挂在钢索上，还能听见附近餐厅里乐手演奏华尔兹的声音、人们的喧闹声、风琴平缓的乐声，以及滚轮发出的声响——这是一个仅有五个缆车组成的高山小队。闸口的护杆像两条表现惊异的胳膊那样打开，缆车就开始下沉了⋯⋯

当这艘钢铁单桅小帆船在小镇上方飘浮时，还能看见下方一片片如龙鳞般湿漉漉的屋顶：器乐博物馆（有四座尖塔，每一座顶上都竖着风向标），四四方方棕褐色修道院的塔楼连带着介绍当地葡萄酒酿造业的博物馆⋯⋯还能望见绸带一般宽阔的莱茵河，河面上浮着一艘平底驳船——另一艘名为"圣尼古拉一世"的双层甲板蒸汽船正赶着它前行。对面郁郁葱葱的河岸上只能隐约显出一座"女巫城堡"的轮廓。随后这一切就被云雾吞没了，只剩下那些盘根错节的低矮葡萄园，它们就这样在浮动的缆车下方沿着倾斜的山坡面铺开来，一排一排，向四面八方无止境地延伸着⋯⋯

最后就连它们也消失了。周围的一切都湮没在白茫茫静悄悄的云雾里，只剩下机器发出轻微的吱呀声和难以察觉的抖动。

缆车悬挂在云中，仿佛在一个时间段内卡住了，像是从时间的轨道上脱落了，画面不断地闪回：塔楼，城堡，火车，云雾⋯⋯塔楼⋯⋯云雾⋯⋯葡萄园⋯⋯城堡⋯⋯云雾⋯⋯

场景的重复突然让她陷入沉重的压迫之中。

时间的流逝让她心生迷雾般的不快。更何况，她心中带着一丝莫名的恐惧暗想：云雾中还会迎面飘出一个缆车，上面坐着那个凸眼的白化病人，他很像……

于是他就真的突然出现了：头戴棕红色蒂罗尔帽的白化病人。而且，自打上次出现以后他似乎一动也没动过，瞪大了粉红色的眼睛望着棉花般蓬松的雾气，一直顺着钢索，沿着那一片片倾斜的葡萄田，上升又下降，下降又上升……只有那根邪恶的歌剧式的羽毛在帽子上颤抖，为滑动中发出的机械声打着节拍。

五分钟过去了，她意志消沉地瘫坐在轿厢里，四周结实的玻璃像幕布一样把她围起来，她无力动弹……

当坐上回程的缆车时，安娜坚定地告诉自己，德国有成千上万个这样戴着蒂罗尔帽的凸眼胖子，所以，他可能是当地的一个邮递员，就住在山中的小村庄里，每天都要坐索道下来工作……

然而这些暗示都毫不奏效。她觉得，这种内心的煎熬，这个戴蒂罗尔帽的幻影是早已存在的，还有那段闪回的时间，它们都早已显现在自己化妆盒的小镜子中，只不过现在画面又从滑行的山坡和葡萄园闪回到了白化病胖子上……

下面的雾气并不那么浓厚；灯火点亮，人群也随之聚集起来。

她稍稍从惊恐中缓过一口气，决定立刻前往充满学生活力的海德堡——也许，还能在那里找一家熟悉而舒适的酒店过个夜。不过转到中央大街后，她却倚靠在城堡大门前止步不前了，谢尼亚曾经想把她拉到这儿来，但是没有成功。嗯，既然这样的话，她心想，这次不妨就先进去看看，把那些器乐藏品都记下来，谢尼亚会高兴死的……

一个年轻人头戴皱巴巴的流浪乐师帽子，黑色常礼服的袖口破破烂烂烂。这是一个德国旅行团,他丝毫没有受到身旁女翻译的影响,详细讲解着如何制作老式小提琴、八音盒、会唱歌的台灯,以及坐在屁股底下会演奏的椅子……他如夜莺一般伶牙俐齿,而且是只发不好颤音的夜莺。

大厅里立着一台机械钢琴——它属于十九世纪中叶最早的那一批,谢尼亚甚至还用它快速地弹奏过《莉莉·玛莲》那恒久经典的前奏……

最后——看上去像是游览的高潮部分——他们来到了另一个大厅,根据导游介绍,这里的砖头比城堡本身都古老,是十一世纪的造物。大厅里只有一架巨大而奇特的机械装置,上面一层架子上竖立摆放着两面鼓,周围是五把小提琴围作一圈。下层平台上,许多木偶从侧幕后头走上前台来,每一个木偶都耍着自己的把戏:有踏着拍子的,有点头哈腰的,有抖动手脚的,有张大嘴巴的,还有转动脑袋的。整台华美精致的机械装置有节奏地吟唱着,演奏着,平缓而有序地发出叮当声,热闹而刻板地敲出一连串拍子……

压抑的烦闷重新涌上她心头,无论如何也挥之不去。

她转身离开这件机械杰作,目光停留在从地面一直高耸着延伸到天花板的大厅窗户上,从那里能直接望见遍布葡萄园的倾斜山坡,以及斜拉在山上的索道。

空荡荡的缆车悄无声息地飘浮在远处,从窗户的上沿出现,在空中滑落,消失在窗户下沿,或是从窗户下沿出现,抬升到上沿。雾蒙蒙的傍晚时分,它们显得如此荒凉而缥缈,仿佛在卡戎的冥河渡口一般。

所以,当依次下降的轿厢里再次出现棕红色蒂罗尔帽,那张凸眼的面孔上慢慢露出傲慢的笑容时,她也只是愣愣地望着他,并不感到惊讶了。

胖子手上拿着卷成筒的报纸,挥动着,就好像指挥着这个大厅里那台机械装置演奏出死气沉沉的曲子……

血色残阳带着最后尚存的悸动,从深蓝色乌云纤薄的羽翼下流淌出来。

阴沉压抑的云朵如水母一般,痛苦地踏着缓慢的舞步,弥散在天空。

她又被挤到了窗户边,紧挨着舷窗,这个地狱般的洞眼,那贪婪魔镜的入口。

旁边坐着一个体型硕大的混血女人,拥有一个坚强耐久到令人绝望的膀胱,也许,它是用帆布缝制的。总之,飞行全程里她一次也没有起身,一口气坐到底。要想请她起来,还得说声不好意思——现如今就连简单地跟人说句话,对安娜而言都是一种负担。有时候她确信自己几分钟前刚要过什么东西、说过什么……可又突然清醒过来,自己其实一直沉默着,只是在心里说了那些想要说出口的话。我就在心里默默上个厕所吧,她暗想。玛舒塔总是从镜子里看着她——镜子里出现的不是那张浮肿僵硬的脸,而是年轻的、布满一大堆迷人雀斑的面孔,褐色的眼睛机敏地转着……此时这张脸正从舷窗里望向她:

"纽塔奇卡,唉,你为什么总是穿牛仔裤呢,你又不是男孩,你是个姑娘!……"

就连坐飞机也一刻不得安宁。

与此同时,后面坐着一个规规矩矩、略显年轻的亨伯特·亨伯特,和一个栗色头发的小妞,不过,看上去像是他女儿。两个人一路上嘻嘻哈哈地玩填字游戏、打牌,姑娘那穿着白色裤袜、正处在发育阶段、像小猎狗一样的双腿有力地踢着安娜的座位……

往日里安娜喜欢观察周围的旅客，千奇百怪的面相和命数让她对他们心生同情。

比如这个家伙，面孔歪得都超出了一般人的想象……

两米高的混血女人身材魁梧，有着雕塑般的屁股，树干一样强健而布满褶皱的脖子。无数条经过努力编织、精工细作而成的小辫子很像玻璃珠串——就冲这份努力，完全值得为她献上一声惊呼。

高高的北方男人长着威猛坚毅的下巴，这充分说明一点——大自然为那些内心极其柔软的人保留了一副猛士的外表。

一个二十岁的小伙子，身手矫健，头发卷曲——他是个枪兵。

还有一个印第安女人，像黇鹿那样有一双湿润虔诚的眼睛和柔弱的浅灰色嘴唇——它们微微向前探出，好似在向你乞讨一块蘸盐的面包。

当安娜醒来，坐着用手捏脖子时，舷窗已经披上了晨曦。云朵在夺目的机翼下方层层叠叠，像巨大的流动浮冰。

身旁沉睡中的混血女人把手搁在一边，戒指上硕大的石榴石反射着霞光，在机舱壁上映出孔雀开屏一样五彩的霓虹，它们晃晃悠悠的，就像阳光下水盆里的泡沫。

安娜跟着阿丽莎登上当地大学礼拜堂的钟楼顶部，沿着木台阶置身于沉重的橡木和交错的梁木间。空气中漫布着浓郁的老砖墙的味道、陈年灰尘的味道、霉味和油脂味，其中还掺杂着一点难以察觉的马戏团的味道……为什么会有马戏团的气味？啊哈，晚上这里肯定会有蝙蝠飞过来串门，它们的气味让人联想起马戏团里腐蚀钢索的老鼠尿味。

"再忍忍，"阿丽莎喘着粗气说，"还剩一点……"

她回头看看一脸轻松、早已准备一下子跑上最高处的安娜，两人不约而同地扑哧笑了出来：一个笑自己，另一个则笑着自己的女伴。

最近几年阿丽莎发福了，虽然原来那匀称的身材比例保持了下来。而且因为安娜的造访，她今天特意穿上了露背露肩的火红色晚礼服——为的是让安娜能全方位地欣赏自己星光闪闪的演奏会。

"该减肥了……"安娜却故作忧愁地说着，又一次停下脚步等她。

从这里，从钟楼的顶端展开了一幅壮阔的全景图，起伏的丘陵上散落着星星点点的牧场。无论是那些灰色、黄色和蓝色的木结构小屋，还是年代久远的大学建筑、板球场和排球场——整个小镇尽收眼底。就在她们的正下方，一个结实的小伙子骑在割草机上，足球一般圆润的膝盖岔开在两边，身后留下一片散发着芳香、短得扎人的草皮，鲜亮、整洁而平坦……小镇到处都冠部呈浅紫色，令人怀旧的小麦草，让这里显出些许宁静。

"我说，你穿着很合适！"安娜说道，"是不是越有力气，就能让钟声拉得越长？这件礼服真雅致……"

"不，还是该减肥！"

楼顶狭窄的小屋里摆放着钟琴。乐器上方拉着绳索，将每一口钟都穿起来，如果再沿着陡峭狭窄的木台阶向上五六级，你就能透过敞开的通风口，在一堆漆黑的生铁钟影里望见支离破碎的、陶瓷般质地的深蓝色天空。

这间小屋的木墙面同"小窝"一样，贴满了演出海报，其中有很多是阿丽莎的。

"请靠边坐吧。"阿丽莎朝地上那些类似体育馆座位般沿墙面排开的木质长凳点了点头。显然,只有少数被选中的人才会被请到这里来听音乐会。

安娜坐了下来。阿丽莎也坐到了那条被演奏者的屁股磨得又光又滑的钟琴凳子上,半转身对女伴说:

"我得跟你简单明了地讲解一下。你瞧,这一排手柄是控制高音的,长得很像冰棍吧?在它上面金属做的这一排是调节绳索长度的。而它下面——这一排脚踏板,控制着一点五个八度的低音钟。"

"这几个很像靴子的楦头。"安娜站起来,为自己说的傻话感到些许难为情。

"没错!"阿丽莎乐开了花,"我怎么也想不起来它们究竟长得像什么……听我说,所有的情绪都依托在音阶上。这里一共有四十九口钟,最低的是降C调,整琴有九吨重——想想看,得费多大劲才能让它发出声来?"

"嗨,快弹一个听听……"安娜恳求着。

"给你弹点什么呢?"

"天哪,我怎么知道?随便什么……大场面的。"

阿丽莎嘿嘿笑着说:

"大场面的!好吧,听着……就给你弹钟琴版的《小步舞曲及三重奏》。这是我老师古斯塔夫·涅耶斯作的曲子,是特意为我而作的。"

她转过身,挪动一下,专注认真地调整着屁股的位置,稳稳当当地坐在这条陈年椅子上——这一块舒适而久经沙场的方寸之地。她快速地抬一抬头,将放在膝盖上的双手捏紧又松开。最后抬起了胳膊……

安娜被震撼了,猛地向后一靠,好像有人突然朝她大吼一样:孤独而痛楚的叫喊声划破大学城上空的宁静,天空也仿佛因为这声呼唤而颤抖着，天神决定拨开云雾，扫荡大地，发动战役。

沉闷的声响像笨重迟缓的圆石滚动着，互相撞击驱赶，每一次闷响都会增加强度，更为有力，转而已经变成无数巨型滚石纷纷坠落的轰隆声。战场上模糊的叫喊声穿过长空，又复归于平静：这是在向敌人发出战斗的宣告，而对方慢慢落定……

并最终做出了回应！

一连串雷鸣般的高音震颤着木板小屋，仿佛有人在不断地敲打巨大的铜锣，呼唤众人前来见证这场战役。轰鸣声、跺脚声、车轮的吱呀声、天庭华美战车的行进声从钟琴的拱形上梁内喷薄而出，响彻教堂回廊的上空，徘徊在山丘、湖泊之上，笼罩着整个佛蒙特……

演奏家的屁股不断地从木头长椅的一侧挪到另一侧，又时而跃起，抓住高音钟的操纵手柄，同时又踩着木质的低音区踏板，她的手指筋脉凸起，一会儿握成拳头，一会儿用手指拨动，毫不夸张地说，身手矫健得像个女骑士，上气不接下气地呼出激烈而浑厚的宣叙调来，在山丘之上时而铿锵有力，时而偃旗息鼓……

轰鸣声突然间降下来，几乎完全安静下来；好似溪流的源头奔跑在森林的浅水滩上，如此明澈……

随即又响起战士的喊叫，以及痛苦的呼号……在群山之上渐行渐息……

这是两个天使在搏斗，一个光明，一个黑暗，残忍地搏杀，谁也不肯退让，直到咽下最后一口气，直到最后无力飞翔。这是一场属于她的战役，为她而战，争夺着她……

不，她本就身陷这场战役中，残酷而强大的力量此时正将她的生命碾压撕扯……

眼泪如覆膜一般颤抖着，让远方的山丘变得模糊起来。安娜闭上双眼，踏入了镜中世界……

……二〇一五年，阿丽莎会死在比利时的一家医院里，两场巡回演出期间她要在那里例行接受检查。她没有机会知道自己得的是什么病了——肝癌——因为那天夜里，住院部大楼的电线短路着火，而那里的火灾报警系统失灵了，不少病人悲惨地葬身火海，其中就包括这位著名的钟琴演奏家，国际比赛的优胜者，那时候她也已经是比利时文化部长的夫人。

消防车的嚎叫成了一幅令人厌恶的讽刺画面，与行云流水的钟琴声格格不入，这个女人用自己优雅的双手穷尽一生才让它们得以涓涓流淌……

在这郊外晌午充满压迫的寂静中，场地上突然爆发出板球手的呼喊，松鸦惊异的啼叫从钟琴上方划过。

"绝了……"安娜带着挥之不去的痛苦，在这片寂静中感叹着，"简直就是奔袭的亚马逊女战士！仿佛勇武地站在惊雷和倾泻的瀑布中间，还有……这个火红色真的很适合你。"

安娜飞速地从桥上驶过，跃到隆起的马路中央……从这里望去——在无限高远处，如石膏雕塑般的云层下——尚普兰湖的景致一览无余，那些挂着白色小旗的游艇身后泛起波浪，如同小羊羔的松软毛发。

距离罗登已经不远了，而谢尼亚——三小时前他刚用手机联系过她——应该会比自己早一点抵达。

她以这种发疯般的速度飞驰了一个半小时——可她自己认为这速度

只是"尚可"。好在路况非常理想，摩托车就像行驶在轨道上一样平顺。

又经过一座桥后，她驶入城区，一分钟后停在了沥青停车场上，那里通常会有两三辆大巴在等候游客。

这个小城市有一条如画的瀑布，能够在观景台上进行欣赏，也许，这也被算作旅游路线中的一站了。

安娜从书包里掏出一个压扁了的可乐罐，将它垫在摩托车的停车支撑架下面——虽然这大热天已经临近傍晚，但这些运动摩托车的停车支撑架照例会陷到受热熔化的沥青里去，到时候连推土机都拉不出来。安娜轻松地脱下外套、手套、头盔，将它们塞到车尾的小箱子里，朝瀑布走了过去。

木制的观景平台悬架在峡谷窄窄的咽喉处，不甚宽阔却异常湍急的瀑布会从那里落下，水流轰鸣着，就像剧烈翻腾着泡沫的啤酒。

此时，那上面挤着一个意大利旅行团，有孩子，有老人。所有人都兴奋地朝栏杆上靠过去，想凑得再近一点，看清楚跳跃的水流沿着峡谷飞驰而下。

要是绕过平台，沿着旁边环形小路向下六七米，在针叶小树林中会显现出一片细碎的空地，朝向瀑布，但是大树和灌木丛将它安全地保护起来，阻断了去路。这个僻静的低洼，仿佛是大自然专门为他们两个所挖掘出来的，既能望见咆哮的瀑布，又能看见洒满阳光的树林。

五年前谢尼亚偶然发现了这块草地，它远离游客群，融入了自然之中。从那时起他们就将此处定为约会地点，当他从波士顿过来看安娜的时候，她就到这儿来见他。有时候他迫不及待地想见到她，便会先行抵达。

谢尼亚此时已经坐在铺开的毛毯上了。

"你就像在做祷告。"安娜说着，倒在了他怀里，整整二十分钟两个人拥抱着躺在那儿，什么也没说，只能听见飞溅的瀑布拍击在坑洼不平的峡谷壁面，发出平稳而舒心的哗哗声。

"天哪，"他终于开口了，"让一个女人成天穿这么难看的靴子，不知会是怎样……我都说了一百遍了：我恨透你的摩托车了！"

"但我骑得快呀。"她含糊地应答，抱着膝盖坐着。

对面黑乎乎的树林还全部沐浴在阳光里，太阳快速地在长满青苔的石头上、在红棕色躯干的松树间移动。而这一面已经沉入了阴影中：粗鲁的瀑布喷出冰冷的水花，沿着裂口将峡谷切成两半；峭壁上一块块岩石在落日最后的几束余晖中反射出黑黄色半透明宝石一样的光泽。

"说起靴子，"谢尼亚说，"最近一个礼拜我梦见外公两次。他赤脚站着，把那双死去的意大利士兵的靴子提给我，说：'谢尼亚，你们那里十月份有飓风，可当心点吧。拿去，暖暖脚……'梦里的我惊呆了：'你说什么呢，外公，十月份是新英格兰最黄金的时节……'"

"那……走吗?"安娜问道，"坐在这儿干啥?"

他沉默着，没有动身。也许是路上累着了？可他突然一反常态，甚至有些吃力地开口说：

"我说……我们是该在一起了，安娜……"

他第一次喊出了她的名字。她沉默着，没有转身，身子微微一躬。

"我刚刚又惊又喜地听说，我的工龄已经可以领一笔不少的退休金了"，他继续说，"我们租一套房子，地方你挑。我还会继续演出……优秀的巴松管师很少……你听到了吗?"他在她背后不安而迫切地问。他的声音里失去了平日的轻松，以及不可或缺的戏谑。"听到了吗？我不想再过没有你的日子了。"

她转过身来，把两个手掌放在他额头上，顺着他的脸颊有力而温柔地抚摸着。

一次，又一次——就像要扒去上面的积雪。

22

我从来就没明白过,她在那一块块玻璃里看见的都是什么,她赋予了它们什么样的特性,为什么在哪儿都能与它们产生通灵。

不过,事情有了反转:有一天我也看见了些东西,似乎,也从中明白了点什么……

教授即将年满九十四岁了。根据他的身体状况,挨过生日那天是完全没问题的,人活到这个年纪,无论怎么说,多过一天多过一分钟都是圆满的……尤利娅坚持庆祝活动要大操大办,要有人发言,要有来自各个音乐学院的贺词,当然还少不了电视台那帮臭不要脸的和生来就有本事混入各种庆祝场合的外行们。

可就在庆祝活动前一个月,斯特拉迪瓦里神秘失踪案成了波士顿警方所破获的又一个司空见惯的案件。

埃德娜的情人——一个留着小胡子,来自墨西哥边远地区的小瘪三,曾经在尤利娅手下干过两年,一会儿当园丁一会儿当跑腿的,随后就突然被辞退了——在边境被抓获时,他随身携带着那把堪称无价的小提琴,用几块钱就能买到的人造革匣子装着。事情以惊人的速度发展着。他是埃德娜的情人这件事,在第一次审讯时就大白天下了,很快一把鼻涕一把泪的埃德娜也承认自己怀孕了。与此同时还偶然从她嘴里得知,让这个黑乎乎的家伙偷走外公的小提琴正是她出的主意。可他哪里知道,在那个自己连门槛都迈不进去的疯狂而傲慢的世界中,这一小堆木头到底有多么值钱!相亲相爱的两个人还打算远走高飞——去哪儿我记不清了,不过也已经不重要了。

一连几个星期,全家人都陷在阴霾之中,最后终于熬了过去——一切都为了这个已经长大的"孩子"和她肚子里未来的孩子……

过去了,铁下心来,咬咬牙忍了,不过盛大的庆典只能取消,取而代之的是十几个好友在意大利餐厅包了个不大的房间小聚一番,离家不远,就在牛顿维尔。

听到这个消息后,高兴得说不出话来的是谁呢——是我可怜的宝贝。之所以说可怜,是因为我还记得我俩第一次拜访米亚特里茨基当天,她就陷入了难以名状的阴郁情绪中。当安娜断断续续甩给我一句"回家!"的时候,我是真的慌了。我们收拾了一分钟,几乎像瑞典人在波尔塔瓦溃败一般跑了回去。

记得回去的路上我们一直沉默着,直到已经上了家门口的台阶,她突然阴沉地开口说:

"不就是会演尸体吗,说得那么神……胡扯,下三烂的把戏!我也会啊!"

我只能故作开玩笑地回应:

"你就别责怪我了,宝贝,求你了!别说了!"

当时我把自己臭骂了一顿——为什么,为什么要带她去见教授呢?还有那个让人受不了的尤利娅。最主要的是,我有什么权利让她去背负这副力所不能及的重任?!我真是白痴。而安娜似乎因为自己的失败而深受打击。

可现在我明白了:让她深受打击的恰恰是自己成功地看到了什么。不过……够了,我不想再说这件事,这跟我要讲的没关系——我弄清了她那天赐的能力,仿佛自己为自己铐上了枷锁。

就这样,米亚特里茨基过完了九十四岁生日,而安娜因为斯特拉迪瓦里的失而复得兴奋异常，突然宣布要给教授送个礼物。什么礼物？当然是镜子了。

"镜子？"我很惊讶，"你确定他需要镜子吗？"

"确定，"她笃定地确认着，"那座房子根本没有保护。我们替他把所有不祥之物都锁在门外吧。"

我对此默不作声，可是晚上当我提议去附近的家居店挑面镜子时——不然还能去哪儿买这东西？——她居然愣住了。我那会儿是怎么了，疯了吗？作为客人，我是觉得可以随便拿一面镜子就往主人家里跑吗？而且还是家居店里的便宜货，随便哪个犄角旮旯都能买到？

当时我选择闭嘴，再也不多说了，谢天谢地我这灰不拉几的脑瓜瓢里还剩着那么点机灵劲儿……其实，她是想自己订制一面——我知道在哪儿，蒙特利尔的爱德华镜子专卖店——她和他们合作了多年，彼此完全信任。只有他们的镜子才是教授客厅所需要的，它会被悬挂在壁炉上方。而且只有爱德华商店才能在短时间内根据她的意愿搞定一切，并用快递寄来……

而我的任务是量尺寸，在一把南北战争时期的椅子上找着平衡，在教授不解的目光注视下，我一边窘迫地测量，一边暗自偷笑他提出的所有疑问，并把一根手指按在嘴唇上以示答复。

在隆重的饭店聚会前夕，那面镜子如期而至，直接送到了米亚特里茨基家。他已经站在那里恭迎了，穿得像要去参加宴会：一身晚礼服，闪亮的衬衫，戴着蝴蝶结。邮递员们将一个巨大的方形包装箱抬进屋里，安娜签收之后亲自上前拆开箱子，撕开包裹在这个娇贵宝贝外面的包装纸。最后一层塑料膜褪去之后，所有人顿时惊呆了。

难以想象，这面镜子是以怎样的方式把教授客厅里所有的东西，包括那乏味的桌子、托盘、烛台、匣子、沙发、圈椅和皮箱统统纳入自己的庇护中的，还在它的边框处照出一部分过道的样子。更让人不可思议的是——通过门厅里的小镜子,照出了院子大门的一角。

这一摄人心魄的奥术正是由我心爱的镜子姑娘缔造的。

除此以外,这面镜子还散发着某种深邃感———种泛着绿光、湿润的、如水底般宁静的深邃,所以,即使镜子中出现一条虚幻的大鱼摇着尾巴朝我们游来,我也丝毫不会感到奇怪……我对天发誓,这面镜子会呼吸!关键在于,它不仅仅让客厅透气不少,还赋予其剧院般的气氛。一种庄重的气氛,有着同我们每一个漫长生命相匹配的崇高性。

镜框很普通,暗沉的樱桃色,甚至有些不起眼。

"天哪……"教授深深地感叹着,"我是有多糊涂呀!为什么从来都没想过在这儿挂一面镜子呢?"

机灵的尤利娅煞有介事地回答:

"它一直就挂在这儿,只是你没看见而已!"

我站在那儿心想:从来没有,她从来就没有自己的房子,也没法为它装点上这样一面辟邪的镜子。难道不是吗?可——她是我的挚爱!想到这里我的内心就会被这股愁绪所缠绕,好像她并未站在我身边,而是已经远去,再也回不来了。

她对于居住环境的无所谓态度让我摸不着头脑,有时候真的快绝望了,尤其是在见面之前,当我挖空心思在网上搜索有什么节庆活动,有什么特别且舒适的好去处时。

不,不见得是这样。不能说是无所谓,而是过于热切,对任何一个地方都无差别地给予肯定。比如我在佛罗伦萨近郊一座迷人而古旧的别墅里订了房间，附近有葡萄园和养马场。我得意地为她打开房门，问她：
"怎么样？"

她会像一个听话的小孩，兴冲冲地把早就准备好的答复说出来：
"这里棒极了！"

同样，当我们饱受旅途劳顿，住进比利时与荷兰交界处一家三等汽车旅馆时，她还没进门就已经兴冲冲地准备回答：
"这里棒极了！"

"这里有什么棒的，你这家伙！"我懊恼地喊着，"茨冈娘们，马戏团的怪胎！"

也许是因为，那种地方让我心中浮现出整个古里耶夫城的样子来了吧……

不过有一回我还真把她带到了一个神奇的地方，让她情不自禁发出孩子般的惊呼。

那是在卡罗维发利的"布普大酒店"———一座富丽堂皇的十八世纪酒店，奢华的巴洛克风格，布满了各种雕花装饰，镀金的阿拉伯式生铁栏杆，每一处三角楣饰上都有弹竖琴的小天使。

但是与我订单有出入的是，他们给我安排了相对便宜的客房，尽管也是一个出奇昂贵的两人套间。他们微笑着道歉，手里的电子房卡划来划去，对我解释说，我们是按照您的兴趣——说着冲我的琴匣努努嘴——才为您安排"德沃夏克"豪华套房的。见鬼吧你们，我心里暗想，你说豪华就豪华吧，德沃夏克就德沃夏克吧……

结果，套房里有两个高挑的房间，宽敞得像两个舞厅。

天花板是一片天国景致，雕花饰纹镶在四边，有成串的枝叶和凸起的石膏蔷薇。画中的人物纠结缠绕着，饰带和鲜花垂吊在人们的胳膊上，一整幅天国的酒神狂欢图景正中央,是一盏垂挂着的水晶枝型大吊灯……

意大利家具纤细灵动的支脚仿佛已经准备好跳起卡德里尔舞了。一幅幅画工不错的风景画镶着金边,肖像画上的门德尔松、肖邦、斯美塔那从各个方向忧郁地望着你。

客厅的角落里,一个贴着釉彩瓷砖的老壁炉像整块黄油一样亮铮铮的,两扇铜制的风门永远紧闭着。它的炉顶奇巧地弯折着,形如中国宝塔。有趣的釉彩师傅在上面颇费周折地画上了一束束装在编织篮里、奶油甜点般的玫瑰和百合,然后离远一点,琢磨一番,哑巴着嘴巴挤出管子里最后一点釉彩,添上一片叶子……

我打开高耸的门,来到阳台上:盘根错节的生铁枝蔓编织成了向外突出的围栏,边上一男一女两尊人像柱稳当地矗立着,各自头上都静静地顶着果篮一般繁盛的柱头。两人都把手背到脑后,盯着自己的腋窝看:男人满是胡楂的脸上带着嫌恶的丑陋表情,而希腊女孩身着长长的衬裙,在她圆润的下巴和凸起的乳头之间,一张轻柔的蛛网在微微摆动——那般羞涩,甚至不怀好意。

我撑着围栏向外看去,下面雾气腾腾的特普拉河边,五个紧紧裹着黑裙子和黑头巾的阿拉伯女人正沿着人行道端庄而缓慢地行走着。

我们在两个宽敞的房间里游来荡去,被这宫殿般豪奢的一幕所征服。随后把落地灯和吊灯打开了又关上,看看画作,朝衣柜瞅一眼,发现了专用的保险箱,还有其他以备不时之需的私密用品——你猜是什么?

最后我们看了一眼浴室。

它大得像套公寓——宽敞,仿照罗马澡堂的风格铺着大理石,有一些阴郁。沿着长长的房间挂着一排镜子,黄铜的灯架钉在墙壁上。

"哦,"我说,"你瞧,享受完恺撒般的待遇后,就可以经脉活络地进入梦乡了……"

她在贴满马赛克瓷砖的浴缸台阶前停了下来，那上面摆着小筐子，装满香气扑鼻的沐浴用品，还有插在烛台上的蜡烛。她朝镜子里瞥了一眼，愉悦而兴奋地叫喊起来：

"天哪！瞧他们在里面干什么！你都没法想象……"

我从后面抱住她，轻声问：

"干什么？罗马人的交欢？"

她笑了起来：

"对！"她的回答显得有些迷离，仿佛是因为我的双手正偷摸又麻利地将她的毛衣撩起，对这一举动做出的回应……

在这件事情上她总是表现出音乐性……而我将这一出唯美戏剧的指挥权都交托给了她那双大腿，它们给出一丝细微的指示，让小提琴拉慢一些，换成柔板，甚至是广板……一会儿又松弛而自由地画出几道表示断奏符号的大幅度曲线，随即指挥管乐器进行连奏，来表达骤雨急至的主旋律……再交由巴松管进行美轮美奂的独奏表演，让它将音韵延长……这无比轻盈而持久的美妙时刻，尤其是在尾声前，那种……你懂的，那种迫不及待且无法克制的瞬间……

那一瞬间我将目光从她如琴弓般弯曲着、令人痴狂的背部移到了镜子上，随即反应过来，我们进行的并非二重奏，而是四重奏！还有一对男女正在镜子里以相较我们稍有延迟的节奏蠕动着，他们就像是在镜中折返回来的影像，模仿着我们各部位最细微的运动……也就是说，这篇乐谱比我想象的更为复杂……

不过过于耗费体力的长久亲昵已经慢慢来到了尽头，乐师们生理上的冲动聚焦在了最后那一个极度欢愉的上升乐句中……

铜管吹响了有力的行军号！

尾声和弦颤抖着渐渐熄灭，还将稍做延宕……

之后，迎来短暂的寂静……

而我拧开意大利水暖工装配的精巧淋浴头,从中喷洒出喧闹的掌声与欢呼……

第五章

> 炮火终会熄灭,战争终会结束,
> 黄昏之中,你在篱笆旁独自徘徊。
> 你会伫立在墙根边,
> 在墙根边,
> 伫立着,等待。
> 等待着我,莉莉·玛莲。

安娜在飞机上打了会儿盹,睡梦中的她又飞行在天空下如镜子般平静的水面上,太阳余留的脊背在水面上反射着血色霞光。

当她睁开眼睛时,看到舷窗下层峦叠嶂,道路如蛛网般盘布,多像小时候她和阿丽莎在地理课上制作的沙盘地图呀:在纸板上抹上绿色的橡皮泥表示草原;把褐色的拢成一堆,捏成驼峰形状,这就是山;将核桃壳一分为二充作岛屿;并将金龟子的甲壳盖在上面。完工后美美地欣赏一番，多漂亮呀！阿丽莎整个人都弄脏了——手指、鼻子、下巴，她五彩斑斓地坐在那里，活像个小丑，还调皮地斜一眼伙伴，可怜巴巴地问着哈哈大笑的纽塔：

"我好看吗？"

可对方笑个不停地回答：

"太丑了！"

邻座是一个年轻的传教士——根据所有特征来判断，他是个浸信会教徒。一路上他时而认真阅读时而信手翻书，安娜用余光瞧得清楚，是一本关于如何吸收教徒的参考书。章节的标题也颇为虔信："让灵魂趋向天空，让祈祷明亮眼眸"——一本抚慰人心、美好而虚无的小册子。

飞机刚起飞时两人互相交谈过几句，而安娜素来惧怕深入亲近的沟通，很快就闭上了眼睛。可他却注视着她，也许是发现了她心中隐约潜藏的兴趣。

"您想看看吗？"他自信而彬彬有礼地问她。

"不，谢谢您。"安娜回答得过于匆忙，有些不得体。

小伙子不愧学过一些用于捕获人心的招数。

"您根本想象不到，当虔心祈祷后，主会赋予你多么透亮、明晰和锐利的智慧！"他一针见血地说着。

"您说什么？"她平静地问。

"没错！您将会震惊于自己敏锐的感受力——您可以阅读别人的思想！"

"呃，您这是在……夸海口了，"她无精打采地回答，"谁会信这套！"

说完她便转过身去。

下面蔚蓝的洋面上，一艘小船竖着形似白色羽毛的风帆，船尾留下一串水花。

飞抵印第安纳波利斯时天已经黑了,下方灯光中的城市如同凝结在一起的发光珠子和一串串点燃的琴弦,被一把巨大的笤帚扫到了大地的一个角落。

同往常一样,埃里埃泽尔开着那辆老"福特"去接她。他自己也已经又老又胖,秃顶了……

当她第一次在这里找到他时,好几小时都不能适应他外表的剧烈变化:看上去,他那硕大的脑袋就像是一个不大的木桶,托着一头乌黑油亮的华美假发。当掀起这顶假发的时候,木桶就显现出自己寸草不生的荒芜了。只有那个大鼻子和极具讽刺意味的、瞪得像樱桃一样的眼睛没有变化……

他赶忙上前,摇摇晃晃吃力地走到她身边,一如从前般试着摘下安娜轻便的书包,开车时还为她的双腿盖上毛毯:

"我告诉你,纽塔,你会感冒的!这里的天气可糟了!"

"真是个大新闻,你居然学会开车了。"安娜和往常一样立马发现了这点。

"这都是阿布拉姆死后的事。我必须学会一个人生活,"他斜眼看着她,孩子般兴奋地炫耀了一句,"所以我就学会啦!"

很快他们驶到了"雷根希公园"——一幢两层高的建筑,往日在马戏团里管这叫"酒店式宿舍":长长的走廊两边是一扇扇套间的房门,每个套间里面有两个小屋、浴室、铺着瓷砖的镂空壁槽和衣柜。

上了二楼,他们慢慢地沿着走廊前行——这时候就能看出他走路有多么困难了。埃里埃泽尔也从不会错失任何机会来揶揄一下纽塔。

"埃里埃泽尔·马尔科维奇,您女儿来看您了呀?"

"是啊，女儿，还是上门的……"

什么女儿，一群老糊涂！这可不是什么女儿，这是我灵魂的镜像倒影……

不少套间都房门大开，从里面传来俄语对话。
"她的性子真是刚！都九十五岁了，她想去死，结果就真死了。"
"什么？什么叫想去死？所有人都有想死的念头！"
"很简单的一件事！晚上她说：'够了，我活累了，够了！'早上她就被发现死在了屋子里。还没锁门，为的是锁不被砸坏。"
"什么？她做了什么？"
"什么也没做，就死了！她的性子很刚。她想死，就真的死了！"
"你知道吗，"埃里埃泽尔转动门锁，骄傲地说，"我在这里的中餐馆订了午餐，离这儿不远。那里的菜看上去很诱人。"
"太棒了！"

两人走进这间小屋时，他对安娜说，这是"为你准备的"。屋里摆着一个沙发，一张圆形的餐桌，餐橱和椅子。右手边通向卧室，如此小巧精致，陈设老旧，完全就是按照基辅格调布置的。

墙上挂着死去的哥哥的照片，平面的影像看上去更像是埃里埃泽尔了，而且，照片上的他似乎对自己以这种形象示人表现出了十足而彻底的满足。安娜的眼睛一直躲避着这张照片。

你给我滚开，白花花的脑袋……

"你知道吗，"埃里埃泽尔边说边把围裙系在肚子上，"我不想把你拉到我们的食堂去吃饭，那里都是些美国的垃圾食品。快去洗把手，坐到桌子边,我全都准备好了。"

她洗手的工夫,他在小小的厨房里大喊:

"是啊,这里是半寄宿公寓,我有时候吃得跟个囚犯一样。我就想,反正纽塔也不是天天来,没必要是吧?"

"没错!"她说着,从小储藏间一样的浴室出来了。

最要紧的就是,一定要保持高亢的语调,并强迫自己把这些东西塞进嘴里。吃中餐可是相当高雅的。

她尽一切可能也要到这里来看一看,甚至为此常脱不开身去见谢尼亚。她每次都要听埃里埃泽尔讲一讲一九七八年哥哥推搡蹬踏着把他赶到了极乐净土美国以后发生的一切新闻。谁要是胆敢说埃里埃泽尔的阿尔兹海默病正在剧烈恶化,安娜就会朝他的面孔啐上一口。

"凑合着还行,"他没有注意到她,继续高声说,"每个礼拜我们都会赶一趟由黑人司机驾驶的大巴,然后他就载着大伙儿去购物了!"

"我听着呢。"安娜说,"你那儿有什么吃的?"

"说出来怕你笑话,"他说,"我这儿有自己种的莳萝。看见阳台上的小箱子了吗?傻子才种花呢,我呢,只种有用的东西。"

她闭上眼睛暗想:天哪……除了她,没有人,没有人会知道,这个在阳台上种莳萝、又胖又有点疯癫的家伙竟是个伟大的学者……而他的才华、他可靠而善良的天性曾经被一个妒忌而残忍的白色共生体粗暴地践踏。

"你真是好样的!"安娜回应道。

"但愿。你会在我这儿多住几天吧?"

每一次他都希望安娜能在这儿住上几天。

"不行,亲爱的……明天我就该去芝加哥了,摩托车已经订好了。"

午饭之后她详细汇报了自己的近况——他问得细致入微:"那你是怎

么回答他的?"……"不错,他什么反应?"……"真是胡扯,那里所有东西都能精确到毫米,而且全都是安装在内凹的球面镜上!"……"没错!那他什么时候从美国回来?"

她陶醉地附和着他,回答他的问题,时而反驳,时而提出疑问——她经常觉得是在同自己对话,而他,也是在同自己对话。这种轻松愉悦,甚至好像都不用发声的交谈在最近几年几乎成为唯一能安抚她的事了。

一件无聊的事情引起了他的兴趣,这让安娜颇感奇怪:这个擅长得出最为复杂的科学结论的大脑,怎么有闲心打听太阳马戏团为何不给合同工带薪休假的事儿呢?为什么要提合同工,她问,你干吗老想着这些合同工的事——最近一段时间她发现,自己经常不发一言,只在心中默想。

"喂,鸭子怎么样?"他边问,边津津有味地吃着,山字形的下巴颤抖蠕动,"很不错,对吧?"

"美味极了!"——不,这家餐厅可着实配不上"中餐典范"这个夸奖。

"想休息了?"晚饭后他问道,"躺在沙发上吧,我这就去拿毯子。"
她赶忙推辞:
"不用了,我不累……"——不,她没有说出口,只是默念着。
当他找到毯子,回到客厅时,安娜已经在圈椅里睡着了,垂着头,像一个跑累了的孩子。
埃里埃泽尔悄悄为她盖上毯子,坐到对面的椅子上,开始凝望她。
有时候他觉得她一点都没改变。总之,在她身上没有出现一丝一毫大多数人四十岁以后都要遭遇的令人失望的身材走样。当然,也许这归功于马戏团训练的经历,摩托车骑行,特技生涯……如此细想开去,真是太愚蠢了。天哪,这个可贵的姑娘竟遭到了生活如此愚蠢的对待!甚至现在，直到现在，还要进行这样愚蠢却又卖座的表演——难道她那无比敏锐、迅捷、锋利的智慧就是为了做这些而存在的？

难道从上帝车床里加工出来的如此杰出的人类样板，就只配干这样的活儿？

他不停地望着她，他能永远这样望下去，心中唯有安详和幸福，只因她在这里。尽管这很荒唐，可有时候他还是觉得仿佛是在凝视自己，此时是他自己陷入了梦乡，微微抖着手臂，深沉地呼吸着……很奇怪：虽为孪生兄弟，但他并不觉得哥哥能在灵魂上与他产生真正的共鸣，反而是这个三十年前在牛奶厂偶遇的姑娘，能让他的灵魂显得如此完满，如此安宁。没有人知道，在这漫长的分别岁月中，当他自言自语时，还经常会念及她的名字。"看，纽塔，我把餐具收拾了，还把裤子也洗了……"

她睡了二十分钟，被走廊里大声的说话声吵醒了：
"法尼亚，数一数吧，我还欠您一点五美元！"
"哎，拉倒吧你！"
屋子里亮着台灯。对面的圈椅里坐着埃里埃泽尔，安详，忧郁，自己的照片挂在背后。

在他以前位于波多尔区的集体公寓那条昏暗杂乱的走廊里，她感受到一种压抑的气息向自己迫近。令人作呕的霉味中混杂着鞋油、雪橇润滑油和厨房烧焦的粥味。在她身后有窸窸窣窣的脚步声，突如其来的恐惧令她头皮发凉。

"站住！"白色的孪生体粗鲁地喊着，在门边追上了她，猛地一拉她肩膀，"停下！"

他们站在昏暗的走廊里，两人都喘着粗气，仿佛是不停地赶了很远的路。她一顿一顿的喘息声就像跑步踩出的省略号,而他则恶狠狠地用鼻孔出着气。

"我已经禁止你再来了!我命令你别再来骚扰我弟弟!"

她闭口不语,没有力气将眼睛从面前这可怕的场景上移开:黑暗模糊的走廊里隐约闪现着一团白色的头发和两条白眉毛,它们在半空中悬浮着。

"你听到没?!你是听不懂吗,我是不会让你把他彻底弄疯的!我要把他带走,懂了吗?!走得远远的,永远不回来!"

"没有永远了!"她叹口气,对此时自己吐出的这些禁忌之言感到恐惧。本不该说的,可不说已经不行了:"你在那儿很快就会死的,留下他一个人。我会找到他的!"

黑暗突然被他的巴掌破开,脑海中的镜面突然闪过一道光,刺眼的明亮,她一时间没有明白过来:自己被打了!

"畜生!"他吐了口气,转身快速消失在走廊里。

"不,法尼亚,我不喜欢欠钱!"

埃里埃泽尔把从基辅带来的老台灯的塑料脖颈弯下来一点,不让灯光直射在安娜眼睛里。他坐在那里,用手撑着肥胖而松弛的脸颊,不安地望着她。

可怜的家伙,他这般等待着她,而她却只是顺道过来待上一天,即便如此还睡着了。

"你看上去很憔悴,"他悄声说,"你根本没怎么休息,根本没有。你已经很多年没有休假了。"

"休假?你说什么呢?"

"你得去疗养院。"

她嘿嘿笑着说:

"'休假''疗养院'……你就像除了基辅哪儿都没去过似的,哪儿都没去过。"

他像孩子一样笑着说:

"不久前我回想起,你小时候,因为我没能读出你的思想而感到惊讶。你还以为镜像共生的两个人是可以心灵相通的……"

"我确实很累,你知道吗,"她打断了他,"我经常头疼。但这不是最要紧的。"

她慢慢抬起头看着他:

"最要紧的不是这个。镜子变模糊了,埃里埃泽尔……附上了一层氧化膜,难道……"她轻轻一笑,想要继续说下去,但又阻止了自己。然后她若有所思地重复着:"陈年的老镜子,无可替代了……"

他把烧水壶端过来,从格热利蓝花瓷茶壶中倒一点茶,再添上开水,将用小刀切下的半片薄柠檬轻轻抖入她的茶杯。

"埃里埃泽尔……"她突然开口说,"我这是为了什么啊?"

他一如既往地报以微笑,但内心却在煎熬。

"也许,"他慢悠悠地说,"是为了证明人应当是什么样的。"

"那到底是怎么样的呢?"她皱着眉头,"我不过是……一个怪物。我亲手把父母赶进了棺材——他们是无辜的,他们选中了我,给了我生活,毫无保留地爱我。可我把玛舒塔弄疯了,而父亲也在她死后一下子衰竭了,失去了她就无力生活。我还抛下他一个人不管不顾。幸好还有赫里斯季娜,是她在家给他洗内裤,煮粥吃。这不,我给他们寄去了钱。这东西我从来都没舍不得过——钱嘛,几张碎纸而已……是镜子,是它让我不得安宁。这就是我的命……我没给任何人带去过一丁点快乐,只有痛苦。你知道吗,大家怕我,认为我是巫婆。虽然当面没这么说,但很多人都觉得,凡事只要我参与进去,就是个坏兆头。这不,菲利普·戈提耶也在摇摆不定——值不值得让我加入他们。"

她抬起头，轻柔地对他微笑着：

"埃里埃泽尔，你说，难道我在这世上漂泊不定，就是为了编排几套马戏杂技，想几个骗人的镜子把戏？这就完了？大张旗鼓地架起礼炮来，就为了听它放一记哑炮？……"

"哎，你说什么呢！"他终于气呼呼地打断了她，"你错了，不对！你无权这么说！这一切都不是你自愿的！"他直起身子，显得肥胖而怪异，抖动的双手在这间小屋里莽撞地挥动着，真担心他会把台灯从桌上打下去，或者把哥哥的照片从墙上扯下来，"说不定你自己，你这个样子，就是未来人们生命的先驱呢？也许你就是造物主的一声问候，一个微笑，是他童心大发，把玩着自己那面天空的镜子，想要把人们的目光吸引到他身上而故意反射在大地上的一束阳光呢？"

她苦涩地笑了笑，可这却激化了他的愤怒。

"你净胡说，胡说八道！"他叫嚷起来，"你是完美的！你是个正直真诚的人，你只是从不撒谎，仅此而已。你的不幸就在于此！"

"我撒谎了，"她表示反对，"我今天称赞了那只从餐厅订来的油腻鸭子。"

"你看……"他厌倦地说，"就连这种无关紧要的事你都憋不住。"

他们沉默着，坐在一片昏暗中，听着走廊上渐渐平息的声响。

"你知道吗，"他说，"这些话我只会对你说——阿布拉姆死后我活得轻松多了。这话不过分吧？"

"不过分。"

"这话我只对你一个人吐露。"

"就因为我冷血又不知羞耻，就像一片沼泽，"她笑起来，"能把任何好听的话都吞到肚子里去？"

"不是！因为你冷静而沉着，有大海一样的深邃。任何东西，我的一切赞美都会在你那里湮没，"他说，"没错，那双一辈子都苛刻地盯在我身后的眼睛消失了……我一辈子都生活在自己孪生兄弟瞄准般的目光中。那些认为孪生兄弟相处融洽的人,他们什么都不懂。而现在我要对他说——你就安静地睡吧,布马,我呢,还要再吃上一块糖。"

"够了,别太过分。"她提醒道。

他突然哽咽了,急忙用双手擦擦眼睛。

"除了阿布拉姆,这世上我只放不下一个人,"他说,"那就是你。"

"我知道。"

"他把我带走的时候我都哭了。"

"唉,放心吧,全都过去了。"

"我怎么也弄不明白,你为什么需要那么一个男孩来做你的丈夫……"

"好了,这也过去了。"

"我就不提你跟那个老音乐家了,没有任何意义的交往,没有房子,没有未来,没有……"

她沉默不语。

"不过,"埃里埃泽尔反应过来,"当然,他是个天才!你上次带回来的那张维瓦尔第音乐会的光盘,我刚刚擦干净——听他吹奏巴松管是件多么幸福的事啊!这个乐器就是如此,仿佛有人跟你边走边聊,一别再别,一别再别……难以割舍的离别……"

她一直闭着眼睛沉默着。

"总之我想说的就是,你还年轻,充满了创造力,这样的年龄差距是完全没有……你得为以后着想,纽塔!"

"我已经不用想往后的事了。"她说话的语调让他哑口无言。

同往常一样,他们用完早餐,坐在那里研究着她要拿给菲利普的方案。而她呢——正如之后埃里埃泽尔在同国际刑警的谈话中回忆到的那样——对他的溢美之词竟表现得满意起来。她记下了某些小提示,显得异常平静坦然。

就像昨晚的谈话根本没发生过。

过了十二点,一个傻乎乎的年轻非裔美国小伙穿着滑落到屁股上的牛仔裤,把安娜预订的摩托车开来了。埃里埃泽尔还逼着她"上路"前喝杯茶,再吃一块从"俄罗斯"商店买来的"基辅"蛋糕。

"这可是'基辅'牌的!"他说,"还记得正宗的'基辅'蛋糕不?是在卡尔·马克思蛋糕厂里,用那些熏黑了的老炉子烤出来的,那些炉子起码有两百岁了吧。经理算是个聪明人,当时工厂改造装修的时候,把所有东西都换了,唯独留下了它们。我猜啊,正宗'基辅'蛋糕的美味秘诀就在那些炉子里……"

最后,他们走到了屋外。在台阶上吻别后,她就不让他出来了,免得他在最后检查摩托车的那几分钟里碍手碍脚,还要检查车胎侧面有没有他滴下的黄油。

埃里埃泽尔很讨厌这一时刻,她戴上摩托车头盔和那副毛茸茸的大手套,一下子就变成了外星人。摩托车呼啸着,嘶吼着,一顿一顿地狂吠,下一刻她就将消失得无影无踪。而此时她已经什么都听不见了,一个字都听不见……

她心里只想着一件事,此时他肯定同往日一样,请求她……

而他呢,的确不出所料,祈祷般地望着她,请求着:

"纽塔,我的天使……我们还会再见吧?"

她伸开腿,跨上摩托车,踢起停车架,转过身来。

"不会了!"她说。

她发动引擎,驶离原地,他像一座孤山般脆弱地兀自站立在台阶上,不过绕着空地慢慢转了个圈后,她又折回到他面前。

"腿脚有问题了,埃里埃泽尔!"她透过摩托车的轰鸣大喊,"保重自己的腿!"

他站在原处,目送着她那纤瘦的、永远驰骋在路上的身影沿着格尔比大道向第八十六大道方向驶去。在十字路口的南北向上,安娜将摩托车放平驶入弯道,就像是卧倒了穿越一道看不见的障碍,随后她就消失了。

太阳马戏团行政楼大堂的柜台边,瑞内·布尔吉耶正在打电话。看见安娜,他呆了一下,抬起手打了个招呼,同时试着把她拦下来。她停下脚步,等待他结束通话。前厅深处,两个栽有棕榈树的大花盆中间立着一个高高的三脚架,上面摆着一张镶在相框中的遗像,但安娜就是没把头转向那个方位看一眼。

有趣的是,瑞内是一个人还是仍然跟索菲在一起?

这对舞伴已经六十多岁了。年轻时,他们在全欧洲各个知名的舞厅演出。两人都身材修长,神采奕奕,纤细柔美……不知为何,每次看到索菲仿佛敷着一层古铜色颜料的黝黑皮肤,安娜都会想起那把靠在集体宿舍壁炉角落里的大提琴,它光滑锃亮的臀部抵在墙壁上。

这两个早就拆散了的情侣舞伴,是选拔会中某个聪明的家伙从一堆古董海报里发掘出来的。他们被邀请前来参加一个节目,根据导演和舞美的设想,这个节目应该让任何年龄段的爱情都得到颂扬。所以这对年迈的搭档带着残存的激情加入到了节目中,似乎真的找回了自己逝去已久的浪漫。

瑞内是个热情友好的人,在自由的酒会上,他喜欢拉着别人一起喝,到那个时候他就有些招人烦了。无非就是吹嘘自己年轻时和伊蒂斯·琵雅芙好过，他还总是竭力暗示自己同她有多么多么地亲密，可当时她都已经过气了。不过，他的体态的确直到现在都依旧优雅大方，脸上虽然布满细微的皱纹，但身材却显得如此年轻。在他和索菲体内，似乎都有一根上紧了的发条，就像八音盒里拧到头的发条那样，一松开就会无穷无尽地涌出类似《哎呀我亲爱的奥古斯丁》或者《莉莉·玛莲》那样的曲子。

安娜很喜欢看他们的表演：手臂、大腿和脊背互相交织，平稳有力，行云流水——这种时候她总是想起自己和谢尼亚。

瑞内终于放下了听筒，转向安娜。

"你已经知道了吗？"他边问边朝放着遗像的三脚架方向挥挥手，仔细观察着安娜的面部表情。也许是想当着好友的面立刻把一切都弄明白。此时，所有人都开始观察安娜的面部表情，想在其中寻找能让自己扼腕悲恸一番的证据。也有不少人不想惹祸上身而英明地选择躲在远处。

"你什么意思？"她尽可能保持平静地问。

"你没在报纸上看到？"

"我不读报纸，瑞内。"

"我们这个时代怎么可以不读报呢！"

"如果你有什么要转告我的，那就请吧，我赶时间。"

他更加紧张地盯着她那张难以参透的面孔，而接待处的姑娘们也迫切地偷听着他们的谈话。

这几个也是一路货色……

"你这是……当真不知道？"瑞内惊呼起来，"艾莲死了，那个新来的俄罗斯体操演员。缠在保险绳上，吊死在上面了！"

"哦！"安娜抬起眉毛，同时回忆着死者当时的场景，"太可怕了，真可怜……那你盯着我干什么，瑞内，我是先知伊利亚吗？"

他瞬间感到了一丝难堪，甚至把目光都移开了，但最后还是不管不顾地开口说：

"所有人都知道了，呃……是你预言了这起死亡。"

"这唱的是哪一出！查拉图斯特拉这么说的吗？"

"热内维耶娃坚信你知道此事。没错，她已经彻底失去了理智，整天说些有关你的可怕故事……她对所有神明都发了誓，说你早就知道艾莲会死。如果真是这样……你不觉得，嗯……应该早点提醒一下这个姑娘吗？"

"瑞内，那你就不觉得，"她说，"我现在也想让你去死吗？"

菲利普的女秘书此时从楼上下到了大堂。

"涅斯捷连科女士？戈提耶先生有请。"

就连她也睁着两只大眼睛看我，心中充满可悲的、纷乱而刺痛的胡思乱想……我倒是想刁难她一句：大吵一架之后她的威廉还会给她打电话吗？不过看在她已经怕得要死的分上就算了。没错，这个姑娘害怕我。

该怎么着就怎么着吧，她一边想一边跟着秘书上楼了。有一点很奇怪：最后再来这里演一出戏有什么意义呢？反正一会儿就会被那个老狐狸拒绝的。现在这算什么——尽一个傻子应尽的义务吗？做这些毫无意义的努力就为了得到一开始就注定的结果？还是说这是种无可救药的惰性，就像你忍着看完一整部庸俗的电视剧，就因为懒得伸手把电视机关掉？

秘书拿起自己桌上的听筒："戈提耶先生，涅斯捷连科女士已经到了……好的，好的。"然后她转向安娜，明显带着恐惧，畏畏缩缩地说：

"请您进去吧。"

在门口她就撞见了菲利普,他起身前来迎接她,门突然被打开时两人差点撞个满怀。

"呃,很高兴见到你!请坐,亲爱的……给你倒点什么喝的?黄油面包要吗?咖啡?嗐,都是你知道的……有什么新鲜事儿,去欧洲怎么样?"

诸如此类,无关痛痒……

他们花五分钟聊了聊欧洲小型流动马戏团的现状。菲利普一脸兴趣地坐着,尖尖的鞋头同以往一样打着某种节拍。不,他不是普通的滑头,他是泰斗级别的阴谋家,否则是不可能爬到现在这个位子上的。最有趣的是,他很喜欢安娜,他比其他人更欣赏她的想法。但菲利普从来不会凭着内心的第一感觉做事——他早就将它们剔除出去了。他是不允许自己沉湎于这些泛滥的情绪中的。菲利普绘制着宏大的战略地图,考虑着细微的区位特点,推敲着合理的风玫瑰图——并且无往而不利!

可惜他不知道,安娜暗想,我轻轻松松就能在三分钟内让他彻底变成与我志同道合的忠诚战友,让他急不可耐地催促我:"快点,快点,你什么时候开工!"

一年。她把整整一年时间浪费在了维护这段关系上,只为了彼此能一如既往地尊重对方。不过明显可以看出,他的客气,事实上是做出拒绝之前委婉又胆小的序曲罢了。为什么他要像条平底锅上的鲫鱼一样翻来覆去地折腾呢?有什么就说什么,很平常的一件事嘛……哦,原来连这家伙也害怕她!

"最近几天我跟大卫和马克碰了面,嗯……讨论了一下我们的方案。我们本来非常乐意邀请你加入,可你当时在欧洲。我毫无保留地说,你的提议很有意思,很成熟也很精彩!尽管也有些昂贵,但问题不在钱多钱少上。现在需要弄清的是,它能在多大程度上成为广泛意义上的舞台表演。大家都不确定，是否值得将你的表演改编成大型魔术。"

"这不是魔术，"她反驳道，"不是纯粹的魔术，我们已经讨论过这一点了。而且，追求表演形式的混合多样，不正是你们创作原则中的一项吗？"

她突然感到异常倦怠。正如最近几个月来一直出现的感觉那样，她想象着自己中止了谈话，自信而优雅地结束这场会面，然后告别，潇洒地出门……但忽然又意识到自己仍虚弱而沉默地坐在沙发椅里。内心的声音与吐出的话语间，那道界限已然被抹去了……镜子变得像覆膜一样纤薄。

她坐在那里，端详着墙上各种演出的大型彩色招贴画，一句话也不说，用沉默回应着焦虑不安的菲利普。

"你要理解，这完全不是在拒绝你的提议。"她听见他这么说，"只不过我们需要做出预算，一切都斟酌妥当……请给我们点时间！"

安娜起身朝门口走去。

"喂！"他招呼着。她转过身来。

他眯缝着眼睛神经兮兮地笑着，用两个手指捋着络腮胡，就像勤勉的女学生把裙子抚平一样。是啊，哪怕是要结束谈话也得和和气气，满怀热情吧……不，还有另外一件事。他在犹豫……摇摆的思绪，像他那老旧的皮鞋鞋尖，不停抖动。真让人吃惊：像他这样老谋深算的战略家，精通各种阴谋诡计之人，这时候脑子里居然如此混乱。

"这里流传着各种谣言……都是因为我们的体操演员，那个不幸的俄罗斯女孩……你知道吧？"

"我听说了。"她甩出一句话来，用目光将他牢牢按在椅子里。看来在他最终跟自己握手之前，还有事情没讲完。

菲利普不安地摆动身体，挪来挪去，但一直坐在原处。

"对不起，我只是想把所有情况搞清楚……"他神情恍惚地拖沓着，

"老实说……我们这儿的所有人都很惊讶。就连我自己也无法想象,即使我们现在决定采用你的方案,那些演员又会怎么对你呢……你不想做一番解释吗?"

"当然了。"她回答。随即开始解释,吐出一长串被细致地翻译成法语的词组,想必只有她那些醉醺醺的马戏团同行和驾车从牛奶厂驶入那条难以忘怀的日里扬大街的司机们才能明白含义,并表示赞同了。

她感觉轻松了许多。

在这之后她走了出来,礼貌地将身后那扇门永远地关上了。

上楼来到热内维耶娃家门口,她放慢了脚步,突然坐在最后一个台阶上,等待心脏处的钝击感缓解下去。

这种位于肋骨内部的抽搐抖动是在前不久出现的,不痛,甚至有点痒:仿佛有一只小鸟想要飞出来,抖动羽翼未丰的娇弱翅膀。持续五分钟后,她只觉得身体被虚弱感痛苦地折磨着,心中的镜子熄灭了。

门猛地被打开了,热内维耶娃站在门槛内。她看上去精神十分异常——穿着破了洞、留着毛边的牛仔短裤,一件红色的背心,胸口不知道滴上了什么。

"我在窗户里看见你了!"她断断续续地吐出几个字,"你来干什么?"

安娜从台阶上站起来。很明显,热内维耶娃已经酗酒好几天了——而且可能不光是酗酒。

"你来干什么?"她叫起来,嘶哑的回声从单元楼滑落下去,一遍一遍回响在每一层。

安娜轻轻推着她的后背进了屋里。

"我们需要解释清楚,热内维耶娃。"

霍华德听见了她的声音,从盖着蓝布的鸟笼里传出刺耳的尖叫:

"安娜!可——怕!可——怕!"

看样子,热内维耶娃为了不让他打扰自己,就把他遮起来了,天知道这只可怜小鸟已经被关了多久的禁闭。

安娜扯下蓝布,打开鸟笼,从纸袋里抓起一把瓜子放进了小碟子里。驼着背、一身乱毛的可怜小鸟立刻跑出来站在她肩上,迫不及待地嘀咕着,抱怨着,轻轻咬一咬心上人的耳垂。

"把他放下!"热内维耶娃叫嚷着,"别动!把鸟放下,巫婆!巫婆!"

"你冷静一下。"安娜把鹦鹉放到笼子顶上,他在那上面急匆匆地踩着步子,可又笨拙地踩空摔倒了。

她坐到沙发椅里,问道:"你站着干吗,热内维耶娃,坐吧,看在上帝分上,别叫别嚷了。我有话要对你说,你能听我说完吗?"

"我知道你是谁!"这姑娘吐出这么一句话。她急促地呼吸着,油腻的额头渗出热腾腾的细小汗珠,时间一长冷却了下来。"我是不会怕你的!"

"那就好。坐吧。"

可她继续站在门边,一副警惕的样子,不知是准备逃跑还是要上来攻击。她的额头上暴起了青筋,眼睛里布满血丝。可怜的热内维耶娃……

可怜的热内维耶娃,不幸的是,她将孤苦伶仃地度过漫长的岁月,并将一直经受这几分钟回忆的折磨,无法摆脱……

"我知道你是谁!"她重复着,"小时候奶奶跟我们讲过像你这样的人的故事。你们一开始会变成毒蛇钻进人心里，然后狠狠咬上一口！黑暗凶恶的巫婆，你招来了死亡！邪恶从你那里流出！只有邪恶！可我却不知道，真是个可怜的白痴……这么多年了都不知道……"

霍华德不安地用爪子扒着鸟笼的金属条，展开翅膀，张大了鸟喙，含含糊糊地喊出"珍爱……鹦鹉……可怕……安娜……可怕……"同时发神经似的上蹿下跳，不明白这两个他所深爱的女人之间正发生着什么。

"闭嘴！"热内维耶娃冲他吼道，眼睛却没有从安娜身上离开，仿佛害怕错过她的任何一个细微的动作。

"听着，"安娜开口说，"我们以前早就聊过这件事了，很多年前。我跟你说过发生在学校里的那件事……你要知道，我就是一面镜子。有时候在我身上能显现出什么东西来，但我没有办法改变任何事，我只是反射而已……我们根本什么也改变不了，热内维耶娃。只不过，所有人都是一个音节一个音节、一个词一个词、一行一行地读着这本书，他们在每个字母上纠结不前，而我知道整本书的内容。但我不能强迫作者把这一页重写一遍。"

"不……不……"热内维耶娃嘟囔着，"你在蛊惑我，巫婆！我知道一切的时候已经晚了，我亲爱的人已经死了！我也想死了算了！"

她的叫喊声让安娜胸中的雏鸟又扑扇起了翅膀。她不自觉地皱起了眉头，这却让热内维耶娃的怒火烧得更旺了。

"就是你，是你送她去死的！残酷、邪恶、阴险的毒蛇，冰冷得像块石头！没有感情的畜生！巫婆！"

没错，安娜心想，她准是在这儿关了好几天，喝下了大量烈酒。以至于如此具有攻击性。

"把手给我，"安娜说着朝热内维耶娃探出身去，"这样你会好受一点的。上这儿来，我会让你恢复正常的！"

可她却哈哈笑着，躲得更远了。

"你以为我是个毫无还手之力的傻子吗？你摆布了我这么多年！这么多年来，你对我而言就像那窗户里温暖的光亮……我朝思暮想地盼着你来！一个人躺在床上，在你摩托车远去的轰鸣声里我撕咬着枕头，脑海中出现的是你的一举一动，你说的每一个字每一句话！我一直对你抱有幻想……这么多年了！然后呢，我从你那儿解脱出来，把你像块破布一样丢弃了，可你却没有饶过我，没有！你怀恨在心所以你现在自信可以为所欲为，对吧？但我不怕你，我不怕！你要是当真无所不能，像巫女摩根那样，那你就告诉我，我现在准备干什么？来，说啊！朝自己的镜子里看一眼！不行了？不行了？……"

"怎么就不行了。"安娜带着厌倦和怜悯回答道。蜇人的无聊感觉又侵袭而来，控制着她，压迫着她。"你准备把我杀了。"

热内维耶娃的脑袋一抖，仿佛是被人抽打了一下。寂静中只听得见霍华德嘀咕的声音和热内维耶娃断断续续的喘息声。她踩着小碎步沿着墙根绕到了安娜身后……

安娜头也不回地坐在那里，她的后脑、肩膀、脖子却能感受到热内维耶娃的每一个动作。必须阻止她这种心智麻痹的癫狂行为，站起来，永远离开这间屋子……

但是她的脉搏减缓了，体温骤然下降，身体像陷入了浑浊冰冷的淤泥中。同往常那样，她的双脚首先发冷，并僵硬起来。

热内维耶娃朝她的后背扑过来，猛地上前，用双手紧锁住她的脖子。

安娜毫无反应，连抖都没抖一下。她就那样静止不动，只有脖子在低吼着的热内维耶娃手中一点点变凉……僵硬……

笼子上的霍华德显得异常焦虑而恐慌，它嘶哑的哀鸣中加入了女人的喊叫、呻吟，以及电话铃般起伏的鸟叫……当安娜坐在圈椅里僵硬石化的时候，当石灰浆一般阴沉凝重的死寂中突然响起热内维耶娃丧家狗一般的悲恸嘶吼时，霍华德猛地飞了过来，用鸟喙对准主人的后脑毫不留情地啄了下去。

安娜似乎失去了知觉。那双掐在她脖子上紧张到出汗的手越来越用力地挤压着，可就像是一场恐怖而冗长的噩梦，这条僵硬的脖子并没有因此而示弱投降。霍华德飞上前来啄咬着热内维耶娃的脑袋和面孔，她的额头上有某种温热的液体流了下来，淌到眼睛里，滴在安娜棕色的头发上将其染红……热内维耶娃的双手已经不受控制地死死掐住那里，只有当霍华德发疯似的啄咬它们时，她才松开了手。

她瘫倒在椅背后的地上，缩成一团，沾满鲜血的双手掩在脸上。随后她久久地躺在原地一动不动，无声地啜泣着……她觉得自己就像旋转木马的中轴，有一个人坐在圈椅里，嬉闹着，围绕着她，驱赶着整间屋子越来越快地旋转，甚至闭上眼睛都能隐约看见那个坐在椅子上的人……是谁坐在那里？

最后，旋转木马慢了下来，整个房间，以及那把有人坐着的圈椅都静止了。热内维耶娃睁开眼，试着眨一眨沾血的眼睛。

那把圈椅如一面孤崖矗立在空荡的世界中央。谁曾经坐在上面——想起这一点至关重要。

强烈的恶心在热内维耶娃体内翻腾着，甚至连手脚都因此而颤抖。还有，这地狱般的寂静是怎么回事？霍华德在哪儿？现在是白天？是晚上？还是黄昏？她在这片不知从何而来的血泊中躺了多久？……

她吃力地用四肢撑起身子，喘息片刻，双手抓住高高的椅背，如是尝试了三次，终于站立起来。那一刻她的目光撞见了安娜纹丝不动的后脑勺。热内维耶娃用双手保持着平衡，踮着脚尖绕圈椅走了半圈。

在她面前，安娜半靠着椅背，彻底死了一般直挺挺僵坐着。

面对着这张双目大睁、凝神不动的脸孔，恐惧好似电击一样贯穿了热内维耶娃。她后退着，惊叫着。

"安娜!安娜!"她哽咽着,虚弱而歇斯底里地尖叫着。

可怕的梦境急剧地凝固起来,变成了难以推倒的现实。现在她才明白过来,究竟发生了什么。她多日来的恐惧和痛苦、疯狂的仇恨,以及虚妄的幻想转而化作死去的安娜空洞凝滞的眼神,一切成真了。在热内维耶娃的喊声中,发疯似的霍华德终于飞了过来,用他所能发出的一切声音竭力叫唤着。

她往后一退,被安娜的书包绊住,跌倒了,又猛地跳起来……

她在地毯上呕吐,一边退后,一边害怕得不敢将目光离开那张冰冷的脸。她来到门厅,背靠在门上,然后飞快地从屋子里跑了出去……

此时霍华德平静了下来。

屋内悄然无声,他飞到安娜的肩头,张开嘴巴,低下头去,仔细地打量着她的耳垂,仿佛盘算着,轻轻咬她的时候怎么才能显得更文雅……

"安娜,"他细声嘀咕着,"安娜小伙子!来亲一口吧!"

头发还是湿的。她克服了身体的虚弱,直接用厕所马桶边的水龙头洗了洗头发。这是一家希腊风格的咖啡馆,至于为何走到此处,她全然不知。

在街上,她透过窗户看到这家咖啡馆里面有一个放着两把靠背椅的舒适角落,椅子上盖着丝绸毯子。天花板下还挂着鸟笼,里面有一只黄色小鸟,虽然执拗地不断重复着一个调调,但声音嘹亮而活泼。最主要的是,那里安静而空荡,一个人也没有。

女服务生用托盘端来了一高脚杯白兰地、一杯咖啡,把所有餐具摆放在安娜面前后,突然惊恐地盯着她的头顶说:

"您头上受伤了吗?您没感觉吗?这儿有血!"

"哦,谢谢您!"安娜用手往头上一按,放下来一看,"啊是的,我……碰伤了。"

"需要给您拿点消毒剂吗?"

"不用,谢谢……如果可以的话,拿条毛巾吧……"

她清理完头部,在角落里休息了很久。她的上方挂着一幅光脚的鬈发少女照片,她坐在希腊神庙台阶上。少女很像小时候的阿丽莎。似乎她还正斜眼朝这里看呢。

咖啡馆门边的柱子上挂着一面圆圆的镜子,无精打采地面向街道,把那么多的车辆和行人都吞入自己的世界中,这么大的胃口,换作是人,估计早患上严重的消化不良了。

老实讲,安娜自己也不知道是怎么来到乌特勒蒙区这条狭窄的上坡小巷里的。霍华德是个机灵的家伙、可靠的伙伴,要是没有他及时扯着电话铃声一样的啼啭上来相助,她就回不来了……不过有一点很好理解,驾驶任何一种交通工具对她来说都不是问题,那不需要动脑,完全是靠另一种力量。可现在的问题是,她究竟是怎么从五层楼高的地方爬下来,并坐上摩托车的?

街对面三层高的砖房里开着一家镜框专卖店(两个半圆形旋梯像叉在腰上的两条胳膊)。专卖店老板是个任性的主儿,尽干一些搞笑的事情:他把无数大大小小正方形的、梯形的、长方形的镶框镜子随意挂在橱窗和专卖店内部,杂乱无章。

每一块残片里都反射出街道的一部分来:路灯和建筑的一角,公交站台的闸机,女士内衣店橱窗里两个被肢解的人体模型和一条单独弯曲的大腿——这条残肢坚强地立在那里,穿着蓝色袜子的脚丫伸展着指向天空。

最大的一块锐角镜面上反射出挂在中国餐馆屋檐下的招牌和安娜所处的咖啡馆。准确地说，镜子里只出现了一张靠背上拉着金属花纹的空椅子和对面一双捧着咖啡杯的手。这个世界被拆散，分解成了碎屑和渣子，杂乱无序的残片汇聚成一堆巨大的废墟。

一个念头将她笼罩。她急切地渴望挣脱出来，冲破一切，从这堆毫无意义的废墟中飞翔而出。

她叫来了服务生，结完账，起身离开。

得上哪儿去待一会儿。去法兰克福的飞机直到早上才有，尽管最近一段时间她总是想到飞机就觉得难受——不过说实话，想到什么都一样难受——安娜还是希望能在法兰克福那个属于自己的小阁楼上好好躺上两三天。而且，另一件事也将到来——十月份就在眼前，十月中某天的一大早会有一场罕见的降雪，雪过后就什么也看不见了。

此时她想起来，再过十分钟圣海伦娜岛上每晚的烟火表演就要开始了。夜空中的火光盛宴，是她在"德·蒙特利尔"赌场进行演出必不可少的背景。

那就再看一次这样的盛景吧，她笑着对自己说。

在深蓝色氤氲的暮色中她驱车来到了老码头：粗犷的混凝土桥墩，形似巨型蝗虫一般的升降起重机。

她刚刚抵达多层停车场，准备把摩托车搁在那儿，头上就轰隆隆地炸响了。金色的火光在空中喷射飞溅，刹那间一齐瞄准了天空这块巨大而黑暗的靶面。

安娜停了下来。

小时候她就酷爱烟火，每逢过节都会和父亲去弗拉基米尔山上，挨着圣弗拉基米尔的雕像看烟火表演——从那里可以鸟瞰整个城市。无论河的左岸还是右岸都熠熠生辉,在礼花的火光中展开宏大而灿烂的图景。不过,即使是单独的一枚烟花,或者一颗孤独坠落的流星,同样能让安娜兴奋不已,她定会目不转睛地盯着整条炫目的发光轨迹直至它熄灭,直至它消失在黑水般神秘的天空中看不见的某处……

不过童年的烟花可没法跟这里盛大的节庆狂欢相提并论。

一束束火柱以疯狂的速度飞旋着从树木和房屋后头蹿上天空,炸裂成大红、亮绿、金黄的火球,随即无数闪着紫色光辉的光斑像雨帘一样将它们遮盖,沿着镜面般的黑色天幕缓缓落下。而在这之上又喷涌出深蓝色的波涛,白色和浅蓝色的花朵从中绽放开来,苍翠的"棕榈树"迅疾平稳地向上生长,在一片可怕的宁静中摇曳着,散落在城市和海港之中……

一阵低沉的、油炸般噼噼啪啪的闷响里,白色的火光如低矮的丛林弥漫在地平线上。在这突然的平静之下是人们沸腾的期待——刹那间数百道金光一齐飞升,夜空又一次欢腾起来,五光十色的烟火炸开后,仿佛在空中织就了一面面精致华丽的波斯飞毯,它们不断膨胀,意欲冲破天空的限制,淡紫色和天蓝色的花斑又汇聚成一条横跨苍穹的锦绣绸缎。而圣海伦娜岛上,一整队技艺卓绝的烟火技师已经为新一轮疯狂的烟火舞蹈做好了准备。

从安娜所站的位置望去,圣劳伦斯湾呈现出一道弧形,在它上面,卡地亚大桥的吊塔形似撒出的渔网,在火光中闪耀着。梦幻般的"德·蒙特利尔"赌场则像一艘由无数萤火虫汇聚而成的大船,漂浮在诺特丹岛上。一九六七年世博会美国馆那个透明的圆球静静坐落在巨大的摩天轮不远处……

河湾在耀眼的烟火闪烁中显得更像一面黑色的镜子,与同样形如黑镜的夜空融合在一起。

安娜站在那里,微微抬着头,深吸一口气——从水面方向飘来海藻的气味。她在刺眼而搏动的火光中眯起了眼睛,低声地感叹着:"哎呀,真好看!……"又一次,当她惊叹于如飞鸟展翅一般浅紫色和银色的火花时,那股兴奋之情又向胸腔中那堵压抑的隔板低头屈服了:"哎呀,真好看!哎呀,真好看!"

她忽然觉得,镇守在体内的这股冰冷如铁的力量减弱了;似乎,她被释放了,获得了允许……拥有了自由!在希望面前她愣住了,摇晃着,好像一颗刚从镣铐中解脱出来的心在自由的边缘试探着,不敢相信那是真的。"也许是……"她带着颤动的心跳暗想,"也许是……很可能,是大限到了,一切都将烟消云散了?"这是一个残忍的判决,一场暴风雪,是在黑暗中沉重而痛苦的无尽漂泊……在那个瞬间,在迸发的烟火中,在这片热闹非凡、莺歌燕舞的金色花园里……在爱人谢尼亚的巴松管细腻绵软的伴奏声中,自由将向她降落,落在她的手心里!

"你能相信吗,我们居然到了这里!我简直兴奋得要疯了。我现在在哪儿,让我想想,是在蒙特利尔还是在索契的海边?最关键的是,我已经看清楚那颗该死的小球究竟藏在哪个杯子底下了,看得一清二楚!"

"傻瓜,这些看戏的家伙全都跟你想的一样。瞧这群笨蛋,跟你似的,蠢到家了。不过那个红头发的手是真的又快又柔,是吧?看见了吗?不如直接把他绑架走,请他到我们公司干销售经理!"

某人哈哈大笑着说:

"空手套白狼吗?"

这时候安娜听见有人在叫她,用的是俄语。

不远处,在车库死气沉沉的黄色灯光下,遍地的车辆包围中,肥胖的白化病人带着皱巴巴的蒂罗尔帽站在那里。他显得异常欢快，围着汽车来回走动，却怎么努力也打不开后备厢，然后做出滑稽的手势请安娜赶紧过来帮忙——如此友好而愉快！

安娜赶忙后退，觉得喘不上气来。她全明白了！你休想，休想解脱！这就是你的"自由"，根本不存在其他任何可能！

"唉，还能怎么办。"她对自己说。

她坐上摩托车，驶离停车场，驾车提到极限速度（赫里斯季娜拼命冲她大喊："纽塔，别过去！你别上那儿去！"），行驶到卡地亚大桥的中央，她猛地跃上自己的行刑台，从围栏上方飞了出去，在漆黑的、闪着火光的圣劳伦斯河湾与同样漆黑的、灿烂辉煌的天穹之间，她沿着那条镜子长廊疾驰而去……

现在几点了？哦呵，看来我们聊得不错，罗伯特，我都没发现天已经这么暗了。抱歉，我得回去了……你看，小伙子们已经涌进来了。一听到他们的动静我就头痛。我今天说的有用吗，啊？看样子您是嫌我烦了，瞧您脸色都这么……难看了。

等等，我把自己的手提包放哪儿了？就是那个不大的袋子，有一个糖果点心标志的，是在圣德尼……啊在这儿！进门的时候我把它挂在衣架上了，差点忘了。我还有点东西想交给您，是你们以前没见过，也不可能见到的。

之前我觉得，这东西对调查毫无作用，况且我心里还是有所抵触，不情愿把它拿给别人看。现在我决定了——还是拿出来吧。您是不会因为私自隐藏调查所需的材料而逮捕我的，对吧？好了，在这儿，就是这个。

您看我干啥？这是信，不信你看。谢尼亚写给她的信——看见没，这么厚厚的一叠。他常年写信——看上去他很擅长也很喜好这个，写作——跟我恰恰相反。

您别急，我这就向您解释，它们是怎么落到我手上的。对，我知道你们搜查了她的阁楼，可我比你们先去了那里。您还记得在她消失之后你们在柏林找到了我吗——我当时在那儿拍电影。

当天晚上我就坐上了去法兰克福的火车。我有她阁楼的钥匙，有时候她去了蒙特利尔或者其他地方，我就会上那儿待着。我觉得只有我，只有我能发现她。我能循着她的踪迹，找到她藏身的地方……我当时疯了一样！过去之后，我忙活了一晚，什么也没找到。然后我打开我们的旧箱子……就是那么一个马戏团里用的大皮箱，像个小柜子……来头可大了，比"泰坦尼克号"还传奇。您知道它跟着我们去过多少城市吗？安娜爱死它了。甚至啊，当她从医院出来，爬到那对老夫妇家之后，就是在箱子里过的夜。当时以赛·鲍里索维奇已经把我们先前那间屋子租给了一个当图书管理员的老处女，安娜就没地方去了，总不可能跟她对头睡吧。后来马戏团的伙计把箱子给她搬了过去——她又很瘦小，像个小男孩，索性就睡在了里头。

我把箱子打开后，看到里面有照片啊，演出服啊……全是我们过去的生活！全都在，唯独没有她。唯独没有安娜……我站在我们的过往面前，算了……就这样吧！我想起了她把箱子打开立起来，站在中间张开双手，就像一个长着紫色翅膀的天使降落在人间。突然我发觉了什么，一个古怪的念头撞进脑袋里——要是我自己缩起身子，躺进去，就能立马知道她的一切——她在哪儿，去了哪里。所以我躺了进去，蜷起来。知道吗，我居然号啕大哭起来，像一条丧家犬。现在我自己回想起来都害怕。这叫什么来着——"激情状态"，对吧？总之，我躺在我们的箱子里，为过往的一切……以及将来的一切痛哭哀号。

这不，我在那里面发现了谢尼亚写的这厚厚一叠用皮筋扎起来的信。更奇怪的是，它们竟然没被拆封。我对着这堆信呆坐了足足一小时：这意味着什么？为什么她不拆开来看？她想到了什么？您可别把我当傻子。后来我意识到，她根本没必要把信拆开来，明白不？不明白？她就是知道，一拿到信就知道里面写的是什么……

总之，我不希望某个冷血的家伙找到它们，取代她把它们拆开来，所以我就擅自把这叠信带走了。对谢尼亚我也什么都没说——他当时也像疯了一样跑遍整个加拿大，又从印第安纳波利斯飞到波士顿，再从波士顿飞到蒙特利尔等等，但凡有希望找到她的地方他都去了。他也认为只有他……只有他能……唉，后来他也消失了。

还有这本绿色的笔记本……等一下，先别打开，等我说完。这本绿色笔记本在他的好朋友、著名小提琴家米亚特里茨基老爷子那里。当时谢尼亚正好收拾东西要搬到另一个住处去，他把自己的拎包暂留给小提琴家，动身去参加那个该死的音乐会演出了……后来我找到了米亚特里茨基，怎么说呢，进行私人调查。我在他家里坐了坐，见到了他女儿——一个著名的美国电视台记者，总会出现在每一桩政治丑闻的风口浪尖。我跟老爷子聊得很融洽，他甚至潸然泪下。可她女儿却说："爸爸，我这是第一次看见你的眼泪！就连妈妈下葬那会儿你都没哭。"

于是，他们就把谢尼亚的这个笔记本给我留作纪念。我翻开一看，就像被开水烫着一样急忙合上：写的全是她！我赶紧合上，把它放在一边。还是放着吧。我回头再跟您要回来，您先读着，万一有什么细微的线索呢——尽管我已经不抱什么希望了……

Месье! Ле конт, силь ву пле!①

不用，不用，您何必呢这是，我比您更需要这次会面。就让我结账吧……啊哈这就对啦！这样，再留一点点小费，一点点……那么，科勒先生，我先告辞了，在马戏团问话感觉怎么样？我很乐意……

得了吧！我一点都不乐意！您搅得我不得安生！也许我也把您弄烦了……我要走了。对不起，我走了。上帝保佑您！

对不起，我又回来了，别担心……不是，我什么都没落下。我豁出去了！这里还有一封信要给您。

---

① 先生！结账，谢谢！（法语）

这是最后一封他给她的信,已经皱巴巴的了。是在他上衣内袋里找到的。他随身带着它,到处跑来跑去……米亚特里茨基把它交给了我。而且,这是他的信里我唯一读过的一封。因为这些话已经不像是对一个活人说的了,而像是……对一个天使。我都把它背下来了,信的开头是这么说的:

"亲爱的孩子,这儿有一个国际刑警的探员在彩排时找到我,说你失踪了。这是怎么回事?……"

25

亲爱的阿尔卡季·维克多洛维奇!

我感到尤其惭愧,距离您动身已经两个月了,而我才刚准备给您写信。时间飞逝,仿佛您昨天还坐在我那里冲我毫不客气地嚷嚷:"罗伯特!你这个长着招风耳的白痴!你的工作就是纸上谈兵!还国际刑警呢,故事一个比一个玄乎!你怎么不坐下来写侦探小说呢,我们最擅长制作畅销书了,两个礼拜就能付梓出版!"我还记得,当晚我翻来覆去地想:没错,即使有一个俄罗斯最大的出版社的经理做亲戚,可我还是什么都编不出来!

我向您承认,有时候会翻一翻你们的出版物,全是些犯罪主题的小儿科,比陀思妥耶夫基差远了。当然您自己也清楚这点。那些线索啊,做作的案情啊,千篇一律,无聊透顶!看了第一页就知道罪犯要去哪里,他会在哪里藏身。相信我,在这一点上,现实要丰富得多。而人,也远远复杂得多。有时候这件事还会突然闯进我脑子里!尽管已经结案了,工作也堆到了眼皮底下,可我总还是想着那几个人,放不下来。

于是这个想法就一直徘徊在我脑际:的确,我拿着一手好牌,那就是工作中遇到的一切真实案情。但是照此写下来的文风就是下三烂了。不过再怎么说,你们那里也有相关的文学内行吧,如果我写得不是那么回事儿,就让他们改改。好在我觉得自己的俄语还不是那么糟糕。尽管十五岁父母就把我带到了加拿大,可我一直热爱阅读,所以母语保留了下来。当然,在外语的环境中它变得越来越弱,越来越生疏……然而在如今的互联网世界里,这也无关紧要了。

当我刚开始严肃地思考此事时——我指的是写书——记忆中就浮现起一桩四年前的旧事来。

一个女人失踪了，毫无音信。她在自己圈子里还挺有名气，当地警方向国际刑警提交了申请，我们就加入了调查。事情的开始很是蹊跷：一个浑身是血的女人跑到蒙特利尔警察局的一个支队里——说是女孩吧年纪也不小了，倒像个……看不出年纪的布拉提诺①。她跑进来就瘫在了地上。我们让她恢复了知觉，还替她包扎伤口（伤口很奇怪，像是谁用三角铁把肉从她身上挖掉了），给她做了体检，检测出了这个神志不清的女人血液里的酒精含量……总之，当大伙正忙着调查的时候，得知了这样的结果：伤口是她心爱的鹦鹉，一只善良可爱的小鸟造成的。而它的主人则显得更可爱——她说，此时在她家里的沙发椅上正坐着自己断气了的女伴，是自己掐死了她，"硬得已经跟石头一样了！"唉，她在那儿大哭大闹，扯着自己的头发，慢慢恢复神志之后就变得彻底没法交流了。要是问她，你什么时候掐死她的呀？就在刚刚！那她怎么会发硬了呢？压根就是没头没脑。

警察押着这个缠着绷带的女嫌犯来到她的屋子里。现场连个尸体的影子都找不到，房间里倒是乱得要死。那只鹦鹉就像鹞鹰一样，看见这个神志不清的女人就俯冲了过来。警员们好不容易把她给护住，又费尽周折地把鹦鹉关进了笼子。换作是我，说实话，早就开枪打死它了，那鸟嘴，跟老鹰一样。

然而，尸体没有就是没有，现场的血也都是女主人的。的确该给这位女士治疗一下酒精中毒了。顺利搞定，收工回家，大家没事就下回再见了。

不过就在当晚，有一个从德国飞来的旅行团（他们是前来欣赏一年

---

① 布拉提诺：魔幻电影《布拉提诺历险记》的主人公。

一度的烟火节的——我们这里从六月中旬到八月初每天都会在圣海伦娜岛上噼噼啪啪地燃放那些炮仗，尽情地享受吧！），那些说俄语的游客中有一个领头的当地导游，他向警察局报了案——他们都声称，亲眼看见一个女摩托车手从卡地亚桥上飞了出去，然后就……飞走了。等等，什么叫飞走了？就是那样，飞走了。飞在空中。骑着摩托车?！没错，骑着摩托车。根据所有的证据分析，这个摩托车女战神不禁让我们想起了早先逃跑的那具"尸体"。您喜欢这样的勾连吗，亲爱的阿尔卡季·维克多洛维奇，阿尔卡沙舅舅——要是您不介意我这么叫的话——您就是我亲内人的亲舅舅啊……

带着所有这些资料，我开始了调查。我也不想再过多折磨您的大脑了，毕竟时间不早了，明天还得把小家伙送到兴趣小组去。潜水员们什么也没找到。不管我们怎么查，就是一点线索都没有。

而且，几年前我们这里成立了针对卡地亚大桥自杀行为的特别预防委员会。委员会给出了一些建议：除了大桥上的机动车道、自行车道和人行道外，在桥的两侧要设置"防自杀障碍"，因此，当时大桥上的一段正在进行建造和改装施工。新安装的围栏不远处耸立着一个土丘，我们未来的女主角就是借用它当作了跳板。

阿尔卡沙舅舅，现在请您如实告诉我，您相信有通灵之术吗？您相信所有那些胡说八道的鬼话吗：一个人能阅读别人的思想，能预见未来……反正我是不信的。我认为，通灵术也在一般心理学的范畴内，就像电击椅也是广义上的椅子一样。不过当你开始触及通灵术的时候，一般心理学所必要的条件和相关理论就自动失灵了。所以我就在这一连串怪事中忙着寻找答案，我不停地质问自己：我还正常吗？也许是我不正常？因为无论如何，那些告诉我目击了女子失踪过程的人们，总不至于他们全都不正常吧？可那家伙究竟去哪儿了?！或者改称她为姑娘?！就是那个按年龄看已经成熟的女人，但……您知道，我不想过多表露自己的感受，这明显应该让您那里的文学行家们去琢磨。所有这些小片段中浮现出一个奇怪的、孤独而惆怅的形象……总之，我时常因为不能见到她而感到可惜。如果能和她见上一面，我会不惜代价的。

话说回来，我们在她位于法兰克福的住所进行了细致的搜查——她在富人区的一间别墅里租了一个阁楼，地段很好，位于一个安静的街角。我向您发誓，再没见过比那更干净的地方了。她的阁楼里没有任何自己的东西，您知道的，就是那些女人无论到哪儿都要带在身边的东西。只有一个老旧的马戏团皮箱，里面几乎是空的，只有一些剩下的道具和几本有关光学的杂志。还有几本小册子，有一本封面上的名字是这样的：《分形物理学手册》，另外一本更复杂：《张量分析与弯曲时空显像指南》。还真是个好学的马戏演员，是吧？

言归正传：打死我们也找不到一丁点东西。她消失了。升天了——非要这么说的话也行。这取决于我们想把作品写成什么样——侦探类的，惊悚类的，还是神话小说。您得考虑市场需求了。

就这样，只要我一想起这个神秘女人，我——总之也是为了梳理一下头绪——就会约见其中一个证人，过一遍这个早就封存的案件。

为此我不得不耍一些花招：我跟他说，案件将重启，要一查到底，否则他是不会来的。这人是她的前夫。您真该见识一下这头公牛：脑袋剃个精光，脸上有烧伤的疤痕，肌肉如铁球一般，看上去真像个刑事犯。可他却是个十足柔情，甚至有些敏感的人。我们谈话的时候，他有好几次都转过身去，不让我看见落下的眼泪。他头一回转过去时，我表现得就像个老朋友，马戏团的好搭档、好同事，出人意料地关切着他，如一道温暖的阳光洒向了他——我说，你怎么了？多体贴的搭档啊！人家都快痛不欲生了——直到现在他还这么放不下。

我跟他在咖啡店坐了整整三小时，他讲了自己与她的全部生活经历，然后把一大沓写给她的信交给了我——不是他写的，而是她的情人，一个音乐家——就是那个吹巴松管的。同时还有这个巴松管师的笔记本，里面写着各种各样自相矛盾的心里话。

所以我认为，是不是可以把小说的主题再扩大一点？把这些信件和笔记都用上——反正音乐家已经去了另外一个极乐世界，不需要获得谁的许可了。至于前夫，就不考虑写进去了。

当务之急是要想一个合适的结尾，对吧？一个有杀伤力的结尾。所以还得请您跟自己的文学顾问们商量商量，我的脑子暂时也迷糊了。

对了！忘了补充一点：这个案件里还有一个证人，一个古怪的老胖子，从她小时候就认识她，几年内把大学数学和物理课程都灌输给了这个天才少女，然后几乎整个下半生都用一种反向书写的字体与她保持通信，要是放在几个世纪前，都能被刑侦专家当作密码来看。（在未来的小说封面上——我已经开始幻想了！——要是能印上几个按这种"达·芬奇的笔迹"写成的词就好了。）

啊哈？这可以作为小说的另一条线索！

最为关键的是，当我来到这幢典型的孤寡老人公寓，在他那归置整洁的小房间里同他聊天时，他信誓旦旦地告诉我说，"纽塔"——他是这么叫她的——转去了另一个"镜像"的世界。我当时意识到，自己正在同一个疯子交流，所以一脸真诚地向他提问："怎么才能做到呢？是要通过传送门吗？""不是通过传送门，"他不动声色地回答，"而是通过一条镜面材料组成的长廊。"接下来他好好地给我上了一堂课，当然，我听得也是一知半解。总之，如果我们硬是要往小说里塞进一条科幻线索的话，可以把他写进去。

某个叫埃弗莱特的家伙很早以前就认为，多元平行宇宙是存在的。更有甚者，一个叫多伊奇的正经理论家也用数学向世人证明了这个观点的可靠，并且出人意料地将其引向了著名的量子物理学方程。所以，宇宙学领域出现了试图进入平行宇宙的尝试，方法就是通过所谓的"时空隧道",也就是"走廊",它们出现在黑洞内部,并且依靠特殊形态的能量能够冲破这些黑洞。因此,也衍生出了他一家之言的推测——她进入的不仅仅是"平行宇宙",更是一个"镜像宇宙"。因为每一种基本粒子都有自己的"镜像共生体"。对此我是一头雾水,只是将这个老怪物的谈话记下来了而已。

当我收起笑意,向他确认该如何找到所谓的"镜子走廊"入口时,他是那么严肃地向我解释着,他和"纽塔"多年来一直在讨论组装一个"能够实现多维度穿越的跨维机器"。什么玩意?!总之,他说的全是这些东西。您没睡着吧,阿尔卡沙舅舅?

如果想要严肃地弄清楚这一问题(对此我真的一无所知),就必须请教相关专家,才不会显得我们是在浑水摸鱼,蒙混过关。

话说回来,构思一个清晰明了的结尾也势在必行。

小说里,女主角不能就这么杳无音信地消失了。这种事只能出现在现实生活中。只会在那个被她折磨得遍体鳞伤的小伙子身上发生,她就那么骑着摩托车在空中飞翔!直到现在还在飞啊飞……飞啊飞……

忘了告诉您,在大桥上我们找到了她的书包。很轻薄的书包,几乎是空的。这也很蹊跷:是她开得太快掉下了?还是因为往后再也不需要了?可是,既然都要投到水里与世诀别了,带上点行李也没关系吧?反正鱼儿不会设海关扣押它们。

您相信吗,我着了魔似的思考着这只书包。也有可能是在她进行飞翔之前,纯粹想把肩上的包袱卸下来而已?

见鬼!我为什么要纠结这一点——自己都觉得奇怪……

亲爱的孩子,这儿有一个国际刑警的探员在彩排时找到我,说你失踪了。这是怎么回事?

我也是这么问他的:这是怎么回事?

我不想在这种无聊的事情上过多深究,因为我知道,这是永远不可能发生的。你向我允诺过,会和我永远在一起,所以,这绝不可能发生!

孩子,听我说……请听我说,我亲爱的……和往常一样,这封信会发往法兰克福,并请你立刻回应我。你的手机还是处于关机状态,没有你的任何消息。

我倒不是怕把你弄丢,只是被这个探员无聊的电话折腾得意乱心烦。不过,我想这一切都与我们无关。

事实上,时间越久,我越是思念你。我无时无刻不在想你。但这不是一封情书,孩子,这不是一封情书……

我的内心躁动不安,思绪忐忑,可这与生理上的性冲动没有丝毫关联。

我试着去理解,从何而来的力量让你在年少时就能克制自己,不利用那惊人的天赋谋取好处?换作其他人,十有八九早就拿这本事去当吆喝的本钱了。他们会迫不及待地冲到展销会的流动草台上当众表演幻术。退一步讲,为什么不靠能阅读别人想法的本事来赚点钱呢,或者借占卜算卦的名头忽悠大家如何趋利避害,哪怕是帮别人找找失物也行啊!

你就像是东方寓言故事里的苦行僧。天使在他的梦里显现并指着桥底下,告诉他那个地方埋着一个装满无价珍宝的箱子。苦行僧刨出了宝箱,坐在小山一样闪闪发光的宝物边,大堆的金币从他张开的指间滑落,然后他砰地合上箱盖,将这可恶的财宝永远地埋回了地下。

你是我生命中遇见过的最坚强、最完整的人:你胸怀高尚,嫌恶地将这份上苍所赐,却羁绊着你的馈赠毅然抛弃。

我无时无刻不在想念你。

小时候外公给我讲《圣经》人物的故事,向我讲述他们是如何演绎婚姻、死亡、欺骗之事。当时这本破破烂烂的厚书里那些过时的角色,对我而言是多么荒谬、蒙昧,甚至是愚蠢。现在我总会回过头去看那些寓言故事,活得越久,书中那些凌驾于人伦情感之上的宇宙奥义就越深刻地穿透我的内心。

还记得,让我尤为厌烦恼怒的是雅各的故事,他不知是跟天使,跟上帝,还是跟自己搏斗,一直到天亮。"只剩下雅各一人。有一个人来和他摔跤,直到黎明。"每一个词都意义模糊,让我极为恼火。可外公却几乎是吟唱着念出了这段话,他陶醉其中,在嘴里翻来倒去,仿佛含着一口最为甜美的天堂琼浆:"那人见自己胜不过他,就将他的大腿窝摸了一把,雅各的大腿窝正在摔跤的时候就扭了。那人说:'天黎明了,容我去吧!'"

我很不理解,外公为什么会因为雅各与无名之人的一场顽强搏斗而如此兴奋?况且提到雅各在黑夜搏斗中招致终身瘸腿时竟是如此含糊、草率——好一个"摸了一把"!这场愚蠢对决的结尾也显得如此荒诞:"日头刚出来的时候……他的大腿就瘸了。"而让我又气又完全摸不着头脑的是这句:"我面对面见了天使[①],我的性命仍得保全。"

我不停地想着你,想着你一个人的孤独生活。你永远孤独着,因为

[①] 中文版《圣经》中此处译作"神",而俄语原文为"天使(ангел)",考虑到与后文的联系,故译作"天使"。

你选择了孤独，孤独地战斗到黎明——在这场与看不见的力量的搏斗中，没有人能与你并肩作战！

现在我已经明白了，我的一生只不过行走在你生命的边缘罢了；我是个陪衬，通常用巴松管那悠远的声音回应着你，衬托着你的主旋律。而我的音乐，不过是你用来提炼和萃取世间至信至净的音符的几段插曲。

你在自己的镜子中遇见了那水晶般剔透的天籁之音，这是我所不能及的，而你教会我为了它，为了真理不要自怨自艾……此刻我正痛苦地猜想，你内心那个至高的声音是什么，你听见其中呼唤的声音了吗？是谁在呼唤你，同时又将你拒于那神秘的、我所无法理解的镜中世界之外？

你对于虚假的深恶痛绝——看上去是与生俱来的——不止一次地敦促我远离那些完全世俗、异常琐碎的行为和言语。不过最近这段时间——即使距你千里之遥——我并没有卷入那些有关我们的是非谣言、揶揄玩笑和无稽之谈中去。为什么？我不知道。只能说明你还在这世上。

你的身上集合了两张面孔：你身陷绝境独自与那看不见的力量搏斗，同时残忍地捕获那个与你最亲密的人。你扭断了亲近之人的大腿，同时自己的大腿也被折断。也许，我们所有人都注定与自己至亲至信、骨肉相连的人有一场不可避免的激烈搏斗？……

还记得在柏林博物馆，我无论如何也不愿从伦勃朗的那幅画前离开。画面上长着巨大有力翅膀的天使爱怜地紧紧抱住雅各，那般温柔地看着他！我心爱的儿子，抬头看看我，看看我！可雅各扭过头去，不知为何不愿朝那光辉圣洁、布满真诚爱意的脸上望去。为什么？他害怕自己会颤抖吗？害怕因此而堕落，消解在幸福的光芒中？害怕失去了自我？难道对他来说，个体灵魂的独一无二甚至要比上帝无限广博的爱更珍贵吗？

我无法离开，无法抛下这张油画而去。那些有关我，有关外公、有关妈妈、有关你、有关死于非命的父亲的思绪，如同雪崩一般向我倾泻而来，翻滚着，翻滚着，正像你第一次独自来找我，在房间的地面上我们如疯狂的潮水一样，完成了那场注定要到来的结合。还记得吗，你大声宣告，从今往后我们就彼此属于对方了，说完便潮水般投入了我怀里——也许是为了在这场搏斗中占据某种先机吧……所以我要告诉你：你胜利了。我已经无法将目光从你的脸上移开，无论你在哪里。

此刻我已不知道是否该把这封信寄出去了。我觉得，它的收信人其实是我自己，你是否能读到它，已不再重要。我只能在心里默默祈祷你的出现——不管你想出现在哪里、以何种方式，只要能出现就好——穿着你的毛衣和牛仔裤，骑着那辆讨厌的摩托车。

但是假如你没有回应，甚至假如我已永远地失去了你，我的余生注定将瘸着腿直到黎明，我也已经不再恐惧了："我面对面见了天使，我的性命仍得保全。"

整整两个月他辗转在加拿大的土地上,毫无结果地搜寻着安娜的踪迹。他走遍了自己所知的酒店,所有认识的路边汽车旅店,沿着大路到各个居民区、村镇和市郊挨个儿找,商店、酒吧、咖啡馆一个都不落下……

在一个相当偏僻的地方,有两个人先后向他细致地描述出一个骑摩托车女子的样貌。而在美国边境小镇的一个酒馆里,他被告知当天早上就有这样一个女人点了咖啡和华夫饼,就在那里,靠窗坐着,边抽烟边在笔记本上快速地写着什么,然后从口袋里掏出一支小小的口琴,悄悄地吹起来……服务员们都笑了起来,倒不是因为她吹得有多好听。

在这之后他彻夜未眠,沿着所指示的方向飞奔而去,朝所有经过的摩托车手后背拼命打着手势。他觉得,那就是她正穿过雾霭中的缺口,离开他前往没有尽头的镜子走廊时的背影……

他还跑到印第安纳波利斯去了。

埃里埃泽尔如同一个古罗马贵族,高傲英武地坐在塌陷的沙发椅里,称呼他为"年轻人",其实他不过是谢尼亚的同龄人。

他把柏拉图说过的那些胡话也搬了出来,准确地说是柏拉图有关"另一半"故弄玄虚的说辞。他说,我们在天堂时都是由两部分组成的完整个体,但出生的时候,完整的我们就被拆散了,灵魂的两半分别获得了不同的身体,因此一辈子都在苦苦寻找自己丢失的那部分;而这种苦痛就是爱情,不过是身体之爱。同样,"镜像"的灵魂也是确实存在的,他们就像了解自己一样互相了解,因为他们就是"灵魂的内部镜界"中彼此的"倒影"。而镜子吸引着我们,并不是因为我们能在其中看见自己,而是因为望向它的时候,我们自己也意识不到,看见的其实是无人知晓的共生体,是我们神秘的 alter ego[①]。和柏拉图的"另一半"不同,我们无法与之结合,因为我们互为镜像……而这催生出的苦痛并非身体上的爱欲,而是某种感觉——"对共生体神秘的牵绊"……

他说的全是这种荒诞不经的鬼话,让谢尼亚难以忍受,三番五次地极力遏制自己想起身离开的冲动,可最终还是没忍住。

"他不知道自己是谁,为何而生,"埃里埃泽尔面无表情、慢吞吞地说着,越过谢尼亚望着墙壁,"不知道他在何处,和谁共享着这个世界,何为善何为恶……完全看不见也听不见地行走着……"

"什么什么?"谢尼亚眯缝着眼睛问,"您说什么?"

"这不是我说的,"埃里埃泽尔回答,"这是约西拉比说的。出自爱比克泰德的《谈话录》……别白费力气瞎找了,纽塔不会回来了。"

"为什么?!"谢尼亚朝这具彻底把他惹怒了的傲慢油腻的皮囊大吼。

而对方平静地回道:

"因为她就是这么说的。"

"什么叫就是这么说的!什么意思?谁说不回来了?"

"别叫,"胖乎乎的老头子回应着,"平和。平和下来,像我一样。纽塔从不说假话。"

十月中旬,他同波士顿交响乐团的合同恢复生效了,所以再到处游荡是不可能的。

他返程了。

他那辆老"福特"沿着尚普兰湖边兜兜转转没个尽头的羊肠小路吃

[①] 意为"第二自我"。

力地走着,走着。视野中闪现着码头、木板屋、逆向而来的小船,随后又是码头……沿路几英里,不安的水波快速地抽打着左手边的堤岸,夹带着肥皂泡沫一样来势汹汹的浪花……

他回到了两个月没有碰过的巴松管身边,它极为不满地咳嗽着,嗓音拖沓,随即慢慢苏醒过来,开始将一切委屈都倾泻而出:被主人遗弃,被爱情抛弃……再往后就逐渐明朗起来,提振了精神,歌唱着,诉说着,用自己特有的音色讲述着缠绵悱恻的离别。

他与它一起参与了彩排,有趣的新节目,各种晚会等等……

每次演出前乐队成员们都会在幕后调试乐器。他们穿着晚礼服,系着蝴蝶结,晃来晃去,吱吱呀呀地摆弄着,把弦轴拧紧,互相闲聊着。他回忆起她说的一句话:"他们就像是在到处借火点烟。"

谢尼亚自己也穿着晚礼服——瘦削而高贵,带着优雅的巴松管,眯着灰色的眼睛,漫不经心地笑着……

除了乐团之外,他还同奥尔巴尼市的约翰·克拉克管乐五重奏小组恢复了联系,每年都会受邀出演两场极为重要的音乐会:每年的秋天那里都要举行一个室内音乐行业的小型庆典。不便之处就在于需要两天时间赶路,晚会前还要进行两次排练。这些离团行为都需要提前跟乐团打好招呼,谢尼亚好几年都是这么干的。而那些规规矩矩的外地老实人只能可怜地留下来勤勤恳恳演出。

这一次他向演出事务经理雅各布·林要了三天假期。此人有着一项卓越的技能,擅长消灾免祸,平息争端,满足需求,在乐团里营造出步调一致的和谐气氛:"来互相握手拥抱吧,万岁!"事实上,谢尼亚私下早就跟一个吹巴松管的好朋友谈好了交接事宜。顺水人情的事,这家伙自然满口答应下来,于是就这么水到渠成了。

雅各布问他：

"你怎么去，开车吗？"

谢尼亚回答：

"哪能啊，滑旱冰去。"

"我听说，明天上午会有一场罕见的暴风雨夹雪，很厉害。"

两个人步调一致地望向窗外，蓝色的天幕下绯红的加拿大枫树暧昧地朝枝干纤细、毛茸茸金灿灿、活像一只小羊羔的白蜡树俯下身去。谢尼亚用俄语念诵着：

"暴风雨像烟雾一样遮蔽了天空。"

"什么？"

"没什么，"他回答，"真该让暴风雪给这些天气预报员好好洗洗屁股。"

一大早，他吃饱喝足加满油，上路了。

郊外的树林也一片红，一片黄，有的显出铜棕色，有的显出紫红色，甚至还有草黄色的树叶。卷曲浓密的灌木丛让小山丘蓬松地浮肿起来，就像盖上了一块新英格兰出产的、用金黄色绵羊毛织出的色纱毛毯……

道路的斜坡上，大片倾斜的黑色页岩从两旁闪过：这是个露天采石场，就像一个敞开内胆的皮包。他回想起曾经在阿尔卑斯山区一条类似的公路上行驶，穿过一条接一条的隧道。当他们冲出黑暗，太阳倾泻在身上的时候，她总会大声呼喊："哇，太棒了！"每一次都不例外。而他驾着车，异乎寻常的车速几乎和安娜骑摩托车时一样快，这样就不用想其他事了。不用想，也别去想！

四十分钟后天气开始转阴。明亮高远、一望无垠的晴空仿佛被天上的甲虫这儿一口那儿一口地蚕食着,它们身后拖着疮斑一样的乌云,就这样四周围一下子变暗了,让人不免心中惶恐。谢尼亚放慢速度,揉揉眼,仔细地望着天空。奇怪,他暗想。乌云迅疾地聚拢来,仿佛和着一曲庄严的快板……

接下来半小时狂风大作,蛮横地将闪着暗紫色雷暴的饱胀坠滞的云团驱赶到天空中央,那里好似一个装满黄色脓水的大肚子;很快头顶上已经低低地覆盖起重重叠叠沥青色的云幕了。

就像是柴可夫斯基《第四交响曲》第一章开头不断飞旋的悲情华尔兹,旋转着,熄灭了,随即单簧管用浑厚的降音奏响平行大调。而此时巴松管也用宽阔的宣叙调做出回应:忘了吧……忘了吧……忘了吧……

突然响起一声炸雷。一声接着一声……天上的光亮瞬间散尽了,仿佛置身于夜幕下的群山之中。接下来压抑人心的五六分钟就像是在祈祷宽恕,随即暴雨如注。

在二号公路上遇到这种情况真是倒霉,谢尼亚心想。因为那儿的路可难走得很。更不幸的是,剩下的路还足足有四十五英里呢!

当他转到二号公路上后,便开始随着它曲曲绕绕地行驶了,还时常开到路肩上停一会儿,想要等这场来势汹汹、倾泻而下的大雨过去了再走。四周没有一丝光亮,难以置信,此时才刚刚上午十点钟。不走运的是他今天又为穿什么出门而纠结了一番——把薄外套带上,还是只穿一件毛衣就够了呢。那就不带外套了吧。

雨不停地拍打着,像发了疯的消防队员用粗犷的双手死死擎住源源不断喷着水柱的高压水枪。

后来的二十分钟,谢尼亚一直尝试着低速行驶在打滑的路面上,但是雨水很快就变得潮湿而结晶,随即大片大片厚重的雪花飘落而下。"天气预报员,狗娘养的,播得真够准的!"

骤然而至的狂风如怒火中烧一般,将这些鬼魂幻影似的雪花掷向车窗，以至于谢尼亚必须时常把车谨慎地停靠在路肩，希望风雪能减小一些。这个疯狂的场景还要持续多久呀？一整个十月吗？别胡说八道……

很快道路两侧传来咔嚓断裂的声音：几棵枝繁叶茂的大树因为承受不了积雪的重量而倒在了路中央。谢尼亚奇迹般地躲过了一棵桦树优雅的拍击……在这片昏暗之中它一定是被什么东西附了身，就那样直挺挺地倒在了车前，颤悠悠的躯干还在那里摇曳，而白色的暴风雪猛兽早已贪婪地将其吞没。去路就这么被严严实实地堵上了。大雪以极其刁钻的角度落下，在大地之上席卷起一场声势浩大的白色暴乱，就像是一群准备进攻的白天鹅……

石蜡一样异常美丽的雪堆在四下里迅速地堆积起来。

还好，油箱是加满的。他想了想，把暖气打开了。

一小时后风稍稍平息，但雪依旧下着，把汽车掩埋了起来。

谢尼亚穿着自己薄薄的毛衣两次爬到外面，扒开排气管周围的雪。冰渣子拍打在他肩膀上，嘴和眼睛都粘上了，他吐了口唾沫，眯缝着眼睛，在风中喘口气又返回车内。

四周像寒冬腊月一般披上了磨砂质感的洁白铺盖，这对他那樱桃色的巴松管来说是十分危险的紧急状况。那可是件出自大师彼得·德·柯尼格之手的昂贵乐器，愿他的双手得到上帝的祝福。

我可已经在这场不期而至的美丽风暴里待了一个半钟头了，他心想。我的伙计你可千万别裂开呀……"马上，马上，"谢尼亚自言自语着，"我这就给你取暖，我的朋友！我们这就暖和暖和……"他按开匣子的锁扣，打开匣子，卸下裹布，取出了乐器。

巴松管用天鹅绒般细腻淳厚、略带些鼻音的声音将《天方夜谭》的开篇娓娓道出：梦想与遗忘……

接下来的一个半小时里，谢尼亚依次吹奏了维瓦尔第音乐会的曲目，肖斯塔科维奇交响曲，马勒《第一交响曲》等所有曲目中属于自己的那些分谱……当然还有柴可夫斯基《第五交响曲》第一章中的那一处，灵魂在逡巡徘徊，得不到拯救……

看来，由于早上这场离谱的暴风雪的缘故，扫雪车还没准备好上街工作。而谢尼亚早上也并没有给手机充电，充电器还落在了家里，它只能安详地寿终正寝了。哪儿也去不了，只能干等，等那些道路管理单位的蠢货睡醒，或者有谁得知了这里的路况信息。

他时不时地关上暖气，防止自己被闷死。雪还在平稳缓慢地落下，将车身掩盖起来。谢尼亚不停地吹奏着自己的曲目，孤身一人陷在提前降临的冬日世界中，陷在这一片瓷器般易碎的寂静中，而巴松管苦闷悠扬、温婉甜腻的乐音仿佛在寻找着谁，祈祷着那个人的归来……

谢尼亚已经累得吹不动了，他不停地喘息着，不知道在这片白得刺眼的寒冬里已经坐了多久，窗外是沉醉在巴松管绵长而隐秘的叹息声中的慵懒降雪……

他又一次跑到车外，扒开排气管周围的积雪，然后回到车上，将冻僵的双手在毛衣下摆上擦了擦。

他抱起巴松管，并朝后视镜瞥了一眼。

后视镜左下角，在窗外一片白雪的背景前，安娜正盘着双腿悠闲地坐在那儿。

他的心脏猛地一停，脑袋越来越快地眩晕、飞旋起来，朝着狂怒的暴风雪产生的无底旋涡里坠落下去。

"你……早就在这儿了？"他问道，并没有转身。

而她的回答很干脆：

"我一直在这儿。吹呀，快吹呀……刚才那个是什么？柴可夫斯基？"

"是斯特拉文斯基，小家伙！"他喘着气温柔地说，"《火鸟》中的一首摇篮曲。"

"来，为我们吹一首摇篮曲吧。"

"口琴在你身上吗？"他问。

"怎么了？"

"这样吧，我的孩子，一起合奏《莉莉·玛莲》吧。"

"有什么比我的膝盖更圆润？"

"你的膝盖，我的挚爱……"

她从牛仔裤口袋里掏出那件满是划痕的战利品，贴在唇边，鼓一口气，吹出几个音来调试。他碧绿的眼睛瞪得老大，法令纹像岔开的裙摆……

有什么比在战争中死去更平常
有什么比在月光下约会更感伤，
有什么比我的膝盖更圆润……

她的口琴声嘶哑着，咳嗽着，喘息着。

谢尼亚幸福地笑起来，将巴松管贴向嘴边。

三小时后附近小镇上负责道路服务的推土机终于开到了这里。

发现路肩上停着的小汽车后，工人立马跳到地上，赶忙用双手把车窗玻璃上厚重潮湿的积雪扒开。

车厢里，有个人头靠着椅背，双手握着一把类似萨克斯管的大家伙，气定神闲地坐在那里，似乎刚刚将嘴唇从乐器上移开，正倾听着渐渐消逝的乐声。看上去，这是一首甜美的曲子，因为他那布满皱纹的眼角还残留着不自然的、浮想联翩的笑意。

工人看了一眼就明白了情况，通过对讲机叫来了警察。救护车和警车赶来的途中，工人坐在自己推土机的踏板上，一支接一支地抽着烟，目光一刻也没从车身的后视镜上挪开。那里反射出音乐家凹陷的太阳穴、颧骨边灰色的鬓发和泛着笑意的灰色眼睛。

他一直向上望着，这个死去的音乐家，目光仿佛追随着心爱之物远去。

去往那里，向天上飞去……

在那里，出现了两面洁净的湖水，像镜子一般泛着深邃碧蓝的光，湖岸的轮廓线缓缓地波动变换，摄人心魄……

耶路撒冷，2007—2008

我要对我所有的朋友，以及那些在成书过程中成为朋友的人致以衷心的感谢。

首先是卓越的马戏演员丽娜·尼科尔斯卡娅，是她引领着我在高悬于这部小说半空的钢丝上步步前行，让我不至于失足犯错。

特技演员德米特里·舒尔金。

基辅同胞谢尔盖·鲍姆施泰因、萨沙·霍多尔科夫斯基、斯维特兰娜·布拉乌斯和叶莲娜·米申科。

"镜子女人"拉丽萨·格尔施泰因和列娜·科特里亚连科。

玛丽娜·杜吉洛夫斯卡娅。

拉法伊尔·努德尔曼。

巴松管演奏家亚历山大·法英。

亚历山大·克鲁皮茨基。

我的姐姐，小提琴家薇拉·鲁宾娜。

钟琴演奏家叶莲娜·萨吉娜。

叶甫盖尼·捷尔列茨基。

让娜·普利茨克尔。

玛莎和尤利娅·舒赫曼。

雅科夫·谢赫捷尔。

索尼娅·车尔尼亚科娃。

鹦鹉——来自丽娜和尼古拉·尼克尔斯基一家的非洲灰鹦鹉舒洛奇卡和亚马孙鹦鹉马尼亚。

还有我的家人——是你们给予我无限的宽容。

吉娜·鲁宾娜